# Tod am Wörthersee

»Tod am Wörthersee« ist der erste Roman von Andrea Nagele. Die Autorin arbeitet als Psychotherapeutin. Sie lebt mit ihrem Mann und ihren Kindern in Klagenfurt am Wörthersee.

ANDREA NAGELE

# Tod am Wörthersee

KRIMINALROMAN

emons:

**Bibliografische Information der Deutschen Nationalbibliothek**
Die Deutsche Nationalbibliothek verzeichnet diese Publikation in der Deutschen Nationalbibliografie; detaillierte bibliografische Daten sind im Internet über http://dnb.d-nb.de abrufbar.

FSC
www.fsc.org
MIX
Papier aus verantwortungsvollen Quellen
FSC® C083411


Umschlagmotiv: © mauritius images/ib/Michael Mährlein
Umschlaggestaltung: Nina Schäfer, nach einem Konzept von Leonardo Magrelli und Nina Schäfer
Gestaltung Innenteil: César Satz & Grafik GmbH, Köln
Druck und Bindung: CPI – Clausen & Bosse, Leck
Printed in Germany 2018
ISBN 978-3-95451-288-1
3. Auflage

Meinen phantastischen 4

# 1

Nach Nähe sehne ich mich, nach Zärtlichkeit.

Geht's nicht den meisten so? Die Wege zur Erfüllung sind unterschiedlich. Meiner führt über steiniges Gelände. Immer haarscharf vorbei am Abgrund. Blicke ich in die Tiefe, falle ich.

Beim Sex trage ich eine Augenmaske. Wen ich nicht sehe, der sieht mich nicht.

Trug und Täuschung sind seit meiner Kindheit treue Wegbegleiter. Was ich nicht wissen will, schiebe ich weg. Meine Therapeutin hat mich eine Kommode mit traurigen Erinnerungen füllen lassen. »Trauma-Bewältigungstechnik« nennt sie das. Und es funktioniert. So lange, bis ich die Schubladen aufziehe. Dann fallen die Schmerzen wie Piranhas über mich her. Um sie wieder loszuwerden, füttere ich sie mit meinem Hass.

Atemlos steige ich Stufe um Stufe die Treppe hinauf. Das Herz federt in meiner Brust wie kurz vor dem Absprung. Das Zimmer befindet sich in einem Seitentrakt. Meine Hand umklammert das abgegriffene Geländer. Wie viele Finger haben sich daran schon festgehalten? Es riecht nach Algen, Tang und Meer. In der Hotelküche wird vermutlich gerade eine Fischsuppe zubereitet. Als wäre der Fisch hier frisch.

Aber das geht mich nichts an. Um fremde Angelegenheiten kümmere ich mich schon lange nicht mehr. Jetzt, da meine Großmutter im Pflegeheim ist, besorgen das andere. Geschultes Personal hört sich ihre Schreie an und ordnet sie ihrer fortschreitenden Demenz zu.

Jetzt stöckle ich den Gang entlang. Der schäbige graue Teppich lässt die Absätze meiner Pumps versinken, und der Fisch aus der Suppe hat sich in einen Hai verwandelt.

Im Gehen male ich mit tiefrotem Chanel blind über meine Lippen. Ich kneife sie zusammen und schmecke Waldbeeren. *Haie mögen keine Himbeeren*. Dieser Gedanke ist für mich inzwischen fast zur Formel geworden. Nähert sich das Gefährliche, versüße ich es. Auch eine Form der Gewalt. Meine.

Die wippenden Haarspitzen in meinem Nacken sind lästig.

Nur hellblondes Haar kann so kitzeln. Deshalb ließ ich es kohleschwarz färben, mit blauen Strähnchen drin. Geholfen hat es nicht. Nur dass ich jetzt wie eine drittklassige Kleopatrakopie aussehe. Aber da, wo ich hinwill, wird das niemand bemerken.

Rasch rücke ich den Push-up-BH zurecht, schiebe meine kleine Brust noch ein wenig höher. So, jetzt habe auch ich ein ansehnliches Dekolleté.

Zimmer »A«. Keine Nummer – das A steht wohl für anonym.

Couragiert wie nie klopfen meine Fingerknöchel gegen das laminierte Holz. Die Erdbeernägel der anderen Hand tippen zur Bekräftigung einen feurigen Rhythmus gegen mein schwarz bestrumpftes Bein.

Dann öffne ich die Tür. Leichtfüßig trete ich ins Unbekannte. Was mich empfängt, erfüllt mich mit Entzücken. Tiefe pechfarbene Dunkelheit.

Wäre ich in diesem Moment aus einem Alptraum aufgewacht, hätte ich »Hilfe, ich bin blind!« gerufen.

Doch im wachen Zustand macht mir diese allumfassende Schwärze keine Angst. Voller Vorfreude umklammere ich die Augenmaske in meiner Handtasche. Nur mit ihr fühle ich mich sicher. Denn was ich nicht kontrollieren kann, dem traue ich nicht.

Ich nehme einen feinen Geruch wahr. Undefinierbar. Ich bin nicht allein hier.

War der andere schon da, oder habe ich in meiner Aufregung das leichte Klicken der Türschnalle überhört?

Es ist bedeutungslos. Ebenso unwichtig wie Regen oder Sonne. Oder die Tatsache, dass Großmutter Fischstäbchen einem saftigen Steak vorzieht. *Weg mit dir, böses Ding! Fort aus meinen Gedanken.*

Mit zitternden Händen massiere ich meinen Nacken, um die Verkrampfung zu lockern. Da spüre ich eine Berührung. Ein Tappen an meiner Schulter, ein Streichen über meine Brust.

Dann sind Hände da, große, warme. Umfassen meine Pobacken. Drücken sie gegeneinander. Ich lasse mich von meiner Phantasie treiben, hinein in eine Welt, in der alles einfach ist. Unkompliziert und schön.

Als er über mir ist, flüstere ich bang: »Warte«, und stülpe hastig die Maske über meine tränenden Augen. Nur nicht weinen, ermahne ich mich streng. Das Rascheln des Gummis, der aus der Hülle gezogen wird, ist laut wie ein Paukenschlag in diesem stillen, dunklen Raum.

Als er sich stürmisch in mir bewegt, hört mein Hirn zu denken auf.

Fühlen, spüren, riechen, schmecken.

Jetzt bin ich lebendig.

***

Er ist unruhig. Kann sie kaum erwarten.

Alles ist vorbereitet. Die Zeit spielt ihr Spiel mit ihm. Grauenvoll ziehen sich die Minuten hin. Wie zähe Fäden geschmolzenen Zuckers.

Als es endlich läutet, springt er auf und geht zur Tür. Noch könnte er umkehren, einen anderen Weg einschlagen. Er müsste nur nicht öffnen. Totstellreflex. Sein Lachen wird von der weich gepolsterten Tür verschluckt.

Wie ein Hauch Erdbeereis weht sie herein. Fruchtig süß. Rosa Bluse, roter Rock. Knallig pink die Lippen. Schwarz nur die Strümpfe und das Haar.

Er macht einen Schritt zurück, jede Berührung vermeidend.

»Hmm?« Gina zieht fragend die gezupften Augenbrauen hoch. »Krieg ich keinen Kuss?«

»Sind wir schon so weit?«, gibt er gedehnt zurück.

Er lässt sich in den Lederstuhl am Fenster fallen. Mit verschränkten Armen vor der Brust mustert er sie. Der Schein der Straßenlaterne mischt sich mit dem gedämpften Licht im Raum.

»Mehr nach rechts«, weist er sie an.

Gehorsam trippelt sie zur Seite, hin zu dem Punkt, den er für sie ausgesucht hat. Hier umgibt das Licht sie wie eine Aura. Einen Moment lang findet er sie schön. Eitel dreht sie sich. Dann ist dieser Augenblick vorüber.

Mit einer ärgerlichen Handbewegung streift sie sich die schwarze Perücke vom Kopf. Wirft sie auf den Tisch. Langsam gleitet die falsche Haarpracht zu Boden. Sie lässt sie achtlos auf dem Teppich liegen.

Kurz wallt Ärger in ihm hoch. Dies ist sein Zuhause und sie nur Gast auf begrenzte Zeit.

Gegen das schwarze Kunsthaar wehrte sie sich schon zu Beginn. Halbherzig und schwach. Als sie verstand, dass ihre Besuche an das Tragen der Perücke gebunden sein würden, gab sie rasch nach. Ein wenig mehr Widerstand hätte ihm Spaß bereitet.

Jetzt hängt ihr echtes Haar strohfarben um ihr Gesicht. Nur über den Schultern wippt es leicht nach außen. Da hat sich wohl der Lockenstab vergeblich bemüht, Bewegung in die dünnen Strähnen zu bringen. Das Deckhaar ist von der Perücke flach gedrückt. Er kann den Schweiß an ihrer Nackenfalte bis hierher riechen.

Ihre fahlblauen Augen erinnern ihn an verblassende Blumen. Doch es liegt ein gewisser Schmelz über ihren Zügen – wie eine dünne Eisschicht auf einem tiefdunklen See.

Ihre ungleich langen Beine haben den Ausschlag gegeben. Sie hat er als Erstes wahrgenommen. Ihrem Zauber ist er erlegen.

Manche würden Gina eine graue Maus nennen. Eine von der üppigen Sorte allerdings. Wie dieses klägliche Nagetier sich wohl mit seiner Leibesfülle durch schmale Gänge zwängt? Abwechselnd mit Bauch und Busen gegen Regale stößt?

Ihr Rock spannt sich über festen Schenkeln. Die Bluse über prallen Brüsten. Der mittlere Knopf ist aufgesprungen, vermutlich unbeabsichtigt. Der oberste aus Kalkül geöffnet. Solcherlei Spielereien kann sie ihm ersparen. Aber das wird er ihr nicht mehr verraten.

»Es riecht nach Essen. Jetzt oder danach?«

Ihre plumpe Direktheit stört seine Betrachtung.

»Wart's ab, meine Prinzessin.« Träge streicht er sich eine Haarsträhne zurück. Seine Hand tastet unter das Kissen, bis er die seidige Glätte des Schals seiner Tante spürt.

»Du«, sie macht einen Schritt auf ihn zu.

Bevor sie ihn berühren kann, steht er auf.

»Ich habe etwas für dich«, sagt er mit weicher Stimme.

»Was denn?«

Aufgeregt wie ein Schulmädchen zieht Gina ihren Rock glatt und sieht ihn erwartungsvoll an. Er bückt sich und zieht die graue Seide unter dem Kissen hervor.

»Für mich?« Sie seufzt begeistert.

»Ja, und das ist noch längst nicht alles«, unterbricht er ihre Verzückung brüsk.

Er steht hinter ihr und streicht mit der Seide zärtlich über ihren Nacken.

»Mhmm«, schnurrt sie und will sich umdrehen.

Aber er verhindert es, indem er den Schal mit geübten Bewegungen fest um ihre Augen bindet.

»Wozu denn das? So kann ich nicht sehen, was du sonst noch für mich hast«, schmollt sie.

Geräuschlos streift er die Latexhandschuhe über. Der Geruch nach Gummi dringt in seine Nase.

»Du liebst doch die Dunkelheit. Vertrau mir, es wird himmlisch. Besser als je zuvor, meine Prinzessin.«

Jetzt klingt ihre Stimme herausfordernd. »Wenn du es sagst.«

Etwas rührt sich in ihm. Heute hat er Gina schon zum zweiten Mal »Prinzessin« genannt.

Von der Küchentür aus betrachtet er, wie sie vor dem Lederstuhl steht. Obwohl sie ihm ihre Kehrseite entgegenstreckt, weiß er um den Ausdruck erwartungsvoller Vorfreude auf ihrem Gesicht.

Mit schnellen Schritten nähert er sich. Jetzt steht er hinter ihr.

»Öffne deine Lippen«, flüstert er in ihr Ohr.

»Welche?« Derb lacht sie auf.

Seine innere Nase verschließt sich sofort vor dem schweißigen Geruch ihrer Gier. Das Adrenalin produziert bei ihr eine seltsam herbe Mischung aus verbrannter Erde und regennasser Kleidung.

Düfte sind sein Elixier, aber auch seine Verdammnis.

Mit der Kuppe seines Zeigefingers zeichnet er in der Luft die Wölbung ihrer geöffneten Lippen nach und legt eine Erdbeere auf ihre Zungenspitze. Ohne Gina auch nur ein einziges Mal zu berühren.

»Du verwöhnst mich«, nuschelt sie, während ihre Zähne die Frucht zermahlen.

»So soll es auch sein«, stellt er trocken fest.

»Noch«, bittet sie und leckt genießerisch den roten Saft von ihrer Unterlippe.

»Gedulde dich, Prinzessin. Sei nicht so unersättlich«, mahnt er und schiebt zwei weitere Erdbeeren in ihren Mund.

Während sie geräuschvoll kaut, holt er den bereitgestellten Champagner. Mit dem Sprudler rührt er, bis sich die Bläschen vollständig aufgelöst haben.

»Wie bittere Limonade«, meutert sie und leert das Glas mit einem Zug. »Und ein klein wenig schal«, setzt sie atemlos nach.

»Du hast heute Abend das Glückslos gezogen.« Seine Stimme ist jetzt rau. Die Erregung macht ihn schwach. Und doch will er alles unter Kontrolle behalten. Auch seine Körperreaktionen.

Mit Bedacht öffnet er zuerst den Gürtel, dann den Verschluss seiner Jeans. Gina nestelt fahrig an den Knöpfen ihrer Bluse herum. Der enge Rock gestaltet sich als Hindernis.

»Lass ihn an. Zieh die Strumpfhose bis zu den Knien.«

Ihre bebende Erregtheit durchdringt seinen Kokon. Wie unzählige Wespenstiche bringt sie seine Haut zum Brennen. Das Gift durchströmt seinen Körper: wilde, unbezähmbare Lust. Sie vertreibt die Leere, Kälte und Starre in seinem Inneren und lässt ihn sich vorhanden fühlen.

»Halt«, möchte er schreien, aber er weiß, dass er diesem rasenden Taumel nicht mehr entfliehen kann.

Er macht einen Schritt zurück.

»Was ist los?«, fragt sie mit belegter Stimme.

»Alles.«

Früher hat ihn das Herunterleiern bestimmter Mantras behütet. Eingehüllt in die schützende Kraft der Worte, konnte er Distanz schaffen. Abstand und Nähe regulieren. Diese Grenze ist nun überschritten. Das System hat einen Riss bekommen.

Marijana. Seine kleine Slowenin.

Sie ist die Erste gewesen. Zwischen ihr und Gina lag nur seine Erinnerung. Und der drängende Wunsch, dieses Glück noch einmal zu erleben.

Plötzlich ist sie wieder da. Steht mitten im Raum. Gleißendes Licht umhüllt sie. Ihre gelb gefleckten Augäpfel treten aus den Höhlen. Das Gesicht totenbleich, umrahmt von stumpfem Haar. Bläuliche Schatten vermischen sich mit violetten Flecken. Ihr schmächtiger Körper bebt ein letztes Mal. Dann sackt er über der Seide zusammen und kippt leblos vornüber.

Das hatte sich Marijana, das geschäftstüchtige Biest, bei ihrer ersten Begegnung bestimmt anders vorgestellt. Und auch er. Ihre ungleich großen Brüste hatten ihn im Dunkeln verzückt. Später hatte sie über ihren Schandfleck flüchtig hinweggelächelt, ihre Zahnlücken dabei freigebend. Doch das Asynchrone ihres Körpers, diese Unregelmäßigkeit, hatte ihn unmittelbar eingefangen. Rettungslos versklavt. Seine Phantasie inspiriert. Nicht anders als sonst, wenn ihn etwas erregte, hatte er sich an ihre Fersen geheftet. Ein zufälliges Treffen inszeniert und eine schamlose Gespielin in ihr gefunden. Eine zierliche Blume, in die er sich verkrallte. Zum Glänzen bringen wollte er sein gestrandetes Treibgut. Alles bisher Verwehrte mit ihr leben.

Getäuscht durch ihre Hingabe, war ihm ihre Berechnung verborgen geblieben. Bis sie ihm bei Erdbeeren und Champagner keck offenbarte, nicht ihr einziger Kunde zu sein.

Danach brachte er sie immer wieder an den Rand ihres persönlichen Universums. Und sie fand Gefallen daran. Bis er alle Grenzen überschritt. Und sie sich selbst für immer verlassen musste. Bereut hatte er nur, nicht besser auf das Finale vorbereitet gewesen zu sein.

Marijana.

Schaudernd verbirgt er sein Gesicht in Ginas Haar.

»Prinzessin«, stöhnt er auf und weiß, dass er sich beherrschen muss. Es gilt, von nun an jede einzelne Sekunde auszukosten. Seine Erinnerung wird lange davon zehren müssen.

Aufs Höchste angespannt, dreht er sich zur Musikanlage und drückt auf die Play-Taste. Ravel durchflutet verheißungsvoll sein elegantes Wohnzimmer. Die sich steigernde Gewalt, dieses Dem-Höhepunkt-Entgegenfiebern der Melodie, drückt auf den Punkt genau seine erwartungsvolle Unruhe aus.

Gina macht eine hektische Bewegung, versucht, den Schal von den Augen zu ziehen.

»Schscht«, beschwichtigt er sie.

Das hatte er kommen sehen und sich darauf vorbereitet. Es sind nur wenige Schritte bis zum Schalter, eine schnelle Bewegung, und schon verlischt auch der letzte Schein des gedimmten Lichts. Der Raum liegt in samtiger Dunkelheit vor ihm. Eine seltsame Ruhe erfasst ihn, lässt ihn alles wie in Zeitlupe wahrnehmen.

Seine rechte Hand zurrt an der Leine der Jalousie, während er mit der linken den schweren Vorhang zuschiebt.

Wieder steht er knapp hinter ihr.

»Dreh dich zu mir, Prinzessin, bitte«, raunt er.

Übereifrig und rastlos folgt sie seinem Wunsch. Durch die ungestüme Bewegung entfalten sich Aromen: Schweiß. Blumen. Kunststoff. Puder. Die ätherischen Öle vermischen sich zu einem eindringlichen Crescendo. Widerwillig rümpft er die Nase.

»Nimm den Schal von deinen Augen.«

Zögernd streift sie die Seide ab. Langsam rieselt der Stoff zu Boden wie Schnee an einem windstillen Tag.

»Schau mich an«, flüstert er.

Sie wispert hilflos: »Ich kann doch nichts sehen. Alles ist schwarz«, und seine Stimme schwillt an.

Er ist jetzt mitten im »Bolero«.

»Hab dich nicht so. Du stehst doch auf Darkrooms. Jetzt gibt's die ultimative Dunkelkammer. Exklusiv für dich, meine vom Thron gestürzte Prinzessin.«

Sie macht eine zaghafte Bewegung zur Seite.

»Bitte schalte das Licht an.« Ihre Stimme klingt verunsichert.

Da spürt er sein Fleisch anwachsen, sich aufstellen, zieht rasch den Gummi aus der Tasche seiner Jeans und stülpt ihn sich über. Dieses eine Mal nur. Langsam lässt er Boxershorts und Hose zu Boden gleiten und steigt heraus.

Sie will ihn in sich haben. Fleht darum. Und er wird sich ihr schenken. Diese letzte Gabe, die hat sie verdient.

Gleich wird er in sie eindringen, ihr Geheimnis für sich öffnen. Da berührt sie ihn. Unerwartet. Ohne Vorankündigung. Schneeflockenleicht. Dieses verbotene Haut-an-Haut gleicht einer Explosion.

Mit einem Aufschrei bückt er sich nach der Seide und legt sie um ihren Hals. Wie oft hatte er sich gewünscht, seine Tante mit dem feinen Stück Stoff so zu umschlingen!

»Nicht«, sagt Gina abwehrend. Sie rutscht mit dem Hinterteil auf die Tischplatte und schließt ihre Schenkel fest um ihn. Sie wirkt siegessicher. So weit sind sie noch nie gegangen. Zuvor hat er sich kein einziges Mal in sie versenkt, so sehr sie auch darum gebettelt hatte.

»Lass es zu, Prinzessin. Es wird dir gefallen.«

Er kann ihre Erregung spüren. Sie ist jetzt so feucht, dass sie ihm fast entgleitet. Heftig stößt er in sie hinein.

»Das ist unser erstes Mal …«, beginnt sie, aber dann bleibt ihr die Luft weg.

Sie zappelt.

»Dein Höhepunkt wird unvergleichlich, wenn dein Hirn mit zu wenig Sauerstoff versorgt ist. Vertraue mir«, beruhigt er sie.

In Erwartung höchster Freuden und Genüsse hört sie zu strampeln auf. Hängt jetzt ganz still und ergeben in der Seide.

Der »Bolero« schwillt an. Und er zieht den Schal fest, ganz fest um ihren Hals.

Sie schlägt um sich, röchelt, versucht, die Seide wegzureißen. Ein letztes Mal noch bäumt sie sich gewaltsam auf, dann klappt sie zusammen wie eine langweilige Puppe, der man alle Glieder gebrochen hat.

Als er sich in den Gummi ergießt, ist die Musik verklungen.

Es ist jetzt ganz dunkel. Nichts regt sich mehr. Kein Hauch. Und er ist glücklich. Befreit.

## 2

Ich heiße Alice, und Spiegel machen mir Angst.

Früher war das nicht so. Damals betrachtete ich mich gern in polierten Oberflächen, fand Gefallen an mir und meinen neckisch hingeworfenen Küssen. Schleuderte meine wilden Locken um die rosa Wangen, tänzelte mit immer neuen Kleidern und Balletträckchen erwartungsvoll dem Applaus entgegen. Aber »früher« ist längst vorbei. Und »damals« stammt aus dem Katalog verbotener Worte.

Die Neonleuchte über mir flackert. Dennoch kann ich meine Augen nicht von dem grellen Gefunkel losreißen. Was bei Epileptikern Krampfanfälle auslöst, gewährt mir Entspannung. Das Tick, Tick der defekten Anlage ist wie ein geheimes Kommando, das mich in Trance versetzt. Ihr blinkendes Licht lässt mich die Gegenwart vergessen, meine Gedanken. Meine Träume. Ich löse mich auf und schwebe dem Neongelb entgegen. *Licht, noch mehr Licht*, schreit das Insekt in mir.

Immer genau da setzt mein Verstand ein. Denn blickte ich direkt hinein in die gleißende Sonne, liefe ich Gefahr zu erblinden. Und egal, was ich selbst oder andere mir angetan haben, präzises Sehen, genaues Erkennen bedeutet mir viel. Zumindest am Tag.

»Hey, Alice, schläfst du?«

Saras Stimme reißt mich aus meiner Träumerei. Sara besteht darauf, zur Hälfte Sizilianerin zu sein. Deshalb spricht sie meinen Namen auch italienisch aus: Alitsche. So genannt zu werden bringt mich jedes Mal zum Grinsen. Ich muss dann an marinierte Sardellen denken, an *alici*, und mein Gesicht verzieht sich wegen der Zitronensäure. Vielleicht legt man sie auch in Essig ein. Keine Ahnung. Sauer schmecken sie jedenfalls.

»Hi, Boss«, gebe ich zurück, »bin gleich so weit.«

»Wird auch Zeit. Dein erster Kunde wartet bereits. Also *pronto, pronto*«, kommt es ungeduldig aus der Ecke des Studios.

Schnell drehe ich mich zur Seite, um Sara betrachten zu können. Aber da sind nur ihr freundliches Lächeln und das vertraute Leuchten in ihrem Gesicht. So, wie Sara aussieht, fließt nicht einmal eine homöopathische Dosis Sizilien durch ihre Adern. Das weizenblonde Haar betont das Blau ihrer Augen, die unter hellen Wimpern und Brauen strahlen. Sie ist hoch aufgeschossen, überragt mich um ein paar Zentimeter. Und um einiges durchtrainierter ist sie außerdem. Für die Chefin eines Fitness-Studios gehört sich das auch so.

»Was schaust du? Jetzt wird's wirklich Zeit«, mahnt sie und lächelt mich dabei an.

Eine bessere Vorgesetzte könnte ich mir nicht vorstellen. Sie hat schon über einige meiner kleinen Unregelmäßigkeiten – sie nennt das liebevoll so – hinweggesehen. Das ist gut, denn sonst wäre ich wahrscheinlich längst gefeuert. Mit Freundlichkeiten, Zuneigung und Verständnis tue ich mich schwer. Verdammt schwer sogar. Doch ich brauche das Geld, das ich hier verdiene, dringend.

Immer wieder passiert es, dass ich verschlafe. Schlage ich mir die Nacht um die Ohren, überhöre ich den Wecker. Manchmal fühle ich mich auch zu erschöpft, um das Haus zu verlassen. Sara bringt mir dann einen Topf Nudelsuppe, weil sie vermutet, ich hätte wieder das Essen vergessen. Trotzdem sehe ich unsere Beziehung als rein geschäftliche. Deshalb funktioniert sie.

Sara ist ein Silberstück. Gold mag ich nicht. Es signalisiert Treue, Ewigkeit und finanzielle Werte. Nichts davon spielt in meinem Leben eine Rolle.

Jetzt aber rasch, Beeilung. Denn auch die Geduld einer sehr Nachsichtigen kann sich erschöpfen.

Das breite Band um die Stirn geschlungen. Hinein in die Lycra-Hose. Es zwickt und klemmt ein wenig am Oberschenkel und zwischen den Beinen. Vermutlich sollte ich einen Reistag einlegen.

Mit zusammengebissenen Zähnen hake ich den Verschluss des engen Stretch-BHs zu, schiebe meine kleinen Brüste an den Rand. So, jetzt sind sie kaum mehr zu sehen. Trotzdem binde ich noch ein Elastikband darüber. Es ist ein angenehmes Gefühl, wenn meine Oberweite mit dem Brustkorb eins wird. Tagsüber.

Mit dem angefeuchteten Zeigefinger glätte ich meine Brauen, deren Härchen in alle Richtungen stehen. Widerborstig wie ein kleiner Igel, der seine Stacheln aufstellt. So bezeichnete meine

Großmutter mich. Was blieb mir denn anderes übrig? Sie hatte recht. Die meisten, die mich beschreiben oder etwas bezüglich meiner Person vermuten, liegen nicht falsch.

Nur noch den Fettstift auf die Lippen, die so spröde sind vom Darauf-Herumknabbern, und schon stehe ich im Fitnessraum, beobachte und gebe Anweisungen.

»Kräftiger in die Pedale treten.«

Rehbraune Augen sehen mich an. Zerknirscht. Ich kenne meine lernwilligen Schüler.

Längst haben breitschultrige, großzügig Tätowierte, die im Bestreben trainieren, ihr Muskelvolumen zu verdoppeln, gesundheitsbewussten Menschen, die sich für den Alltag fit halten wollen, Platz gemacht.

Trotzdem muss ich als Personal Trainerin ein wenig aufs Tempo achten. Nur Ausdauertraining und sich wohlfühlen allein sind zu wenig. Es ist unerlässlich, bis an seine Grenzen zu gehen. Nur so lernt man seinen Körper kennen, versteht, ihn sich zum Freund und nicht zum Feind zu machen.

Peters Hände umklammern die Seitengriffe des Fahrrads so fest, dass die Adern deutlich und violett aus seiner Haut hervortreten.

»Uff! Hätte fast vergessen, dass mich meine Foltermeisterin immer im Visier hat«, keucht er.

Missbilligend schüttle ich den Kopf, zwicke mir in die nicht vorhandene Speckfalte meiner Taille und weise auf seine Hüften.

Obwohl ich sie hart trainiere, schätzen mich unsere Kunden. Sara betont das immer wieder. Zweifellos ist das der Hauptgrund, warum ich noch hier arbeite.

Vor mir hechelt jemand auf dem Laufband, eine Brünette stemmt Gewichte. Eine schlanke Gestalt auf dem Massagebett lässt sich durchkneten. Jemand, den ich noch nie hier gesehen habe, entspannt sich an der Bar. Fitness-Studios haben sich in den letzten Jahren in wahre Wellness-Tempel verwandelt. Neben unseren Sportkenntnissen müssen wir auch Experten für Ernährung und Gesundheit sein. Nichts lieber als das, denke ich und grinse in mich hinein.

»Alice«, kommt es gepresst vom anderen Ende des Raumes. Diesmal wird mein Name richtig ausgesprochen, *französisch*. Aber

Arnold ist auch in jeder Hinsicht perfekt. Ihm unterläuft kein Fehler. Zwischen uns besteht eine intuitive Verbindung. Schnell hole ich vom Wasserspender einen Plastikbecher und fülle ungezuckerten Grüntee aus der Thermoskanne auf dem Pult hinein.

»Du bist ein Schatz«, bedankt er sich, und ich denke mir: Was weißt du schon?

Als könnte er meine Gedanken lesen, antwortet er prompt: »Vieles, Alice, vielleicht nicht alles.«

Erschrocken wende ich mich ab und schnappe gierig nach Luft. Meine Wangen färben sich rot.

Ahnt er was, oder hat er das nur so dahingeworfen und zufällig ins Schwarze getroffen?

Es ist zu warm im Raum. Die Haut meines Rückens klebt an meinem Oberteil. Unter dem Haarband sammeln sich Tröpfchen. Nichts wie weg. Mir wird's zu eng.

Im kleinen Zimmer wartet Ännchen auf mich.

Ännchen ist meine beste Freundin. Vielleicht die einzige, die ich je hatte. Wir waren zusammen im Kindergarten und in der Schule. Und bei mir daheim. Sie hat es gesehen, gehört, vor allem aber gespürt. Nicht einmal das konnte unsere Freundschaft zerstören.

»Blut ist dicker als Wasser. Hör auf deine Familie und nicht auf deine Freundin«, riet meine Großmutter mir.

Ich hatte ihren Befehl verstanden. Seine zackige Schärfe schnitt tiefe Linien in mein Fleisch. Mein Körper reagierte mit Angst, Panik und Schuldgefühlen.

Blut ist dicker als Wasser. Ja, ja, Großmutter. Die Dichte einer Flüssigkeit ist jedoch abhängig von der Temperatur, vom Druck und von den gelösten Stoffen. Dichte bedeutet Viskosität, was ein Maß für die Zähflüssigkeit des Fluids ist. Je größer die Viskosität, desto dickflüssiger und dadurch weniger fließfähig ist die Flüssigkeit.

Wasser hat eine Viskosität von 0,891 bei fünfundzwanzig Grad und Blut eine von 4,25 bei siebenunddreißig Grad.

Da hatte meine Großmutter mit ihrer albernen Schulweisheit also sogar recht. Ihr war bloß entgangen, dass die Umstände eine Sache verändern können. Unter bestimmten Voraussetzungen kann Wasser dicker als Blut sein. Bingo!

Was ich im Kopf habe, bestimmt meine Gefühle. Nur so kann ich die Dämonen bekämpfen. Das habe ich früh gelernt. Bewältigungstechnik, selbst erworben, nannte der von der Richterin bestellte Psychiater das.

Deshalb hielt ich mich nicht an den Rat meiner Großmutter. Ich ging zu Gericht, an meiner Seite Ännchen. Wasser dicker als Blut. Freundschaft wertvoller als Familie. Was mich mit meinem Zuhause verband, war weitaus dünner als Ännchens dickflüssige Zuneigung. Sie half mir auszusprechen, was mein Leben über Jahre bestimmt hatte. Zwang mich, das Grauenhafte zu benennen. Und als es darum ging, zurückzuschauen, hielt sie zärtlich meine Hand. Es war ihr Zeigefinger, der auf die Person deutete. Auf ihn, der mir all das angetan hatte.

»Du machst es schon wieder, Alice. Schau mich an und nicht zurück.«

»Ännchen, wenn das bloß so einfach wäre«, sage ich und spüre die Wärme in meinem Inneren. Jetzt ist sie wohlig. Bringt mich nicht zum Erröten wie vorhin.

»Dann streng dich an.«

Ich ziehe meine Augenbrauen vorwurfsvoll in die Höhe, bis knapp unter das Haarband, und werfe ihr patzig hin: »Tu ich doch.«

»Anscheinend nicht genug«, gibt sie schnippisch zurück.

»Doch, meine Kleine. Und du wirst das jetzt auch machen. Ob es dir nun passt oder nicht.«

Ännchen weiß, was auf sie zukommt. Angewidert verzieht sie ihr herzförmiges Gesicht, bläst sich die rot gefärbten Locken aus ihrem Gesicht und macht in Erwartung der kommenden Anstrengung leidvoll: »Uff.«

Letzten Winter ist ein Betrunkener auf dem Weg nach Tainach in ihren Mini gefahren. Ännchen überschlug sich und fand sich allein auf einem verschneiten Feld wieder. Bis auf einige Knochenbrüche blieb sie unverletzt. Klingt gut, bloß seither hängt ihr linker Arm schlaff am Körper. Baumelt wie ein Bommel. Man könnte einwenden: Immer noch besser der linke als der rechte Arm, und das hätte sogar eine Berechtigung, wenn Ännchen Sekretärin, Lehrerin, Friseuse oder Dart-Meisterin wäre. Ist sie aber nicht. Ännchen ist Probe-Dirigentin. Und zur Ausübung ihres Berufs benötigt sie beide Arme. Mal hält sie den Taktstock in der einen, dann in der anderen Hand. Momentan ist sie im Krankenstand. Ihre Musiker müssen sich gedulden.

Ich bin zuversichtlich, dass sie bald wieder vor ihrem Orchester steht. Dennoch sehe ich der ersten Generalprobe mit einem bangen Gefühl entgegen. Einfach wird's sicher nicht für Ännchen, mit diesem kaputten linken Arm.

»Hartes Training ist unser Stichwort«, pflaume ich sie daher schärfer als beabsichtigt an.

Kondition, Erfahrung, Sportkenntnisse und das Motivieren von Menschen sind Bestandteile meines Jobs. Nur dann nicht, wenn es sich um meine beste, einzige Freundin handelt.

»Das wird doch nichts«, murmelt sie kleinlaut, »dieses Scheißding ist für den Müll.« Anklagend hebt sie den linken Arm mit der rechten Hand in die Höhe und lässt ihn dann abrupt fallen.

So ganz falsch liegt sie nicht. Ich frage mich selbst, ob dieser nasse herabbaumelnde Sack je wieder funktionstüchtig werden kann. Dabei weiß ich genau, was zu tun ist. Nicht umsonst bin ich Meisterin der Abstraktion. Alles habe ich im Kopf. Ich weiß, welche Übungen notwendig, unverzichtbar sind. Mein innerer Plan hat sich schon oft in der Wiederherstellung von Unfallopfern bewährt. Man könnte meinen, die Rekonstruktion des Körpers wäre mein Spezialgebiet.

»Also, los, faule Kröte«, treibe ich sie an.

Meine Stimme ist um vieles zuversichtlicher, als ich es bin.

***

Die Leiche muss entsorgt werden.

Eben ist er aus der Dusche gestiegen, das hellblaue Badetuch fest um die Hüften geschlungen. Seine nassen Füße hinterlassen auf dem weichen Teppich Abdrücke. Kurz flammt eine Erinnerung an Sand, Meer, salzige Haut und brennende Augen auf. Marijana.

Alles der Reihe nach. Nur keine Aufregung, beschwichtigt er sich und streicht sein feuchtes Haar zurück.

Nach dem harten Training im Fitness-Studio ist das hier eine Kleinigkeit. Banal und läppisch. Als hätte er es schon hundertmal gemacht.

Nichts überlässt er dem Zufall.

Der Anblick der Toten erregt ihn nicht mehr.

Mit Abscheu stülpt er den Plastiksack über das sperrige Etwas und verbietet sich, an das zu denken, was er gerade tut. Das Unternehmen ist mühsamer, als er angenommen hatte. Kauft man im Geschäft ein übergroßes Stück, hilft immer jemand, es in der Tragtasche zu verstauen. Einer bietet sich an, den Plastiksack aufzuhalten, während der andere das Gekaufte hineinschiebt.

Diese Herausforderung gilt es hier allein zu bewältigen. So zieht und hebt er gleichzeitig. Drückt und stemmt. Ohne es beeinflussen zu können, pfeifen seine Lippen die Melodie des »Boleros«.

So, fertig. Fest zugezurrt und luftdicht verschlossen.

Ärgerlich, da der Schweiß ihm über Brust und Rücken rinnt und einen unangenehmen Geruch verströmt, geht er ins Badezimmer.

Nach der zweiten Dusche an diesem Tag lässt er sich in den braunen Lederfauteuil am Fenster sinken. Er angelt nach der bereitgelegten Zeitung auf dem Sims. Fieberhaft blättern seine Finger die knisternden Seiten um, als hätte er das gesuchte Inserat nicht ohnehin in seinem Gehirn abgespeichert.

*Sammelstelle Alpha – Abgabe der Kadaver auch während der Nacht möglich.*
*Um eine rasche und einfache Entsorgung von Tierkörpern und tierischen Abfällen zu garantieren, gibt es hier extra ausgerüstete Container. Der Kadaver wird hygienisch unbedenklich im Plastiksack darin deponiert. Die Container, die in regelmäßigen Abständen geleert werden, sind mit einer Kühlung ausgestattet, also geruchsicher verschlossen. Wartezeit und Kosten entfallen.*

»Perfekt«, murmelt er und schleckt über seine Oberlippe. Die Haut ist feucht, er wird aufpassen müssen, dass sich kein roter Rand bildet. Allzu leicht bekommt er Entzündungen. Plötzlich lacht er hell auf. Er sieht sich spätnachts mit hängender Zunge durch den Nebel schleichen, um das wertlose Wesen hier zu entsorgen.

Erregt reibt er seine Handflächen gegeneinander. Als er spürt, wie das hineinschießende Blut sie erwärmt, klatscht er auf seine durchtrainierten Oberschenkel.

Sich selbst berührt er gern und häufig. Fremdes anzugreifen bereitet ihm Qual. Dennoch wird er nicht umhinkönnen, das leblose Etwas hinunterzuschaffen. Denn in der Wohnung stört der Kadaver.

Die Tiefkühltruhe im Keller ist geschrubbt und auf den zweiten Leichnam vorbereitet. Platz ist genug. Marijanas Körper ist so schmächtig, kaum mehr als ein Hauch ihrer Glieder.

Das große, metallisch glänzende Gerät ist das perfekte Zwischenlager. Dorthin wird er den Sack mit Ginas Leichnam nach einer musikalischen Ruhepause schleppen und ihn darin ablegen.

Zu gegebener Zeit wird er dann die tiefgefrorene Ware schultern und an das vorgesehene Ziel bringen. Jetzt stellt er sich schmale Männer in Schwarz-Weiß vor, die in Teppiche eingerollte Leichen lautlos durch die Nacht befördern. Ähnlich wird er sich verhalten. Gilt es doch, sich dieser Ärgernisse ohne Aufsehen zu entledigen.

Ein gutes Stück Arbeit liegt vor ihm.

Dass sie dick war, ist nicht zu übersehen. Und doch übersteigt Ginas Gewicht seine Erwartungen. Es war ihm nicht möglich, den Plastiksack mit seinen in Latex verpackten Händen über den Teppich zu ziehen. Wie in einem Witzfilm hat er daran gezerrt, gezogen und gerissen. Schließlich rutschte er aus, verlor das Gleichgewicht und setzte sich auf sein Hinterteil. Zum Lachen war ihm dabei allerdings nicht zumute. Vielmehr zum Toben.

Er hatte den Alu-Carry aus der Vorratskammer holen müssen, um die Last zu befördern.

Gina ist nun nicht mehr seine Prinzessin.

Last, Bürde, Ballast, sperriges Etwas – das sind seine Bezeichnungen für das tote Wesen im Leichensack.

Entsorgen. Reinigen. Saubermachen. Unhandlich Schweres von einem Ort zum anderen transportieren.

Eigentlich machen das andere.

Doch er kann wohl kaum bei einer Schädlingsbekämpfungsfirma anrufen oder einen Putztrupp herbeordern.

Nie hat er, der Prinz auf der Erbse, dem kein Luxus zu teuer, kein Aufwand zu groß ist, sich mit solch niederen Dienstbotentätigkeiten abgeben müssen. Allein die Vorstellung, diesen leblosen Körper hochzuheben, erfüllt ihn mit Ekel. Bei Marijana war das damals nicht nötig gewesen. Hauchfein schwebten ihre Überreste auf seinen Händen zum Ort ihrer Bestimmung.

Er greift sich an die Kehle, spürt das Blut in seinen Wangen und befürchtet einen Moment lang, keine Luft zu bekommen. Nachdem er einige Male konzentriert ein- und ausgeatmet hat, beruhigt sich der Aufruhr in seiner Brust.

Gleich wird er dieses Ding in die Tiefkühltruhe hieven müssen. Denn wenn es erst eingefroren ist, wird es einfacher, es weiter zu verfrachten. Steife Körper sind manövrierbarer als schlappe.

Der Wagen poltert die Kellertreppe hinunter, dass er ihn kaum halten kann. Unten in der Tiefe angekommen, legt er eine kurze Rast ein. Widerwillig wischt er über seine Stirn, schiebt den Trolley schwer atmend zur Tiefkühltruhe und zerrt den leblosen Leib über den verfliesten Kellerboden bis zum Rand der Truhe. Unter Aufbietung all seiner Kraft hebt er den Klumpen hoch und wirft ihn in die eisige Höhle. Kurz zuckt er zusammen, als Marijanas gefrorene Gebeine von dem Haufen Mensch getroffen werden.

Mit einem Krachen, das sich in seinen Ohren wie ein Donnerschlag anhört, schließt er den Tiefkühler.

»Geschafft!«, jault er auf und vermeidet es beharrlich, zurückzuschauen.

Genugtuung erfasst ihn. Befriedigt und stolz torkelt er die Kellertreppe hinauf, zurück ins Licht. Geblendet hält er die Hand vor seine Augen und versinkt in seine Gedanken.

# 3

Schon von der Straße aus sieht Luigi, dass kein Licht im Haus brennt. Die Fenster gähnen ihn verlassen an.

»Verdammt.« Zornig knallt er die Tür seines Dienstwagens zu. Luigi Olivotto ist Italiener. Seit mittlerweile zwei Generationen lebt seine Familie in Kärnten.

Im Haus empfängt ihn ein schaler Geruch. Es ist, als wäre seit Tagen keine Frischluft mehr hereingelassen worden. Die Waschmaschine im Vorzimmer ist geöffnet. Auf dem Boden liegen seine Socken verstreut. An der Wand lehnen zwei volle Müllsäcke und eine Schachtel für den Papiercontainer.

»Gina«, ruft er ungehalten.

Eigentlich heißt sie Regina, seine mollige Blonde. Seit der Hochzeit lässt sie sich Gina rufen. Sie empfindet das als Zugeständnis an ihre angeheiratete italienische Verwandtschaft.

Es macht Spaß mit ihr. Auch der Sex ist großartig. Unlängst hat sie ihn gebeten, Handschellen mitzubringen und sie ans Bett zu fesseln. Zuerst hat er sich gewehrt, dann aber Gefallen an ihrem Spiel gefunden.

Ja, seine Gina ist ein einfallsreiches Mädchen.

Als er in die Küche kommt, schlägt sein Zorn in Beunruhigung um. Kein Essen im Rohr, der Tisch verwaist. Auf der Anrichte stehen die Frühstückstassen vom Vortag. Selbst das Milchpackerl hat sie vergessen, in den Kühlschrank zurückzustellen.

Wann hat er das letzte Mal von seiner Frau gehört? Gestern war's, als sie miteinander telefoniert hatten. Sie sollte auf den Kleinen ihrer Freundin aufpassen. Er findet, dass sie sich von Sonja ausnützen lässt.

»Wie soll Sonja sonst je wieder einen Mann finden, wenn sie nur daheim herumsitzt und Däumchen dreht?«

Als ob das Ginas Problem ist. Aber seine Frau hat ein weiches Herz. Da kann man nichts machen.

Letzte Nacht war verteufelt viel los. Als endlich Ruhe einkehrte, kam die Meldung, dass so eine alte Oma den Topf auf dem Herd vergessen hatte. Und zu Mittag erschien Philip nicht, um ihn abzulösen – angeblich Darmgrippe. Also hatte er die Stellung halten müssen, bis Manfred zur Abendschicht aufgetaucht war.

»Dumm gelaufen«, murmelt er und macht einen Rundgang durchs Haus. Vielleicht hätte er sie verständigen sollen, dass er später nach Hause kommen würde. Aber sie hätte sich ja auch melden können. »Gina!«, ruft er wider besseres Wissen.

Enttäuscht schiebt er eine Tiefkühlpizza ins Backrohr. Gina wird wohl bei Sonja übernachtet haben und noch dort sein.

Das Schrillen des Telefons reißt ihn aus seinen Gedanken.

Das muss sie sein.

»Mama, *ciao*«, sagt er kurz darauf unzufrieden, »alles in Ordnung bei euch?«

»Nein«, beginnt seine Mutter und lässt die Worte nur so auf ihn niederprasseln.

Längst schon verschließt er seine Ohren vor ihren Nörgeleien und Kümmernissen.

»Ja, ich grüße Gina von dir. Und nein, sie kann gerade nicht ans Telefon kommen. Sie sitzt in der Badewanne«, beschließt er kurz darauf das Telefonat.

Wenn dem bloß so wäre, denkt er und versucht, das mulmige Gefühl zu ignorieren, das sich in ihm breitgemacht hat. Er zieht den Vorhang beiseite und starrt in den dunklen Garten hinaus. Die kleinen Begrenzungssträucher schwanken im Wind.

So lange war Gina noch nie bei ihrer Freundin. Sie weiß doch, dass er sie nach einem Nachtdienst braucht. Nur bei ihr kann er sich entspannen.

Wo war sie nur die ganze Zeit? Was hat sie gestern und heute getan? Zu Hause war sie jedenfalls nicht. Sonst hätte sie sauber gemacht.

Verdrießlich wendet er sich vom Fenster ab. Er schlüpft aus seinen Schuhen und der Uniformjacke, holt die Pizza aus dem Rohr und nimmt sich ein Bier aus dem Kühlschrank.

Mit einem Plumps lässt er sich aufs Sofa fallen.

Dumme Gans, denkt er und greift zum Handy.

»Sonja? Entschuldige die späte Störung. Aber hol mir doch bitte Gina ans Telefon.«

»Gina … ich, äh …«, kommt es zögernd, »die ist beim Kleinen eingeschlafen.«

Sonja war noch nie sein Fall. Aber jetzt lügt sie, das sagt ihm sein Gefühl.

»Dann weck sie auf.«

Abspeisen lässt er sich nicht. Soll sie ruhig glauben, dass er ein eifersüchtiger Macho ist. Ihm doch egal.

»Du, jetzt nicht. Ich bin müde, muss wieder ins Bett. Und ich will nicht, dass der Kleine aufwacht.«

»Sonja, du hast mich wohl nicht verstanden? Weck Gina, und zwar sofort!« Luigi spürt, wie ihm das Blut ins Gesicht schießt.

Doofe Nuss, wenn die nicht aufpasst, brummt er ihr ein Strafmandat nach dem anderen auf, kaum dass sie das nächste Mal in ihr Auto steigt.

»Nur keine Aufregung, *Comandante*«, zieht sie die Situation ins Lächerliche, »morgen früh ist dein Frauchen wieder bei dir. Ich richte Gina aus, dass du angerufen hast. Lass uns jetzt bitte weiterschlafen.«

Bevor er etwas ins Telefon schnauzen kann, hat das dumme Stück doch glatt die Verbindung unterbrochen.

Jetzt bebt Luigi vor Zorn. Er ist wütend auf sich, weil er nicht schon früher angerufen hat. Und auf Gina, die nicht erreichbar ist. Und einen besonderen Hass hat er auf Sonja.

»Scheiße!«, brüllt er in Richtung Fernsehapparat und fegt die halb gegessene Pizza vom Teller.

Wieder stellt er sich ans Fenster. Diesmal starrt er aus der Küche auf die schwarze Straße, an der sein Dienstwagen parkt. Im Schein der Laterne schimmert die Karosserie unwirklich.

Mit einem Mal bleibt ihm die Luft weg.

Was, wenn seine Frau gar nicht bei Sonja ist?

Luigi fegt durch das Vorzimmer, reißt den Autoschlüssel von der Ablage und wirft die Haustür mit einem Knall hinter sich ins Schloss.

»Das werden wir gleich wissen!«, schreit er ohne Rücksicht auf die Nachbarn.

So wütend und energiegeladen wie jetzt ist er selten. Die Anspannung jagt ihm das Adrenalin durch die Adern.

Bei Polizeieinsätzen fühlt er sich manchmal so. Wenn sich atmosphärisch etwas zusammenbraut und höchste Aufmerksamkeit von ihm gefordert wird. Dann prickelt es in seinen Adern, seine

Antennen stehen auf Empfang, die Sinne sind geschärft. Allzu oft kommt das allerdings nicht vor.

Zornig pocht er mit der Faust gegen Sonjas Tür. Keine Reaktion. Auf sein stürmisches Läuten wird nicht geöffnet. Im Haus rührt sich nichts. Es wirkt fast so, als wäre niemand daheim. Das kann aber nicht sein. Er hat schließlich gerade mit ihr telefoniert. Und Sonjas schäbiger Fiat steht unter dem Carport.

Trotzdem verunsichert tritt er einen Schritt zurück, um die Fenster genauer betrachten zu können. Auch dort keine Regung, keine schemenhafte Gestalt, die vorbeihuscht. Erste Regentropfen fallen vom Himmel und klatschen schwer auf sein Gesicht.

»Shit«, brummt Luigi und stapft zurück zur Haustür.

Jetzt läutet und klopft er gleichzeitig. Im Haus gegenüber geht das Licht an.

»Jetzt reicht's mir aber«, schimpft er in den immer stärker strömenden Regen, geht zurück zum Auto und lässt sich auf den Fahrersitz fallen.

Als der Anrufbeantworter in Sonjas Haus anspringt, schreit er: »Mach sofort auf, sonst kriegst du einen Polizeieinsatz direkt vor deine verdammte Haustür geliefert!«

Kaum ist er mit seiner Ansage fertig, geht drinnen das Licht an. Luigi läuft durch den Regen und poltert gegen die Tür, die im selben Moment aufgerissen wird. Er taumelt, kann sich gerade noch fangen.

Vor ihm steht Sonja im wadenlangen Großmutter-Nachthemd. Die dünnen Beine stecken in übergroßen grünen Filzpantoffeln. Kein erfreulicher Anblick. Ihr blasses Gesicht ist ein einziges Fragezeichen, aber hinter ihren rot geränderten Augen verbirgt sich noch etwas anderes. Angst? Panik? All das nimmt er in Sekundenbruchteilen wahr.

»Jetzt komm schon rein, bevor du die ganze Straße aufweckst.« Halbherzig zieht sie ihn an seiner Lederjacke ins matt erhellte Vorzimmer.

»Wo ist sie?«, schreit er.

»Sei still, du weckst mir den Kleinen auf.«

»Das ist jetzt mein geringstes Problem.« Ungeduldig schiebt er sie zur Seite und marschiert an ihr vorbei ins Wohnzimmer. Dort sieht es so aus, als hätte sich jemand auf eine lange Nacht vorbereitet. Auf dem Sofa liegt ein aufgeschlagenes Buch. Über der Lehne hängt eine Wolldecke. Im Aschenbecher glimmt eine halb aufgerauchte Zigarette vor sich hin. Jedes Detail nimmt er wahr: die Tasse, in der das Säckchen mit Kamillentee baumelt, die angebrochene Tafel Schokolade auf dem Silberpapier, das Glas mit dem Rest Rotwein, die große Kanne Kaffee, ein Handy auf einem Stoß Papier, das Telefonbuch und kein einziges herumliegendes Spielzeug. »Wo ist Gina?«, wiederholt er.

»Gina?«, fragt sie, als hätte sie den Namen gerade zum ersten Mal gehört.

Schon ist Luigi bei ihr und rüttelt an ihren Schultern.

»Stell dich nicht dumm!«, herrscht er sie an.

Sonja weicht vor ihm zurück und sinkt mit vor dem Gesicht zusammengeschlagenen Händen aufs Sofa.

»Oh mein Gott«, stößt sie wimmernd zwischen ihren Fingern hervor.

Noch mehr Zorn steigt in ihm hoch.

»Lass das gekünstelte Getue und antworte mir. Und zwar sofort. Hast du mich verstanden? Wo ist meine Frau? Wo ist sie?«

Wieder steht er ganz nahe vor ihr, bereit, sie hochzureißen und erneut zu schütteln. Sie scheint das zu spüren, denn sie nimmt die Hände vom Gesicht. Jetzt ist ihre Angst deutlich zu sehen.

»Gina ist nicht hier. Bitte setz dich. Ich werde versuchen, es dir zu erklären«, sagt sie unter Tränen.

Er wirft sich ihr gegenüber in den plüschigen Ohrensessel und rutscht vor bis zum äußersten Rand. Sein linkes Bein fängt unkontrolliert zu zittern an. Gereizt setzt er seinen Fuß fest auf den Boden und presst die Hand auf das Knie.

Draußen hämmern die Tropfen gegen die Fensterscheiben und hinterlassen silberne Schlieren auf dem Glas. Das grelle Licht eines Blitzes erleuchtet das Wohnzimmer taghell, und gleich darauf werden beide durch einen mächtigen Knall aufgeschreckt.

Als Sonja mit zitternder Stimme zu reden beginnt, lässt ein weiterer Donnerschlag den Fußboden erbeben.

***

Ännchen war es, die mir von diesem geheimen Ort erzählt hat. Sie meinte, das könne etwas für mich sein. Und sie hat mich damit neugierig gemacht.

»Alice, vielleicht hilft es dir, mit deinen Ängsten besser umzugehen.«

Damals verstand ich noch nicht, was sie damit meinte.

Nicht dass Ännchen selbst schon hier gewesen wäre. Dafür ist sie mit Sicherheit zu prüde. Mit ihrem freundlichen Grübchen, den Apfelbäckchen und den wippenden roten Locken passt sie eher in eine Kochsendung am Vormittag als in die verbotenen Geheimnisse der Nacht.

Als Probe-Dirigentin hat sie sich strikt den Zahlen verschrieben. Mathematik war schon in der Schulzeit ihre Stärke. Da dam, da dam. Eins rauf, zehn runter.

Moni, die Cellistin aus dem Orchester, hatte Ännchen von dem Luxus-Darkroom erzählt.

»Strapse, Dildos und strenge Kammern – Moni weiß alles darüber. Auch das, was du nicht hören willst.«

Wie oft haben Ännchen und ich darüber gelacht. Ich erinnere mich an Bauchweh und Luftmangel. An das Gefühl umzukippen. Das Sexualleben der anderen hat immer etwas Belustigendes. Vor allem das von Moni. Sich vorzustellen, wie sie sich im Hotel am Portier vorbeischleicht!

Jetzt stehe ich nach einem langen Trainingstag unter der Dusche und recke mein Gesicht dem zischenden Wasserstrahl entgegen. Die Hitze prickelt auf meinen Wangen, vermittelt mir den Eindruck, alle Sünden wegwaschen zu können. Es ist, als würde ich fremden Göttern huldigen. Gütigen und gewährenden Göttern. Ich muss kichern, schlucke Wasser und beginne zu husten. So ist das mit der Ironie. Meine Augen tränen von der Seife.

»Kind, wenn du dein Gesicht nicht gründlich reinigst, bekommst du Falten, und kein Mann schaut dich an.«

Ach, Großmutter. Halt dein Lästermaul. Was weißt du schon? Sogar mit schwarz umflorten Augen und triefender Rotznase hat er mich angesehen.

Wütend trete ich gegen die Schiebewand der Duschkabine. Jetzt schmerzt mein großer Zeh. Selbst schuld.

Wieder stelle ich mir Ännchens Kollegin vor. Gleicht ihr nackter Körper der Form des Cellos, auf dem sie spielt? Bebend vor Lust, eingezwängt in ein enges Korsett, lehnt sie am verdunkelten Fenster des Hotelzimmers. Wartet auf den Unbekannten, der gleich durch die andere Tür den Raum betreten wird.

Verschaffe dir doch endlich mehr Platz, möchte ich ihr zurufen. Aber, ermahne ich mich streng, es ist nicht meine Sache. Soll sie doch tun, wozu sie Lust hat. Ich bin nicht ihre Sittenrichterin. Das ist entschieden nicht mein Part.

Übrigens, ich finde es allemal besser, mir eine Fremde im Darkroom vorzustellen, als mich selbst darin zu sehen. Es hat etwas Beruhigendes und distanziert mich von meinen verbotenen Abenteuern.

Stopp. Aus. Vorbei.

Ungeduldig reiße ich das Badetuch vom Haken und hülle meinen Körper darin ein.

Genug der Nacktheit. Genug der marternden Gedanken.

Jetzt will ich nur noch ein paar Apfelspalten, ein kühles Glas Weißwein und dann nichts wie ab ins Bett. Ohne Bücher, ohne Fernsehen. Ohne Telefonate. Nur noch die Augen zu. Und vergessen.

Hoffentlich folgt diesmal ein Schlaf ohne quälende Träume.

Draußen senkt sich die Nacht über Klagenfurt.

***

*Das Sonnenlicht spiegelte sich im Wohnzimmerfenster. Draußen sangen die Vögel in den Bäumen um die Wette.*

*Fertig war das weiße Schloss aus Lego. Es war wunderschön. Glücklich hob sie ihr Gesicht zu der Gestalt, die sich über sie beugte. Sie wollte Lob, bettelte danach. Ihre Hand tastete nach dem Hosenbein, klammerte sich an den rauen Stoff. Er lachte auf.*

*Wie sehr sie ihn doch liebte. Er war ihr Ein und Alles.*

*Seine Finger krallten sich in die Wolle ihres Pullis, hoben sie hoch. Sekundenlang schwebte sie über dem Teppichboden, dann wurde sie losgelassen und krachte auf ihr Bauwerk.*

*Überall weiße Steine.*

*Sie drückten spitz gegen ihren Bauch.*

*»Dummes Mädchen, was musst du auch immer alles kaputt machen?«*

*Ängstlich biss sie auf die Knöchel ihrer Faust, um das Wimmern zu ersticken.*

*Sie wusste, dass ihn ihr Weinen nur noch wütender machen würde.*

*»Bereust du?«*

*Bevor sie antworten konnte, öffnete sich die Tür, und Großmutter kam ins Zimmer.*

*»Die heiße Schokolade wartet auf dem Küchentisch.«*

*Sie konnte die Süße schon auf ihren Lippen spüren. Verlegen barg sie ihr vor Scham heißes Gesicht in der duftenden Bluse ihrer Großmutter.*

*Doch nicht einmal ihr Lieblingsgetränk konnte den Kummer vertreiben. Der Schmerz über den Verlust ihres Bauwerks hatte sich irgendwo zwischen ihren Rippenbogen eingegraben.*

*Viel später, sie hatte sich in den Schlaf geweint, schrak sie plötzlich auf.*

*Die Federn ihrer Matratze knirschten unter seinem Gewicht.*

*Sie spürte, wie sich die großen, warmen Arme ihres Großvaters um ihren Körper schlangen. Sein Atem kitzelte ihren Nacken. Da wusste sie, dass er ihr vergeben hatte.*

*Mit einem Mal fühlte sie sich getröstet.*

# 4

Ich reiße das Fenster weit auf und atme den Morgen ein. Die Mischung aus Abgasen und Frischluft behagt mir. So spüre ich, dass die Stadt um mich ist. Mit ihrer Lebendigkeit, dem Chaos und all ihrer Vielseitigkeit. Immer sind Menschen hier, nie bin ich allein.

Ich bin ein Stadtmensch und keine Landratte.

Reine Natur bereitet mir Unbehagen, macht mir mit ihrer verspielten Weite Platzangst. Außerdem reagiere ich auf alles Mögliche allergisch. Daher sind Picknicks auf Märchenwiesen ohnehin für mich tabu. Mit einem bezaubernden Regenbogen kann mich niemand ködern. Und auch nicht mit dem violettsten aller Sonnenuntergänge.

Die Sonne steht niedrig. Es muss also gegen neun sein. Heute beginnt mein Dienst um zehn.

Letzte Nacht hat es geregnet. Der Asphalt glänzt nass, und die Dächer der Häuser gegenüber schimmern feucht. Dunkel meine ich, mich an Donnergrollen zu erinnern. Vielleicht war's auch nur in meinem Traum. Meine Träume sind laut und beherrscht von düsteren Farben.

Obwohl ich gestern vorm Schlafengehen ausgiebig geduscht habe, schrubbe ich heute Morgen meine Haut, bis sie rötlich schimmert. Auf die trocknen Stellen gebe ich einen Klecks Feuchtigkeitscreme.

Frühstück gibt es keines. Kaffee vertrage ich erst am Vormittag. Ein Glas Mineralwasser reicht.

Entschlossen schiebe ich die sich aufdrängenden Gedanken beiseite.

Heute ist ein neuer Tag. Ein neuer Anfang. Wäre ich ein Buch, könnte ich meine Geschichte an diesem Punkt neu schreiben.

Als ich mich bücke, um meine Sneakers zuzubinden, fährt ein heißer Schreck durch meine Glieder. Kurz bleibt mir die Luft weg. Ich sinke auf den Küchenstuhl und verberge mein Gesicht in den Händen.

Meine Großmutter feiert heute ihren achtzigsten Geburtstag.

Umgeben von kopfwackelnden Greisen und überbeflissenem Pflegepersonal. In erster Linie werden Greisinnen sich die Torte mit ihr teilen, denn es sind überproportional viele Frauen im Heim untergebracht. Das liegt daran, dass die meisten ihre Männer um Jahre überleben. Weder den genauen Prozentsatz noch die Anzahl der Jahre kenne ich. Und kein Rechenbeispiel kann ungeschehen machen, was ich schon vor Wochen vereinbart habe. Wie hätte ich Frau Neumayer, der Heimleiterin, auch sagen können, dass ich nicht kommen wollte, nachdem sie meinte: »Fräulein Winter, wenn Sie Ihre Großmutter noch einmal lebend sehen wollen, sollten Sie bei ihrem achtzigsten Geburtstag nicht fehlen. Das sind Sie der alten Dame schuldig, denke ich.«

Ich muss also am Nachmittag meiner Großmutter die Hand entgegenstrecken und ihr Glück wünschen. Wie die anderen Gratulanten werde auch ich nicht an der Torte ersticken, denn es gibt nur weiche Cremestücke ohne spießige Nüsse oder zähe Maraschinokirschen. Wie ich allerdings verhindern soll, dass mir die Worte im Hals stecken bleiben, kann ich jetzt noch nicht sagen. Aber ich bin ein braves Mädchen und werde auch dafür einen Weg finden. Und beleidigen oder anschreien will ich meine Großmutter ohnehin nicht. Das habe ich mir fest vorgenommen.

»Alice«, empfängt mich Sara, als ich meinen Beutel wenig später in die Ecke des Umkleideraums pfeffere. Während sie auf mich einredet, binde ich mein Haar zurück.

Sie faselt von einer Kundin, die nur eine Woche in der Stadt sei und jeden Tag Trainingseinheiten möchte. Ob ich das wohl übernehmen könnte? Nichts lieber als das. Gerade heute steht mir der Sinn nach Schinderei.

»Also machst du es?«

»Klar doch. Ich bin deine Frau«, stimme ich ihr ohne Zögern zu.

Sie sieht mich aus ihren polarblauen Augen unergründlich an.

»Ja, wenn das so ist«, kommt es gedehnt, und augenblicklich verstehe ich, dass sie mehr von mir will.

»Also …«, stammle ich und überlege krampfhaft, wie ich dieser Situation entkomme.

Doch Sara legt unbeeindruckt von meinen Verrenkungen ihre

Hand auf meinen Unterarm. Sofort brennt die Berührung Löcher in meinen Sweater.

»Wir sind doch sehr enge Freundinnen, *bella mia*?«

Erschrocken über die plötzliche Nähe, ziehe ich meinen Arm ungestümer als beabsichtigt unter ihrer Feuerpranke weg. Saras Finger verkrallen sich im Baumwollstoff und ziehen dadurch den Ärmel nach oben. Meine Haut liegt auf einmal frei. Die unzähligen silbernen Narben glänzen im Neonlicht.

»Scheiße, verdammte!«, entfährt es mir, und meine Schandmale notdürftig verbergend, weiche ich an die Wand zurück.

Die Mauer, an der ich kauere, fühlt sich weich wie Treibsand an. In Panik schnappe ich nach Luft, denn ich drohe zu versinken. Langsam beruhigt sich mein Atem, die Wand hinter mir bietet wieder Halt.

Sara macht einen Schritt auf mich zu und sagt erschrocken: »Alice, du armes Ding. Wenn ich gewusst hätte ...«

Zum Glück für uns beide spricht sie nicht weiter.

Das harte Training mit der Geschäftsfrau tut mir gut. Kurze Zeit lässt es mich vergessen, was im Umkleideraum vorgefallen ist. Sara sehe ich bis zu meinem Dienstschluss nicht mehr. Wenn sie nicht da ist, hat Bärbel, eine durchtrainierte Sportstudentin, das Sagen. Distanzlose, aufdringliche Sara.

Ich überlege zu kündigen. Dieser Gedanke verglüht, kaum dass er wie eine Sternschnuppe aufgetaucht ist.

Es geht nicht um momentane Wehleidigkeit.

Könnte ich nur lachen! Lachen wäre der Sieg meines Körpers über die Macht meines alles beherrschenden Verstandes. Doch dieser Reiz meiner Zwerchfellmuskeln ist mir in der Körpermitte stecken geblieben, als meine Chefin ihre Hand unbedacht auf die verletzlichste meiner Stellen legte.

Meinen Schmerz will ich nicht offenbaren, meine Geheimnisse nicht enttarnen. Habe ich meine unselige Vergangenheit doch vor mir selbst so gut verborgen.

Trotzdem kann ich nicht kündigen. Aber Sara muss ich mir vom Leib halten.

Noch immer verstört von den Ereignissen im Fitness-Studio, wandere ich am späten Nachmittag die Pappel-Allee entlang. Die Bäume über mir verbinden sich weit vorne durch ihre spitzen

Kronen und verdecken so den Himmel. Es hat etwas seltsam Mystisches. Da ich allein unterwegs bin und mir bis jetzt kein Auto begegnet ist, erscheint mir der Weg verzaubert. Er erinnert mich an das Bild einer magischen Allee, an deren Ende sich ein keltischer Wunschbrunnen befindet. Minutenlang fühle ich mich in eine künstliche Welt versetzt. Nur dass ich keine Elfe bin, sondern Alice, gepanzert in ihrer Rüstung. Und die brauche ich auch, denn die Straße führt zum Viktringer Altersheim »Haus am Walde«.

Ein frischer Wind pfeift mir um die Ohren und lässt meine Gedanken klar werden.

Nun öffnet sich die Zauberallee, die Baumwipfel schnellen zurück und lassen den bewölkten Himmel durch. Sofort wird es heller, wenn auch diesig grau.

Ein kreisförmiger Vorplatz mit einem plätschernden Springbrunnen in der Mitte breitet sich vor mir aus. Rabatten mit hübsch angeordneten Frühlingsblumen begrenzen die Auffahrt. Vermitteln den Eindruck einer gepflegten Idylle. So soll es ja auch sein. Die Angehörigen wollen ihre Alten gesichert, behütet wissen. Das Seniorenwohnheim erinnert eher an ein Sanatorium als an eine Pflegestation für aufmüpfige Sturköpfe.

Auf beiden Seiten der Stiege hinauf zum Eingang stehen schwere Terrakotta-Töpfe mit mir fremden Pflanzen. Bei Blumen und Sträuchern kenne ich mich nicht aus.

Die Erste im Reich der Pflanzenwelt ist meine Großmutter. Nicht umsonst heißt sie Flora. Schon der Gedanke an sie lässt meine Augen tränen und die Schleimhäute meiner Nase zuschwellen.

Ich beiße in die Innenseite meiner Wangen, um nicht zu weinen. Es hilft auch nicht, dass der Himmel auf Spektakel macht. Orange angehauchte Wolken durchbrechen die dunstige Luft und ziehen breite Linien im verblassenden Blau. Impressionistische Maler würden jetzt wohl ihre mitgeschleppten Farbpaletten zücken und den Pinsel ganz schnell ins Wasser tauchen. Mich reizt solcherlei Schauspiel zum Widerstand. In den Raunächten hänge ich weiße Wäsche in den Wind. Nie stirbt jemand aus meiner Familie, immer nur ein weiterer Teil in mir selbst.

Aus einigen der Räume dringt das Zischen der Beatmungsgeräte, aus wenigen die Stimmen besuchender Verwandtschaft. Gedämpfte, wohlvertraute Melodien erreichen mein Ohr und leiten mich zum Zimmer meiner Großmutter.

»Happy birthday to you …«

Unverkennbar an ihrer Tür zittern rote Ballons im Luftzug des Flurs. Ohne Musik und Geburtstagsschmuck hätte ich Großmutters Reich nicht sofort gefunden. So nah war ich ihr seit Jahren nicht.

Wie eine extragalaktische Heldin stoße ich mutig die Flügeltür auf und begegne dem vorwurfsvollen Starren fremder Augenpaare. Ich störe bei einer rituellen Feier.

»Wer ist die Blaugefleckte?«

Das Licht im Raum ist trüb, lässt nicht viel erkennen.

»Die neue bosnische Pflegehelferin?«

Die Alten scharen sich um einen Tisch, auf dem eine rosa Zuckergusstorte thront.

»Flora«, ich blinzle gegen das Licht der untergehenden Sonne, »möchtest du dich mit dem Übermaß an Zucker ins Grab bringen?«

Ist wohl so ein Enkelinnen-Reflex. Und so gebrechlich, wie Frau Neumayer angedeutet hat, sieht Großmutter gar nicht aus.

Eine der Alten bricht in kehligen Jubel aus: »Altes Mädchen, dein verlorener Sohn ist aufgetaucht!«

Welch' Allegorie, welch' unverschämt falsche Metapher.

»Nichts dergleichen«, sage ich schroff und strecke Großmutter meine kalte Hand entgegen. »Achtzig Lenze, alle Achtung, Flora. Das verlangt nach einem Glückwunsch. Alles Gute.«

Bevor Großmutter meine Hand einfangen kann, ziehe ich sie blitzschnell zurück. Es ist wie bei der Entenjagd.

»Freches Gör«, bringt eine der Zahnlosen hervor.

Aber Großmutter hebt beschwichtigend ihre violett geäderte Hand. Das Gold der schweren Ringe bricht das Licht der Geburtstagskerzen. Und der Saphir, der die Farbe ihrer Augen hat, funkelt.

»Lass nur. Komm näher, meine Kleine. Alice, bitte.«

Den Gefallen tue ich Großmutter nicht. Floras Freundlichkeit macht mir Angst.

»Hellhaarige Dämonin«, flüstere ich und kann meinen Blick

nicht von ihren wippenden weißen Löckchen losreißen. Der ganze Raum riecht nach Babypuder.

»Alice, bitte«, jetzt sehe ich Tränen in ihren erloschenen Augen, »verzeih mir. Es ist mein einziger, letzter Wunsch.«

»Flora, Schluss mit dem Theater!« Selbst für mich hören sich meine hingeschleuderten Worte eiskalt an.

Eine der Gratulantinnen erhebt sich von ihrem Stuhl und steht nun drohend vor mir. »Sie sollten Ihre Großmutter ehren«, knurrt sie unter ihrem Oberlippenbart.

Lächerliche Alte. Was weiß die denn schon?

»Reg das Kind nicht noch mehr auf, bitte.«

Der Saphir verfängt sich in Floras Frisur und reißt ein feines weißes Haar mit. Das löst etwas in mir. Ich muss an mich halten, um nicht zu weinen. Gleichzeitig steigt ein unbändiger Zorn in mir hoch.

Ich spucke ihr meine Worte nur so hin: »Hättest du doch besser aufgepasst und deine Ohren zum Hören meiner Schreie benützt, statt dich in Symphonien und Kantaten zu versenken.«

Flora streckt ihre zitternden Hände nach mir aus. Doch ich kann dieses Um-Vergebung-Flehen nicht mehr ertragen. Der Kloß aus Tränen würgt mich wie eine Schlange.

***

Gina, seine Gina, hat einen Freund. Das steht unumstößlich fest. Luigi umklammert den Hals der Bierflasche mit beiden Händen. Er muss sich jetzt festhalten, da der Boden unter ihm weggebrochen ist.

Es bringt nichts, die Wohnung kurz und klein zu schlagen, alles zu zerstören, auch wenn er das möchte. Er steht ohnehin vor dem Abgrund und schaut auf den Trümmerhaufen seiner Ehe. Was bringt's da noch, Verbleibendes in Schutt und Asche zu setzen? Getragen von diesem Gedanken schlurft er auf Socken die Treppe hinauf in ihr gemeinsames Schlafzimmer.

Hier ist kein Platz mehr für sie. Er beginnt mit dem linken Kastenteil. Jetzt befindet Luigi sich wieder an einem Tatort, Spurensicherung ist sein Element. Obwohl es dafür Experten gibt. Pedantisch durchforstet er die Taschen ihrer Kleidungsstücke. Streicht ihre Pullis und Blusen glatt. Dreht Schuhe und Stiefel um und wühlt sich durch ihre Unterwäsche. Dessous trifft's wohl eher, was er hier ertastet und beäugt: feinste Seide, zarteste Spitze.

Ihm schießen Tränen in die Augen. Obwohl ihr Sex sehr gut war, kann er sich nicht erinnern, Gina jemals so verführerisch gesehen zu haben. Für ihn trug sie knappe schwarze Tangas und enge BHs, die er ihr in Rekordzeit vom Leib riss.

Er hört sie in sein Ohr säuseln: »Bei dir, meinem stürmischen Latin Lover, zahlt sich der Besuch eines Dessousladens nicht die Spur aus. Das spart viel Geld.«

Schwer atmend lässt er sich aufs Doppelbett fallen. Sein Geld hat sie trotzdem ausgegeben, um sich für ihren Liebhaber schön zu machen. Er fand seine Gina ohne verhüllenden Stoff am begehrenswertesten.

Zuerst hat Sonja sich geziert. Erst als er ihr mit der Fürsorge drohte, gab sie nach. Viel war trotzdem nicht aus ihr herauszubekommen.

Doch allein diese spärlichen Fakten erzählten ihm eine Geschichte, die er nicht hören wollte: Nicht Sonja hatte seine Frau ausgenützt, sondern Gina missbrauchte ihre Freundin als Alibi. Seit längerer Zeit traf sie sich mit einem geheimnisvollen Fremden. Sie sprach von Trennung und einem Neubeginn. Laut Sonja war Gina in den letzten Wochen in einem wahren Liebesrausch.

Warum hatte er nichts davon bemerkt?

Sie war ihm wie immer vorgekommen.

***

*Ihre Großeltern liebten Picknicks. Bei schönem Wetter fuhren sie jeden Sonntag mit ihr aufs Land.*

*Großmutter buk dunkles Brot und Obstkuchen. In rot-weiß karierte Tücher schlug sie Fleischstrudel, hart gekochte Eier und Tomaten ein. Großvater war für Wurst und Käse zuständig. Und für den Wein.*

*Beide trugen ohne zu murren die voll beladenen Körbe über die Landstraßen bis hin zur Wiese.*

*Einmal, es war im Juni und die Luft war lau, wollte sie nicht mit aufs Land. Ihre neue Freundin, Ännchen, hatte sie ins Kino eingeladen.*

Es war der letzte Monat im Kindergarten, und vielleicht würde sie Ännchen danach nie wiedersehen. Jede Minute war kostbar.

Die Erwachsenen suchten die Volksschulen aus. Die wenigsten nahmen Rücksicht auf die Freunde ihrer Kinder.

Also, wer garantierte ihr, dass sie beide in die gleiche Klasse kommen würden?

»Ich will mit Ännchen ins Kino. Ich will. Ich will!«

Jetzt noch spürte sie ihren Fuß auf den Küchenboden stampfen.

Großvater sah sie lange an.

»Deine Zeit mit deinen Großeltern sollte dir Freude bereiten. Mit dem hässlichen kleinen Mädchen kannst du ein anderes Mal ins Kino gehen. Heute nicht. Wir fahren aufs Land.«

Vielleicht hatte das ihren Widerspruch herausgefordert, jedenfalls stand sie mit den Fäusten vor den Augen am Wohnzimmerfenster.

»Ich will aber nicht«, murmelte sie trotzig gegen die Scheibe.

»Alice«, hörte sie die sanfte Stimme ihrer Großmutter sagen, »nimm die Hände vom Gesicht. So siehst du den schönen Tag doch nicht. Sei ein braves Mädchen und komm mit uns. Mach Großvater dieses Geschenk. Die ganze Woche freut er sich auf das Picknick.«

Sie wollte Großvater nicht verärgern. Seine Freude nicht verderben. Mit Ännchen konnte sie wirklich ein anderes Mal ins Kino gehen. Auch wenn »Der König der Löwen« ihr Lieblingsfilm war.

Großvater trug sie auf den Schultern. Seine Hände lagen warm auf ihren Oberschenkeln. Sein dichtes Haar kitzelte ihre Haut. Es war ein besonderer Tag.

Der Geruch frisch gemähter Wiesen vermischte sich mit dem Zwitschern der Vögel. In den Wipfeln der nahen Wälder rauschte es geheimnisvoll. Aus den Körben stieg ein würziger Geruch auf, aber auch ein feiner von Beeren und Schokoladenkuchen.

Als sie genug gegessen hatte, legte sie sich auf die Wolldecke und träumte in den Tag hinein. Ihr Bauch war voll und das Leben wunderbar. Sie verspürte eine unendliche Dankbarkeit. Kein Kinofilm konnte schöner sein, kein Popcorn besser schmecken.

Später spazierte sie Hand in Hand mit ihren Großeltern durch die Maisfelder, hin zum Teich, der in der Nachmittagssonne glänzte. Nur weit draußen schimmerte er dunkel.

Der Duft von wilden Kräutern war in ihrer Nase.

»Es riecht nach meiner Lieblingspizza!«, rief sie begeistert.

*»Das ist Thymian. Gerüche unterstützen die Erinnerung«, erklärte ihr Großvater ernst. »Wenn du Thymian schmeckst, Alice, wirst du immer an mich denken.«*

*»Aber Großvater, du riechst doch nach Himbeeren. Wenn ich die esse, werde ich ewig und immer an dich denken.«*

*»Himbeeren sind mir von jeher verhasst«, sagte Großvater scharf, und Großmutter wies ihn zurecht: »Lass der Kleinen doch ihre Freude.«*

*Libellen torkelten über das Wasser, und Schmetterlinge stiegen über dem Schilf steil in die Luft.*

*Alice spürte eine Hand auf ihrer Schulter, die sie unweigerlich auf den Teich zuschob.*

*An ein Nein war nicht zu denken, es ging viel zu schnell. Eben noch am Rande des Wassers, war sie jetzt im Begriff, dort hinaus, ins Dunkle, gestoßen zu werden.*

*»Verstehst du, was geschieht, wenn du mir nicht gehorchst? Sieh dich an!«*

*Großvater bog ihren Körper weit über das Wasser. Dehnte ihre Glieder, bis sie glaubte, sie müssten zerreißen.*

*Zuerst konnte sie nichts erkennen. Da war nur das Grün des Wassers mit dem dunklen Gekräusel darauf.*

*»Schau genau. Streng dich an!«*

*Wirklich. Dort auf der spiegelnden Oberfläche sah sie ihr Gesicht, bewegt nur durch die kleinen, steten Wellen.*

*Dann warf Großvater einen Stein ins Türkis.*

*Es zerfloss, und sie verschmolz mit dem Teich.*

*»Siehst du, Alice, dein Spiegelbild verspottet dich.«*

*Auf einmal roch es nach feuchter Erde und verbranntem Herbstlaub.*

*Sie wurde zurückgerissen. Harte Finger krallten sich in ihre Arme. Großmutter rief etwas, das sie nicht verstand, und dann lag sie in ihren Armen. Barg das heiße Gesicht an ihrer Brust. Alles war weich, die Furcht löste sich auf.*

*Langsam verschwand der Herbst aus ihren Knochen.*

*Sie hob ihr Gesicht dem Frühsommer entgegen und schwor sich, nie wieder ungehorsam zu sein.*

*Dafür liebte sie ihre Großeltern viel zu sehr.*

# 5

Als ich am nächsten Tag ins Fitness-Studio komme, begrüßt Sara mich herzlicher denn je. Sie wirft mir über das Empfangspult einen verständnisinnigen Blick zu, der mich erschauern lässt.

Ihre blonden Haare sind heute straff nach hinten gebunden, dadurch wirkt ihr Gesicht knochiger als sonst. Darüber täuscht auch ihr zuckersüßes Lächeln nicht hinweg.

»Mach einfach, wonach du dich fühlst, *bella.*«

So schnell, dass ich es nicht verhindern kann, steht Sara vor mir. Sie blinzelt mir verschwörerisch zu und streicht leicht, wie nebenbei, mit der Kuppe ihres glühenden Mittelfingers über meinen in Lycra gehüllten linken Unterarm. Der Geruch, den der verätzte Stoff von sich gibt, steigt in meine Nase und von dort aus direkt in mein Gehirn.

Mein Arm flattert wie ein Scheibenwischer vor meinen Augen, weil ich ihn so ungestüm von Saras Finger wegreiße. Ich sehe ihn verschwommen, wie bei einem Regenguss, durch die Autoscheibe. Ich mache auf dem Absatz kehrt, stürme zum Umkleideraum und verriegle die Tür hinter mir.

Sobald ich unwillkommene Nähe wittere, drängt etwas Ungezügeltes in mir an die Oberfläche. Meine Lippen spannen sich über die Zähne. Salzige Feuchtigkeit brennt neben den Nasenlöchern und unter den Haaransätzen. Das Herz jagt sprühende Funken durch meine Adern. Gleich springe ich sie durch die geschlossene Tür an. Dass ich mich nur selbst dabei verletze, ist eine traurige Gewissheit. Der Schmerz *darüber* kommt später.

Ännchen rettet mich.

Wie schon so oft. Was ich wohl ohne meinen Schutzengel täte? Mit gefletschten Zähnen in einer unverständlichen Sprache auf Sara einschreien, die Hände zum Schlag erhoben?

»Alice«, sie klopft an die Tür, »bist du dadrinnen?«

Ihre Stimme reißt mich aus meiner inneren Raserei. Sie beruhigt mich und rückt das Verschobene in mir wieder an den richtigen Ort. Der Raum ist dunkel, das bemerke ich erst jetzt. Die Jalousien sperren das Tageslicht aus. Genauso wie ich Sara von mir fernhalte.

»Ich komme«, rufe ich schon leichteren Herzens meiner einzigen Freundin zu.

Meine Finger zittern, als ich die Tür aufschließe.

Geblendet von der jähen Helligkeit des Fitnessraums kneife ich die Augen zusammen. Sofort überschwemmen mich verbannte Bilder, Farben und Gerüche.

*»Du bildest dir das alles ein, mein Kind. Niemand hier ist böse auf unseren kleinen Goldschatz. Hier, nimm dein Ballettköfferchen und gib deiner Großmutter einen süßen Kuss. Und deinem Großvater schenkst du zwei.«*

Ich imitiere die Stimme meiner Therapeutin. »Es liegt an Ihnen, Alice. Jetzt sind Sie Herrin über die Dämonen der Vergangenheit. Da ist Ihre Kommode, Sie müssen die Laden nur wieder schließen.«

»Wenn das nur so leicht ginge, Frau Dr. Roth«, flüstere ich.

»Ach, da bist du ja.« Ännchen hakt sich bei mir unter. Ihr Griff ist fest und hält mich. »Hör mit den elenden Selbstgesprächen auf«, flüstert sie mir ins Ohr.

Der Boden unter meinen Füßen hört langsam zu schwanken auf.

Sara lehnt jetzt an der Empfangstheke und plaudert mit Arnold. Als sie uns hören, schauen beide hoch und unterbrechen wie auf ein geheimes Kommando hin ihr Gespräch. Arnolds Augen saugen sich an mir fest, und ich kann mich ihrer Intensität nicht entziehen.

»Soso«, orakelt er, und Sara meint: »Unsere Sklaventreiberin hat heute einen schlechten Tag. Sieh nur die violetten Schatten unter ihren Veilchenaugen.«

»Nichts dergleichen«, unterbricht Ännchen sie schroff. »Alices Augen sind grün wie Avocados, und wir haben gerade mein weiteres Trainingsprogramm besprochen.«

»Ja, wenn das so ist …«, Saras Lippen lächeln im Gegensatz zu ihren Augen. »Dann ab in die Folterkammer. Die nächsten zwei Stunden will ich euch nicht mehr hier heraußen sehen.«

Während ich Ännchen ansporne und ihren Eifer bewundere, gewinne ich langsam Land. Wie einer der Pioniere in den alten Filmen. Wenn ich in Redewendungen denke oder sie von mir gebe, kann ich mir dazu Geschichten vorstellen, Bilder sehen.

»Gehen wir auf einen Happen Sushi, wenn wir hier fertig sind? Es gibt da ein neues japanisches Lokal, gleich hier ums Eck auf dem Alten Platz.«

»Nein«, sage ich, aber mein Magen knurrt laut. »Ja«, widerspreche ich mir selbst und spüre, wie mir das Wasser im Mund zusammenläuft. »Ich nehme Misosuppe.«

»Das ist gut, die wärmt von innen. Wir haben einiges zu besprechen«, keucht Ännchen auf dem Rudergerät.

Ich linse auf sie hinunter. »Und das wäre?«

Ihre nackten Oberarme glänzen. Einen Moment lang habe ich den Eindruck, als würden die erschlafften Muskeln langsam wieder Konturen annehmen.

»Wart's ab. Du wirst dich wundern.«

Nur wenige Tische in der Sushi-Bar sind besetzt. Ännchen bewundert das Interieur, dreht sich im Kreis und summt anerkennend vor sich hin. Ich kann ihre Begeisterung nicht nachvollziehen. Viel Weiß, viel Schwarz. Die ganze Einrichtung sparsam gehalten. Aber ich habe es insgesamt nicht so mit Gaststätten. Automatisch steuere ich auf einen der Tische weiter hinten im Lokal zu.

»Ach ja, du hasst es, dich in der Auslage zu präsentieren«, kommentiert Ännchen schmunzelnd.

Kaum sitzen wir, ist das Lächeln aus ihrem Gesicht verschwunden. Sie sieht mir in die Augen, verzieht den Mund und schüttelt den Kopf.

»Was war das denn für ein Drama vorhin? Und tu jetzt nicht so, als wäre nichts gewesen.«

Nur Ännchen darf so geradeheraus mit mir reden. Dennoch zucke ich zusammen.

»Sara rückt mir auf die Pelle. Du weißt, dass ich das nicht vertrage. Da habe ich mich in den Umkleideraum zurückgezogen, bevor ich ausraste. Sonst war nichts.«

»›Nichts‹ nennst du das? Du hast anständig überreagiert.« Ännchens Ton ist scharf, und ihre Pupillen ziehen sich auf Stecknadelkopfgröße zusammen.

»Wie die mich angesehen hat. Ihre Augen haben mich verschlungen. Ich kann dort nicht bleiben.«

»Meine Güte, Alice, willkommen im Wunderland.«

Auf einmal liegt die Speisekarte vor uns. Ich habe nicht bemerkt, dass jemand hier war. Das verunsichert mich. Ich muss mich konzentrieren, sonst entgleitet mir die Situation.

»Spielst du jetzt das weiße Kaninchen, Ännchen?«

»Man muss weder ein Karnickel, eine Grinsekatze oder sonst was sein, um das zu durchschauen. Deine Chefin steht auf dich. Na und? Soll Schlimmeres geben.«

Ärger steigt in mir hoch. Auf meine Freundin, die mich heute nicht versteht, auf meinen Boss und auf mich.

Jetzt gerate ich blöderweise auch noch in einen Rechtfertigungszwang.

»Zuerst ist mir das nicht so aufgefallen. Aber seit Kurzem ist Sara unverschämt aufdringlich. Ich halte das schwer aus und werde kündigen.«

Ännchen räuspert sich und versenkt ihren Blick in der Speisekarte. »›Lebst du hinter dem Mond?‹, könnte ich dich jetzt fragen. Aber ich tu's nicht, weil wir beide die Antwort kennen: Du lebst hinter dem Mond«, murmelt sie genervt. Sie hält mir die Karte hin.

Die unterschiedlichen Nigiris, Makis und Sashimis lassen beim Gedanken, davon probieren zu müssen, Ekel in mir aufsteigen.

»Überlegst du noch?« Ännchen trommelt ungeduldig mit den Fingern auf die Tischplatte. Fragend hebt sie eine Augenbraue.

»Nein. Ich habe mich bereits entschieden. Ich nehme die Misosuppe.«

Sie schüttelt den Kopf und starrt an mir vorbei in Richtung Fenster. Bis die Kellnerin kommt, schweigt sie. Dann tippt sie entschlossen auf eine Variation aus rohem Fisch und Ingwergemüse, das grellorange von der Karte leuchtet.

»Was stört dich?« Verärgert darüber, wie unsicher meine Stimme klingt, reiße ich ihr die Speisekarte aus der Hand.

»Du hast schon verstanden. Mach jetzt mal einen Punkt, Alice. Es reicht. Ich habe die Nase gestrichen voll von deinem Theater mit dem Nicht-essen-Wollen. – Stopp!«, unterbricht sie mich zornig, als ich etwas einwenden will. Abwehrend hält sie mir die Handfläche entgegen. »Werde endlich erwachsen. Es interessiert mich einen feuchten Dreck, was deine Psychotherapeutin dazu sagen würde. Gleichgültig. Egal. Keine Angst, ich weiß, wie sehr du unter dem leidest, was dir zugestoßen ist. Aber du musst endlich vergessen lernen, sonst vermasselst du dir alles. Verzeih deiner bescheuerten Großmutter, dass sie weggesehen hat. Dir wird es danach besser gehen. Vergib deinen unfähigen Eltern, dass sie frühzeitig den Löffel abgegeben haben. Was zum Teufel konnten die dafür, dass ein unterbelichteter Geisterfahrer in sie hineingekracht ist? Lass die dumme Lesbe hinter dir her sein. Na und? Wen kratzt das? Sie wird die Abfuhr schon einstecken können. Verzeih dir selbst. Leb endlich dein Leben! Regelmäßiger essen solltest du übrigens auch. Und gib mir sofort die Speisekarte zurück!«

»Wenn das alles so einfach wäre, dumme Kuh.«

Ich strecke meine Hand über den Tisch, und Ännchen nimmt sie. Dann beginnt sie zu husten, und Tränen steigen in ihre Augen.

»Bild dir jetzt bloß nichts ein«, keucht sie atemlos.

Wieder schweigen wir beide, bis das Essen serviert wird. Diesmal ist es ein gutes Schweigen.

»Wolltest du nicht noch etwas mit mir besprechen?«

»Besprechen? Nein, ich wollte dir etwas anvertrauen.«

Ännchen reißt die Papierhülle auf, die neben ihrem Teller liegt, nimmt die Holzstäbchen heraus und klemmt sie zwischen Zeige- und Mittelfinger. Unschlüssig stochert sie im Ingwer herum. Dann spießt sie ein wenig davon auf.

Bevor sie die rosa Scheibe im Mund verschwinden lässt, sagt sie ganz ruhig: »Alice, ich habe dich angelogen. Warum, erzähle ich dir ein anderes Mal. Und ich habe jemand Außergewöhnlichen kennengelernt. Jetzt wird alles gut. Aber eine Portion nach der anderen.«

Ich trinke einen Schluck Misosuppe aus der Schale. Als ich verstehe, was sie da sagt, hole ich erschrocken Luft und atme prompt die dunkle Brühe ein. Einen Moment lang glaube ich, ersticken zu müssen. Ich huste, bis ich mich beinahe übergebe. Die Suppe läuft mir, vermischt mit Tränen, aus Mund und Nase gleichzeitig wieder heraus.

Ännchen reicht mir ihre Serviette. »Putz dir das Zeug vom Gesicht. Und dann lass uns von etwas Angenehmerem reden.«

***

Nach einer Arie, die er vor sich herschmettern kann, verlangt es ihn. Nach Musik, die ihn erbeben lässt. Nach Tönen, die seine innere Leere ausfüllen.

Er will die Klänge selbst bestimmen, nicht willenlos einer Melodie folgen.

Rastlos blättert er die CDs durch, sucht in seinen alten Schallplatten. »Vinyl«, allein das Aussprechen dieses Wortes klingt wie Musik in seinen Ohren. Seine Tante hat ihm eine beträchtliche Anzahl unsortierter, staubiger Hüllen hinterlassen. Die meisten waren leer, doch in einigen verbargen sich wahre Schätze.

Begeistert hält er eine an den Ecken vergilbte Hülle hoch und legt die dunkle Scheibe auf den Plattenteller. Mit der Zungenspitze zwischen den Zähnen beobachtet er, wie die Nadel über den schwarzen Rillen schwebt und dann niedersinkt. Dieser Vorgang erinnert ihn an einen Raubvogel, der seiner Beute habhaft wird.

»Nur einen Wunsch, nur ein Verlangen«, singt er jetzt im Duett mit Fritz Wunderlich.

Bevor der letzte Ton verklingt, stellt er sich mit einem Glas Scotch ans Fenster und starrt in den beginnenden Nachmittag hinaus.

Wenn er an den Seidenschal auf Ginas Haut denkt, spürt er, wie die Lust in ihm hochsteigt. Und mit dem Begehren steht Marijana vor ihm, eingehüllt in ihre schimmernde Aura.

»Nein!« Der schrille Ton in seiner Stimme, als sich die Erinnerung Bahn bricht, irritiert ihn.

»Lass deine Hände über den zarten Stoff gleiten.«

Die fordernde Stimme durchdringt wie ein Schwingkörper sein Innenohr und lässt ihn erzittern.

»Tante, liebe Tante«, gurrt er. Seine Beine schnellen vom Hocker, noch bevor er weiß, was er tut. Vor ihm auf dem Verkaufspult liegen aufgefächert die verschiedenartigsten Gewebe. Er kennt sie alle. Gabardine, Flanell, die Kammgarne, Brokat, Frottee, die Wollstoffe. An ihrem Geruch hat er gelernt, sie zu unterscheiden. Von ihr. Alles hat sie ihm beigebracht. Auch, sich zu fürchten.

Seine Fingerkuppen streichen über die türkise Seide. Da. Der eingerissene Nagel seines Daumens bleibt hängen, zieht einen Faden.

»Dummer Bub!« Ihre glänzend schwarzen Haare wippen um ihr blasses Gesicht.

Erschrocken zuckt er zusammen und duckt sich vor ihrer Hand. Verbirgt ungeschickt den Kopf, auf den unaufhaltsam die Schläge prasseln.

»Zieh dich aus.«

Er ahnt, was jetzt kommt. Schamvoll spürt er, wie die graue Hose über seine dünnen Beine streicht und zu Boden flattert. Dann sind ihre kraftvollen Finger unter seinen Achseln und heben ihn hoch. Sein Unterkörper ist nackt. Krampfhaft versucht er, sein Geschlecht zwischen den Oberschenkeln zu verbergen. Von allen Richtungen hämmern jetzt die Schläge auf seine Haut. Die Hände wie zum Gebet gefaltet, kniet er vor ihr.

»Bitte, liebe Tante, bitte nicht.«

Als hätte sie auf sein Betteln gewartet, lacht sie höhnisch auf. »Deine liebe Tante war ich nie. Was maßt du dir an? Meine Schwester hat dich Stück Elend einfach bei mir zurückgelassen. Sie dachte wohl, einem Krüppel wie mir kann sie alles zumuten.«

Vor sich her stößt sie ihn in die Besenkammer. Dort ausgesperrt vom Licht des Vormittags, lehnt er wie eine erstarrte Puppe an der rauen Wand. Die Schärfe der Putzmittel einatmend, versucht er, sich abzulenken und auszuharren, ohne ein Geräusch von sich zu geben. Die Dauer seiner Strafe hängt von der Schwere seines Vergehens ab.

Die Buße ist jedoch nur der Anfang, die eigentliche Qual kommt danach. Verzweifelt wehrt er sich gegen den Gedanken an das Unausweichliche.

Eben noch von der schützenden Dunkelheit geborgen, wird er bald darauf brutal an das alles entblößende Licht gezerrt. Die Stimme seiner Tante zerschneidet den letzten Funken Hoffnung.

»Hier, schmecke meine Schande.«

Mit einem Ruck löst sie das Seidentuch von ihrer entstellten Gesichtshälfte und knebelt ihm damit den Mund. Ekel überkommt ihn. Der Geschmack der Wundsalbe vermischt sich mit ihrem Eau de Toilette, dringt tief in ihn ein und bringt ihn zum Würgen. Immer wieder treibt das Bild der zerklüfteten Wange seinen Mageninhalt nach oben. Krampfhaft schluckt er, um nicht am Erbrochenen zu ersticken. Franz, ihr Liebhaber, beugt sich über ihn und schlägt, getrieben von ihren Anfeuerungen, unaufhörlich auf seinen nackten Körper ein. Überwältigt vom Grauen nimmt er die Schmerzen kaum wahr.

Aus Angst davor, seiner Tante weggenommen zu werden, hatte er sich nie einem Lehrer anvertraut. Er hätte es nicht verkraftet, auch noch sie zu verlieren.

Voll Sehnsucht nach der unbekannten Mutter malt er Kreise in die Feuchtigkeit, die sein Atem auf der Fensterscheibe hinterlässt. Die Bestrafungen durch seine Tante und die Misshandlungen von Franz waren die einzigen körperlichen Berührungen, die er über lange Zeit erfahren hat. Für ihn ein unverwechselbares Zeichen von Nähe und Liebe.

Der bohrende Schmerz in seinem Inneren droht ihn zu zerreißen.

# 6

Mit angehaltenem Atem betrete ich das dunkle Zimmer. Ich finde es wunderbar, von der samtigen Schwärze verschluckt zu werden. Hier löse ich mich auf, verliere meine Konturen.

Langsam lasse ich die Luft aus meiner Lunge strömen. Noch bin ich allein.

Es gibt Untersuchungen darüber, ob das Spüren der Anwesenheit eines anderen menschlichen Körpers wissenschaftlich nachweisbar ist. Doch alle kommen sie zum gleichen Ergebnis: Es gibt kein Sinnesorgan, das uns die Nähe eines anderen Individuums verbindlich meldet. Ein Instrument dieser Wahrnehmung existiert nicht. Es sind bloß Ahnungen, Vermutungen, Trugbilder unserer überreizten Phantasie.

Dennoch kann ich die Gegenwart eines anderen fast immer orten. Erwartungsvoll sinke ich aufs Bett, lehne meinen Kopf ans Kissen.

Ich bin keine gute Rednerin. Worte auszusprechen fand ich schon immer schwierig. Komplizierter, als sie im Kopf zu haben. Dort bilden sie eine bewegte Linie. Sie vermitteln mir den Eindruck, fließende Sätze gefunden zu haben. Erfreut, das Gedachte ausdrücken zu können, beginne ich dann zu erzählen. Doch kaum öffne ich den Mund, wirbeln die Wörter durcheinander, bis das Gesagte keinen Sinn mehr ergibt. Deswegen stocke ich oft in Gesprächen, verliere den Faden und rudere mit den Armen.

»Du siehst aus wie Dädalus, der zu fliegen versucht, wenn du so verzweifelt mit den Armen wackelst. Als würdest du um Auftrieb kämpfen.« Seit Ännchen mir das sagte, stelle ich mir an guten Tagen vor, aus Vogelfedern Flügel zu basteln. So wie Dädalus habe auch ich den Plan dazu im Kopf. Zur Umsetzung fehlt mir allerdings die Kraft. In schlechten Momenten schimpfe ich mich laut »jämmerliche Stotterin« und verzage.

Als Ännchen mich unlängst fragte, ob ich ihren Vorschlag, den Nobel-Darkroom zu besuchen, denn beherzigt hätte, blieben mir die Worte vollends weg. Im Kopf war die Geschichte. Doch kaum öffnete ich den Mund, kam nicht der geringste Laut heraus.

Möglicherweise fehlte mir auch der Mut für eine Antwort. Und daran hat sich seither nichts geändert.

Mit geschlossenen Augen lausche ich ins Zimmer hinein, versuche, jedes noch so kleine Geräusch auszumachen. Die Bewegung der Luft auf meiner seidigen Bluse und der nackten Haut zu spüren.

Langsam werde ich vom Warten schläfrig. Wie ein träger Film zieht der Nachmittag an mir vorbei.

Ich sehe mich wieder zu Hause im Badezimmer stehen. Gedanklich vertieft, streife ich den schwarzen Strumpf über mein Bein. Den Spiegel über dem Waschbecken habe ich mit silberner Folie überzogen. So verhindere ich wirksam, zufällig meinem Konterfei zu begegnen. Der kurze Stretchrock lässt die knochigen Ecken meiner Hüften hervorspringen. Ich bin stolz, dass mein Bauch hohl nach innen sinkt.

Rundungen bereiten mir Unbehagen. Zu weiches Fleisch lässt mich vor Abscheu zurückzucken. Die hohen Pumps unterstreichen meine Schlankheit.

Zufrieden fahre ich mit dem Quastenpinsel über meine spitzen Jochbeine. Die gerippte Oberfläche der Duschkabine dient mir als Spiegel, der doch keiner ist. So überliste ich meine Angst täglich.

Das Rosarot steht mir, lässt meine Augen schilfgrün schillern. Der exakte Schnitt des schwarzen Ponys verleiht meinem Gesicht etwas Exotisches. So mag ich mich.

Ich stäube etwas transparenten Puder auf mein Dekolleté, forme aus meinen Chanel-Rot angepinselten Lippen einen Kussmund und knipse das Badezimmerlicht aus.

Als Kleopatra bin ich bereit, die Nacht zu erobern.

Kaum im Hotel angekommen, vibrierte das Handy in meiner Handtasche. Immer zwei Stufen nehmend, eilte ich die Treppe zum Hotelzimmer hinauf. Ungeduldig zerrte ich das Telefon heraus. Ännchen. Die konnte warten. Dann entschied ich mich anders.

»Alice? Hast du eine Minute Zeit für mich?«, fragte sie aufgeregt.

»Nun«, begann ich zögernd und fühlte mich sofort miserabel schlecht dabei.

Ohne meine Ablehnung wahrzunehmen, plapperte sie drauflos: »Es gibt da jemanden, wie du weißt. Können wir uns heute noch sehen? Es wäre wichtig. Ich tanz auch gern nach deiner Pfeife, Alice, und komme, wohin du willst, egal wie spät.«

Unerwartet schlagfertig antwortete ich: »Schon wieder die alte Leier?«, denn in letzter Zeit hat sie häufig für die falschen Prinzen geschwärmt.

»Keineswegs, diesmal ist es anders«, entrüstete sie sich.

»Ich kann jetzt nicht telefonieren«, wiegelte ich ab.

»Es ist aber wichtig, und ich muss dir etwas beichten«, drängte sie mich halsstarrig.

»Jetzt nicht. Ich rufe dich später zurück.« Ohne ihre Antwort abzuwarten, unterbrach ich die Verbindung, da ich vor dem Hotelzimmer angekommen war.

Irgendetwas im Raum hat sich verändert. Ein Schatten, der dunkler ist als die Schwärze um mich herum, ein feiner Luftzug? Ich kann es nicht sagen. Ich weiß nur, dass ich jetzt nicht mehr allein bin.

Jemand betrachtet mich durch die Dunkelheit. Erwartungsvoll setze ich mich auf und öffne die Augen, um sie gleich darauf wieder zu schließen. Kurz habe ich mich der Illusion hingegeben, sehen zu können.

»Dein Duft gefällt mir«, höre ich eine Stimme flüstern.

Er sagt noch etwas, das ich nicht verstehe.

Die Maske mit den silbernen Pailletten knistert, als ich sie aus der Handtasche hervorziehe. Mit vor Erregung zitternden Fingern stülpe ich sie über meine Augen. Jetzt kann mich wirklich niemand sehen. Verborgen unter diesem zarten Schutzschild gelingt es mir, meine Lust auszuleben.

Ich meine, ein Geräusch zu vernehmen, und erschaudere auf dem kühlen Leintuch. Instinktiv weiche ich zurück.

»Kein Grund zur Sorge.« Seine Stimme kommt von tief unten. Wäre er auf der Bühne über Ännchens Orchestergraben, sänge er den Bass.

Es geht eine magische Ruhe von ihm aus. Ich bin ihm hier noch nie begegnet. Sein Geruch ist fremd, auch seine Art, sich zu bewegen, zu sprechen. Ich fühle mich zu ihm hingezogen, ohne zu wissen, wer er ist.

»Zieh deinen Rock hoch. Runter mit den Strümpfen«, weist er mich an.

Woher weiß er, wie ich mich kleide? Hat er den sechsten Sinn?

Gehorsam folge ich seinem Befehl und spüre, wie sich mein Unterkörper lustvoll zusammenzieht.

»Schieb den Slip zur Seite«, fordert er knapp.

Wieder tue ich, was er sagt. Seine Blicke brennen durch die Dunkelheit wie Laserstrahlen auf meiner Haut.

»Möchtest du meine Bluse berühren?«, frage ich und wundere mich über mein ungewohnt freizügiges Angebot.

»So weit sind wir noch nicht, meine ungeduldige Prinzessin.«

Seine Flüsterstimme klingt jetzt streng, so als wolle er mich rügen. Doch anstatt ernüchtert zu sein, überschwemmt mich die Lust wie eine heiße Welle. Als er mir mit fester Stimme erklärt, wo und wie ich mich selbst anzugreifen habe, werde ich feucht.

Alles Blut sammelt sich an einem Punkt in meinem Körper, und mein Atem geht schwer. Losgelöst treibe ich durch dunkelviolette Tiefen auf einen gebündelten Lichtstrahl zu. Im selben Moment, als die Welle mich fast zum Explodieren bringt, spüre ich eine Berührung. Etwas streift meine Oberschenkel, gleitet über meine Narben, diese kleinen, wulstig aufgeworfenen Gebirgszüge aus unzähligen Einschnitten. Verweilt dort. Wandert hinauf zu meinem Bauch. Zuerst glaube ich, dass es seine Finger sind, die mich zu liebkosen beginnen. Doch es ist nicht Haut, die Haut berührt. Was ich fühle, ist kalt, glatt und unangenehm. Der muffige Geruch von Gummi dringt in meine Nase. Als ich kapiere, was mich da erforscht, halte ich die Luft an. Ein quietschender Handschuh streicht über meinen entblößten Körper. Nähert sich meinem Venushügel, gleitet tiefer. Erschrocken ausatmend weiche ich zurück, reiße die Maske von meinen Augen und presse das Kissen schützend an meinen Körper. Angestrengt, doch erfolglos durchforste ich die Dunkelheit. Meine Erregung ist abgeebbt, und ich sacke in mich zusammen. Unbeholfen ziehe ich die Bluse über meinen Nabel. Ich spüre seine Gegenwart. Er muss direkt neben mir stehen. Jetzt beugt er sich zu mir. Ein Schwall teures Aftershave – vermischt mit etwas anderem, Undefinierbarem – hüllt mich ein. Dann ist da noch dieser unverkennbare Geruch nach Latex.

»Lass dich darauf ein. Es ist schön.«

Eindringlich und leise wiederholt er die Worte mehrfach.

Eingelullt von seinem Singsang lasse ich das Kissen sinken und versuche, mich zu entspannen. Wieder berühren mich seine Plastikfinger, sie sind an meinem Haar, auf meiner Stirn. Ich ekle mich, sein Geruch hat eine scharfe Note angenommen. In meinem Kopf beginnt es zu summen. Zuerst leise, dann schwillt das Geräusch an, so schrill, als würde eine Alarmanlage losgehen. Ich spüre Gummi auf meinem Gesicht, auf den Lippen. Und am Hals. Seine Daumen massieren sanft meinen Kehlkopf, während seine Finger sich in meinem Nacken treffen. Er verstärkt den Druck, und auf einmal hat das Umspannen seiner Hände nichts Spielerisches mehr. Sein Atem geht rasselnd, und dann stöhnt er auf. Ich fühle mich zwischen seinen Fingern wie ein gefangenes Tier. Zuerst verharre ich sekundenlang regungslos, dann beginne ich, mich zu winden. Seine Umklammerung wird fester, und ich bekomme kaum mehr Luft. Aus meinem aufgerissenen Mund kommen gurgelnde Laute. Die Schwärze um mich beginnt sich wild zu drehen, silberne Sternchen blitzen auf. Unter Aufbietung all meiner Kraft reiße ich beide Beine hoch, bis die Knie meine Brust berühren. Dann schleudere ich meine Füße heftig in die Richtung neben dem Bett, in der ich ihn vermute. Fluchend lässt er mich los und taumelt zurück. Dieses Überraschungsmoment nütze ich.

In Panik springe ich vom Bett. Meine Tasche und die Pumps umklammere ich, den Rock zerre ich eilig nach unten. Ich fürchte, jeden Moment wieder seine Finger auf mir zu spüren. Durchs Dunkle stolpere ich zur Tür. Als ich endlich die Schnalle in der Hand habe, rüttle ich wild an ihr und stürze hinaus. Mit einem Fuß im Flur, werfe ich keuchend einen Blick über die Schulter zurück.

Ist er hinter mir?

Ein Strahl Flurlicht trifft eine hohe dunkle Gestalt, die regungslos im Zimmer steht. Sein Lachen hallt durch den Raum. Wieder fühle ich mich von ihm berührt. Ich schreie auf und knalle die Tür zwischen mich und den unheimlichen Ort.

Auf der Gangtoilette verharre ich zitternd. Ich habe mich in eine der Kabinen eingeschlossen und warte, bis sich mein Atem beruhigt. Bis meine Glieder aufhören, wie Wackelpudding zu beben. Dann erst richte ich meine Kleidung.

»Fuck«, entfährt es mir, denn meine Strümpfe sind im Zimmer geblieben. Doch dahin gehe ich nicht zurück.

Irgendwann, ich habe inzwischen jeglichen Zeitbegriff verloren, öffne ich vorsichtig die Tür. Ängstlich wage ich den Weg nach unten.

Mit der linken Schuhspitze verheddere ich mich in der Messingleiste, die den Plüschteppich an den Stufen hält. Verzweifelt versuche ich, das Treppengeländer zu fassen, doch meine Finger greifen ins Leere. Ich kann mich nicht halten, verliere das Gleichgewicht und lande unsanft in der Hotelhalle. Kurz liege ich mit ausgestreckten Armen und Beinen auf dem Rücken wie ein Käfer.

»Verdammt«, flüstere ich und rapple mich hoch.

Fast rechne ich damit, eine feste Hand auf meiner Schulter zu spüren. Immer noch bin ich auf der Flucht. Vor dem, was in dem dunklen Zimmer passiert ist. Und vor meinen Gefühlen.

Zum Glück ist kein Hotelgast zu sehen. Weder hinter mir noch vor mir. Die Rezeption ist verlassen. Vielleicht gehört dies zu den Abmachungen einer sicheren Benützung des Zimmers.

Beschämt springe ich hoch und verlasse fluchtartig das Hotel.

Die Straße ist menschenleer. Die nächtliche Szenerie gleicht einem bizarren Film. Eine mondlose Nacht. Die Schatten, die von den Laternen an die Häuserwände geworfen werden, tragen nicht zu meiner Beruhigung bei.

*»Alice, reiß dich zusammen«*, höre ich Großmutters harte Stimme sagen.

Was mich sonst wütend macht, besänftigt mich jetzt.

Trotz meiner Pumps laufe ich kilometerweit durch die Nacht, hinein in die hell erleuchtete Innenstadt. Jetzt will ich nichts mehr, als mich unter Menschen mischen. Eingehüllt von Musik und einigen Drinks, die mich das Geschehene vergessen lassen, auf die Müdigkeit zutreiben.

Als ich an der Theke einer Bar stehe, bestelle ich einen Gin Tonic. Ich fühle mich immer noch getrieben und unruhig. Mein Herz klopft so stürmisch, als hätte ich eine Kanne starken schwarzen Kaffees hinuntergeschüttet. In meinem Kopf wirbeln die Gedanken wild durcheinander.

Was habe ich getan? Bin ich pervers? Eigentlich kein Wunder. Aber das vorhin ging zu weit. Das war kein Spiel mit dem Feuer. Das war mehr. Verdammt, wozu habe ich mich da hinreißen lassen?

Irgendwann, der Zeitbegriff ist immer noch abhanden, habe ich das Gefühl, in einem sicheren Hafen zu ankern, endlich. Friedlich bestelle ich den nächsten Drink. Die Musik wird sanfter, die Farben weicher.

Langsam nehme ich die Menschen um mich herum wieder wahr.

Die Augen halb geschlossen, lächelt mich ein Unbekannter an. Streift mit einer lässigen Handbewegung die kurzen braunen Locken zurück. Obwohl sein Polo bis oben geschlossen ist, bahnt sich sein dichtes Brusthaar zwischen den Knöpfen den Weg hinaus. Er muss schon länger neben mir an der Bar stehen, denn sein Glas ist fast leer. Sein Lächeln wird intensiver, ich kann seinen oberen, schief gewachsenen Schneidezahn sehen. Ertappt wende ich mich ab.

»Zwei Mojito«, bestellt er selbstbewusst.

Aus den Augenwinkeln beobachte ich, wie er einen Schritt auf mich zumacht. Automatisch rücke ich ab.

»Flucht ist keine Lösung«, sagt er und lacht mich offensichtlich aus. »Ich krieg dich doch.«

»Verschwinde«, belle ich ihn an.

»Immer mit der Ruhe. Ich bekomme alles, was ich möchte.«

Ohne dass ich es verhindern kann, schlingt er seinen bärenstarken Arm um mich. Mir bleibt die Luft weg. Vor Entsetzen bin ich unfähig, mich zu rühren.

Der Gurt der Handtasche drückt schmerzhaft gegen meine Rippen. Eingehüllt in seinen beißenden Geruch, blitzen vor meinem inneren Auge die Geschehnisse der letzten Stunden als rasende Bilderfolge auf. Von Ekel und Schamgefühlen überschwemmt, winde ich mich. Reiße meinen rechten Arm hoch und boxe ihm den Ellbogen in den Leib. Ich habe seinen Solarplexus getroffen. Er lässt mich augenblicklich los und geht mit dem Glas in der Hand zu Boden. Die Umstehenden bilden neugierig einen Halbkreis um uns. Ich weiche erschrocken zurück, bis ich den Tresen im Rücken spüre und nicht weiter kann. Er hievt sich hoch, stößt einen Wutschrei aus und hält seine Finger anklagend in die Höhe. Anscheinend hat er sich beim Fallen am zerberstenden Glas geschnitten, denn seine Hand ist blutverschmiert. Verzweifelt suche ich nach einer Lücke in der Menge, durch die ich schlüpfen könnte. Doch niemand will mir Platz machen, die Gaffenden wirken wie eine zusammengeschweißte Stahlkette. Es sind fast nur Männer, stelle ich fest.

»Hab ich dir doch versprochen, dass ich dich kriege«, grölt er und springt auf mich zu.

Niemand kommt mir zu Hilfe. Ich sehe nur sensationsgierig aufgerissene Augen hinter ihm und sein zorngerötetes Gesicht. An seinem Schwanken merke ich erst, wie betrunken er sein muss.

Meine Lage erscheint aussichtslos, und so ducke ich mich vor seinem Schlag.

Fast gelingt es mir, ungeschoren davonzukommen, aber dann holt er ein zweites Mal aus, zischt: »Dummes Luder«, und trifft mich am Schlüsselbein.

Es schmerzt, und ich schreie auf.

Auf dem Holzboden kauernd, hebe ich meine Arme über den Kopf, um den nächsten Schlag abzuwehren. Rund um mich herum kann ich nur Beine in Jeans und dunklen Hosen erkennen, die wie Baumstämme einen undurchdringlichen Wald bilden.

Plötzlich werde ich hochgezogen und durch die Menge geschoben. Bevor ich meinem Retter danken kann, hat er sich schon umgedreht und geht vor mir. Ich sehe, wie sich seine Gestalt einen Weg durch die Menschenmenge bahnt. In seinem Windschatten taste ich mich zum Ausgang.

Draußen vor der Bar bleibe ich schwer atmend stehen und lehne mich an die Hauswand. Da mir speiübel ist, beuge ich meinen Oberkörper vor. Unter mir glänzt der Asphalt dunkel. Eine Hand legt sich schwer auf mein angeknackstes Schlüsselbein. Vor Schmerz jaule ich auf.

»Wusste ich doch, dass du das bist, Alice. Unverkennbar unbeherrscht wie eine Wildkatze«, höre ich eine belustigte Stimme sagen.

Im ersten Moment kann ich sie nicht zuordnen, obwohl mir

Tonlage und Sprechweise bekannt vorkommen. Vorsichtig hebe ich mein Gesicht und blicke zu der langen Gestalt in Jeans und Sweater auf.

Paul Slamanig grinst mich schief an.

»Ich wollte dich fragen, ob du mein Angebot endlich annimmst, aber jetzt scheint dafür nicht der richtige Moment zu sein«, sagt er leichthin und nimmt meinen Arm. »Nichts wie weg von hier, bevor die barbarische Meute uns fasst.«

Widerstandslos lasse ich mich von ihm ein paar Straßen weiter in eine kleine Bar ziehen. Dort sinken wir beide auf die Polsterbank in einer der Nischen. Mit fester Stimme, ohne mich zu fragen, bestellt er zwei große Bier.

»Das beruhigt«, behauptet er und scheucht unsichtbare Mücken aus seinem Gesicht.

Erst jetzt bemerke ich die Schramme, die sich quer über seine Wange zieht.

»Ich mach mich kurz ein wenig frisch«, erklärt er und geht Richtung Toiletten.

Paul Slamanig ist ein langjähriger Kunde im Fitness-Studio. Obwohl ich ihn nur einige Male trainiert habe, ist er überzeugt, dass mehr in mir steckt als ein Wellness-Coach. Vor einiger Zeit hat er mir das Angebot gemacht, als Lehrerin bei ihm zu arbeiten. Der hoch aufgeschossene, kräftige Mann mit den widerspenstigen braunen Haarsträhnen, die ihm ständig über die hellen Augen fallen, ist Direktor des Sportgymnasiums St. Peter. Paul ist um einiges älter als ich, und seine bestimmte Art versteckt er hinter einem jungenhaften Aussehen. Seit ich sein Angebot abgelehnt habe, trainiere ich nicht mehr mit ihm.

Schon ist er zurück und hält mir ein angefeuchtetes Tuch hin. »Wisch dir das Gesicht ab. Die Eiswürfel für deine Schulter sind bereits auf dem Weg.«

So viel Fürsorge ist mir unheimlich. Bis jetzt habe ich noch kein Wort gesagt, aber ihn scheint das nicht zu stören. Verlegen zupfe ich an meiner Kleopatrafrisur und bin mir meiner nackten Beine unter dem Stretch-Mini unangenehm bewusst. Anscheinend lässt der Schock jetzt nach.

»Ich war hinten in der Bar und habe nicht sofort bemerkt, was vorgeht. Irgendjemand hat mich auf die Auseinandersetzung aufmerksam gemacht, und dann habe ich dich erkannt. Du hast dem Typ ganz schön eines auf die Nase gegeben, kurz bevor ich ihn von dir wegreißen konnte. Ein wenig leichtsinnig war das schon. Er war außer sich vor Zorn.«

»Hätte er mich eben nicht anmachen sollen«, verteidige ich mich müde. »Außerdem vertrage ich es nicht, festgehalten zu werden.« Wenn ich an die krakenhafte Umklammerung denke, schnürt sich mein Brustkorb fest zu. Locker bleiben, sage ich mir, es gibt keinen Grund zur Panik.

»Ach?« Paul lächelt mich unter seinen gebogenen Wimpern an. »Das magst du also nicht? Zu viel Nähe? Schlechte Erfahrungen gemacht?«

Mit einem Mal ist die Entspannung verschwunden. Was erlaubt der Kerl sich eigentlich? Ich hüstle den Frosch in meiner Kehle unbeholfen weg. Automatisch ziehe ich am Stretch-Mini, als könnte ich ihn dadurch verlängern. Als ich den Saum loslasse, rutscht er hinauf und gibt zusätzliche Zentimeter meiner Oberschenkel frei. Ungeschickt versuche ich, mit der Handtasche meine nackte Haut zu verbergen. Ich will nicht, dass er meine Narben sieht. Wenn er sie nicht ohnehin schon entdeckt hat. Das Gefühl der Hilflosigkeit schlägt in Wut um.

»So!« Ich knalle ein paar Münzen für die Getränke auf den Tisch und will aufstehen.

»Nicht so schnell, Alice. Deinem Lebensretter bist du verpflichtet. Zumindest für ein Glas Bier. Außerdem sind da die Eiswürfel für deine Schulter.«

Diesmal blitzt der Schalk aus seinen Augen, und die Sommersprossen tanzen auf seiner Nase. Er legt mir das kühle Handtuchpaket auf die Schulter, das die Bedienung gebracht hat, und ich spüre, wie das Eis langsam den Schmerz betäubt. Als ich zu ihm aufschaue und »Danke« murmele, sehe ich, dass eine sehr kurze, breite Narbe seine rechte Augenbraue in zwei Hälften teilt. Es sieht aus, als hätte er zwei dicke, parallele Schrägstriche über seinem Auge. Das ist mir früher nicht aufgefallen. Es gibt seinem Gesicht etwas Verwegenes.

Er bemerkt meinen Blick.

»Wenn ich mir ein Piratentuch umbinde, ein Piercing durch die Nase schiebe und vielleicht die zweite Augenbraue mit dem

Säbel entzweischneide, sprichst du dann wieder mit mir? Nicht einmal du kannst mir dann widerstehen, stimmt's?«

Ich kann nicht anders, als mitzulachen. Er sieht so überhaupt nicht aus wie ein Pirat. Für den Moment ist er nur er selbst. Und sein Lachen ist mitreißend. Ich entspanne mich wieder etwas.

Paul Slamanig war mir vom ersten Augenblick an sympathisch. Doch was ich mag, weise ich zurück. Das war der Grund, warum ich mich aus seinem Trainingsplan austrug.

Während wir uns unterhalten und mit dem zweiten Bier beginnen, strömt das Blut warm durch meine Adern und in einem angemessenen Abstand vorbei an meinem vom Eis betäubten Schlüsselbein. Ich spüre den Schmerz nicht mehr und fühle mich wohl wie schon lange nicht. Ich bin ein wenig betrunken, aber das allein ist es nicht.

»Alice«, sagt er und sieht mir direkt ins Gesicht.

Sofort schlage ich meine Augen nieder. Für mich hat es etwas Obszönes, wenn sich Blicke begegnen, ineinander versinken.

»Hörst du mir noch zu?«, setzt er nach.

»Mhmm«, mache ich verlegen unter meinem schwarzen Vorhang aus Kleopatrahaar.

»Hast du dir mein Angebot überlegt? Du hättest eine volle Lehrverpflichtung, bei einem humanen Stundenplan. Wäre das nichts für dich? Sara hat mir erzählt, dass du die Lehrbefugnis hast.«

Klar, ich fühle mich von seinem Vertrauen in meine Fähigkeiten geehrt. Doch ob ich mit rebellierenden Teenagern fertigwerden kann? Das war einer der Gründe, warum ich mich nach dem Studium entschied, nie zu unterrichten.

»Denk noch mal darüber nach, bevor du antwortest«, bittet er mich eindringlich und zieht den Reißverschluss seiner blauen Sporttasche auf. »Hier ist meine Visitenkarte.«

Er hält mir ein Stück Papier hin.

Aber mein Blick bleibt an etwas anderem als dem Kärtchen hängen. Von ihm unbemerkt ist ein Latexhandschuh aus der Tasche gefallen und liegt jetzt zwischen uns auf der Bank.

Ich beginne unkontrolliert zu zittern und befinde mich sofort in Alarmbereitschaft.

»Was?«, besorgt schaut er mich an. Langsam folgen seine Augen meinem Blick. Mit spitzen Fingern nimmt er den Handschuh. »Der gehört allerdings nicht hierher.«

Gehetzt von meinen Ängsten springe ich auf, stoße einen Stuhl um, der polternd zu Boden geht, und wende mich zur Tür. Zum Glück folgt er mir nicht.

Aber da ist seine Stimme, die mir nachruft: »Alice, du hast meine Visitenkarte. Bitte ruf mich an, und wir besprechen mein Angebot bei einem Abendessen!«

Den Teufel werde ich tun.

***

Er hat sie gefunden! Seine Prinzessin.

Und mehr noch, wieder ist es ihm gelungen, eine zufällige Begegnung herbeizuführen.

Im braunen Lederfauteuil am Fenster hängt er bei Beethoven und einem Glas Scotch seinen Gedanken nach.

Befriedigt spürt er, wie die Schärfe des Alkohols zuerst seine Speiseröhre erwärmt und dann seinen Magen. Genießerisch macht er einen Schluck nach dem anderen und lässt das Geschehene Revue passieren.

Ihre Silhouette hatte sich vom hellen Leintuch im Darkroom abgehoben. Glatt wie eine Porzellanfigur. Voller Hingabe lag sie da, bereit, sich auf ein Abenteuer mit einem Unbekannten einzulassen.

Was für Frauen sind es, die sich diesem Reiz hingeben? Warum brauchen sie den Kick des Außergewöhnlichen? Sind sie abgestumpft und nur mehr durch das Verbotene zu erregen?

Früher hat er sich diese Frage gestellt, ohne eine Antwort darauf zu finden. Heute kennt er sie.

Hätte er das Zimmer im Hotel »Ariston« nicht entdeckt, wären ihm die Geheimnisse seiner Gespielinnen für immer verborgen geblieben. Traumatisierte Frauen mit Fehlern und dunklen Punkten in ihrem Leben geben sich dort der Illusion hin, im schwarzen Raum unsichtbar zu werden. Diese Erkenntnis lässt ihn erbeben. Der Zauber ihrer Entstellung. Ihre verschämten Bewegungen verraten, was seine Finger in den Handschuhen ertasten.

Wie auch er haben sie erlernt, ihre Scham, ihren Makel vor der entblößenden Helligkeit zu verbergen.

Seine neue Prinzessin wirkt verletzt und tief gedemütigt. Er wird ihr helfen, sich aufzurichten. Sie soll ihren schönen Kopf zu ihm heben. Ihm ihre klaren Augen zeigen.

Er beginnt zu lächeln. Wie vertrauensvoll seine Prinzessin mit ihm gesprochen hat, als sie sich später trafen. Zufällige Begegnungen sind seine Spezialität. Zu seinem Geschick, Situationen richtig einzuschätzen und die Gunst der Stunde zu nutzen, kommt seine präzise Beobachtungsgabe.

Keine Sekunde lang war sie misstrauisch, als sie einander erneut begegneten. Eines fügte sich zum anderen. Von ihrer Ausstrahlung betört, schwang er sich zu Höchstform auf. Einmal sah er sich gar von außen, trat aus seinem Körper und war beeindruckt von seinen Gesten, seiner Mimik, der Geschicklichkeit, die passenden Worte zu finden, die rechten Gefühle, Stimmungen zu provozieren.

Er ist sich sicher, bald von ihr zu hören. Seine Fingerspitzen beben, das Herz in seiner Brust pulsiert hart und voller Vorfreude.

Das Spiel kann erneut beginnen.

***

Erst unter der Dusche beruhige ich mich. Das heiße Wasser prasselt auf mein Haar, rinnt über mein Gesicht und fließt an meinem Körper entlang in den Abfluss. Wenn das mit den Gedanken, Gefühlen und Bildern, die mich überschwemmen, bloß auch so wäre. Ich müsste nur den Kopf schütteln, mit den Gliedern wackeln, und alles Düstere fiele von mir ab, triebe weg von mir.

Verdammte Latexhandschuhe.

Was wollte ich überhaupt in diesem Hotel?

Ich finde keine Antwort darauf. Meine Würde, den letzten Funken Anstand habe ich hier verloren.

*»Lass es los.«* Die Stimme meiner Therapeutin gibt mir eine klare Anweisung, die ich dennoch nicht befolgen kann.

Mir war und ist bis heute nicht klar, was dieses »Loslassen« bedeutet, wie man es anstellt. Über die Jahre habe ich neben Entspannungsübungen einige andere sinnvolle Techniken eingeübt. Taucht Verstörendes in meinen Gedanken auf, gelingt es mir inzwischen, das Erinnerungsmaterial ohne Umwege in den Laden der alten Kommode zu verstauen. Auf einen Schlüsselreiz hin ist es mir meist möglich, mich binnen Sekunden aus schlimmen Verkrampfungen zu befreien. Diese Praktiken funktionieren umso besser, je entspannter ich mich fühle. An einem meiner kohlrabenschwarzen Tage klappt nichts davon. Wie Ungeheuer fallen die Erinnerungen dann über mich her und halten mich fest in ihren Klauen. Dabei sollte es umgekehrt sein. Je schlechter mein Zustand, desto effektiver müssten die erlernten Techniken wirken.

Ich bin ein therapeutischer Misserfolg.

Damit habe ich mich abgefunden. Meine Therapeutin bringe ich mit dieser Ansage regelmäßig zur Verzweiflung. Manchmal lacht sie hell auf und schüttelt den Kopf, bis ihre überlangen Ohrringe klirren. Inzwischen weiß ich ihre Heiterkeitsausbrüche richtig einzuschätzen. Ihr Lachen ist kein geringschätziges. Sie macht sich nicht über mich lustig, drückt damit nur ihre eigene Hilflosigkeit aus. Ihrer Meinung nach habe ich viel geschafft. Früher ging ich zweimal die Woche zu ihr, inzwischen sind die Abstände zwischen unseren Treffen größer geworden. Das liegt am Therapieerfolg, sagt sie. Und daran, dass ich sie nicht mehr so wie früher brauchen würde.

Doch ich vermisse sie täglich.

Als ich mich in das knappe Badetuch wickle, schlagen meine Zähne wild aufeinander. Die innere Anspannung lässt mich zittern. Vieles, das ich gern für immer verdrängt hätte, hat mich in den letzten Tagen eingeholt.

Und ich denke dabei nicht nur an meine Großmutter.

Die Haut spannt sich hell, fast durchsichtig über meinen Sehnen. An manchen Stellen scheinen die Adern bläulich durch. Das Badetuch ist fest um meinen Körper gewickelt, als müsste es die auseinanderstrebenden Fragmente zusammenhalten. Mir bleibt die Luft weg.

Wieder werde ich von dem Sog erfasst, der mich unweigerlich nach unten zieht. Mein Körper ist angespannter als die Saiten aller Geigen in Ännchens Orchester. Barfuß zum Bett gehend, hinterlasse ich nasse Spuren auf dem Boden.

Ich bücke mich und werfe dabei einen verstohlenen Blick hinter mich. Mir ist, als spürte ich besorgte Blicke in meinem Rücken, und meine Nackenhaare stellen sich wie auf ein geheimes Kommando hin auf.

Doch Dr. Roth ist nicht hier, sie schläft wahrscheinlich Kilometer entfernt in einem mit bunter Wäsche bezogenen Bett.

Und die Gedanken an sie können mich nicht davon abhalten, unter die Matratze zu greifen und das flache Kästchen herauszuziehen.

*»Alice, Sie leiden an einer posttraumatischen Belastungsstörung, wegen der selbstverletzenden Tendenzen häufig verwechselt mit dem Borderline-Syndrom.«*

Ja, liebe Frau Doktor, ich weiß. Doch was habe ich davon, meine Diagnose zu kennen? Dadurch wird der Druck auch nicht weniger.

Schwer atmend sinke ich auf den Boden, das wertvolle Stück in meinen Händen. Mit bebenden Fingern klappe ich den Holzdeckel auf. Ich fühle mich wie ein Junkie vor dem erlösenden Schuss. Das Plastik quietscht, als ich es von der funkelnden Silberklinge ziehe.

Sie liegt leicht und kühl in meiner Handfläche. Entblättert und rein. Voller Vorfreude tupfe ich etwas Desinfektionslösung auf einen Wattebausch. Meine Augen suchen meinen Körper bereits hektisch nach einer geeigneten Stelle ab, während ich die Klinge reinige. Unter der linken Armbeuge schimmert ein Stück unverletzte Haut. Ich setze die Klinge an, bin bereit für den Schnitt.

Das Gefühl vor dem ersten Ritzen ist vergleichbar mit der Phase verliebter Annäherung. Alles kribbelt, prickelt, jede Faser des Körpers ist aufs Höchste alarmiert. Dann folgt der erlösende Schnitt. Und alle Spannung weicht. Endlich macht Ruhe der Aufregung Platz.

Draußen treibt der Nachtwind jäh gegen das halb geöffnete Fenster. Bläht den hellen Vorhang auf. Wie ein Tier bricht er ins Zimmer ein. Die Jalousie raschelt. Die Papiere auf dem Schreibtisch knistern. Bestürzt halte ich inne.

Was will ich da tun?

Das alles habe ich längst hinter mir, ich brauche den feinen

Schnitt in meine Haut nicht mehr. Jahrelang konnten mich nur die Tropfen meines hervorquellenden Blutes beruhigen. Erst wenn der rote Saft aus mir herausfloss, gelang es mir, Abstand zu gewinnen, mich zu besänftigen.

Zärtlich streichle ich über meine mit Narben übersäten Arme und Oberschenkel. Jede hat ihre eigene traurige Geschichte. Meine Fingerkuppen gleiten über die welligen Erhebungen. Ich werde mir nicht kaputt machen, woran ich so hart gearbeitet und wofür ich so verzweifelt gekämpft habe.

Wieder überschwemmen mich die eisig kalten grauen Bilder. Winden sich wie ein fetter Wurm um meinen Hals und nehmen mir die Luft. In Panik knipse ich die Nachttischlampe an. Sofort verwandelt sich das halbdunkle Schreckenskabinett in mein vertraut chaotisches Zimmer. Beruhigt von der gewohnten Unordnung, lege ich die Rasierklinge zurück ins Kästchen. Darauf bedacht, mir nicht wehzutun, hülle ich sie in das Plastik ein und klappe, befreit von meinen Ängsten, den Deckel zu.

Ich fühle mich, als hätte ich nach einem stundenlangen Kampf im Boxring meinen mir an Kraft überlegenen Gegner endlich besiegt. Ich bin stolz auf mich. Egal, wie unerträglich die Spannung war, sie konnte mich nicht bezwingen.

Morgen rufe ich Dr. Roth an.

Erschöpft, aber froh brühe ich mir eine Tasse Melissentee auf. Irgendwo im Küchenschrank muss sich noch eine Rippe Schokolade verbergen.

# 7

Es ist fünf Uhr morgens. Draußen überzieht ein mattes Grau den Himmel. Weit oben verblasst eine spitze Mondsichel. Am Horizont treiben einige hellrosa Wolken und kündigen den neuen Tag an.

Aufgewühlt von den Ereignissen des gestrigen Abends konnte ich nicht einschlafen. Unruhig warf ich mich von einer Seite auf die andere. Irgendwann beschloss ich aufzustehen. An Schlaf war ohnehin nicht mehr zu denken.

Nun stehe ich am Fenster und starre in den beginnenden Morgen. Die Zeit, bevor der Tag endgültig anbricht, ist mir die liebste. Alles ist noch vage, ohne Konturen. Gegenüber stehen die Häuser dunkel und verschlossen in der Dämmerung.

Paul Slamanigs Gesicht taucht vor meinem inneren Auge auf, und ich weiche mit meinen Gedanken zurück. Auch das ist eine erworbene Technik. Langsam lösen sich seine Gesichtszüge auf, verschwimmen mit dem Grau des Himmels.

Wieder fällt mir die Rasierklinge ein und wie haarscharf ich an einem Rückfall vorbeigeschlittert bin. Immer noch spüre ich das blanke Metall auf meiner Haut. Aber auch die Erleichterung darüber, den Impuls unter Kontrolle bekommen zu haben.

Ich greife nach meinem Handy, drücke im Adressbuch auf R und wähle die Nummer meiner Therapeutin. Ihr Anrufbeantworter ist wie immer eingeschaltet. Dadurch ist sie erreichbar, ohne abheben zu müssen, und wenn notwendig, ruft sie zurück.

So kann ich mich zu jeder Tages- und Nachtzeit bei ihr melden.

Es ist schön, ihre vertraute Stimme zu hören. Aufmerksam lausche ich der Ansage, bis ich enttäuscht die Verbindung unterbreche.

Dr. Roth ist auf einem Kongress und kommt erst in zwei Wochen zurück.

Nach einer Weile wähle ich nochmals ihre Nummer.

»Hi, Alice hier. Ich wollte nur …«, beginne ich.

Dann hänge ich auf, unangenehm berührt vom unsicheren Klang meiner Stimme.

Plötzlich habe ich eine Idee, warum fahre ich zur Abwechslung nicht auch mal fort? Immerhin habe ich morgen Geburtstag. Ich kann mich nicht erinnern, wann ich das letzte Mal die Stadt verlassen habe. Mit Ännchen war ich vor Jahren in Griechenland. Ännchen! Sie wartet auf meinen Rückruf. Ich wähle ihre Nummer, doch sie meldet sich nicht. Ich werde es später noch mal probieren.

Ich gehe zu meinem Notebook, um nach günstigen Flügen zu suchen. Shit, die Internetverbindung funktioniert nicht. Außerdem besitze ich keinen Drucker.

So ist das eben mit den spontanen Einfällen. Die Durchführung scheitert an den notwendigen Ressourcen.

Als ich mir einen grünen Tee aufbrühe, habe ich den zweiten Geistesblitz an diesem Morgen. Ich lasse den Tee Tee sein und schlüpfe in Jeans und einen schwarzen Pulli. Schnell putze ich meine Zähne und binde ein Band um mein Haar.

Beschwingt springe ich die Stiege hinunter, der Schlüssel vom Fitness-Studio klappert in meiner Hosentasche. Um diese Zeit ist noch niemand dort. Sara kommt frühestens um sieben.

So bleibt mir genügend Zeit, um, von allen unbemerkt, zu buchen und die Reservierung von Zug und Hotel gleich auszudrucken.

Pfeifend laufe ich durch die menschenleeren Straßen.

Über mir krächzen Raben.

»Alles easy, alles cool«, besänftige ich kurze Zeit später meine Aufgewühltheit, während meine Fingerkuppen über die Tasten von Saras Computer jagen.

Wann soll's losgehen? Der morgige Tag bietet sich an, da ich nicht im Studio eingeteilt bin. Okay, das wäre geklärt.

»Geburtstagsflug«, murmle ich in mich hinein.

Aber von Klagenfurt komme ich kaum wohin. Also versuche ich es über Salzburg, Graz und Laibach. So viele Billigflieger, so viele Orte. Soll ich nach Palermo? Stockholm? Oder Rom? Ist London der richtige Platz für mich? Valencia? Istanbul? Vielleicht ein Kaff auf Sardinien? Nicht dass ich's wüsste. Na ja. Berlin würde sich anbieten. Halt, wie wäre es mit Dublin? Barcelona lacht mich an. Madrid.

Nein. Ne. No. Non. Njet. Nada.

So wird das nichts. Ich muss andersrum vorgehen und checken, welche Fluglinien wohin zum günstigsten Tarif fliegen.

Ich entscheide mich für eine Fluggesellschaft und versuche es mit Brüssel. Spitzen und Magritte fallen mir ein, aber der Flug ist zu teuer. Auch Delft würde mich reizen oder Antwerpen. Nur leider erscheinen beide Städte nicht auf dem Bildschirm.

An jedem anderen Tag als morgen wäre die Traumstadt London günstig anzufliegen, sogar ab Klagenfurt. Aber ich habe mir nun einmal in den Kopf gesetzt, an meinem Geburtstag unterwegs zu sein.

Nach einem gehetzten Blick auf die Wanduhr beeile ich mich. Sara darf mich nicht an ihrem Computer erwischen. Sie hätte sicher kein Problem damit. Doch es geht sie nichts an, was ich in meiner Freizeit treibe.

Nach Barcelona wäre der Hinflug zwar billig, aber der Rückflug übersteigt entschieden mein Budget.

Jetzt muss ich wohl größenwahnsinnig geworden sein, denn ich gebe Paris ein. Sekundenlang halte ich die Luft an. Als ich ausatme, sehe ich, dass der billigste Flug in die teuerste Stadt der Welt – hin und zurück – für dreihundertdreißig Euro angeboten wird.

Die Preise scheinen wie verhext. Nun, wenn das kein Zeichen ist.

Aus der Traum vom Fliegen. Ich werde wohl den Zug nehmen müssen. Ohne lange zu zögern, entscheide ich mich spontan für Wien. Mit einem schnellen Blick über die Schulter zur Eingangstür des Studios vergewissere ich mich, weiterhin allein zu sein, und hämmere wie die wilde Maus meine Daten in den PC.

Meine Wangen fühlen sich heiß an, die Lippen trocken.

Nervös warte ich, bis die Bestätigung der Österreichischen Bundesbahn ausgedruckt in meinen Händen liegt. Damit ich es mir im letzten Moment nicht doch noch anders überlege, suche ich rasch ein passendes Hotel. Da ich die Stadt, bis auf einen Ausflug in der Schulzeit, nicht kenne, orientiere ich mich an den im Netz vorgeschlagenen Vierteln.

Das Stirnband klebt an mir. Ungeduldig ziehe ich es über mein Gesicht nach unten. Jetzt baumelt es wie eine zu große Kette um meinen Hals. Mir ist unerträglich heiß, aber ich fühle mich seltsam belebt.

Gerade als ich die Hotelbuchung aus dem Drucker ziehe, höre ich, wie die Außentür des Studios aufgesperrt wird. Der Schreck fährt mit voller Wucht in meine Glieder. Hektisch schließe ich die Seiten. Jetzt ist nicht mehr zu sehen, was ich getan habe. Die grünen Fische tummeln sich bereits wieder auf der Bildschirmoberfläche. Mit einem schnellen Blick vergewissere ich mich, dass auch der Drucker ausgeschaltet ist.

Ich springe vom Sitz. Die Bestätigungen habe ich geistesgegenwärtig unter mein Shirt geschoben. Schon sehe ich mich Saras aufmerksamen Augen gegenüber.

»Alice! Du um diese Zeit schon hier?«

»Ja.« Ich zögere und suche krampfhaft nach einer Ausrede. »Ich hoffe, es macht dir nichts aus?«

»Halb so schlimm. Ich war nur im ersten Moment etwas erschrocken, als ich das Licht durch den Türschlitz sah … Was machst du da eigentlich an meinem Computer?«

Vielleicht bilde ich mir den lauernden Unterton in ihrer Stimme nur ein.

»Also, da ich bald Geburtstag habe …«

»Morgen«, fällt Sara mir ins Wort.

»Ja, äh, daher überlege ich, am Wochenende eine kleine Party zu geben. Falls sie zustande kommt, bist du natürlich herzlich eingeladen. Jedenfalls habe ich gegoogelt, wie viel eine Raummiete in einer Bar kosten würde.«

»Du, eine Party geben? Das ist ja fast so, als würde ich auf einem Elefanten durch Indien reiten wollen. Du meine Güte!« Sara lacht und sieht mich ungläubig an.

»Na ja«, erwidere ich und ziehe das Haarband wieder über meine Stirn, »manchmal ist sogar mir nach Spaß.«

»So habe ich das nicht gemeint, Alice. Es ist eine großartige Idee. Soll ich dir helfen?«, bietet sie eifrig an.

Shit! Worauf hast du dich da eingelassen, Alice?

»Wenn es so weit ist, komme ich gern auf dein Angebot zurück«, heuchle ich. Doch die Falle schnappt zu.

»Sicherheitshalber fange ich in der Pause schon mal mit der Suche nach einem geeigneten Ort für deine Fete an. Das lass ich mir nicht ausreden.« Sara fixiert mich mit einem zufriedenen Ausdruck auf ihrem herben Gesicht.

Blöderweise hat ihr meine Ausrede Hoffnung auf mehr Nähe gemacht, denke ich verärgert.

»Und du«, sie zielt mit dem Zeigefinger auf meine Brust, »ziehst dich jetzt besser um. Wir haben heute ein volles Programm.«

# 8

Der Himmel ist von einer samtigen Schwärze überzogen. Vereinzelt funkeln zackige Sterne auf mich herab.

Wie lange würde es wohl dauern, bis sich meine imaginäre Schürze bei einem Sternschnuppenregen mit dem Glitzerwerk gefüllt hätte?

Als ich mir gerade überlege, wie viel so ein einzelner klitzekleiner Stern wohl einbrächte, biegt das Taxi um die Ecke.

Ich stehe auf dem Gehsteig, den Trolley neben mir. Den Daumen halte ich am langen Arm ausgestreckt, wie eine Tramperin. Prompt bleibt der Wagen stehen. Ein Mann mit einem Sikh-Turban steigt aus und nimmt meinen Koffer. Nachdem er ihn verstaut hat, grinst er mich an.

»War gut, junge Lady, dass Sie den Daumen rausgehalten haben. Um diese Stunde, bei dieser Menschenmenge, hätte ich sonst nicht gewusst, wer mich gerufen hat.«

Ein Scherzkeks, denke ich, aber mir ist so früh am Morgen nicht nach Witzen.

»Zum Bahnhof bitte«, brumme ich.

»Geht klar«, kommt es freundlich zurück, und dann sind wir unterwegs.

Durch das gleichmäßige Rattern des Autos und der monotonen indischen Musik, die von vorne zu mir dringt, werde ich müde. Wieder habe ich kaum geschlafen. Die Arbeit im Studio gestern war anstrengend. Sara hat ständig Anspielungen auf meinen Geburtstag gemacht. Wahrscheinlich plant sie eine Überraschung. Zum Glück war sie ab Mittag nicht mehr da.

Zu Hause durchforstete ich das Chaos nach meinem Pass und warf die notwendigen Klamotten in den Koffer.

Ännchen hatte mehrfach erfolglos versucht, mich zu erreichen. Mit schlechtem Gewissen rief ich zurück. Nun war sie wieder diejenige, die nicht dranging.

Irgendwann erinnerte mich ein heftiges Magenknurren daran, dass ich den ganzen Tag noch nichts gegessen hatte. In meinem Kühlschrank fand ich neben einer halb vollen Flasche Weißwein, einigen Knoblauchzehen und einer Rinde harten Käses nur zwei vergammelte Chilischoten. Im Vorratsschrank gab es ein halbes Päckchen Nudeln, und das Olivenöl war noch nicht geöffnet. Kurz entschlossen bereitete ich Spaghetti mit Knoblauch und Chili zu.

Als ich vor der dampfenden Pasta, über die ich den Käserest gerieben hatte, saß, fühlte ich mich das erste Mal seit Tagen wohl in meiner Haut. Die Nudeln schmeckten, und ich verschlang sie gierig. Dazu trank ich den Wein und blätterte im Wien-Führer, den ich auf dem Heimweg gekauft hatte.

Nachdem ich alles abgewaschen, eingepackt und weggeräumt hatte, ging ich zu Bett. Da die Reise um fünf am Morgen losgehen sollte, musste ich früh die Wohnung verlassen.

Vielleicht war es das Wissen, ohnehin nicht lange schlafen zu können, das mich davon abhielt, ein Auge zuzutun. Möglicherweise hielten mich auch hartnäckige Grübeleien über mich, mein Verhalten und die eigenartigen Vorfälle der letzten Tage von einem erholsamen Schlaf ab.

Viel zu früh jedenfalls schreckte ich hoch und fühlte mich, als wäre ein schweres Motorrad über mich hinweggebraust.

Jetzt lehne ich meinen Kopf zurück und schaue aus dem Autofenster in die verschwindende Nacht.

Es ist, als würde jemand langsam einen dunklen Vorhang hochziehen. Immer deutlicher tritt zutage, was sich hinter dem schwarzen Stoff verborgen hat.

Ich erkenne Häuser und Bäume entlang der Straße. Zuerst sind die Konturen verschwommen, dann werden sie klarer und deutlicher. Welche Menschen wohl hinter diesen Gärten wohnen?, frage ich mich. Ich schaue gern durch hell erleuchtete Fenster in das Leben anderer. So habe ich das Gefühl, an etwas teilhaben zu können.

Ännchen nennt mich dafür schonungslos »Spannerin«.

Ein weißer Riesenvogel schwebt lautlos über dem Wald hinter dem Flughafen Annabichl und setzt zur Landung an. Kaum sehe ich das Herabgleiten des Flugzeugs auf die mit Lichtern eingefasste Landebahn, ereilt mich dieses euphorische Gefühl, und Wehmut, nun doch nicht wegfliegen zu können, überfällt mich und treibt mir Tränen in die Augen.

Ich muss eingenickt sein. Mit einem Schrei fahre ich in die Höhe, als mein Handy schrill pfeifend eine SMS ankündigt.

»Na, na«, kommt es begütigend vom Taxifahrer.

*»Nach einer abenteuerlich wunderschönen Nacht lege ich mich jetzt schlafen«*, lese ich. *»So etwas habe ich noch nie erlebt. Alice, ich bin völlig hinüber. Und morgen folgt die Fortsetzung. Ich kann es noch immer nicht fassen, dass er mich liebt. Mich, dein Ännchen. PS: Happy birthday!«*

Mein Ännchen, du dummes Ding. Ich lächle, nun wieder hellwach, in mich hinein. Warum lässt sie ihre Finger nicht endlich von diesen quakenden Fröschen und vermeintlichen Märchenprinzen? Spätestens in zwei Monaten wird sie als heulendes Elend mein letztes Kleenex verbrauchen und danach die Klopapierrolle Stück für Stück nass weinen.

Sie ist ein hoffnungsloser Fall.

Ich wähle ihre Nummer, doch als sich wieder nur die Mailbox meldet, unterbreche ich die Verbindung.

Inzwischen nähern wir uns dem Bahnhof.

Meinen heutigen Geburtstag will ich so richtig erleben.

Wien, ich komme!

***

*Heute war der schönste Tag ihres Lebens. Sie wurde sieben Jahre alt. Da sie in der Früh zur Welt gekommen war, war sie es sogar schon. Denn es war bereits Abend.*

*Draußen rieselte der Schnee. Obwohl es schon Mai war, hatte es heute Morgen noch einmal zu schneien begonnen. In dicken, schweren Flocken. Wie weiße Watte hatte der Schnee sich über alles gelegt und es eingehüllt.*

*Auch das war ein Geburtstagsgeschenk. Sie liebte Schnee.*

*Mit den Beinen an die Heizung gelehnt, stand sie am Fenster und presste ihr Gesicht an die kühle Scheibe. Es war schon dunkel. Das war einerseits schlecht, da der Tag vergangen war, ohne dass sie ihren Geburtstag gefeiert hatten. Großvater war noch immer nicht heimgekommen. Erst wenn er da war, durfte sie die Geschenke auspacken. Dann wurden endlich die Kerzen auf der Torte entzündet. Andererseits war es auch gut, denn durch die Dunkelheit konnte sie die Schneeflocken im Schein der Straßenlaterne noch deutlicher erkennen. Je länger sie in das*

*Gestöber schaute, desto schneller drehten sich die Gedanken in ihrem Kopf. Es war ein wenig wie auf dem Karussell, in einem der bunten Flugzeuge.*

*Sie war nun in der ersten Klasse der Volksschule und hatte Glück gehabt: Ännchen war wie sie in der 1b. Und nicht nur das, sie saß auch neben ihr. Wie schon im Kindergarten waren sie die besten Freundinnen. Sie hatten noch nie gestritten.*

*Mit einem Mal wurde der Raum in ein warmes Licht getaucht. Sie drehte sich um und sah ihre Großmutter im Zimmer stehen.*

*»Alice, es ist schon spät, du musst ins Bett. Wir werden wohl ohne Großvater anfangen müssen.«*

*»Aber«, begann sie mit zaghafter Stimme, »wird er nicht böse sein?«*

*»Wir werden es klug anstellen. Du bekommst nur ein Geschenk, die anderen beiden gibt es beim Aufwachen, und ich zünde nur die achte Kerze an, also dein Lebenslicht.«*

*Großmutter lächelte verschmitzt. Alice spürte, wie ihr Herz vor Aufregung stürmisch klopfte. Nach einem letzten Blick ins Flockengestöber ging sie erwartungsfroh in die Küche.*

*Mitten auf dem schön gedeckten Tisch stand ihre Geburtstagstorte. Im rosa Zuckerguss steckten sieben pinkfarbene Kerzen. In der Mitte thronte die achte. Sie war rot und flackerte als einzige.*

*Sie war so neugierig auf das Geschenk. Würde ihr Herzenswunsch in Erfüllung gehen?*

*»Du darfst es jetzt auspacken, mein Mädchen. Alles Gute zu deinem siebten Geburtstag.«*

*Großmutter umarmte sie. Da war der Geruch von Puderzucker, Schokolade und Schneeglöckchen. Dann mischte sich etwas Bitteres dazu. Schnell befreite sie sich aus der Umarmung.*

*Ungeduldig riss sie das Papier vom Päckchen. Gleich würde sie es in ihren Händen halten und nie wieder hergeben. Alle Sorgen und Freuden würde es mit ihr teilen. Und sie nie wieder verlassen.*

*Unter der Verpackung war ein flacher Karton.*

*Jetzt, dachte sie, als sie den Deckel hob.*

*Doch da war kein rosarotes Pony, sondern nur ein Stück Papier, auf dem in goldener Schrift etwas geschrieben stand, das sie nicht lesen konnte.*

*»Alice, das hier ist dein Stern. Ich habe dir einen eigenen Stern am Himmel gekauft. Er wird dich immer beschützen.«*

*»Danke, Großmutter.« Enttäuscht nahm sie das Papier in ihre Hand.*

*In diesem Moment flog die Tür auf, und Großvater stürmte in den Raum. Ein scharfer Geruch breitete sich im Zimmer aus.*

*»Ihr habt ohne mich begonnen?«*

*Großmutter war blass geworden, und ihre Finger umklammerten die Stuhllehne so fest, dass die Knöchel hervortraten.*

*»Geh auf dein Zimmer, Kind.«*

*Alice hörte die zittrige Stimme ihrer Großmutter, war vor Angst jedoch unfähig, sich zu rühren.*

*Wie ein Raubtier stürzte Großvater vor und entriss ihr das Geschenk.*

*»Was soll das denn?«, fragte er leise, und seine Stimme klang sehr böse.*

*Bevor Großmutter erklären konnte, dass sie Alice einen der Sterne vom Himmel geschenkt hatte, faltete Großvater das Papier dreimal. Dann nahm er die Küchenschere und zerschnitt die Urkunde in kleine Teile. Lachend beugte er sich über Alice und sagte: »So, meine Schöne, nun hast du zum Stern auch noch ein Puzzle.«*

*Viel später, als sie endlich eingeschlafen war, träumte sie von einem rosaroten Pony, das über eine Blumenwiese galoppierte. Auf seinem Rücken saß ein König. Als es näher kam, erkannte sie im König ihren Großvater. Er stieg vom Pony und kam auf sie zu. Dann legte er sich neben sie und hielt sie ganz fest. Sie schreckte vor seiner Umarmung und seinem scharfen Atem zurück.*

*Als sie am nächsten Morgen aufwachte, lag das rosarote Pony neben ihr auf dem Kissen. Und sie wusste nicht, ob sie sich darüber freuen sollte oder traurig sein musste.*

*Auch zu schneien hatte es während der Nacht aufgehört.*

# 9

Zu Luigis Glück behandeln Polizisten ihre Kollegen bevorzugt. Daher erspart der Diensthabende sich sämtliche Belehrungen, Hinweise und alles Übrige.

Schon am Nachmittag lächelt Regina Olivotto mit Schmollmund und funkelnden Augen aus ihrem von blonden Locken eingerahmten runden Gesicht von Bäumen, Litfaßsäulen und Hauswänden die vorbeieilenden Menschen an. Darunter steht unübersehbar: *Vermisst! Wer hat diese Frau gesehen? Hinweise bitte an die nächste Polizeidienststelle oder unter der folgenden Telefonnummer.*

Jedes Mal kommen Luigi die Tränen, wenn er sich auf seinem rastlosen Weg durch die Stadt ihrem Gesicht gegenübersieht.

Ohne anzuhalten, suchen seine Augen die Straßen, Hauseingänge und parkenden Autos ab.

Mit großer Geschwindigkeit nimmt er auch noch so kleine, unbedeutend scheinende Details wahr. Hakt sie auf einer imaginären Checkliste ab und eilt mit verbissenem Gesichtsausdruck weiter.

Der einzige Plan, den er hat, ist, seine Gina wiederzufinden.

Wie hat er auch nur einen Moment lang glauben können, Gina hätte einen Liebhaber?

Und in der wunderschönen Unterwäsche dann auch noch einen Beweis für ihre Untreue sehen?

Dafür könnte er sich ohrfeigen. Für *ihn* wollte sie sich schön machen. Natürlich hatte Gina *keinen* Lover.

Er verachtet Sonja. Die wollte ihm doch glatt einreden, seine Gina hätte einen Freund! Und um ein Haar hätte er der Lügnerin auch noch geglaubt.

Doch zum Glück weiß er es besser. Zwischen ihm und Regina war alles klar. Und Sonja ist bloß neidisch, neidisch auf ihr Glück. Niemals hätte Gina ihn tagelang ohne Nachricht gelassen.

Längst ist die Wut verraucht, der Zorn weggeschmolzen. Mit untrüglicher Gewissheit spürt er, dass ihr etwas Schlimmes zugestoßen ist. Etwas unwiderruflich Grauenvolles. Immer wieder schießen ihm Tränen in die Augen.

Die boshafte Sonja wird ihr Fett schon noch wegkriegen. Ein paar Anrufe beim Jugendamt, und sie verliert ihre Ruhe und diese selbstherrliche Überheblichkeit obendrein. Doch zuerst wird sie sich ein paar gründlichen Verhören unterziehen müssen. Und was dabei herauskommt, wird für diese Schlange sicher hundertmal entlarvender sein als für seine Gina.

Eine Alleinerzieherin, die seine gutmütige Frau benützt hat, um ihren nächtlichen Vergnügungen nachjagen zu können!

»Aber damit ist jetzt Schluss.«

Laut schleudert er den Satz einer Hauswand entgegen. Unmittelbar danach wird ihm die Bedeutung der Worte bewusst.

Dass seine Gina fort ist, hat etwas Endgültiges.

***

Auf mich wirkt die Votiv-Kirche abweisend, trotz ihrer hellen Fassade. Zwischen den spitzen Türmen schimmert es dunkelblau, als hätte jemand ein Stück Sommerhimmel hineingemalt. Ein wenig erinnert mich der hoch aufragende Bau an die Legoschlösser meiner Kindheit.

Etwas in mir verkrampft sich. Mein Versuch, die Idylle eines Kinderbuchs herbeizuzaubern, scheitert kläglich. Dunkle Gewitterwolken hasten jäh über das Blau, zeichnen zackige Schatten auf die Kirchenmauer.

Wie eilig hintereinander herlaufende Scherenschnitte drängen sich die Erinnerungen in meine Gedanken.

»Nein«, beschwöre ich mich halblaut und stampfe wütend auf.

So, wie ich es gelernt habe. Harten Bodenkontakt aufnehmen.

Magische Formeln, meine altbewährten und erprobten Helfer, nehmen den Platz der Bilder hinter meiner Stirn ein. Tonlos rezitiere ich Verse. Das Damals reiht sich widerstrebend an geeigneter Stelle in den Katalog der verbotenen Worte ein. Um mich herum nehmen die Geräusche zu.

Ich bin wieder da. Es ist laut.

Wortfetzen unterschiedlicher Sprachen wehen an meine Ohren, erinnern an abgehackte Melodien. Sie bilden einen angenehmen Gegensatz zur Abwehr der aufsteigenden Erinnerungen.

Das hier ist jetzt *mein* Wien, auch wenn es mich nicht voll und ganz umschließt. Ich werde leben. Zumindest versuche ich es. Kinder in grünen Anzügen und schwarzen Kniestrümpfen laufen Hand in Hand an mir vorbei. Mir fällt der Obsthändler auf dem Brunnenmarkt ein, der schreiend seine dicken gelben Marillen anpries, die auf einem dunklen Tuch verlockend schimmerten.

Später werde ich in das exklusive kleine Geschäft auf der Freyung gehen. Da mir niemand etwas zum Geburtstag brachte, beschenke ich mich selbst. Eine wirkungsvolle Methode gegen aufkeimendes Selbstmitleid. Fange ich an, mich zu bedauern, kann ich nicht mehr damit aufhören. Dagegen hilft Action. Und in der dekorativen Auslage habe ich viel Schwarz und Grau gesehen. Unfarben, die mich anziehen.

Das ist es, was ich heute brauche, um auf andere Gedanken zu kommen: eine Runde Shoppen, ein wenig Kultur und ein Plätzchen in einem dieser lauten, überfüllten Schanigärten. Eine Überdosis unkomplizierter Touristenalltagsbanalität.

Es könnte fabelhaft funktionieren, wäre da nicht das merkwürdige Gefühl, beobachtet zu werden. Andererseits lenkt es mich vom anklopfenden Wirrwarr in meinem Kopf ab.

Bereits am Bahnhof Meidling meinte ich, ein bekanntes Gesicht in der Menschenmenge zu entdecken. Obwohl ich stehen blieb, um alles genau unter die Lupe zu nehmen, konnte ich niemanden erkennen. Auch in der Hotelhalle fühlte ich mich beim Einchecken beobachtet. Am liebsten hätte ich hinter dem Oleander und den Marmorsäulen nachgesehen. Weil ich mich vor dem Portier nicht blamieren wollte, ließ ich es bleiben. Später, vor dem Kunsthistorischen Museum, spürte ich diesen brennenden Blick in meinem Nacken. Wieder drehte ich mich ruckartig um, und auch diesmal nahm niemand Notiz von mir. Trotzdem machte ich auf dem Absatz kehrt und ging über den Ring zurück zum belebten Graben. Das Gefühl, beobachtet zu werden, verschwand nicht.

Direkt hinter mir klackern jetzt Stöckel über den Asphalt. Der Luftstrom kündigt das rasche Herannahen eines Menschen an. Ich drehe mich blitzartig um und verliere beinahe das Gleichgewicht. Eine junge Japanerin wirft mir unter ihren wippenden Stirnfransen einen erstaunten Blick zu, murmelt etwas Unverständliches. Schon ist sie an mir vorbeigegangen. Ihr Täschchen schaukelt im Auf und Ab ihrer schnellen Schritte. Hier, auf dem Platz vor der Votiv-Kirche, läuft ein Fremder nach dem anderen an mir vorbei. Dennoch kann ich mich des Eindrucks nicht erwehren, dass mir jemand folgt.

Aufgebracht schüttle ich meinen Kopf, in der Hoffnung, damit die paranoiden Gedanken loszuwerden.

Die düster wirkende Kirche vor mir interessiert mich wegen der Flüchtlinge, die sie beherbergt hat. Wie ein Magnet zieht es mich ins Innere des gewaltigen Baus. Neugierig tauche ich in die Dunkelheit ein. Kühle Luft legt sich auf meine nackten Arme und bringt mich zum Frösteln. Es ist ein wohliger Schauer. Hier bin ich allein.

Ruhe breitet sich in mir aus.

Die Rosenkranz-Kapelle ist ein guter Ort, um Träume Gestalt werden zu lassen. Die Gemälde auf den bunten Glasfenstern erwachen zum Leben.

Ich schrecke aus meinen glänzenden Bildern, als die Tür krachend hinter einer hereinströmenden Reisegruppe ins Schloss fällt.

Wieder vor der Kirche, bleibe ich vom gleißenden Licht des Tages geblendet stehen. Die Sonnenbrille ist tief in meiner Tasche vergraben.

Eine Stunde später wühle ich mich im Steffl-Kaufhaus durch die Körbe mit der reduzierten Ware. Tolle T-Shirts, denke ich, als mich ohne Vorankündigung das Gefühl, von Blicken aufgespießt zu werden, beschleicht. In Rekordgeschwindigkeit wirble ich herum und schaue über die Brüstung hinunter in den großen Verkaufsraum. Zu meinem Entsetzen entdecke ich weit entfernt an einer der Kassen einen muskelbepackten Mann, der Arnold aus dem Fitness-Studio gleicht. Die zurückgekämmten strähnigen Haare, der schwarze Schatten des Dreitagebarts, die raubtierhafte Art, sich zu bewegen, sogar das neonfarbene Outfit passt.

Dreh dich um, beschwöre ich ihn lautlos. Doch er tut nichts dergleichen, sondern steuert unbeirrt auf den Ausgang zu.

Obwohl er mir jetzt den Rücken zudreht, bin ich sicher, dass der Mann Arnold sein könnte.

Was will Arnold aber in Wien, und warum sollte er mir auf den Fersen sein?

Ich muss mich getäuscht haben.

Als ich mich wieder über den Wühlkorb beuge, ist mir der Spaß am Schnäppchenjagen vergangen. Lustlos betrachte ich die weißen Blusen mit den blauen Einfassungen, die Khakishorts und die Unmengen an gestreiften T-Shirts. Block- und feine Streifen, wohin ich schaue. Rote, gelbe, sogar graue Linien durchziehen strahlendes Weiß oder gedecktes Beige.

»Wien ist so, wie ich es mir vorgestellt habe«, knurre ich in mich hinein. »Laut und schrill.«

Wo kann ich mich jenseits von Straßenbahnen, Menschenmassen, Fiakern und der Monarchie bewegen? Oder waren es gerade diese berauschend leichten Bilder, die mich hierhergezaubert haben?

Um noch eines draufzusetzen, beschließe ich, endlich ein richtiges Touristen-Kaffeehaus mit Schanigarten aufzusuchen. Ich will mir Reisende ansehen und echte Wiener betrachten. Ob ich den Unterschied wohl erkenne?

Ich atme Ätzendes ein und beginne zu husten, bis mir die Tränen die Wangen hinunterlaufen. So geht es mir manchmal mit imprägnierten Stoffen. Nach Luft schnappend, verlasse ich das Kaufhaus.

Pudrig matte Wolken ziehen über die anthrazitfarbenen Dächer der Stadt. Ich lehne mich an eine der Mauern der grau verschachtelten Häuser der Kärntner Straße und krächze, bis der Hustenreiz langsam nachlässt. Jetzt ist wieder genug Platz in meinen Lungen, um den Staub der Stadt tief einzuatmen.

Das Gefühl, in Wien zu sein, jetzt, in dieser Minute wirklich hier zu sein, wird übermächtig.

Als ich im Zickzack über den menschenüberfluteten Kohlmarkt laufe, fühle ich mich zum ersten Mal seit meiner Ankunft als Teil dieser Stadt, dieser Straße, die als eine der vielen pochenden Adern direkt zum Herzen, dem Stephansdom, führt. Die Verschmelzung ist für mich unerwartet gekommen. Gleichzeitig weiß mein Verstand, dass ich ein touristischer Fremdkörper bin.

Trotzig versuche ich, mich dem wild schaukelnden Rhythmus des Viertels anzupassen. Ich habe eine Schwäche für das rasante Tempo und die schrille Geräuschkulisse, die bunten Farbinseln inmitten der dunkelgrauen Stadtlandschaft.

Mit meinem Stadtplan sehe ich aus der Vogelperspektive auf das Zentrum. Die Straßen, Ringe und Gürtel umkreisen alle den Dom. Das blaue Band der Donau wirkt wie Seide und so, als wäre es, für mich unsichtbar, zu einer Masche verknüpft, vielleicht, um die Stadt zusammenzuhalten.

Obwohl ich knochendünn bin, ächzt das Messingstühlchen bedenklich, als ich mich auf den letzten freien Sitz des hübschen Straßencafés fallen lasse. Glück gehabt! Die milde Frühlingssonne wärmt mein Gesicht. Mit halb geschlossenen Augen beobachte ich das Treiben, das mich umgibt. Die Kellner stolpern im Gedränge der Menschen fast übereinander. Die Tabletts mit Melange, Bierkrügeln, Apfelsäften und mit Schlagobers überhäuften Sachertorten hoch über dem Kopf balancierend, übertrumpfen sie sich gegenseitig an atemberaubender Geschwindigkeit und schroffer Unfreundlichkeit.

Werden ihnen Bestellungen zugerufen, reagieren sie nicht. Mit keinem Augenzucken verraten sie, dass sie bereits wieder auf dem Weg zurück zur Bar sind, um das Gewünschte zu holen. Stattdessen platzieren sie etwas später geschickt die Kaffeetassen vor den überraschten Gästen und eilen wortlos weiter, um einen neuen Auftrag zu erfüllen.

Jetzt erblicken sie einen besonderen Gast, stürzen sich auf ihn, reden laut durcheinander, klopfen ihm auf die Schulter und auf seinen Rücken. Sie lachen und schieben ihn zu einem Tisch, der noch belegt ist. Einer der Ober holt Stühle von der Wand, die dort zusammengeklappt an Eisenhaken hängen, und stellt kleine Plastiktischchen auf. So vergrößern sie das ohnehin schon aus allen Nähten platzende Kaffeehaus um eine weitere Fläche. Fasziniert sehe ich zu, wie sich in Sekundenschnelle auch diese Tische füllen. Falco-Songs dringen aus dem Inneren der Bar und erfüllen die Luft.

Irgendwann werde auch ich erhört. Mein »Kleiner Brauner« ist so schlecht, dass ich nur daran nippe und mir kurz entschlossen das interessante Getränk vom Nachbartisch bestelle.

»Sobieski«, nennt es der Kellner und schwenkt überheblich lächelnd die Flüssigkeit in der Tasse.

Nachdem ich einen Schluck getrunken habe, treten mir Tränen in die Augen, und ich erheitere damit sichtlich den Ober, der lauernd neben mir steht. Mit einem breiten Grinsen gießt er Wasser aus einem Krug auf dem Tisch in ein Glas. »Wodka mit Honig verträgt eben nicht jeder.«

Die Flüssigkeit schimmert haselnussbraun und fließt brennend durch meine Kehle. Mein Inneres schmeckt nach Kaffeebohnen.

Träge vom Sobieski, schlendere ich in Richtung Hotel, die Musik aus dem Kaffeehaus im Ohr. Ich kann nicht glauben, dass ich erst heute Morgen hier angekommen bin. Es fühlt sich an, als wäre ich schon seit Tagen da.

Ein pastellblauer Himmel spannt sich über die Stadt. Alle Wölkchen sind davongeflogen. Und mit ihnen das drohende Gewitter. Die Sonnenstrahlen fallen schräg und bringen mich zum Blinzeln. Ein sanfter Wind bläst von hinten in mein Haar, das meine Wangen kitzelt. Einen Moment lang denke ich an zu Hause. An Sara, die sicher versucht, mich zu erreichen. An Paul Slamanig und an den Abend, an dem ich ihn traf. Wie eine Trennwand schiebt sich das dunkle Hotelzimmer zwischen meine Gedanken. Die Gänsehaut auf meinen Armen ist kein wohliger Schauer mehr wie vorhin in der Kirche. Mich fröstelt. Und diese Kälte kommt geradewegs aus meinem Inneren. Es will mir nicht gelingen, die beunruhigenden Bilder zu vertreiben.

Ich kaufe am Kiosk eine Stadtzeitung, den »Falter«, ein schwacher Versuch, mich abzulenken. Auf einer der sonnenwarmen Holzbänke vor dem Palmenhaus im Burggarten blättere ich mich durch die raschelnden Seiten. Es gibt Ausstellungen, die ich sehen möchte, auch ein oder zwei Theaterstücke würden mich reizen. Meine Beine strecke ich weit von mir und lehne mich mit im Nacken verschränkten Armen zurück. Belustigt schaue ich eine Weile den Vögeln zu, die mit schrillem Gezwitscher den Wasserstrahl des Brunnens umkreisen. Es riecht nach Frühling. Auch hier blühen die Bäume. Das helle Grün der Blätter macht den Himmel über mir blauer.

Irgendwann spaziere ich weiter.

In der Nähe meines Hotels finde ich das schicke Geschäft mit den schwarzen Klamotten wieder. Gut gelaunt trete ich ein.

Das Geschäft riecht nach einem teuren Parfüm. Die jungen Frauen in der schwarz-weißen Kluft wirken makellos. Kein einziges Härchen, das nicht an seinem Platz wäre. Automatisch streife ich meine Kleopatrasträhnen hinters Ohr und glätte mit dem angefeuchteten Zeigefinger meine Augenbrauen.

Unsicher raffe ich einige T-Shirts und zwei Kleider von der Stange und verziehe mich in eine der eleganten Umkleidekabinen. Als ich gerade aus den Jeans schlüpfe, höre ich eine Stimme, die mir bekannt vorkommt. Meine Eingeweide ziehen sich schmerzhaft zusammen. Ich winde den Stoffvorhang um meine nackten Beine und linse aus der Kabine. Ich muss mich wohl getäuscht haben. Erleichtert atme ich aus. Doch als ich das schwarze Kleid überstreife, höre ich abermals diese seltsam vertraute Stimme und kurz darauf den Glockenton der sich schließenden Eingangstür. Ein Schauer läuft über meinen Rücken. Ich sehe und höre Gespenster!

Das schwarze Kleid kratzt über meine Haut und macht mich noch dünner, als ich bin. Die T-Shirts sind zu weit, doch das schlichte graue Kleid sitzt wie für mich geschneidert. Zudem verdecken die eng anliegenden Dreiviertelärmel die meisten meiner Narben. Ohne dem Preisschild einen Blick zu gönnen, halte ich der nun wohlwollend lächelnden Verkaufsdame stumm meine Kreditkarte hin.

Die Einkaufstasche schwingt fröhlich in meiner Hand, als ich den Platz überquere. Zwischen den Kirchtürmen ist ein Stück Himmel zu sehen, das sich allmählich mit dem Grau der Kirche vermischt.

Ich werde mich im Hotel frisch machen und meinen Geburtstag danach in einer der Innenstadtbars bei einem Glas Grünem Veltliner feiern.

Oder einem Sobieski.

***

*Der rosa Ballettrock war der schönste, den sie je gesehen hatte. Großmutter hatte ihn aus der Stadt mitgebracht und damit ihren heimlichen*

*Wunsch erfüllt. Immer wieder drehte sie sich vor dem großen Spiegel im Flur hin und her.*

*Seit einem Jahr ging sie nun mit Ännchen in den Tanzkurs. Alle lobten beide gleichermaßen, auch wenn sie insgeheim wusste, dass Ännchen besser tanzte. Doch das machte ihr nichts aus. Mit dem schönen neuen Rock aus Tüll würde sie sich noch mehr ins Zeug legen. Ihre Großeltern sollten stolz auf sie sein.*

*Vor sich hin singend, band sie eine rosafarbene, weiß getupfte Schleife in ihre Locken. Als sie die Bänder ihrer Ballettschuhe gerade kreuzweise um ihre Beine gebunden hatte, flog die Eingangstür auf, und Großvater wehte mit einem Schwall warmer Luft ins Haus. Erfreut streckte sie ihre Arme nach ihm aus.*

*»Schau!«, rief sie und tanzte auf ihn zu.*

*»Du eitles Ding!«, herrschte er sie an. »Das ist nicht, was ich dir versuche beizubringen.«*

*»Aber ich muss doch für die Ballettaufführung üben.«*

*»Damit ist jetzt ein für alle Mal Schluss.« Großvaters Hand war kalt, als er sie auf ihren Nacken legte. »Da.« Er wies auf den Spiegel.*

*Ein kleines Mädchen sah sie aus traurigen Augen an. Die Schleife hing schief in ihrem Haar, doch sie stand aufrecht da in ihren Spitzenschuhen.*

*»Sieh doch, Großvater! Endlich kann ich's. Ich habe so lange geübt.« Ihre Stimme klang nun nicht mehr erfreut, sondern ängstlich.*

*»Ich, ich, ich. Und immer nur ich. Das werde ich dir austreiben. An das, was ich dir jetzt beibringe, wirst du immer denken.«*

*Unerbittlich umklammerte seine kalte Hand ihren Nacken. Ohne Vorwarnung ließ er sie los, sie taumelte und befürchtete schon zu stürzen, doch als sie wieder in den Spiegel sah, stand sie immer noch aufrecht auf ihren Spitzen.*

*Ein unglaubliches Glücksgefühl erfasste sie. Geschafft. Ab jetzt konnte sie die Balance halten, so wie Ännchen, die so schnell nichts umschmiss.*

*Sie sah ihre leuchtenden Augen im Spiegel, ihren lachenden Mund. Dann sah sie Großvaters Hände, die ihren Kopf von hinten packten und fest gegen das Glas stießen.*

*Einen Moment lang spürte sie nichts. Die Welt war stehen geblieben. Dann kam der Schmerz und mit ihm das Blut. Als sie auf den Boden fiel, knirschten unter ihr die Spiegelsplitter. Sie konnte nichts sehen, weil ihre Augen blind vor Blut waren.*

*Aber riechen konnte sie. Und da war er wieder, der Geruch vom Teich, den sie vergessen zu haben glaubte: Thymian vermischt mit feuchter Erde und verbranntem Herbstlaub.*

*Diesmal verschwand sie endgültig. Der Spiegel war zerbrochen. Und mit ihm ihre unschuldige Freude an sich selbst.*

*Sie hatte ihre Lektion gelernt.*

*Im Spiegel gab es keine Alice mehr.*

# 10

Gebannt stehe ich auf dem Gehsteig des Opernrings. Der tosende Lärm schüchtert mich ein. Wie auf einer Rennstrecke donnern Autos und Tramways haarscharf an mir vorbei.

Das Licht der Scheinwerfer vermengt sich mit dem der Laternen. Dadurch wirkt die breite Straße taghell. Jetzt stockt der Verkehr, und ich schlängle mich am Blech der Fahrzeuge vorbei, bemüht, die Abgase nicht einzuatmen. Fröstelnd ziehe ich meine Lederjacke enger um meine Schultern. Der Wollpulli kratzt unangenehm über meine Haut. Ein kalter Wind ist aufgekommen und treibt Blütenblätter vor sich her.

Wien läuft um diese Stunde auf Hochtouren. Es ist so laut, dass der für mich maximal erträgliche Lärmpegel längst überschritten ist.

Ich strolche durch die Fußgängerzonen, auf der Suche nach einer Bar. Alle haben sie das gewisse Etwas. Es fällt mir schwer, mich zu entscheiden.

Ein breitschultriger blonder Mann überquert die Tuchlauben und steuert direkt auf mich zu. Einen Moment lang glaube ich, dass er etwas von mir will, und weiche erschrocken bis an eine Hausmauer zurück. Ohne mich zu beachten, marschiert er vorbei, schnurstracks durch die Tür einer der Beiseln.

Kurz entschlossen drehe ich den Spieß meiner paranoiden Ängste um. Nun bin ich es, die jemandem folgt. Auf einmal fühle ich mich unbeschwert und lebendig.

Der Blonde lehnt an der Theke, und ich steige auf den Hocker neben ihm. Der Mann hinter dem Tresen poliert die Gläser so gelangweilt, wie man es nur kann, wenn man das schon lange macht.

Als ich mich aus meiner Jacke schäle, ramme ich dem Blonden unabsichtlich meinen Ellbogen in den Bauch. Mit aller Macht überfällt mich die Erinnerung an die Schlägerei vor zwei Tagen, und sofort löst sich meine heitere Stimmung im Dunst des Lokals auf. Eingeschüchtert murmle ich: »Pardon«, und springe vom Hocker.

Der Blonde ruft mir etwas Unverständliches nach. Aber ich bin schon durch die Tür, auf dem Weg zur nächsten Bar. Nichts wie fort von hier!

Eine laut schnatternde Touristengruppe zieht mich mit sich, und ich folge ihr blindlings wie ein Schaf seiner Herde. So laufe ich einige hundert Meter weit, bis mich der überfüllte Schanigarten vor einer der Beiseln anspricht. Es hat etwas herrlich Anonymes, mit einem Glas Veltliner im Türrahmen zu lehnen und das Treiben der anderen zu beobachten. Vorerst stehe ich allerdings ohne Getränk in der Hand da. Für mich nicht unerwartet, reagiert kein Ober auf meine Bestellung.

Eine lärmende Gruppe drängt an mir vorbei. Kurz darauf stürmt die Horde wieder heraus, gefolgt vom Kellner, der ein Silbertablett mit einer Flasche Sekt und Gläsern über seinem Kopf balanciert.

Zum wiederholten Mal rufe ich erfolglos: »Bitte, ein Glas Weißwein!«

Um mich herum nimmt die Bewegung zu. Tische werden gerückt, Sessel scharren über den Boden, Menschen springen auf. Die Ober eilen mit strengem Blick durch die Menge. Der Wind hat Regen gebracht. Schon haben sie die Rollos aufgespannt, die sich wie überdimensionale Regenschirme über dem Sitzgarten ausbreiten.

Der Regen wird stärker. Rundum spritzt Wasser. Schnell bilden sich kleine Pfützen.

Der ins Innere drängende Strom erfasst mich. Auf einmal halte ich ein Glas Sekt in meiner Hand. Erstaunt suche ich die Menge ab und danke dem Spender, der mir fröhlich zuprostet. Es sind so viele Menschen in der kleinen Bar, dass ich mich kaum bewegen kann. Trotzdem gelingt es mir, die Jacke aus und den Pulli über die erhitzen Wangen zu ziehen. Es riecht nach nasser Kleidung. Verlegen lehne ich im neuen Kleid an der Wand. Ich fühle mich nackt und ausgeliefert.

Mit großen Schlucken stürze ich den Sekt hinunter und bestelle mutig das nächste Glas. Immerhin feiere ich heute meinen fünfunddreißigsten Geburtstag.

Da spüre ich eine Hand auf meiner Schulter. Der Blonde, dem ich vorhin im anderen Lokal meinen Ellbogen in den Bauch geboxt habe, lächelt mich breit von oben her an. Erschrocken ducke ich mich und mache einen Schritt weg von ihm. Ich habe nicht bemerkt, dass er in die Bar gekommen ist. In einer Sprache, die ich nicht verstehe, redet er jetzt auf mich ein. Dazu gestikuliert er wild.

Ich schüttle bedauernd den Kopf. »Sorry, ich verstehe weder Skandinavisch noch Holländisch.«

Der Blonde lacht und reißt seinen Mund dabei weit auf. Ich kann durch die weißen Zahnreihen in seinen Rachen sehen. Er rollt seine hellen Augen und bewegt die Finger wie bei einer La-Ola-Welle auf und ab. Ich kann nicht anders, als ebenfalls zu lachen. Trotzdem finde ich es eigenartig, ihn hier wiederzutreffen. Er muss mir gefolgt sein.

Noch bevor ich mich entscheiden kann, das Lokal zu verlassen, halte ich das nächste gefüllte Glas in meiner Hand. Wir sind jetzt von Amis umgeben, die englisch auf uns einreden.

Der Sekt tut seine Wirkung, ich fühle mich locker, fast schwerelos. Ans Weggehen denke ich nicht mehr.

Von Minute zu Minute macht es mir mehr Spaß, von diesen fremden, lauten Menschen umringt zu sein und unbeschwert mit ihnen zu plaudern, ohne etwas von dem Kauderwelsch oder ihrem Dialekt zu verstehen.

In meinem neuen Kleid bin ich schön und begehrenswert. Nicht mehr nackt und schutzlos. In meiner Vorstellung kann ich meine Augen grün schillern sehen, und das Kleopatrahaar glänzt seidig schwarz.

Alice braucht keinen Spiegel.

Ich wachse über mich hinaus, streife meine langweilige Hülle ab und sprühe vor Lebendigkeit. Heute ist mein Tag!

Übermütig drehe ich mich im Kreis, ziehe einen der Amerikaner mit mir. Die Musik erfüllt den engen Raum, schwillt an und bringt alle zum Tanzen. Dieser Abend soll nie aufhören! Irgendwann schwingt mich der Blonde wild im Kreis.

»Nicht loslassen!«, schreie ich, denn ich befürchte zu fallen.

Ob er mich verstanden hat, weiß ich nicht. Aber er hält mich fest. Verstärkt den Druck. Bis es mir zu eng wird. Schwer atmend befreie ich mich aus der Umklammerung und pralle gegen Tanzende. Der Blonde drängt mir nach, schiebt mich zur Wand. Er ist jetzt ganz nah, und seine hellen Augen sind fast durchsichtig. Ich habe das Gefühl, in sein Gehirn sehen zu können, in seine Gedankenwelten einzudringen. Erschrocken senke ich meinen Kopf. Der Boden unter mir schlingert und bietet keinen Halt.

Konzentriert atme ich gegen den Alkoholnebel in meinem Inneren. Langsam beruhigen sich die Wogen unter mir. Die Holzdielen sind zur Ruhe gekommen und liegen wieder brav eine neben der anderen. Unbeholfen angle ich Pulli und Lederjacke aus der Nische und mache vorsichtig einen Schritt nach rechts, hin zur Tür.

Der Blonde umschließt jäh mit seiner Hand meinen Ellbogen, als würde er mich führen wollen. Ich zucke zusammen.

Seine Geste soll mir wohl vermitteln, dass er nichts Böses will, doch sie bewirkt das Gegenteil. Irgendetwas verkrampft sich in mir. Der Sekt schwappt hoch. Ich presse meine Lippen zusammen. Im Mund breitet sich der scharfe Geschmack von Magensäure vermischt mit Schaumwein aus.

Eilig verlasse ich die Bar, ohne mich umzudrehen. Wie gehetzt laufe ich die Straße entlang.

Immer wieder drehe ich mich um, ob der Blonde mir folgt. Nichts ist von ihm zu sehen. Dennoch habe ich den Eindruck, dass jemand hinter mir her ist. In einem Hauseingang ziehe ich den Pulli über und schlinge die Jacke um meine Hüften. Mit einem Griff in die Jackentasche prüfe ich, ob mein Geld noch da ist. Ist es, und zwar vollzählig. Bin ich eine Zechprellerin, oder ließ sich das Geburtstagskind schamlos auf alle Drinks einladen?

Der Wind bläst kalt, und es hat wieder zu tröpfeln begonnen. Zwischen Regenschirmen bahne ich mir einen Weg durch die Menge. Der Regen wird stärker, und das Wasser läuft mir in kleinen Rinnsalen über das Gesicht. Durch den Lärm der Autos glaube ich, Donnergrollen zu vernehmen. Wind und Regen bringen den Duft des Jasmins und der Lindenblüte aus den Parkanlagen in die Fußgängerzonen. Es riecht auf einmal so hartnäckig nach Frühling, dass ich meine Nase nicht mehr davor verschließen kann. Ich streiche meine feuchten Haare hinter die Ohren und eile an der Weihburggasse vorbei und über einen kleinen Platz zu meinem Hotel.

Meine Lippen fühlen sich trotz des Regens trocken und ausgedörrt an. Ich bin durstig wie noch nie. Der Nachtportier zwinkert mir verschwörerisch zu, als ich an ihm vorbeieile.

In der Hotelhalle, im Aufzug, sogar noch vor dem Zimmer habe ich das Gefühl, dass ich nicht allein bin. Erst als ich die Tür hinter mir ins Schloss ziehe, fühle ich mich sicher. Den Schlüssel drehe ich zweimal um. Ich lösche das Licht, streife die Schuhe ab und tappe barfuß über den weichen Teppich. Der Sekt wirbelt immer noch durch meinen Kopf. Ich taste nach der Mineralwasserflasche und leere sie in einem Zug. Einige Zeit lehne ich am Fenster und beobachte durch den Spalt des schweren Samtvorhangs den Regen, der auf die Straße fällt. Die Tropfen vermischen sich kurz mit der Nässe auf dem Asphalt und spritzen dann silbern auf. Morgen werde ich mir einen schwarzen Schirm kaufen.

Ich ziehe ein T-Shirt über und sinke aufs Bett. Tief ausatmend drehe ich mich zur Seite.

Mein Arm berührt warme Haut, und eine Stimme raunt in mein Ohr: »Bist du endlich da? Ich habe viel zu lange auf dich warten müssen.«

Jemand schmiegt sich an mich. Alle Härchen auf meinem Körper stellen sich auf. Zuerst bleibt mir die Luft weg.

Dann beginne ich zu schreien.

Eine Hand legt sich über meinen Mund. Feucht und fest. Süßlicher Cremegeruch dringt in meine Nase.

Einen Moment lang befürchte ich, meine pelzige Zunge zu verschlucken.

Ich zapple wie ein sterbender Fisch. Die Luft bleibt weg, die Finger verschließen jetzt auch meine Nasenlöcher.

Ein Körper presst sich an mich. Ein nasser Mund ist auf meinem Gesicht. Heißer Atem weht mich an.

Panik schießt in mir hoch. Aufwachen, he, wach auf!

Aber das hier ist kein Alptraum.

Ich trete und winde mich, biete alle Kraft auf und stoße gegen den Widerstand. Unvermutet werde ich losgelassen und pralle gegen die Rückenlehne des Bettes.

Luft. Gierig atme ich ein.

Über mir baumelt ein Gesicht. Ich erkenne es. Scharf geschnittene Züge. Bleich. Der Mund zu einem Grinsen verzerrt.

»Sara«, krächze ich.

»Wen hast du denn erwartet, Arnold?«

»Aber …«, beginne ich, dann versagt meine Stimme.

»Jetzt bleibt dir aber die Spucke weg, meine Kleine, was? Überraschung gelungen!«

Wie verdammt recht sie doch hat.

Meine Kehle ist vor Angst wie zugeschnürt. Krampfhaft schlucke ich den restlichen verbliebenen Speichel hinunter, um die Trockenheit in meinem Hals wegzubekommen.

Ich atme schnell. Viel zu schnell. Mir wird gleich schwarz vor Augen. Konzentriert reduziere ich das Luftholen.

*»Ausatmen, also länger die Luft ausströmen lassen, als Sie sie einatmen. Das ist die Devise. So verhindern Sie das Hyperventilieren.«*

Dr. Roths Worte klingen in meinen Ohren.

Wie ein Kobold springt Sara vom Bett und tanzt durchs Zimmer.

Erschrocken schlinge ich die Arme um meine nackten Beine und lege den Kopf auf die Knie.

Ein greller Lichtstrahl durchdringt die Dunkelheit des Zimmers. Saras Körper hebt sich hell vom Samtvorhang ab. Sie ist nackt. In der Hand schwenkt sie ihren Slip. Er ist blau gemustert.

»Ich bin dein Geburtstagspräsent«, erklärt sie kichernd und springt auf mich zu. Schon ist sie wieder auf dem Bett, und ich kann sie riechen: Wein, Aufregung und ihr vertrautes Parfüm.

Wie ein Frosch sitzt sie vor mir und legt ihren Kopf zur Seite.

»Jetzt sag schon was.« Auffordernd sieht sie mich an.

Ohne es verhindern zu können, schießen Tränen in meine Augen. Das Salz brennt, als meine Wangen nass werden.

»Sara«, beginne ich mit dem unvermeidlichen Kloß in meinem Hals, »was hast du dir bloß dabei gedacht? Ich bin zu Tode erschrocken.«

»Den ganzen Tag über habe ich dich beschattet, mein Herzblatt. Genau genommen, seit du abgereist bist. Es war keine große Kunst, deinem Weg zu folgen. Immerhin hast du von meinem Computer aus Zug und Hotel gebucht. Der Rest war ein Kinderspiel.«

Eine Welle der Übelkeit überrollt mich. Irgendwie gelingt es mir, an ihr vorbei ins Bad zu stürzen. Über der Toilette übergebe ich mich wieder und wieder, bis mein Hals brennt. Nach Luft schnappend hebe ich meinen Kopf und sehe in Saras besorgtes Gesicht.

»Wohl ein Gläschen zu viel erwischt, kleine Geburtstagslady? Es soll dir vergönnt sein.«

Sie hält mir einen nassen Waschlappen hin, und plötzlich spüre ich die Wut in mir. Zorn auf Sara.

Was erlaubt sie sich? Mir hierherzufolgen?

Wütender bin ich jedoch auf mich. Würde ich über ein Minimum an Sozialkompetenz verfügen, wäre mir das nicht passiert. Ich hätte die Zeichen ihrer distanzlosen Annäherung richtig gedeutet. Sie ernster genommen.

Mit der linken Hand reiße ich ein Stück Klopapier von der Rolle, während ich mich mit der rechten am Waschbecken abstütze. Ich wische die Reste des Erbrochenen von meinen Lippen. Langsam ziehe ich mich hoch.

Als Sara mir ihre Hand hinstreckt, stoße ich sie weg. Wie lange ich meinen Kopf unter den kalten Wasserstrahl halte, kann ich nicht sagen. Irgendwann richte ich mich auf und schwinge meine nassen Strähnen um den Kopf. Die Tropfen spritzen in alle Richtungen. Sara reicht mir das Badetuch.

»Lass mich. Du solltest jetzt besser gehen«, sage ich beherrscht.

Das Handtuch gleitet zwischen uns zu Boden.

Der Wirbel in meinem Kopf geht vorüber. Mein Blut fließt wieder ruhig seinen gewohnten Gang durch die Adern, und die Panik ist verebbt.

Sara macht einen Schritt auf mich zu. Jetzt erst sehe ich, dass sie torkelt. Obwohl sie mich überragt, wirkt sie wie ein kleines Kind, das beim Spielen gestört wurde. Über ihren Mundwinkeln sind Rotweinflecken. Es sieht aus, als hätte sie die Masern. In mir rührt sich kein Funke Mitgefühl.

Ich ekle mich vor ihr. Wie konnte sie es wagen, sich in mein Bett zu legen? Nackt.

»Alice«, wimmert sie, »bitte.«

»Zieh dich an.«

Ich gehe ins Schlafzimmer und knipse die Deckenleuchte an.

Sara kommt mir nach und wirft sich aufs Bett.

»Ich habe mich in dich verliebt und dachte, du empfindest das Gleiche für mich …«

»Sara«, beginne ich. Dann beschließe ich zu schweigen.

In bestimmten Situationen gibt es keine Worte, auch keine Erklärungen. Es ist alles gesagt.

Sara stopft das Kissen unter ihren Nacken und sieht mich kläglich von unten herauf an.

»Ich habe dir immer alles durchgehen lassen. Und jetzt, da ich dich brauche, lässt du mich im Stich. Du bist grausam«, jammert sie und fährt sich immer wieder durch ihr strohblondes Haar.

Wortlos ziehe ich Jeans und Pulli über und schlüpfe in meine Stiefel. Ich weiß, dass sie nicht vorhat, mein Zimmer zu verlassen. Also gehe ich.

Ich werfe den Rest meiner Sachen in den Koffer. Vom Bett kommt ein ersticktes Wimmern. An der Tür drehe ich mich noch einmal zu ihr um.

Sara sitzt hoch aufgerichtet auf dem Bett und funkelt mich an. Ihre Wangen sind mit hektischen roten Flecken übersät, und ihr Mund ist verkniffen.

»Du bist gefeuert!«, schreit sie und wirft den Polster nach mir.

Er verfehlt mich, und ich ziehe die Tür hinter mir ins Schloss.

Um einiges später bin ich in einem Raum weit oben unter dem Dach. Es war das letzte verfügbare Fremdenzimmer. Nur den Schuldgefühlen des Portiers habe ich dieses Entgegenkommen zu verdanken.

Noch immer umfangen vom Ekel schlüpfe ich angezogen unter die Decke. Obwohl ich bis zu den Ohren im daunenweichen Weiß versinke, fühle ich mich nicht im Geringsten geborgen. So wie es aussieht, kann meine Privatheit jederzeit und immer durchdrungen werden. Die Gelassenheit, mit der ich Sara zuletzt begegnet bin, ist verschwunden. Ich fühle mich wie ein Häufchen Elend. Die Vergangenheit hat mich erbarmungslos in der Gegenwart eingeholt, verstörende Bilder jagen durch meinen Kopf. Es gelingt mir nicht, ihnen Einhalt zu gebieten. Jeder Versuch versagt.

Saras Hände, ihr Mund, der harte und biegsame Körper, der sich mir entgegengestreckt hat, all das ist immer noch da. Umfasst mich. Bedrängt mich, fordert mich heraus. Haut an Haut. Ihre Lippen auf meiner Stirn, ihr drängendes Begehren. Ihre Hand auf meinem Mund.

Tiefer, immer tiefer sinke ich ins Bett, das Gesicht im Kissen vergraben. Irgendwann in dieser grauenvollen Nacht schlafe ich vor Erschöpfung ein.

Als ich gegen Morgen angsterfüllt hochschrecke, glaube ich einige Minuten lang an einen beklemmenden Alptraum.

Es nieselt, und der Himmel über mir hängt voller Wolken, die bis knapp über die nass schimmernden Dächer reichen.

Es ist sieben Uhr, und die Luft in Wien ist kühl. Ich stehe mit einem Glas Mineralwasser am geöffneten Hotelfenster, unter mir die leere Fußgängerzone. Das Licht schimmert gelblich, wie durch ein Weißweinglas gebrochen.

Ohne ins Badezimmer zu gehen, raffe ich meine Sachen zusammen und flüchte.

Die Hotelhalle wirkt steril im kalten Licht des frühen Morgens. An der Rezeption sitzt eine junge, adrett gekleidete Frau. Vorwurfsvoll reicht sie mir die Rechnung für die eine Nacht. Sie will nicht verstehen, dass ich ihr wunderbares Wien zwei Tage früher als geplant verlasse.

Auf der Toilette im Gasthaus gegenüber putze ich mir die Zähne und wasche mein Gesicht mit kaltem Wasser. So gut es geht, versuche ich, die schwarzen Spuren der Wimperntusche wegzuputzen. Ich lasse das Wasser minutenlang über meine Handgelenke fließen und vermeide den Blick in den Spiegel. Mein trauriges und erschrockenes Gesicht trage ich ohnehin in mir.

Da ich mich in keinem Märchen befinde und nicht wie Alice hinter den Spiegeln verschwinden kann, werfe ich mir innerlich ein kleines aufmunterndes Lächeln zu. Es fällt zwar etwas schief aus, stimmt mich jedoch zuversichtlicher. Ich klopfe mit den Fingerkuppen auf meine Wangen, damit sie wieder Farbe bekommen, schüttle mein feuchtes Haar und tupfe Gloss auf meine trockenen Lippen.

Bereit für einen starken Mokka, sinke ich auf den knirschenden Metallstuhl neben dem Eingang. Die ausgefahrene Markise verhindert, dass ich nass werde. Wieder begegnet die Vergangenheit meiner Gegenwart, und wenn ich nicht teuflisch aufpasse, bemächtigt sie sich auch noch meiner Zukunft.

Ein blechernes Scharren reißt mich aus meinen trübsinnigen Gedanken. Zwei Müllmänner ziehen an einem Container.

Gefeuert zu werden ist nicht schlimm. Das Finanzielle wird sich schon regeln lassen. Mit dem Arbeitslosengeld kann ich die Zeit, bis ich etwas Neues gefunden habe, gut überstehen.

Langsam verschwindet meine Benommenheit, und die Gedanken nehmen wieder Form an. Schwerer ist es, der neuen Klarheit in meinem Kopf das entsprechende Gesicht zu geben. Ich lächle unbestimmt vor mich hin und verbrenne mir die Unterlippe am zu heißen Kaffee. Als ich ruckartig aufstehe, kippt das Stühlchen um, und silberne Sterne flimmern vor meinen Augen.

Erst im Taxi lasse ich die Tränen hemmungslos strömen.

Ich weine vor Kummer, um Wien betrogen worden zu sein. Meine Lippen schmecken salzig, und ich bitte den Fahrer um ein Taschentuch.

Von der schlingernden Fahrt durch die Stadt wird mir übel. Autos, Tramways, Fiaker und Menschen werden mit rasender Geschwindigkeit an mir vorbeigezogen. Häuser, Personen, Tiere und Bäume lösen sich auf und hinterlassen dunkle Striche und bunte Flecken.

Über mir türmen sich die Wolken immer höher und dunkler auf. Bleiern lastet die Luft auf den Gehwegen, Plätzen und Straßen.

Ich bin verwundert, als wir vor dem Bahnhof stehen bleiben, weiß nicht, ob die Fahrt lange gedauert hat oder kurz war.

Mechanisch erledige ich alle Formalitäten. Zwar bemerke ich den Trubel um mich herum und sehe, wie schnell sich alle bewegen, doch Einzelnes kann ich im Augenblick schwer ausmachen.

Später gebe ich mich dem beeindruckenden Farbenrausch vor dem Fenster des Zugs hin. Neben mir scheint alles bunt zu sein. Grau und Schwarz sind zugunsten von Blau und Grün verschwunden. Unter dem freien Himmel fällt alles Schwere in die Tiefe.

Nach einem Viertel Rotwein im Speisewagen fühle ich, wie sich Unbeschwertheit in mir ausbreitet.

Der Rotwein erinnert mich an Ännchen, die ich sofort nach meiner Ankunft anrufen werde. Was sie wohl zu meinem Abenteuer sagen wird? Ihr entrüstetes Gesicht kann ich mir jetzt schon vorstellen. Ich sehne mich nach ihrem Trost.

Immer wieder sehe ich aus dem Fenster.

So mache ich von meiner Geburtstagsreise einen inneren Schnappschuss nach dem anderen.

Vor dem Klagenfurter Bahnhof empfängt mich kalte Luft. Die Wolken hängen schwer und dunkel am Himmel. Noch regnet es nicht, aber ein scharfer Wind pfeift. Sein Heulen klingt unheimlich und passt ebenso zu meiner Stimmung wie das düstere Wetter.

Es riecht nach welken Blättern. Fröstelnd ziehe ich die Lederjacke enger um meine Schultern. Da ich noch nie gut darin war, mir einen Vorteil zu verschaffen, stehe ich nach einer Viertelstunde immer noch vor dem Taxistand, während meine Mitreisenden bereits weg sind. Die Familie mit den zwei plärrenden Kindern, der übermüdete Zugschaffner, das streitende Pärchen, der gebrechliche Opa, die abgehetzte Geschäftsfrau, der schicke junge Mann, sie alle haben Taxis vor mir erwischt. Entnervt lehne ich an der Wand.

Nach einer Weile setze ich mich auf meinen Trolley. Anstatt in die Luft zu starren und mich über die gierigen Hände zu ärgern, die nach den Taxitüren greifen, werde ich Ännchen anrufen. Mit schlechtem Gewissen wähle ich ihre Nummer.

Bereits nach dem ersten Klingelton wird abgehoben. Zuerst ist da nichts. Irritiert schaue ich aufs Display. Ich bin eindeutig verbunden.

»Hallo?«

Ich höre eine atemlose Männerstimme ebenfalls mit einem »Hallo?« antworten.

Verwählt habe ich mich nicht, vorhin stand eindeutig »Ännchen« auf dem Display. Also kann das nur ihr neuer Lover sein.

»Alice hier. Ist Ännchen zu sprechen? Wenn nicht, soll sie mich bitte zurückrufen. Es eilt nicht. Aber richten Sie ihr bitte liebe Grüße aus und dass ich gut aus Wien zurück bin«, rede ich hastig auf den Fremden ein.

»Alice. Alice Winter?«, kommt es nach einer Weile.

Der Typ nervt.

»Ja. Sagte ich doch. Ich bin Ännchens Freundin, und sie wartet auf meinen Anruf«, erkläre ich ihm langsam und deutlich, als würde ich mit einem Kind sprechen.

»Wo befinden Sie sich gerade?«, setzt er scharf nach.

Jetzt reicht es aber. Was hat Ännchen sich da für einen Wichtigtuer an Land gezogen?

»Das geht Sie zwar nichts an, aber ich bin noch am Bahnhof«, schnappe ich ins Telefon. »Sind Sie Ännchens neuer Freund oder ihr selbst erklärter Aufpasser?«

»Weder noch. Mein Name ist Chefinspektor Rosner. Ich bin von der Kriminalpolizei. Bitte entschuldigen Sie, dass ich mich nicht sofort vorgestellt habe. Warten Sie bitte vor der Eingangshalle. Ich schicke Ihnen einen Wagen. Alles Weitere besprechen wir dann hier.«

»Was …?«, beginne ich entsetzt, aber er hat die Verbindung bereits unterbrochen.

Gut, dass ich sitze. Mein Herz rast, und ich kann nur schwer atmen. Am metallischen Geschmack in meinem Mund merke ich, dass ich mir die Innenseite der Wange blutig gebissen habe. Es dauert einige Zeit, bis ich begreife, was ich gehört habe. Ännchen. Es muss ihr etwas passiert sein.

Als der Polizeiwagen vor mir steht, bin ich zu meinem Erstaunen ruhig. Trotzdem zittert meine Stimme bei der Frage, deren Antwort ich ahne.

»Ännchen. Meiner Freundin geht es doch gut?«

Der freundliche Polizeibeamte am Steuer dreht sich zu mir um. Im Wagen riecht es nach kaltem Zigarettenrauch und ungarischer Salami. Ich halte meine Ohren zu, weil ich nicht hören will, was er sagt. Doch ich kann von seinen Lippen lesen, dass Ännchen tot ist.

Immer wieder wiederhole ich lautlos diesen schrecklichen Satz: Ännchen lebt nicht mehr.

Das Auto bleibt vor einem gelblichen Gebäude in der St. Ruprechter Straße stehen, und ich werde in ein Zimmer mit einer altmodischen Tapete geführt. Es ist spärlich eingerichtet. Außer einem Tisch mit einer Lampe, ein paar Stühlen und einem braunen Wandschrank ist da nichts. Wahrscheinlich haben sie mich in einen Verhörraum gebracht. Oder ich bin durch ein Zeitfenster direkt in die siebziger Jahre des vorigen Jahrhunderts gebeamt worden. Vielleicht schauen ja alle Polizeigebäude immer noch so aus? Was weiß ich? Jedenfalls klammere ich mich an diese belanglosen Überlegungen. Der Linoleumboden knirscht unter meinen Stiefeln.

»Rosner«, reißt mich eine laute Stimme aus meiner Versenkung. »Wir haben vorhin telefoniert.«

»Ja.«

Er schiebt mir einen Holzstuhl hin. Ausführlich betrachtet er meinen Ausweis, den vorzulegen er mich gebeten hat.

»Wo haben Sie sich in den letzten Tagen aufgehalten? Wo waren Sie?«

»Was ist passiert?«, fragt eine klägliche Stimme, die ich nicht als meine erkenne.

»Es tut mir sehr leid«, sagt er und sieht mir dabei in die Augen. Wahrscheinlich, damit ich ihm sein vorgeheucheltes Mitgefühl abnehme. »Ihre Freundin ist durch bisher ungeklärte Umstände zu Tode gekommen.«

Erstaunlicherweise breche ich bei seinen Worten nicht zusammen. Akribisch schnitze ich mit meinem Daumennagel eine Kerbe in seinen Holztisch. Ich bin ganz darauf konzentriert, eine gerade Linie zu schneiden.

»Frau Winter, ich lasse Ihnen ein Glas Wasser und einen Kaffee bringen.«

Die Freundlichkeit in seiner Stimme täuscht mich nicht über den grausamen Inhalt unseres Gespräches hinweg.

Während ich ihm erzähle, wie ich den vergangenen Tag verbracht und wann ich das letzte Mal von Ännchen gehört habe, beobachte ich ihn.

Rosner ist nicht wie der Polizist im Auto gekleidet. Er trägt verwaschene Jeans und ein graues Poloshirt. Seine Schläfen schimmern silbern, sein Körper wirkt schwer. Den stechenden Blick kann er hinter der Hornbrille kaum verbergen. Auf mich wirkt er wie ein Mathematikprofessor. Streng und unnachgiebig. Alles an ihm ist grau, auch seine Augen.

Gierig schütte ich das Wasser in mich hinein und schnappe nach Luft.

»Ännchen kann nicht tot sein.«

»Frau Ogris ist ertrunken. Eine Schülergruppe hat ihren Leichnam am Seeufer gefunden.«

»Ännchen geht nicht schwimmen. Das ist lächerlich!«

»Ihre Eltern haben sie identifiziert.«

»Sie ist nicht tot«, wiederhole ich. Zur Bekräftigung meiner Worte schüttle ich den Kopf. Immer wieder. Meine Beschwörungsformeln versagen erst, als sich unsere Blicke treffen. Seine Augen bohren sich in meine, und plötzlich ist da eine untrügliche Gewissheit in mir.

Ich sacke auf meinem Sessel zusammen und werde ganz klein. Er lehnt sich über den Tisch, seine Handflächen stemmt er dabei auf den Oberschenkeln ab.

»Sie erzählten mir am Telefon was von einem neuen Freund?« Seine Stimme ist ruhig.

Trotz seiner Distanziertheit kann ich körperlich spüren, wie gespannt er ist.

»Ännchen hat jemanden kennengelernt, sie war … verliebt.« Die Worte bleiben irgendwo zwischen Kehle und Luftröhre stecken.

»Ja?«, setzt er erbarmungslos nach.

»Mehr gibt es nicht. Ich habe sie nicht mehr erreicht.«

Es ist ein Schuldbekenntnis. In mir dreht ein Fleischwolf meine Gedärme durch Edelstahl.

»Sie hätten es nicht verhindern können.« Jetzt ist seine Stimme sanft.

Wütend über seine priesterliche Milde springe ich auf.

»Natürlich, was denken Sie denn, Herr Kommissar? Klar doch. Ich hätte Ännchen den Marsch geblasen. Und zwar gehörig. Ihr gesagt, dass sie die Finger von dem neuen, ach so interessanten Mann lassen soll. Wissen Sie, Ännchen vertraut meinem Urteil. Sie glaubt mir.«

Als ich verstehe, was ich da sage, bleiben meine Worte wie Blindgänger in meinem Hals stecken. Nie wieder wird sie auf mich hören, meinem Urteil vertrauen. Weil sie es nicht mehr kann. Meine einzige Freundin ist tot. In diesem Moment überfällt mich die Erkenntnis mit voller Wucht.

Wortlos reicht Rosner mir ein Papiertaschentuch über den Tisch. Eine Weile sitzen wir einander gegenüber, Misstrauen, Kummer und Verständnislosigkeit zwischen uns.

Ich schaue verwirrt hoch, und er zögert. »Es ist nicht gesagt, dass dieser neue Freund etwas mit ihrem Tod zu tun hat.«

Der Satz schwebt eine Weile über mir und stürzt dann wie ein

Habicht auf mich herab. Ich ducke mich unter seinem spitzen Schnabel weg. »Ja glauben Sie, Ännchen wäre allein geschwommen? Mit ihrem Arm?«

Rosner schüttelt den Kopf und steht auf. »Im Übrigen: ›Kommissar‹ sagt man nur im Fernsehen. Nennen Sie mich einfach Inspektor.«

Das Knirschen seines Stuhles lässt mich zusammenzucken. Er beugt sich zu mir. Wie unbeabsichtigt berührt er meine tränennasse Hand. Sofort verkrampfe ich mich im Taschentuch.

»Warten Sie einen Moment.«

Rosner verlässt den Raum und kommt mit einem Plastiksack in der Hand wieder. Schweigend legt er ihn vor mich auf den Schreibtisch.

»Und?«, fahre ich ihn an.

»Kommt Ihnen dieses Tuch bekannt vor? Gehörte es Ihrer Freundin? Schauen Sie es sich bitte genau an. Sie dürfen den Plastiksack dabei ruhig angreifen.«

Meine Finger zittern, als ich das zerlegte Papiertaschentuch in die Hosentasche stecke und nach dem Plastiksack greife.

»Ich habe das Tuch noch nie zuvor gesehen.«

»Es ist von Hermès«, sagt er, als würde das etwas ändern.

»Ännchen kann sich derart teuren Kram nicht leisten.«

Unwillkürlich zupfe ich an der eingerissenen Nagelhaut meines Zeigefingers. Wenn das Tuch nicht von Ännchen ist, was hat es dann mit ihr zu tun?

»Wo haben Sie es gefunden?« Nicht nur die Hand, auch meine Stimme zittert.

Rosner scheint zu verstehen, was ich meine, denn er antwortet ebenso kurz angebunden: »Um ihren Hals.«

»Dann wäre alles Wichtige gesagt. Jemand hat versucht, sie zu ermorden«, fauche ich ihn an und beuge mich weit über den Tisch. Mit Genugtuung sehe ich meine Speicheltröpfchen auf seinen Brillengläsern. Ich erhebe mich, und der Tisch steht plötzlich auf dem Kopf.

Als ich zu mir komme, liege ich auf einem Bett. Unter mir eine kratzige Decke, über mir das aufmerksame Gesicht einer jungen Polizistin.

»Revierinspektor Spahic. Gut, dass Sie aufgewacht sind. Sollen wir einen Arzt …?«

»Nein«, unterbreche ich sie scharf, »es geht schon wieder.«

»Dann trinken Sie doch bitte den Kaffee. Langsam, Schluck für Schluck.«

Sie hält mir einen weißen Becher mit Edelweißmuster unter die Nase. Ich kann nicht umhin, zu bemerken, dass ihr blondiertes Haar an den Enden stark gesplisst ist. Der Zeigefingernagel der Hand, mit der sie das Getränk umklammert hält, ist abgebrochen.

»Er ist stark und süß. Der wird Sie wieder auf die Beine bringen. Und zu Hause essen Sie etwas. Oder sollen wir Ihnen ein Sandwich bringen lassen?«

Ihr freundliches Heilsarmeegetue nervt mich. Trotzdem nehme ich widerwillig ein paar Schlucke.

Alles ist besser, als über Ännchen und das verdammte Tuch nachzudenken. Oder darüber, welche Rolle dieser ominöse neue Freund dabei spielte.

## 11

Simon Rosner schnäuzt sich ausgiebig und betrachtet danach gedankenverloren den Inhalt seines Taschentuchs. Kurz entschlossen öffnet er eine Lade seines Schreibtisches und holt die angefangene Jause und seinen Terminkalender heraus. Dann nimmt er seinen Pullover vom Haken und stopft alles in seinen Rucksack. Er hat sich schon zu Beginn seiner Arbeit bei der Kriminalpolizei gegen die übliche langweilig braune Aktentasche entschieden. Solche Kleinigkeiten bereiten ihm Behagen, täuschen ihn jedoch nicht darüber hinweg, ein Rädchen im System zu sein. Und jetzt hat er Wichtigeres zu tun, als hier seine wertvolle Zeit zu versitzen.

Als es zaghaft an der Tür klopft, entfährt ihm ein Fluch. Dann besinnt er sich und ruft mürrisch: »Herein!«

Einer der jungen Kollegen, gerade aus der Polizeischule geschlüpft, drängt sich schüchtern in den Raum. Berger ist sein Name. Rosner nimmt seine Brille ab und dreht sie in den Händen.

»Ja?«, fragt er gedehnt und lehnt sich in seinem Stuhl zurück.

»Entschuldigen Sie die Störung, Chefinspektor. Die junge Frau, das Mädchen mit dem blauen Haar, ist nach Hause gegangen. Sie wollte nicht von uns mit dem Wagen gebracht werden.«

»Ich nehme an, die Rede ist von Frau Winter. Frau Alice Winter«, betont er ärgerlich und wundert sich, wie man dieses verhungerte Knochengestell mit den schrecklich gefärbten Fransen zärtlich »das Mädchen mit dem blauen Haar« nennen kann.

Aber da ist so etwas Verträumtes in den Zügen des jungen Polizisten vor ihm.

Das wird ihm schon noch vergehen, denkt Rosner. Mit Sozialromantik hat der Job nichts zu tun.

»Ja, und was soll ich mit dieser sicherlich überaus wichtigen Information anfangen?«, fragt er hämisch.

Es bereitet ihm Vergnügen, den jungen Kollegen in Verlegenheit zu bringen. Ungeduldig trommelt er mit den Fingerknöcheln auf die Tischplatte. Und Berger wird tatsächlich rot.

Mit leiser Stimme, die gut zu seinem unsicheren Gesichtsausdruck passt, sagt er: »Ich dachte, es interessiert Sie, weil die junge … ich meine, Frau Winter doch hier bei Ihnen ohnmächtig wurde.«

Mein Lieber, wenn du wüsstest, wie wenig mich das kratzt, denkt Rosner und steht auf.

»Ich muss zu einem Termin«, fährt er sein Gegenüber an.

»Aber da ist noch etwas.« Jetzt klingt Bergers Stimme nur noch wie ein Stimmchen.

Am liebsten würde Rosner ihn grob beiseiteschieben, aber das würde schneller die Runde machen, als er für den Weg vom Bürostuhl zur Tür braucht.

»Jetzt reden Sie schon, Berger, so wird das nichts.«

Er hat den Rucksack bereits über seine Schulter geworfen und die Hand auf der Türschnalle.

»Luigi Olivotto, ein Streifenpolizist, behauptet, Sie von früher zu kennen. Er besteht darauf, zu Ihnen persönlich vorgelassen zu werden.«

Hier geht es zu wie im Raubtierzoo, denkt Rosner. Aber er ist ein guter Dompteur. Er öffnet die Tür und schiebt Berger auf den Flur hinaus.

»Heute geht es nicht, sagen Sie das Olivotto und«, er zögert, weil es ihm schwerfällt, die nächsten Worte auszusprechen, aber es lässt sich nicht umgehen, »übermitteln Sie ihm mein aufrichtiges Mitgefühl.«

Als er den verdutzten Ausdruck auf Bergers Gesicht sieht, fährt er ihn an: »Stellen Sie sich nur so dumm, oder wissen Sie wirklich nicht, dass seine Frau verschwunden ist? Luigi Olivotto macht seit Tagen alle hier rebellisch.«

Bevor Berger etwas erwidern kann, ist er an ihm vorbei die Treppe hinunter.

Ziellos wandert er durch die Straßen. So schnell er vorhin wegkommen wollte, so viel Ruhe hat er jetzt. Zeit durch die Stadt zu laufen, an den Bahngleisen entlangzubummeln. Dabei nimmt er weder das Grau der Schienen wahr noch die Menschen, die seinen Weg kreuzen.

Als er zwei Stunden später zu Hause die Tür aufschließt, empfängt ihn der Geruch seiner seit Tagen ungelüfteten Wohnung. Er knipst das Licht an und lässt seinen Blick über das

Chaos gleiten. Da Küche und Wohnzimmer eins sind, stapeln sich überall schmutziges Geschirr und halb volle Pizzakartons. Längst hat er sich an die Batterie grüner leerer Weinflaschen und silberner Bierdosen gewöhnt. Er findet das Durcheinander in seiner Hochhaus-Garconniere in der Fischlsiedlung dem Schmutz des Stadtviertels angepasst.

Er schmeißt den Rucksack aufs Sofa, wo er auf einem Zeitungsstoß landet. Sein erster Weg ist der zum Kühlschrank. Bis oben hin ist er mit herrlich kühlem Bier gefüllt. Beim Öffnen des Verschlusses gibt es ein angenehmes Zischen. Gierig trinkt er im Stehen die halbe Dose leer. Mit dem zweiten Bier in der Hand zwängt er sich neben die Papierstöße auf das Sofa.

Als er seine Beine weit von sich streckt, gerät der Stoß in Bewegung. Bevor er es verhindern kann, kippen die Zeitungen und Mappen weg. Die losen Papiere und der sonstige Kram ergießen sich wie eine weiße Welle auf den Boden.

»Shit!«, ruft er und springt auf.

Mit beiden Händen packt er den Papierstoß, klemmt ihn unter seinem Kinn fest und hebt ihn zurück aufs Sofa. Etwas löst sich und fällt mit hellem Klingen hinunter.

Unwirsch bückt er sich ein weiteres Mal. Und sieht sich unvermittelt dem Menschen gegenüber, nach dem er sich am meisten sehnt und dem er unter keinen Umständen jetzt, hier begegnen möchte. Klara.

Allein das Denken ihres Namens fühlt sich an, als hätte ein Staubsauger alle Luft aus seinem Inneren herausgequetscht.

Ihr fein geschnittenes Gesicht blickt aus dem Silberrahmen anklagend zu ihm hoch.

Aus irgendeinem Grund fällt ihm die tote junge Frau vom See ein.

Er holt das Foto aus dem Rahmen und presst es an sein Gesicht. Dass er weint, spürt er erst, als er Klaras nasse Wangen sieht.

Wird er auch das noch zerstören? Das wenige, das von ihr übrig geblieben ist?

»Klara«, stöhnt er auf.

Er schließt die Augen und überlässt sich den Erinnerungen. Klaras Lachen ist in seinen Ohren, durchdringt seine Schutzschicht. Er nimmt ihren feinen Duft wahr. Sie scheint so nahe, dass er nur seine Hand ausstrecken müsste, um ihre zarte Haut zu berühren. Als er den Schmerz nicht mehr aushält, öffnet er die Augen.

Er ist zurück im Chaos seiner neuen Wohnung. Und hier erinnert nichts an sie.

Diese »Klaralosigkeit« ist das einzig Gute an seiner Unterkunft.

Er schnäuzt sich und leert die Dose mit hastigen Schlucken. Dann steckt er ihr Bild zurück in den Rahmen und verbirgt ihr Gesicht abermals zwischen den alten Zeitungen.

Noch ist die Zeit nicht gekommen, sich mit dem Tod seiner Tochter auseinanderzusetzen.

***

Die Klänge des ersten Klavierkonzerts von Beethoven schweben durch den Raum. Doch nichts kann ihn beschwichtigen. Selbst die Magie seiner formelhaften Wortfolgen versagt kläglich.

Den Tag über hat er versucht, sich mit seinen bewährten alltagstauglichen Vergnügungen abzulenken. Gewichte zu stemmen und im Fitness-Studio vor sich hin zu schwitzen beschert ihm sonst den siebten Himmel. Den hat er heute nicht gefunden.

Missmutig lehnt er am Fenster. Hinter den nachtdunklen Bäumen tanzen Falter dem Licht der Straßenlaterne entgegen.

Im Alltag reißt er sich zusammen, lässt niemanden einen Blick hinter seine Fassade werfen. Humorvoll, nett, nachsichtig und professionell in seinem Beruf, so würde seine Umwelt ihn heute wohl beschreiben. Da ist er sich sicher. Die Liebenswürdigkeit und die Gleichmut, die Beharrlichkeit und die Geduld sind seine Schutzschilder, die er sich mühsam gegen die grausame Willkür seiner Tante erworben hat, und die ihn weiterhin vor den anderen abschirmen.

Auch wenn seine Kindheit und Jugend schon lange vorüber sind, erschrickt er zuerst wie damals, wenn er wieder das zerstörte Gesicht seiner Tante vor sich sieht, um das die wie schwarz lackierten Haare wippen, und er die ranzige Salbe auf ihrem Seidentuch riecht. Hundertmal hat er die Seide gewaschen, dennoch scheint der Geruch für alle Zeit darin eingeschweißt zu sein. Heute noch gerät er anfangs in Panik, wenn Franzens

Klammergriff und die damit verbundenen Schläge auf seiner Haut spürbar werden. Im Traum passiert das, aber unerwartet oft auch bei Tag. Er bekommt kaum Luft, wenn er, durch seine Nacktheit gedemütigt, in die Besenkammer gestoßen wird. Doch dann passiert das Wunder.

In der ihn zart umhüllenden Dunkelheit der Besenkammer fühlte er seine entblößte Seele geschützt. Er erfuhr Befriedigung. An diesem Ort geschah es, dass die heftige Abscheu gegen seine Tante sich in alles verzehrende Leidenschaft verwandelte. Er konnte und kann es sich nicht erklären, aber jeder Schlag auf seine nackte Haut war von diesem Zeitpunkt an ein Geschenk, das er genoss, weil es ihn ein Stück näher zu ihr brachte. Anmerken ließ er sich davon nie etwas. Davor hat er sich stets gehütet. Irgendwann sehnte er den Augenblick herbei, in dem sie das Tuch vom Gesicht nahm und ihn damit knebelte. Der Ekel vermischte sich mit Begehren: Nun war er ein Teil von ihr und sie ein Stück von ihm. Die Lust, dies zu erleben, war unbeschreiblich.

Dieses berauschende Gefühl konnte ihm niemand mehr nehmen, es machte ihn jedoch auch tiefunglücklich. Nach ihrem frühen Tod erkannte er, wie schwierig es war, einen Ersatz für sie zu finden. Ständig war er angetrieben durch die verzweifelte Suche nach der Erfüllung seiner Sehnsucht.

Bis zu dem Tag vor zwei Jahren, an dem er zum ersten Mal den dunklen Raum im »Ariston« betrat und auf Marijana traf. Sie offenbarte ihm die Geheimnisse verzehrender Begierde. Und er glaubte sich am Ziel. Doch übrig blieb nur eine zerdrückte Seidenblume, ein Häufchen morscher Knochen.

Auch Gina konnte sein Gier nicht befriedigen. Sie steigerte nur seine Lust auf die Eine, die irgendwo auf ihn wartete.

Die kleine Dirigentin mit dem schlaffen Arm wäre ganz nach seinem Geschmack gewesen. Mit ihr hatte es so aufregend begonnen. Nach langer Zeit hatte er endlich wieder das Gefühl gehabt, jemandem nahezukommen. Es hätte etwas aus ihnen werden können. Wenn sie nur nicht so ungeduldig gewesen wäre.

Er wollte ihr das Universum zeigen und lud sie auf eine nächtliche Bootsfahrt über den Wörthersee ein. Doch sie hatte mit Romantik noch weniger im Sinn als er.

»Nimm mich, jetzt gleich, hier im Boot.«

Ohne die Grenzen zu beachten, stürzte sie sich ungestüm lachend auf ihn. Die Sterne flirrten und hüllten das Wasser in ein unwirkliches Licht. Das Boot tauchte seitlich in den See. Dann war sie über ihm und bedeckte ihn mit ihren Küssen. Unter ihnen schwankte es bedrohlich.

Als er die Ruder in seine Hände nahm, warf sie ihm einen bedauernden Blick zu. Mitleid lag auch darin. Sie sah aus, als würde sie ihn für einen Waschlappen halten.

Er ist sich nicht mehr sicher, ob er deshalb die Kontrolle verlor. Vielleicht war es ihr Ton oder was sie sagte. Er weiß es nicht mehr. Die Silhouette der Karawanken spiegelte sich im Sternenwasser. Unter ihm im See verschwammen die Zeiten.

»Lass mich!«, fuhr er sie grob an.

»Hab dich nicht so, wir sind doch nicht zum Kuscheln auf den See gefahren.«

Wieder beugte sie sich über ihn und versuchte, mit der gesunden Hand den Reißverschluss seiner Hose aufzuziehen. Nestelte an den Knöpfen.

»Dummer Bub«, gurrte sie.

Eine Erinnerung wurde in ihm wach, und er zog das Tuch aus der Tasche, seinen Talisman.

»Für mich?« Sie schmiegte ihr Gesicht in die Seide.

Der Himmel über ihnen hatte sich nicht verändert. Doch es war, als hätte ein dunkler Hauch den Sternen ihren Glanz genommen. Mit dem gesunden Arm umschlang sie ihn und ließ die Seide über seinen Hals gleiten. Dann bat sie ihn, ihr den Schal umzubinden. Und er tat es. Vielleicht zog er den Knoten etwas zu eng. Sie schnappte nach Luft, das blasse Gesicht plötzlich knallrot. Den Arm warf sie hektisch in die Höhe.

Wie konnte das nur geschehen? Er hätte sich besser im Griff haben müssen.

Sie kippte zur Seite. Der schlaffe Arm versuchte vergeblich, am Bootsrand Halt zu finden. Das Boot schwankte von einer Seite zur anderen. Ohne dass er es verhindern konnte, entglitt sie ihm und versank im dunklen Wasser. Lautlos.

Und mit ihr sein Talisman.

# 12

Ich schiebe mich durch die Menschenmenge, dränge die Leute unsanft mit meinen Ellbogen zur Seite, was mir ein wenig zu sehr gefällt. Es ist Mittag, und die Stadt ist staubiger als sonst. Die Luft liegt schwer auf mir, sie umhüllt mich wie ein Plastiksack.

Plastiksack. Ännchen. Hermès. See. Erde. Aus.

Sofort muss ich neue Bedeutungen für das widerliche Gebilde aus Kunststoff assoziieren.

Seit ich gestern von der Polizei am Bahnhof abgeholt wurde, stehe ich unter Strom. Ein wolkenloser, strahlend blauer Himmel spannt sich über die Stadt. Beschwingt zwitschern die Vögel in den Platanen auf dem Neuen Platz, und das Wasser plätschert im Lindwurmbrunnen. Neben mir pfeift jemand einen abgedroschenen Beatles-Song. Im Blumengeschäft leuchtende Farben, es riecht nach Frühling. Fröhliche Sorglosigkeit.

Wäre da nicht die Luft, die mich wie eine zweite Haut umschließt und mich am Atmen hindert.

Was wollte Ännchen mit ihrem kranken Arm zu dieser Jahreszeit auf dem See? Schwimmen doch wohl nicht.

*Stopp. Aus.*

Bei McDonald's bleibe ich stehen. Allemal besser als die Klinge auf der Haut ist ein Vanille-Shake im Bauch. Kurz darauf sauge ich, an der Hausmauer lehnend, das süße, eiskalte Gesöff in mich hinein.

»Alice?«

Eine Hand liegt schwer auf meiner Schulter, zwingt mich, zu der Stimme hochzublicken.

»Paul Slamanig«, gebe ich überrumpelt von mir. Der Vanille-Shake rutscht mir aus der Hand.

Erschrocken springt er zurück.

»Sorry«, murmle ich. »Ich bin gerade ein wenig neben der Spur.«

»Halb so wild«, beschwichtigt er mich. »Komm, ich lade dich auf einen neuen Erdbeer-Shake ein.«

»Vanille war das«, korrigiere ich und setze dann, aus reiner

Lust, ihm zu widersprechen, nach: »Eine Cola wäre mir allerdings lieber.«

Wieder zieht er mich in ein Lokal, und auch diesmal wehre ich mich nur halbherzig.

Wir setzen uns auf die quietschenden orangeroten Drehstühle, zwischen uns ein durchsichtiger Tisch. Alles hier ist aus Plastik. Auch mein Herz. Es tickt vor sich hin wie eine aufgezogene Küchenuhr.

»Schickes Ambiente«, bemerkt er eine Prise zu unbekümmert.

Zwischen seinen Augen erkenne ich eine steile Falte, und bei Tageslicht ist die Narbe über den Brauen noch weißer. Seine Wangen sind leicht gerötet. Mit beiden Händen umkrampfe ich die Kanten der Tischplatte.

»Was hast du? Du wirst doch nicht ohnmächtig?«

Gehetzt suche ich nach einer Antwort. Mein Hirn ist wie leer gefegt. Die Stimmen um mich herum rücken in weite Ferne.

»Mir geht es nicht gut«, zwinge ich mich zu sagen. »Aber sonst ist alles okay.« Ich lehne mich zurück und versuche, ruhig zu atmen. Wo ich doch am liebsten alle Gedanken und Gefühle rasend schnell weghecheln will.

»Wahrscheinlich isst du zu wenig«, kommt es profan.

Um seine Worte zu bekräftigen, greift er über den Tisch und will seine Hand auf meine legen. Aber ich bin schneller als er.

»Wie geht es deiner Schulter?«, fragt er.

»Ach, die. Ich spüre sie kaum noch.« Automatisch kurble ich meinen Arm, hebe und senke die Achseln.

Unbeirrt starrt er mich an. Entnervt von seiner Hartnäckigkeit drehe ich den Kopf zur Seite.

»Ich hole dir jetzt deine Cola und einen Burger.«

Weder fragt er mich, ob ich einen will, noch welchen. Aber es ist mir ohnehin gleich.

Als er zurückkommt, klemme ich einige lästig in mein Gesicht fallende Haarsträhnen hinter die Ohren und beiße unlustig in das pappige Ding.

Ohne Paul anzusehen, nehme ich sein befriedigtes Lächeln wahr. Der gute Samariter hat, was er will, seine Schutzbefohlene hat ihren Hungerstreik abgebrochen.

Ich beschließe, ihm die Genugtuung nicht zu gewähren, knalle den Cheeseburger zurück auf den Pappteller und schiebe das Tablett ruckartig über den Tisch. Meine Bewegungen sind etwas zu heftig, und der Cola-Becher droht zu kippen. Schnippisch überspiele ich es: »Der Rest ist für dich.«

»Alice«, er hält meine Hand fest. »Was ist los mit dir?«

Unbeherrscht befreie ich mich.

»Ich habe meinen Job verloren, und meine beste Freundin ist ermordet worden. Aber sonst ist alles okay«, entgegne ich bissig.

»Die Tote am Seeufer?«, fragt er geschockt.

Bei seinen Worten spüre ich, wie mir die kühle Hermès-Seide den Atem nimmt. Er scheint es nicht zu bemerken, denn er spricht weiter, ohne meine Reaktion abzuwarten. Ich fixiere sein blütenweißes Hemd. In meinen Ohren rauschen Wellen.

»Das ist eine Tragödie. In der Zeitung stand, dass sie ertrunken ist, nachdem sie fast erdrosselt wurde. Genaueres wissen sie noch nicht. Das war deine Freundin?« Er hält inne und wischt ein für mich unsichtbares Staubkorn vom Kragen seines Hemdes. Dabei fällt eine braune Locke in seine Stirn.

Ich bleibe ihm die Antwort schuldig und beiße stattdessen ein Stück von meinem Daumennagel ab. Sein Blick folgt mir unentwegt.

»Ich weiß bereits von Sara, dass sie dich gefeuert hat. Musstest du denn auch, ohne Urlaub zu nehmen, nach Wien abhauen?«

Seine Sätze kommen wie Kampfgeschwader auf mich zu.

»Ist ja wohl mein Kaffee.« Ich habe weder Lust, mit ihm zu diskutieren, noch, ihm die genauen Umstände, warum ich nicht mehr im Fitness-Studio arbeite, zu erklären.

Die Fensterscheibe neben mir ist schmutzig. Unzählige Fingerabdrücke zeichnen sich darauf ab. Zornig starre ich durch die Schmiere auf die Straße gegenüber. Es riecht nach Frittenbude und muffiger Kleidung.

Was tue ich hier eigentlich?

»Alice. Mein Angebot steht. Du kannst noch in diesem Herbst im Gymnasium als Sportlehrerin anfangen. Oder hast du schon etwas anderes in Aussicht?«

Während er mich eindringlich mustert, spüre ich ein undefinierbares Gefühl aus meinem Magen hochsteigen. Es fühlt sich wie Sodbrennen an, es schmerzt, wärmt aber von innen und erinnert mich an Geborgenheit. Ich sehe vom Fenster weg in sein Gesicht. Die Schramme auf seiner linken Wange ist noch immer deutlich sichtbar.

»Mhmm. Ich überlege es mir«, lenke ich ein.

Genau in diesem Moment flackern die Plastikhandschuhe in meinen Gedanken auf. Meine Wangen fühlen sich an, als hätte mich jemand heftig geschlagen, heiß und brennend. Erschrocken stehe ich auf, stoße mit meiner Hüfte gegen den Tisch. Der Pappbecher kippt um, und die Cola ergießt sich über den Tisch. Paul springt mit einem Fluch hoch. Die Stühle sind mir im Weg. Als ich im Zickzack zur Tür laufe, ruft er mir noch etwas nach.

Aber ich drehe mich nicht mehr um.

***

*Den ganzen Schulvormittag über hatte sie schon Kopfweh. Zähneklappern, Gänsehaut und Gliederschmerzen.*

*Ännchen war um sie besorgt. Ließ sie sogar von ihrem Jausenbrot abbeißen. Obwohl ihr Hunger begrenzt war, schluckte sie mit brennendem Hals ein paar Bissen kaltes Hühnchen mit Ei.*

*Nach der vierten Stunde schickte man sie nach Hause.*

*»Zu viele Viren im zu engen Klassenraum.«*

*Über diesen Kommentar ihres Biolehrers mussten Ännchen und sie lachen.*

*Auf dem Weg zu ihren Großeltern blieb ihr die Luft weg.*

*Flora erkannte sofort, dass es ihr schlecht ging. Sie schüttelte die Kissen auf und klopfte auf das Laken.*

*Ihr Bett war frisch bezogen.*

*Als sie sich zitternd in die Daunendecke hüllte, stand bereits ein Thymiantee mit Waldhonig neben ihrem Bett. Der Geruch reizte ihre Speicheldrüsen. Plötzlich war zu viel Flüssigkeit in ihrem Mund. Fast hätte sie es nicht mehr auf die Toilette geschafft.*

*Großmutter hielt ihren Kopf, strich ihr das lästige, feine Haar hinter die Ohren und klopfte beruhigend auf ihren Rücken. Danach brachte sie sie zurück ins Bett, schlang die Decke um ihre Beine und löschte das Licht. Vor dem Fenster trommelte der Regen auf das Sims.*

*Während sie sich in den Kissen vergrub, verstrich unbemerkt der Tag.*

*Zweimal schreckte sie aus einem beunruhigenden Fiebertraum hoch. Die Haare klammerten sich feucht an ihre Wangen.*

*Im Halbschlaf hörte sie Großvater die Zimmertür öffnen. Vergeblich versuchte sie, in tiefere Schlafschichten zu flüchten.*

*Sie hörte Floras warme Stimme: »Vergiss das Thermometer nicht. Wenn das Fieber über neununddreißig Grad steigt, müssen wir den Arzt rufen.«*

*Es war alles zu hell und weiß an den Rändern ihres Blickfeldes.*

*Ihr Körper schlotterte und war durch nichts zu erwärmen. Zähne und Knochen klapperten wie die des Vorzeige-Skeletts im Lehrmittelkabinett.*

*Großvaters schwerer Körper drückte sich an ihren. Zuerst wurde ihr siedend heiß, dann begann sie zu frösteln. Seine Arme hielten sie fest umschlungen. Wie eine sanfte Meeresbrise strich sein Atem über ihren Nacken und seine Finger tasteten sich über ihre Rippen nach unten.*

*Bevor sie in ihre Träume flüchten konnte, sah sie Flora im aus dem Flur einfallenden Lichtstrahl in der Zimmertür stehen. Aufrecht und steif stand sie da und erinnerte sie an die Königinnen in ihren Märchenbüchern. Ihre Hand umklammerte die Türklinke.*

*Jetzt, dachte sie, jetzt wird sie zu uns ins Zimmer kommen und Großvater von mir wegholen.*

*Doch Flora sagte nur eisig: »Bleib nicht zu lange. Das Kind muss schlafen.« Dann schloss sie die Tür, und das Zimmer versank in Dunkelheit.*

*Kurz darauf hörte Alice durch die Wand einen bekannten Opernsänger schaurig-schöne Arien schmettern. Sein Gesang übertönte alle anderen Geräusche im Raum.*

*Die unerträglichen Kälteschauer wichen einer neuerlichen Hitzewallung.*

*Sie öffnete die Augen. Der Platz neben ihr im Bett war jetzt leer. Die am schweren Vorhang ihres Kinderzimmers herabbaumelnden Quasten erinnerten sie an ihr Herz, das jetzt irgendwo außerhalb ihres Körpers an einem Strick hing.*

*Ein plötzlicher eisiger Windstoß fuhr durch das unzuverlässige, blutige Stück und fror es ein.*

# 13

Ich bin kein Kaugummityp. Ungeduldig schäle ich den Streifen aus seiner Verpackung. Zuerst kaue ich, bis das widerspenstige Ding weich wird und sich an meine Zähne schmiegt. Sobald die Masse die Form einer Kugel angenommen hat, blähe ich meine Backen auf und puste. Eine rosa Blase wächst aus meinem Mund, wird größer und platzt, so als würde Luft aus einem Reifen entweichen.

Genauso fühle ich mich. Ausgepumpt.

Verdrossen kaue ich weiter. Meine Zähne kneten den Kirschgummi so lange durch, bis auch der letzte Rest Süße verschwunden ist.

Als ich vorhin erschöpft die Tür zu meiner Wohnung aufsperrte, hätte ich mich am liebsten aufs Bett geworfen und den Tag ausgeblendet. Den ganzen beschissenen Tag mit seinem falschen Frühling.

Wie kann ein Frühling echt sein, mit all seinen blühenden Gräsern, Blumen und Bäumen und dem knallblauen Himmel obendrüber, wenn Ännchen nicht mehr lebt?

Vor Kummer beiße ich in die Knöchel meiner Finger. Nichts. Ich spüre nichts. Aufgewühlt lasse ich meine Faust mit aller Wucht auf das Fensterbrett fallen. Das Holz gibt ein dumpfes Ächzen von sich und bekommt einen Riss. Erleichtert spüre ich den Schmerz durch meine Hand den Arm hinaufzucken. Zumindest das funktioniert noch. Dennoch vermag mein Körper die Tränenflut nicht aufzuhalten. Ich lege mein Gesicht auf das zersplitterte Holz des Fensterbretts und atme den Geruch alten Lacks ein. Immer wieder fahre ich mit den Fingerkuppen über die zackige Bruchlinie.

Ich weiß nicht, wie lange ich so daliege und um meine tote Freundin weine. Schon oft habe ich mich gefragt, wie viel Tränenflüssigkeit diese Drüsen produzieren können. Sicher pro Person einen kleinen Teich, und bei mir selbst wohl einen mittelgroßen See. Wörthersee. See gehört ab sofort auf die Liste der verbotenen Wörter. Zur eigenen Sicherheit bastle ich mir ein fettes Verkehrsschild mit einem rot durchstrichenen Kreis in meinem Kopf.

Wie immer, wenn ich mich hundeelend fühle, fällt mir meine Großmutter ein.

Flora.

Sie hat Ännchen nie gemocht.

Ich erinnere mich, dass sie immer aufrecht bei Tisch saß und genau beobachtete, ob meine Freundin ihr Besteck richtig hielt. Das tat Ännchen nie. Mit voller Absicht, wie sie mir irgendwann erzählte. Großmutters strafende Blicke, wenn Ännchen mit vollem Mund sprach, werde ich nie vergessen. Damals habe ich in Ännchen noch nicht die Rebellin erkannt, die viele meiner Kämpfe austrug. Zu dieser Erkenntnis gelangte ich erst viel später.

Ich sehe uns um den Küchentisch sitzen und lachen. Großmutter hatte einen ihrer guten Tage und buk Palatschinken in brauner Butter. Ich kann den Geschmack der Ribiselmarmelade auf meinen Lippen spüren. Der Staubzucker, den Flora über die heißen Palatschinken rieseln ließ, glänzte im Sonnenstrahl wie frisch herabfallender Schnee.

Jäh sinkt ein Schatten auf meine Erinnerung. Das Bild meines Großvaters schiebt sich zwischen Großmutter, Ännchen und mich. Verdunkelt das Tischtuch, bekleckert die jungfräulich weißen Teller.

Da ist er wieder, der verdammte Geruch von Thymian, feuchter Erde und verbranntem Herbstlaub. Inzwischen gelingt es mir immer häufiger, ihn an mir vorbeiziehen zu lassen.

So, wie ich auch nur noch selten an das Leben mit meinen Großeltern denke.

*Klapp*, macht die Lade meiner Kopf-Kommode, als sie über den Erinnerungen zuschnappt.

Ich hebe mein zerknittertes Gesicht von der Fensterbank. Mit einer Wut, zu der ich damals nicht fähig war, spucke ich den teigigen Klumpen Kaugummi in weitem Bogen aus dem Fenster, direkt hinein in das verfluchte Gesicht meines Großvaters.

Die Scheiben klirren, als ich das Fenster schließe.

Langsam gleiten meine Finger über die Narben an meinen Oberarmen. Erhaben setzen sie sich von der restlichen Haut ab. Lassen mich an Schnüre denken, an silberne Kordeln.

Ännchen kannte die Geschichte jeder einzelnen Narbe.

»Sie sind wie Stricke, die dich zusammenhalten, Alice. Pass gut auf sie auf, creme sie täglich ein. Sei gut zu ihnen. Sie verhindern, dass du auseinanderbrichst.«

Wie recht sie doch hatte.

Nur einmal haben die Seile mich nicht fest genug umwickelt. Konnten nicht verhindern, was mit mir geschah. Was ich tat.

Auch das hat Ännchen gewusst. Sie war dabei.

Jetzt gibt es außer mir niemanden mehr, der die Wahrheit kennt.

Selbst Flora kennt sie nicht.

Und die glaubt, alles verstanden zu haben.

Heute Nacht werde ich zum See gehen und für Ännchen eine Kerze anzünden.

***

Elektrisiert fährt er aus seinem Tagtraum hoch. Seit dem Missgeschick auf dem See passiert ihm das ständig.

Immer wieder durchströmt ihn die Erinnerung an sein letztes Abenteuer im Hotel »Ariston«. An die Schöne mit den unzähligen Narben, die vor ihm aus dem Darkroom floh und ihm nicht mehr aus dem Sinn geht. Seither hat er das dunkle Zimmer nicht mehr aufgesucht. Es ist zu gefährlich, jetzt, wo die Kriminalpolizei ermittelt und ihre Truppe die Gegend unsicher macht. Zu viele Spione, Schaulustige, Gelangweilte, Sensationsgierige säumen seinen Weg. Wo er hinsieht, Tagdiebe, Pensionisten und Hausfrauen.

Auch der Portier im »Ariston« hat nichts anderes im Sinn, als die Gäste des Hotels zu bespitzeln. Obwohl er ihn noch nie bewusst wahrgenommen hat, ist er sich sicher, dass der Portier alles beobachtet.

Bisher war ihm das egal. Mit der Perücke, dem Schnauzbart und den schäbigen Klamotten ist er jemand anderer. Auf seinen ältesten Schuhen schlurft er durch die Hotelhalle und hinkt schwerfällig die Treppe hinauf und hinab. Billige Lederhandschuhe verdecken seine Hände.

So leicht erwischt ihn niemand!

Auch seine vernarbte Schönheit wird er wie zufällig auf der Straße ansprechen, ihr beiläufig über den Arm streichen, sie auf ein Getränk einladen oder auf ein Essen bei sich daheim. Doch diesmal wird er alles richtig machen. Was war das für ein Vergnügen, herauszufinden, wer seine Narbenfrau ist! Und sie vor dem Polizeigebäude in ihrer engen Jeans und der Lederjacke vorbeihuschen zu sehen.

Er nimmt einen großen Schluck Mineralwasser und streicht sich erregt über die Innenseite seiner Schenkel.

Seine Gedanken schweifen ab.

Manuela, ein Mädchen aus seiner Klasse, und er waren zum Spielen im Europapark. Schrill schreiend schlug ein Pfau sein buntes Rad, wohl um die Affen im Gehege damit zu beeindrucken. Das brackige Wasser im Teich schlingerte das schräge Betonufer hoch und kitzelte ihre nackten Zehen. Seine Tante und Franz rauchten und aßen Erdbeerkuchen im gegenüberliegenden Kaffeehaus.

»Komm, ich habe eine Idee«, sagte Manuela und zog ihn hinter die angrenzenden Sträucher. Vor seinen Augen zog sie sich aus und stand splitternackt vor ihm. »Und jetzt du.« Sie grinste ihn an.

Röte schoss ihm ins Gesicht und breitete sich bis zu den Haarwurzeln aus.

»Komm, genier dich nicht.« Sie streckte auffordernd ihre Hand aus. »Gib mir deine Kleider. Los, mach schon.«

Mit zittrigen Knien folgte er ihrer Aufforderung, schlüpfte aus Hose und Hemd, bis auch er nackt vor ihr stand. Sein Geschlecht verbarg er verschämt zwischen den zusammengepressten Oberschenkeln.

»Warum bist du weiß-blau gefleckt? Und was ist das?« Manuelas Hand strich über die breite Narbe über seinem Hüftknochen.

»Nichts.« Ängstlich sprang er von ihr weg.

»Wirst du verprügelt wegen deiner schlechten Noten?«

»Natürlich nicht. Meine Tante würde mir das nie antun. Ich habe eine seltene Blutkrankheit.«

Beeindruckt sah sie ihn an. »Da, nimm.« Sie hielt ihm ihre Sachen hin. »Wir verkleiden uns. Du bist jetzt das Mädchen und ich der Bub. Und dann gehen wir zu deiner Tante, Eis essen. Ob sie uns wohl erkennt?«

Trotz des mulmigen Gefühls in seinem Bauch überwog der

Spaß, in Mädchenkleider zu schlüpfen. Besonders aufregend fand er Manuelas Unterwäsche auf seiner Haut. Immer wieder fuhr er mit der rechten Hand über seinen Schritt. Freudig erregt spazierte er mit Manuela Hand in Hand zum Kaffeehaus. Er kann immer noch ihre verwackelten Spiegelbilder im Wasser des Teiches sehen. Er in einem weißen Sommerkleid mit roten Tupfen, einer roten Masche im Haar und schwarzen Lackschuhen mit Riemchen, sie in kurzen grünen Hosen, einem karierten Hemd, Stutzen und derben Sandalen. Ihr Haar hatte sie mit Teichwasser geglättet und zurückgestrichen.

»Wir geben ein schönes Pärchen ab, findest du nicht?«

Und wie er das fand. Ein bisher unbekanntes Gefühl breitete sich in ihm aus: Glück.

Franz und seine Tante starrten sie entgeistert an, die Kuchengabel reglos vor ihren offenen Mündern. Als Nächstes spürte er, wie die Hand seiner Tante auf seiner Wange brannte und den unangenehmen Druck der Gabelzinken in seinem Unterarm.

Hochrot im Gesicht stand sie über ihm.

»Dummer Bub! Was hast du dir dabei gedacht? Du bist ebenso verlottert wie deine unnütze Mutter. Das hat Folgen.«

Zitternd ließ er Manuelas Hand los, an die er sich geklammert hatte.

»Das war doch nur ein Spiel! Es war meine Idee, er wollte zuerst gar nicht mitmachen«, versuchte seine Freundin, ihn zu schützen.

Doch seine Tante stieß sie grob weg und fauchte: »Mach, dass du fortkommst. Lass dich nie mehr in der Nähe meines Neffen blicken, du dumme Kuh, sonst erlebst du was!«

An die Heimfahrt kann er sich nicht mehr erinnern. Nur noch an den Geschmack des Tuches in seinem Mund und den dunklen Keller, den er fürchtete. Alles war fremd hier unten, es roch übel, und er konnte nichts erkennen. Die Angst, nie wieder ans Tageslicht zu gelangen, war dennoch kleiner als die vor Franz. Von oben drang das Lachen seiner Tante zu ihm. Zum ersten Mal hatte sie ihn nicht in die Besenkammer gesperrt. Wie sehr er die vertraute staubige Nische vermisste. Mehr noch als Manuela, denn die hatte ihm das eingebrockt, und das Glücksgefühl war längst einem lodernden Zorn gewichen.

Später, als Franz' Gürtel auf seinen Rücken hieb, bis er blutig war, und er anfing, die Schmerzen nicht mehr zu spüren, sehnte er sich nach der ruhigen Geborgenheit des Kellers.

Manuela hielt sich an das Verbot seiner Tante. Von da an machte sie einen großen Bogen um ihn. Und mit ihr auch die anderen Kinder in seiner Klasse. Aber das störte ihn nur anfangs. Nach einiger Zeit begann er, seine einsamen Spiele zu genießen. Sobald er allein zu Hause war, ging er zum Kleiderschrank seiner Tante und zog ihre wunderbaren Röcke, Blusen und Kleider an. Mehr als alles andere hatte es ihm ihre Seidenunterwäsche angetan.

Bestürzt vom grellen Ton seines Lachens hält er inne.

Die Erinnerungen verblassen, und er ist zurück in der Gegenwart. Erfreut atmet er aus. Alles ist gut.

Er hat seine Traumfrau gefunden, seine Braut. Seine stolze Eisprinzessin.

Und das Beste daran: Sie werden einander bald wieder begegnen.

***

Plötzlich ist da ein Keuchen. Es kommt näher, ist jetzt direkt hinter mir. So weit ich kann, drehe ich meinen Kopf und sehe über meine Schulter in eine Strickmütze mit Augenschlitzen.

Ein Überfall!

»Shit«, entfährt es mir, und ich schlage einen wilden Haken. Wohl in die falsche Richtung, denn ich wäre fast in den Lendkanal gekippt, hätten mich nicht zwei starke Arme daran gehindert.

Schnaufend versuche ich mich dem festen Griff zu entwinden. Mein Herz fliegt von einem Rippenbogen zum anderen.

»Was ist denn mit Ihnen los? Beruhigen Sie sich doch«, dringt eine Stimme durch den Mundschlitz der Wolle.

Sobald ich eine Hand befreit habe, reiße ich ihm die Bankräuberverkleidung vom Gesicht. Er lässt mich so ruckartig los, dass ich taumle. Die Dornen der weißen Rose, die ich vorhin noch schnell im Blumenmarkt gekauft und in den Saum meiner Laufhose gesteckt habe, stechen in meinen Rücken.

»Was soll dieser Faschingsaufzug? Sie haben mir einen gehörigen Schrecken eingejagt«, schnaufe ich und ringe um einen Funken Humor, damit die Situation ihre Schärfe verliert. »Wollten Sie ein Postamt überfallen? Zum Skilaufen geht's ja wohl nicht?«

Der Unbekannte sieht mich prüfend an. Sein Gesicht ist rot. Der muskelbepackte Körper steckt in einem neongrünen eng anliegenden Laufanzug. Er atmet schwer.

»Ich bin etwas verkühlt und trage deswegen die Skimütze. Aus gesundheitlichen Gründen. Sie hingegen laufen durch die Dämmerung, als könnte Sie nichts erschrecken. Und dann kippen Sie um, kaum dass jemand Ihren Weg kreuzt.«

»Sie sind ja auch als bescheuerter Maskenmann unterwegs und wirken nicht gerade wie ein freundlicher Mitbürger. Hat Ihnen das noch nie jemand gesagt?«, empöre ich mich. Entrüstet wirble ich seine Mütze durch die Luft und sehe zufrieden zu, wie sie langsam im Wasser des Kanals verschwindet.

»Jetzt sind Sie mir aber eine neue Kopfbedeckung schuldig.« Er grinst mich an.

»Keineswegs. Ich habe einen Räuber enttarnt.«

»Oder Schlimmeres.« Der Unbekannte sieht geradewegs auf meine eingeschnürten Brüste. Er bemüht sich nicht, sein Interesse zu verbergen. Langsam hebt er den Blick. Starrt zuerst auf meinen Mund, dann an meinen Augen vorbei.

Was er gesagt hat, kommt mir bedeutsam vor, auf irgendeine unklare Weise.

Die Kronen der Bäume bilden über uns ein Dach.

Nichts wie weg von hier.

Ich nicke ihm kurz zu und laufe weiter. Bewusst drehe ich mich nicht mehr um. Diesen Gefallen tue ich ihm nicht. An seinem gleichmäßigen Atmen und dem Quietschen der Laufschuhe hinter mir erkenne ich ohnehin, dass er mir folgt.

Irgendwann verstummen auch diese Geräusche. Jetzt bin ich nur noch von dem Plätschern im Kanal und dem Windgeraschel in den Bäumen umgeben.

Ich bin wieder allein.

Letzte Spuren der Abenddämmerung ziehen sich wie tiefrote Spinnfäden über den Himmel.

Wenn die Sonne hinter dem Horizont ins Nichts fällt, erzählen die schreienden Farben eine Geschichte täglicher Gewalt.

Sobald ich laufe, galoppieren meine Gedanken los. Sie überschlagen sich, und ich verliere den Faden. Dann knüpfe ich irgendwo an und spinne mein Garn weiter.

Im Lendkanal neben mir fließt dunkles Wasser. Tinte, die der Bahn einer Rille gehorsam folgt.

Bis zum See sind es noch zwei Kilometer. Ich beiße mir in die Wange, bis ich Blut schmecke, und laufe konzentriert weiter.

Es wird mit jeder Minute dunkler. Längst sind die Spinnfäden mit dem dunklen Himmel eins geworden.

Trotz der Anstrengung beginne ich zu frieren.

Der Wind wird kühler und raschelt jetzt auch in den welken Blättern unter den Bäumen. Treibt sie jäh hoch. Hin und wieder knackt ein Zweig unter meinen Füßen. Mein hechelnder Atem tönt in meinen Ohren. Der Frühlingsgeruch von vorhin, als ich am Fensterbrett lehnte, hat jetzt einem herbstlichen Platz gemacht. Sprießen schon Septemberpilze aus dem matschigen Boden?

Obwohl ich den Weg kenne, habe ich einen Moment lang Schwierigkeiten, mich zu orientieren. Alles ist unwirklich, verzerrt. Die Bäume und Sträucher wirken wie Schatten ihrer selbst. Die Stimmung wird immer seltsamer, je näher ich dem See komme.

Abrupt bleibe ich stehen.

Vor mir breitet sich die Ostbucht aus. Der ganze Wörthersee ist in ein unnatürliches Licht getaucht. Bis ich sehe, dass Mondsichel und Sterne für dieses Flirren verantwortlich sind, vergehen Sekunden.

Außer Atem bücke ich mich, ziehe die Rose aus meinem Hosenbund und quetsche die Kerze aus meiner Hosentasche. Mit einem Feuerzeug entzünde ich den Docht.

Kaum dass ich Kerze und Blume auf einen Stein gelegt und ein stummes Zwiegespräch mit Ännchen gehalten habe, durchbricht ein Geräusch die Stille.

Auf einmal steht Paul Slamanig vor mir. Er verdeckt die Weite des Sees und ein bisschen vom Mond.

Während ich mich nicht entscheiden kann, unwirsch oder freundlich zu sein, drückt er mich an sich.

»Alice! Wenn das kein Zufall ist?«

»Paul.« Meine Stimme klingt heiser. Ärgerlich mache ich mich los. »Kann ich denn nirgends mehr hingehen, ohne dir über den Weg zu laufen?«

Zu einer Antwort kommt es nicht mehr, weil die Nacht plötzlich von Scheinwerfern erhellt wird. Sich drehende blaue und kugelige weiße Lichter rollen auf uns zu. Lärm bricht los. Es rauscht auf dem Kies, eine Tür wird zugeschlagen, eilige Schritte sind zu hören, und Paul Slamanig schlingt – wie selbstverständlich – seinen Arm um meine Schulter.

Der Geruch nach brackigem Seewasser ist in meiner Nase, als ich in Chefinspektor Rosners gerötetes Gesicht schaue.

»Na, wen haben wir denn da? Am Ort des Verbrechens?«, tönt er.

Der Druck auf meine Schulter wird stärker.

Ich antworte automatisch. »Darf ich vorstellen? Das ist der Kriminalpolizist, der Ännchens Tod untersucht, und das hier ist mein zukünftiger Arbeitgeber.«

Alarmiert höre ich, was ich sage. Doch für eine Korrektur ist es zu spät.

Paul gibt dem Chefinspektor die Hand. »Slamanig, erfreut«, sagt er lässig und wendet sich dann wieder mir zu, mit einem Blinzeln unter der gespaltenen Augenbraue. »Also, wir treffen uns, wie ausgemacht, morgen am Abend um acht Uhr bei mir zum Essen.«

Ich öffne den Mund und klappe ihn schnell wieder zu.

Mit einem hellen Auflachen drückt Paul mir einen Kuss auf die Stirn. Ich stehe da wie angewurzelt.

»Und Alice, danke für den schönen Spaziergang. Bis morgen, ich freue mich schon.«

Dann ist Paul Slamanig hinter den Scheinwerfern des Polizeiautos verschwunden.

»War das Ihr Freund, Frau Winter?«

»Nein.« Wütend ramme ich die Spitze meiner Laufschuhe abwechselnd in den Kies.

Rosner macht einen Schritt auf mich zu. Er riecht durchdringend nach Bier. Das Aufblendlicht lässt die Schrauben in seiner Brillenfassung metallisch aufblitzen.

»Glauben Sie, dies ist der richtige Ort für ein Stelldichein frisch Verliebter?«, fragt er scharf.

Ich bringe kein Wort heraus. Mein Speichel brennt die Speiseröhre hinunter.

»Stumme Andacht, Frau Winter?« Rosner deutet zur Kerze und macht erstaunt: »Ah«, als hätte er sie eben erst bemerkt.

Auf einmal liegt seine Handfläche hart auf meinem Rücken. Er schiebt mich zum flackernden Lichtschein des Wagens, und ich spüre, wie unsicher er auf den Beinen ist. Der Mann ist betrunken. Irgendetwas läuft hier grundlegend falsch.

Wir sind allein am See, denke ich, und ein mulmiges Gefühl macht sich breit.

Abrupt lässt Rosner mich los und zieht eine Taschenlampe aus seiner Lederjacke.

Das fahle gebündelte Licht macht den Kies noch heller. Die nächtlich schwarzen Baumwurzeln und Bänke am Rande der Rasenfläche lassen die Szenerie gespenstisch erscheinen. Als das Licht der Taschenlampe über den Kiesweg wandert, bemerke ich die glänzend rote Linie am Ufer. Ich schlage mir fest auf den Mund, denn ich kapiere, was das bedeutet: Dort ist die Kontur eines menschlichen Körpers aufgemalt. Die Silhouette von Ännchens Leichnam.

Insekten und Motten wirbeln der Lichtquelle entgegen. Weiter hinten bellt ein Hund. Von der nahen Autobahn höre ich das regelmäßige Brummen der Lastwagen.

Und über allem hängt der unerklärliche Duft von Heu.

»Hier wurde Frau Ogris an Land gespült.« Rosners Stimme klingt verwaschen.

Immer noch presse ich meine Hand auf den Mund.

»Schauen Sie. Da hat die Spurensicherung den Bereich gekennzeichnet und abgesteckt.« Er lässt den Lichtkegel über gelbes Trassierband gleiten, das um die Stämme einiger Bäume gewickelt ist.

Dann leuchtet Rosner mir direkt ins Gesicht. Geblendet schließe ich die Lider. Um mich zu schützen, nehme ich die Hand vom Mund und halte sie abwehrend vor meine Augen.

»Ännchen!« Ich schluchze auf.

Um meine Fassung ist es jetzt endgültig geschehen. Ich sacke in die Knie und trommle mit den Fäusten auf den Kies, bis mir die Hände brennen. Als ich die Augen wieder öffne und mir die

Tränen mit dem Ärmel wegwische, steht Rosner vor mir und starrt mich an.

Die Taschenlampe wirft ein seltsames Licht auf seine Züge. So von unten erhellt, ähnelt er einem Stier. Einem betrunkenen Bullen.

Er taumelt, zieht mich hoch, hakt sich bei mir unter und sagt in einem Ton, der wohl versöhnlich klingen soll: »Ich bringe Sie jetzt nach Hause.«

Widerstandslos lasse ich mich zum Auto führen. Er öffnet die Tür auf der Beifahrerseite und wuchtet einen Stoß Papier vom Sitz, auf dem üblicherweise sein Partner sitzen sollte, nach hinten. Auf dem Boden liegen einige leere Bierflaschen, Dosen und halb aufgegessene Brote.

Rosner, der meinen Blick bemerkt, fragt listig: »Hunger?«

Ich unterdrücke ein Würgen. Sein wissendes Grinsen macht ihn mir nicht sympathischer.

Dann fahren wir durch die Nacht, an den hohen Bäumen und dichten Sträuchern des Europaparks vorbei. Die Straße unter den Scheinwerfern ist tiefschwarz und verschwimmt vor meinen Augen. Wie von einem Sog erfasst, fliegen mir die Randbegrenzungen entgegen.

Ich brauche dringend etwas, woran ich mich festhalten kann. Etwas, das mich zusammenhält. Mir fällt das morgige Essen mit Paul Slamanig ein, und seltsamerweise freue ich mich darauf.

Rosner hält nicht vor meiner Wohnung. Er parkt das Polizeifahrzeug im Villenviertel am Fuße des Kreuzbergls. Sogar im Dunkeln erkennt man, wie sauber und gepflegt es hier ist. Jedes Haus hat seinen eigenen grünen Zaun, und die Gehwege sehen frisch gefegt aus. Ich werfe dem Inspektor einen Seitenblick zu. Er starrt ungerührt geradeaus.

Gänzlich unvermittelt beugt er sich über mich, und ich kann seinen von Alkohol getränkten Atem riechen. Mit einem Ruck öffnet er das Handschuhfach. Es ist angefüllt mit Bierdosen. Mit einer Geschwindigkeit, die ich ihm in seinem Zustand nicht zugetraut hätte, fängt er eine, die über den Rand zu rollen droht, und schiebt den Rest zurück ins Fach.

»Energydrink?«, frage ich frech.

Er knipst die Innenbeleuchtung an und sieht verächtlich zu

mir herüber. »Sie sollten sich nicht so sicher sein, mich für blöde verkaufen zu können. Das haben schon ganz andere versucht. Wir beide wissen, dass Sie mir nicht alles erzählt haben, Frau Winter. Mich können Sie nicht so leicht täuschen.«

Es zischt, als er die Metallkappe abzieht. Mit einem spöttischen Lächeln hält er mir die Dose unter die Nase. Bierbläschen sprühen mir entgegen.

»Durstig, wenn schon nicht hungrig?« Erst jetzt merke ich, wie heiser seine Stimme vom Alkohol ist.

»Warum nicht?«, sage ich betont lässig und nehme ihm das Bier aus der Hand.

»Immer mit der Ruhe«, antwortet er träge und angelt sich ebenfalls eine Dose aus dem Handschuhfach. »Prost.«

Es gibt ein dumpfes Geräusch, als Blech an Blech stößt.

Hier sitze ich nun, mit einem besoffenen Kripobeamten, der im Mordfall meiner einzigen Freundin der Hauptermittler ist. Umgeben von schimmligen Wurstbroten, leeren Bierdosen und Essensresten betrinke ich mich mit ihm.

»Haben Sie eine Katze?« Ich hebe eine leere Thunfischdose vom Boden auf.

»Nein. Aber immer häufiger einen Kater«, bellt er und fängt dröhnend zu lachen an, als er mein Gesicht sieht. »Zu so etwas sagen wir ›Eigentor‹, mein liebes Mädchen mit dem blauen Haar.«

Unwillkürlich schiebe ich eine Strähne hinters Ohr.

»Wusste ich's doch, dass er kommt. Das ist unser Mann!«, ruft er mit einem Mal und springt aus dem Wagen.

Im Standlicht der Scheinwerfer sehe ich eine schlanke Gestalt auf uns zukommen, mit ansprechendem Gesicht unter hellen Strähnen. Die beiden begrüßen sich lautstark und überschwänglich.

Vorsichtig klettere ich über den Abfall auf den Gehsteig.

»Frau Winter, darf ich Ihnen unseren geschätzten Polizeipsychologen Dr. Lautner vorstellen? Thomas, diese junge Frau hier war die beste Freundin unserer Toten vom See.«

Dr. Lautner schüttelt meine Hand, als wäre sie nasse Wäsche, die er zum Trocknen aufhängen müsste.

»Kennen wir uns?«, frage ich und weiß selbst nicht, warum.

Der Psychologe mustert mich gründlich und meint schmunzelnd: »Ich glaube nicht, denn an Ihren Rorschachtest würde ich mich mit Sicherheit erinnern.«

»Bin ich so kompliziert?«

Flirte ich etwa mit dem Polizeipsychologen?, frage ich mich überrascht. Rosner scheint dies anzunehmen, denn er macht eine abfällige Handbewegung.

»Durch die Psychotests haben wir schon viel herausgefunden. Darüber ist nicht zu spaßen«, sagt er.

Mit dem Alkoholdunst, der mir entgegenweht, auch nicht, denke ich. Im Gegensatz zu Rosner riecht Lautner gut und sieht sympathisch aus. Jedenfalls keineswegs so, wie ich mir einen Psychologen der hiesigen Polizei vorstelle. Sein Duft bringt etwas in mir zum Klingen.

»Simon, was treibt dich so spät zu mir?«, fragt Lautner jetzt. »Ich würde euch ja gern hereinbitten, aber ...«

Zu seiner Erklärung kommt er nicht, da Rosner und ich wie auf ein geheimes Kommando hin »Nein. Nicht nötig!« rufen.

Das scheint das Eis zu brechen, ich kann es förmlich hören. Es knackt unter meinen Laufschuhen. Als ich hinunterschaue, erkenne ich Glassplitter.

Dr. Lautner zeigt in Richtung Innenstadt. »Ich kenne da eine nette kleine Bar. Dort können wir uns unterhalten.«

Sicherlich besser, als mit einem Betrunkenen in seinem stinkenden Auto zu sitzen. Mir ist nur noch nicht klar, wozu diese Unternehmung gut sein soll. Will Rosner mich vom Polizeipsychologen testen lassen?

Ich ziehe die Schultern hoch und schaue stirnrunzelnd an mir herab. »In diesem Aufzug?«

»Sieht doch schick aus.« Rosner lallt jetzt unüberhörbar und schiebt Dr. Lautner kurzerhand auf den Rücksitz.

Sofort riecht es im Auto besser. Ich stelle mir vor, dass man Dr. Lautner als kleines Duftmännchen in Serie produzieren könnte, um es sich vor die Windschutzscheibe zu hängen.

Der Psychologe und ich zucken zusammen, als Rosner schwungvoll gegen den Randstein des Lokals fährt.

Die Bar ist elegant mit ihren Nischen aus edlem Holz, der leisen Jazzmusik und dem Kellner in seinem blütenweißen Hemd.

Und ich komme mir noch hässlicher vor als sonst.

Die beiden Polizisten scheinen an meinem Äußeren jedoch keinen Anstoß zu nehmen. Dr. Lautner führt mich durch den in gedämpftes Licht getauchten Raum zu einem kleinen Tisch. Rosner wankt hinter uns her und lässt sich auf die gepolsterte Bank fallen. Bevor ich mich für einen Platz entscheiden kann, zieht er mich neben sich. Dr. Lautner setzt sich auf die andere Seite, uns gegenüber.

Seine Stimme ist kehlig und klingt angenehm. »Mach es nicht so spannend, Simon.«

Es erstaunt mich, dass Rosner einen Vornamen hat.

»Thomas. Nimm es mir bitte nicht übel, dass ich dich so überfallen habe. Doch ich glaube, dass Eile geboten ist. Außerdem bin ich der festen Meinung, dass unser Mädchen mit dem blauen Haar hier mehr weiß, als es zugeben will.«

»Ah.« Lautner lächelt und beugt sich über den Tisch. »Jetzt erst sehe ich Ihre wunderbaren Strähnchen.«

Inzwischen bin ich so wütend auf Rosner, dass ich ihn am liebsten unter dem Tisch treten würde. Er bestellt ungeachtet der Spannung heiter eine Runde Bier.

»Simon, bitte«, wendet Dr. Lautner mahnend ein.

»Ich lasse mir von keinem mehr was vorschreiben.«

Rosner stürzt sein Bier hinunter, kaum dass es vor ihm steht, und nimmt dann mein Glas.

Als Dr. Lautner ihm seines mit hochgezogenen Brauen reicht, trinkt er auch das kommentarlos aus.

Die Wandlampen werfen ein so klares Licht auf uns, dass ich die Falten in Rosners Gesicht deutlich erkennen kann. Sie haben sich tief um Mund und Augen eingekerbt. Ganz im Unterschied zu seinem Kollegen, dessen Gesicht glatt, fast faltenlos ist und dessen einnehmendes Wesen mich in einen angenehm beruhigten Zustand versetzt. An Dr. Lautners Handgelenk glänzt das Chrom einer prächtigen Uhr, und ich erkenne, wie spät es schon ist.

Der Polizeipsychologe sieht meinen Blick und lächelt. »Ein Erbstück. Seither sammle ich alte Fliegeruhren. Mich fasziniert, dass sie mir nicht nur die Zeit anzeigen, sondern dass ich mich mit ihnen beschäftigen muss. Anders als der billige Batterieschrott von heute müssen sie gewartet und regelrecht gehegt werden. Zudem bestechen sie immer wieder durch ihre zeitlose Schönheit.«

Auf sein Geheiß steht inzwischen ein Campari Orange vor mir, mit einem albernen Schirmchen drin. Dafür bin ich ihm dankbar. Ich kühle meine Hände am beschlagenen Glas und frage mich, was Rosner eigentlich will.

»Was war denn das vorhin für eine bühnenreife Vorstellung am See?«, kommt er plötzlich zur Sache. »Und was ist damit?« Ohne dass ich es verhindern kann, reißt Rosner die Ärmel meiner Laufjacke in die Höhe, sodass die Narben im Licht der Tischleuchte glänzen. »Sie glauben wohl, nur weil Sie so ein verdammtes Opfer sind, müssen alle lieb zu Ihnen sein? Weit gefehlt. Irgendwie ein Opfer ist doch jeder von uns.«

Dr. Lautner zieht scharf die Luft ein. Ich möchte in die Wand hinter mir schwimmen und nie wieder auftauchen. Ein Feuerball an Hass auf Rosner wächst in mir an.

»Simon«, zischt Dr. Lautner, »das reicht. Wenn du so weitermachst, sind deine Tage bei der Polizei bald gezählt.«

Rosner lacht hart auf. »Nimm den Mund nicht so voll.« Er steht auf und taumelt in Richtung Ausgang.

Dr. Lautner versucht, mir über den peinlichen Moment hinwegzuhelfen, indem er unserem Gespräch nicht den Anschein einer polizeilichen Befragung gibt. Er unterhält sich zwanglos mit mir, fragt mich einiges. Trotzdem weiß er danach mehr über Ännchen und mich als Rosner. Er bittet mich, ein wenig Verständnis für seinen Kollegen aufzubringen, der einen schweren Verlust zu bewältigen hat.

Irgendwann bestellt er ein Taxi und schickt mich damit nach Hause.

## 14

Was einige Stunden zuvor verzerrt, wie eine nächtliche Spukwelt, schien, ist jetzt klar und deutlich.

Die Dunkelheit hat sich von den Häusern gehoben und die Konturen scharf werden lassen. Den Straßen und Bäumen ist ihre Form zurückgegeben. Die Sonne leuchtet rücksichtslos jeden Winkel, jede Kante aus.

Ich schließe kurz meine Augen vor den schräg einfallenden Strahlen.

Mit meinem Tee in der Hand stehe ich da, beobachte das morgendliche Treiben auf der Straße unter mir. Eine Frau, die mich an Ännchen erinnert, geht vorbei. Ich möchte hinunterlaufen und sie in den Arm nehmen. Und nicht mehr loslassen.

Ein plötzlicher Windstoß lässt die Fensterscheibe klirren.

Früh am Morgen bin ich aus einem traumlosen Schlaf erwacht. Anders als erwartet haben mich die Ungeheuer der Nacht nicht heimgesucht. Ich fühle mich ausgeruht wie schon lange nicht mehr.

Ich lasse die gestrige Nacht vor meinem inneren Auge vorbeiziehen. Zuerst die unheimliche Begegnung am Kanal, dann das überraschende Treffen mit Paul Slamanig. Rosners Auftauchen und unsere schlingernde Fahrt durch die Nacht. Zum Abschluss die Begegnung mit dem Polizeipsychologen und der Ausklang in der Bar. Wären die Umstände nicht so verstörend, hätte ich diesem bunten Bogen sehr wohl einen Reiz abgewinnen können. Abenteuerliches hat mich noch nie kaltgelassen.

Irgendwann sollte ich bei Rosner vorbeischauen und mit ihm über Ännchen reden. Darum hat Dr. Lautner mich gebeten. Wie er es sagte, klang es fast wie eine Einladung zum Abendessen. Aber ich werde wirklich bei Rosner vorbeischauen und ihm die Meinung sagen.

Heute Abend treffe ich Paul Slamanig. So viele unterschiedliche Männer kreuzen derzeit meinen Weg. Es irritiert mich. Über meine Zusage, in Slamanigs Schule als Sportlehrerin anzufangen, bin ich immer noch verwundert. Auch darüber, dass ich Rosner im Glauben ließ, mit Paul gemeinsam am See gewesen zu sein.

Dabei verblüffte mich Paul Slamanigs Auftauchen ebenso sehr wie das des betrunkenen Kripomannes. Viel mehr als beides zusammen erstaunt mich jedoch meine Redseligkeit dem Polizeipsychologen gegenüber.

Ich klatsche mir mit der flachen Hand gegen die Stirn und frage laut: »Spinnst du?«

Von mir unbemerkt haben sich draußen hohe Wolkentürme aufgebaut. Das Wetter schlägt um. Der Himmel hat sich verfinstert. Bleischwer hängt er über der Stadt.

Die richtige Stimmung, um hinauszugehen. Gerade als ich meine Jacke von der Garderobe raffe, läutet irgendwo in der Wohnung das Telefon. Es hängt ganz hinten in der Küche am Aufladekabel. Da das dumme Ding nicht aufhört zu klingeln, sehe ich missmutig auf das Display. Ich erwarte, Saras Namen zu sehen, doch da steht »Altersheim«.

Flora.

Großmutter wird doch wohl nicht …?

Ich hebe ab und frage beklommen: »Hallo, was gibt's?«

»Spreche ich mit Alice Winter, Flora Winters Enkelin?«

»Ja«, erwidere ich kurz angebunden.

»Hier ist das Haus am Walde, Huber. Leider muss ich Ihnen mitteilen, dass Ihre Großmutter heute Morgen einen Schlaganfall hatte.«

»Ist sie …?«, beginne ich, doch die Stimme spricht unbeeindruckt weiter.

»Sie befindet sich auf der Intensivstation des Landeskrankenhauses. Sie sollten vielleicht besser …«

Ich unterbreche die Verbindung. Diese Person wird mir nicht sagen, was ich zu tun habe. Außerdem heißt das Landeskrankenhaus jetzt Klinikum.

»Verdammt«, zische ich, hänge mir die Einkaufstasche über den Arm und schließe die Wohnungstür zweimal ab.

Als ich mich zum Gehen wende, liegt vor mir auf dem Boden eine einzelne weiße Rose.

Schneeweißchen und Rosenrot. So nannte Flora Ännchen und mich, als wir klein waren. An Regennachmittagen las Großmutter uns das Märchen vor, und ich malte im Geiste ihre Sätze an. Die Worte fand ich wegen der Buntheit, in der ich sie sah, schön. Seither verbinde ich jeden Namen mit einer Farbe. Ännchen war für mich nie rosenrot, sie war immer grau mit schwarzen Punkten. Und Alice hatte nichts Schneeweißes, sondern war von einem satten Blutrot.

Was macht die Rose da? Ist das nicht die, die ich gestern Nacht neben die Kerze gelegt habe?

Ein leises Geräusch im Treppenhaus lässt mich innehalten. Ich lausche angestrengt, aber da ist nichts.

Zurück in der Wohnung, stelle ich die weiße Rose in eine leere Bierflasche und wende mich ab. Dann besinne ich mich anders und ziehe die Blume durch das oberste Knopfloch meiner Lederjacke. Ihr Duft hat etwas Modriges. Er erinnert mich an abgestandenes Blumenwasser.

Als ich später die Straße entlang zum Supermarkt gehe, spiele ich in Gedanken mein Farbenspiel weiter. Es ist eine schöne Art, mich abzulenken und mich Wesentliches vergessen zu lassen.

Paul ist von einem wunderbar klaren Alpenseeblau, bei schönem Wetter. Rosner? Da übersticht das Braun der Rinder das Grün der Wiesen, auf denen sie grasen. Sara ist in ein scharfes Jagdgrün gefärbt. Arnolds Farbe erinnert an die orangen Plastikstühle eines Fast-Food-Lokals. Und Thomas Lautner? Gedämpfte Erdtöne, die zu einem satten Mahagoni zusammenfließen.

Ein schmerzhafter Ring legt sich um meine Brust. Ich versuche, das tiefe Grollen in meinem Inneren nicht zu beachten. Doch es bricht sich Bahn, ist stärker als meine ankämpfende Vernunft.

»Eins, zwei, drei«, zähle ich laut.

Obwohl ich wie wild beliebige Zahlen multipliziere, aus einigen die Wurzel ziehe und die Ergebnisse dann auseinanderdividiere, bin ich nach wenigen Minuten vom rechten Weg abgekommen. Da hilft kein Addieren. Das Ablenkmanöver meiner Kindheit versagt kläglich.

Meine Schritte führen mich zielstrebig vom Supermarkt weg, die lange, belebte St. Veiter Straße entlang, bis hin zum Klinikum, wo Flora in ihrem Krankenhausbett liegt. Ein kühler Wind pfeift mir entgegen.

Meine vorgetäuschte Gelassenheit ist mir ebenso abhandengekommen wie die Entspannung, die diese kleinen Rituale normalerweise hervorrufen.

Übrig geblieben ist eine drückende Angst vor der Begegnung mit Flora. Ich fürchte mich vor dem Anblick ihres leblosen Körpers, der an Schläuchen hängt. Doch mehr als alles scheue ich davor zurück, in ihre verblassenden Augen zu schauen. Ihre trockene Hand auf meiner zu spüren und ihre klagende Stimme zu hören, die um Vergebung bettelt, sind für mich kaum auszuhaltende Vorstellungen.

Der Wind bläst scharf. Die Kleopatrasträhnen peitschen gegen meine Wangen.

Ein achtlos auf die Straße geworfener einzelner Lederhandschuh treibt mir Tränen in die Augen.

Warum, kann ich nicht sagen.

***

Sie war ihm so nah und dennoch schwer zu fassen.

Die Dunkelheit hatte ihn beruhigt, ihm gutgetan. Es war zu einem wunderbar zufälligen Zusammentreffen gekommen. Besser hätte er es nicht inszenieren können. Sie erschien ihm so hilflos. Doch da war ein Funkeln in ihren Augen, das ihm Hoffnung auf mehr machte.

Er will für sie kochen, sie verwöhnen und ihr jeden Wunsch von den Augen ablesen. Hat er sie tatsächlich zum Essen eingeladen, oder war es nur ein Traum? Wird sie kommen?

In den frühen Morgenstunden hat er ihr eine weiße Rose vor die Wohnungstür gelegt. Genau so eine wie die an Ännchens Gedenkstätte. Allein dieser kindische Name bringt ihn zur Weißglut. Ännchen! Als hätte sie keine Möglichkeit gehabt, sich Anna, Anne oder Anni zu nennen.

Mit fahrigen Fingern blättert er Seite um Seite die alten Kochbücher aus Zeiten der österreichisch-ungarischen Monarchie durch.

Seine Tante hatte eben Geschmack!

Und da er den zum Glück von ihr geerbt hat, will er seiner Prinzessin etwas Besonderes servieren, für ein einzigartiges Erlebnis sorgen.

Gegen Mittag findet er, wonach er fiebrig sucht.

Er hastet zum Feinkosthändler in der Radetzkystraße, eilt dann über den Markt auf dem Benediktinerplatz und legt kurz darauf freudig erregt seine Errungenschaften auf den Küchentisch.

Dieses Menü wird sie erfreuen: Avocadocremesuppe, danach Hühnerfrikassee mit Rapunzelsalat, dazu Blattspinat mit pochiertem Ei und gebackene Kartoffelbällchen.

Nur bei der Nachspeise ist er sich nicht sicher.

Vielleicht sollte er eine hübsche Klagenfurter Torte beim Konditor in der Innenstadt bestellen? Das wäre ihrer würdig.

Mitten in seine Überlegungen hinein schnarrt die Türglocke.

Er wirft einen bangen Blick zur Küchenuhr. Der Nachmittag hat gerade erst begonnen.

Sie wird doch wohl nicht die Unverschämtheit besitzen, um diese Zeit hier bei ihm aufzutauchen?

Es war eindeutig und unmissverständlich der Abend ausgemacht!

Wut steigt in ihm hoch, und mit einem Aufschrei knallt er die Kochbücher zurück ins Regal.

Es wird unverdrossen an der mechanischen Klingel gedreht.

Freches Biest!

Auf den Gedanken, jemand anderer als sie könnte Einlass begehren, kommt er nicht.

In rasender Geschwindigkeit malt er sich die Abfuhr aus, die er ihr erteilen wird. Diese Lektion muss sie lernen, das kann er ihr nicht ersparen. Solcherlei Unhöflichkeit hätte seiner Tante den Verstand geraubt. Wie sie wird er ihr mit subtiler Arglist begegnen. Maskiert hinter belanglosen Allgemeinplätzen. Wenn sie so ist, wie er vermutet, wird sie verstehen.

Sie wird sich von seiner Freundlichkeit und Milde nicht täuschen lassen. Seine Giftpfeile werden sich in ihre weiße Haut bohren. Den gleichen Fehler begeht sie kein zweites Mal.

Wenn er jetzt nicht die Fronten klar absteckt, wann dann?

Nach einem kurzen, ergebnislosen Blick aus dem Wohnzimmerfenster öffnet er mit einem gezierten Lächeln die Tür.

»Du hast dich wohl in der Uhrzeit geirrt, meine Prinzessin«, will er sie steif begrüßen, sieht sich jedoch einem älteren Mann in blauer Arbeitskluft gegenüber. »Womit kann ich Ihnen dienen?«, fasst er sich schnell.

»Die Hauptstromleitung wurde bei Straßenbauarbeiten beschädigt. In den nächsten Stunden gibt es leider keinen Strom«, leiert der Arbeiter herunter, als hätte er den Text auswendig gelernt.

»Pech für Sie! Was hat das mit mir zu tun?«, antwortet er, so arrogant er kann. Wenn er eines in seinem Leben gelernt hat, dann, die einfache Bevölkerung einzuschüchtern.

»Wir sind dazu verpflichtet, von Haushalt zu Haushalt zu gehen, um die Menschen darauf hinzuweisen«, erklärt der Mann ungerührt.

»Schalten Sie doch einfach das Notstromaggregat ein«, faucht er.

»Das ist längst geschehen. Es versorgt aber nur die Krankenhäuser und nicht die gewöhnlichen Haushalte.«

»Frechheit«, ruft er dem Arbeiter nach, der, unbeeindruckt von seinem Zorn, bereits beim nächsten Haus läutet.

Als er wieder in der Küche steht und auf die Spinatblätter starrt, werden ihm schlagartig zwei Dinge bewusst: Kochen kann er heute nicht, und was in seiner Tiefkühltruhe friert, wird auftauen.

Um sich zu besänftigen, dreht er Dvořáks achte Symphonie laut auf. Im Rhythmus der Klänge wirft er Stück um Stück der eben erst erstandenen Lebensmittel in den Müll. Verärgert bringt er den schweren Sack zum Container.

Um den Keller wird er sich später kümmern.

## 15

Simon Rosner starrt aus dem Fenster seines Büros. Heute Morgen hatte er eine volle Stunde gebraucht, um auf Touren zu kommen. An die gestrige Nacht kann er sich nur schemenhaft erinnern. Eines weiß er jedoch genau: Der Freundin der Toten am See hat er gezeigt, dass er sie durchschaut. Mit ihren Ritzereien kann sie ihm nichts vormachen. Und an der Nase lässt er sich von ihr bestimmt nicht herumführen. Später wird er mit Thomas Lautner darüber reden müssen.

Zufrieden mit den grauen Wolken, die über den verhangenen Himmel jagen, lehnt er seine Stirn gegen die Scheibe. Seit Klaras Tod ist er allergisch gegen Sonnenstrahlen.

Scharf durchzuckt ihn die Erinnerung.

Klara hatte so lange gebettelt, bis er sie auf den Beifahrersitz ließ. Ihr Strahlen war sein Lohn. Es war ein wunderschöner Tag von einem intensiven Blau. Keine einzige Wolke zeigte sich. Das Sonnenlicht fiel schräg vom Himmel, die Strahlen tanzten über das Wasser. Während sie auf der Landstraße am See entlang zur Ballettschule fuhren, plapperte Klara von seiner Wortkargheit unbeirrt drauflos. Er war in Gedanken bei einem Fall, verstand nichts von dem, was sie ihm erzählte. Immer wieder ging er die Fakten durch. Verglich im Kopf Unterlagen und Ergebnisse.

Der See glitzerte im sich darin spiegelnden Sonnenlicht. Hunderte Goldtöne blendeten ihn. Doch weder das noch die zwei Schlucke Gin aus dem Flachmann in seinem Schreibtisch waren eine Erklärung für das, was dann geschah.

Ein Schwan schoss vom See her auf sie zu, und er bremste scharf. Klaras Barbiepuppe fiel zu Boden. Automatisch bückte er sich, um sie aufzuheben. Dann ging alles sehr schnell. Der Schwan hatte in der Luft gedreht und flog nun direkt auf ein Auto auf der Gegenfahrbahn zu. Auch wenn das Vorhaben von Beginn an zum Scheitern verurteilt war, versuchte der Fahrer verzweifelt, dem Schwan auszuweichen. Sein Wagen scherte aus, gerade in dem Moment, als Simon Rosner seinen Kopf hob und Klara die Puppe zurückgab. Er weiß noch genau, was die verdammte Barbie angehabt hat: ein grün gestreiftes Poloshirt über einem weißen Rock. Rote Pumps baumelten von ihren bleichen Plastikfüßen. Und in ihren langen gelben Haaren steckte eine goldene Krone.

Eine Stunde lang mühten die Helfer sich ab, um Klara aus dem zerschmetterten Wrack zu bergen. Er war, bis auf eine Gehirnerschütterung und ein Schleudertrauma, unverletzt geblieben. Klara starb nicht sofort. Sie lebte noch zwei Tage an den Geräten der Kinderintensivstation.

Ein Geräusch dringt zu Rosner durch. Es dauert einen Moment, bis er realisiert, woher es stammt. Dankbar für das beharrliche Pochen gegen seine Tür, öffnet er.

Der Streifenpolizist Luigi Olivotto steht im Flur und starrt ihn hasserfüllt an.

Rosner hat den heißblütigen Kollegen noch nie gemocht. Unüberlegt im Handeln und vorschnell mit seinen Interpretationen, so hat er ihn kennengelernt. Unreif und heißblütig, eine schlechte Kombination.

Einzig der Verlust seiner Ehefrau stellt etwas Verbindendes zwischen ihnen dar.

Du bist sentimental, ermahnt er sich. Sehnsüchtig denkt er an das eiskalte Bier in seinem Kühlschrank.

»Ja?« Er winkt Olivotto mit einem Kopfnicken herein und deutet auf den Besucherstuhl.

»Ich kann nicht glauben, dass mich niemand anhört, geschweige denn zu Ihnen lässt, Chef. Wozu das ganze Aufsehen um Sie? Sind Sie vielleicht ein Filmstar? Einer der ganz Berühmten, die von allen anderen abgeschottet werden müssen?«

Rosner verschließt seine Nase vor Olivottos beißendem Zigarettenatem. Wie er so dasitzt in seinem verknitterten Sakko, mit dem Dreitagebart und den bläulichen Schatten unter seinen Augen, hat er fast Mitleid mit ihm.

Trotzdem fährt er ihn schärfer als beabsichtigt an: »Sie müssen nicht gleich ausfallend werden. Meine Mitarbeiter schirmen mich ab, damit ich in Ruhe arbeiten kann. Das gelingt mir sicher nicht, wenn ständig jemand hereinplatzt.«

Olivotto fischt unbeeindruckt ein leeres Blatt aus dem Faxgerät neben dem Schreibtisch. Fein säuberlich zerlegt er es und wirft die Papierschnitzel dann mit einem Schulterzucken in den Pappkarton neben dem Gerät.

»Mir reicht es. Niemand unternimmt etwas!«, brüllt er ansatzlos.

»Nun, ganz so sehe ich das nicht. Wir haben dem Verschwinden Ihrer Ehefrau entschieden mehr Aufmerksamkeit gewidmet als anderen vermissten Personen.« Rosner setzt, getrieben von einem Impuls, nach: »Wobei nicht klar ist, ob Ihre Regina Sie nicht doch einfach sitzen gelassen hat. Vielleicht ist sie ja mit diesem anderen Mann durchgebrannt.«

Er muss nicht in Olivottos Gesicht sehen, um die Wirkung seiner Worte zu erfassen.

»Verdammter Wichtigtuer. Gina liebt mich. Niemals würde sie einfach so abhauen, ohne ein einziges Wort. So war das nicht zwischen uns.« Zornig spuckt Olivotto auf den Boden und wischt dann mit der Sohle seiner abgetragenen Schuhe über den Speichel.

»Jetzt regen Sie sich wieder ab, Mann.« Rosner steht auf und geht zur Tür. »Es nimmt bereits alles seinen Lauf. Was soll ich da noch für Sie tun?«

Olivotto kapiert den Wink nicht und bleibt halsstarrig auf dem Stuhl kleben. Trotzig steigt er mit einer Schuhspitze auf die andere. Dann murmelt er etwas, das Rosner nicht versteht.

»Was wollen Sie noch?«

»Ich meinte nur, dass Sie doch am besten wissen müssten, wie verzweifelt und hilflos einen der Verlust eines geliebten Menschen macht«, wiederholt Olivotto, und seine Stimme klingt kläglich.

Obwohl alle davon wissen, ist es dennoch ein Schlag, diese Sätze aus Olivottos Mund zu hören.

Rosner senkt den Blick. Er macht sich keine Illusionen über das, was die Leute hinter seinem Rücken geredet haben und wahrscheinlich immer noch reden. Ganz unbeteiligt ist er daran schließlich nicht.

Sein Nervenzusammenbruch war damals monatelang bei allen bis hin zu den jungen Kollegen an der Polizeischule Thema Nummer eins. Verständlicherweise. Immerhin war er eines Nachmittags um zwei Uhr auf der Toilette seiner Dienststelle volltrunken zusammengebrochen und hatte sich die Schuld am Tod seiner Tochter gegeben.

»Mörder«, hatte er seinem Spiegelbild immer wieder entgegengeschleudert. »Mörder!«

Als er das Waschbecken aus der Verankerung riss, tauchten die Reinigungsfrauen auf. Eingeschüchtert standen sie um ihn herum, bis sich schließlich eine um seine blutende Hand kümmerte.

Sein Chef brachte ihn persönlich in die Notaufnahme und veranlasste, dass er ein Einzelzimmer in einer sogenannten »Beruhigungsabteilung« bekam.

In Wahrheit landete er auf der Station für Alkoholkranke. Zwar im Einzelzimmer, doch von »Beruhigung« konnte keine Rede sein. Eine junge, forsche Ärztin nahm ihm den Flachmann weg und wackelte nach den Bluttests bedenklich mit ihrem Kopf.

»Schlechte Werte.«

Das war von da an seine Devise. Sie ist es immer noch. Rosner hat auch nicht vor, das in nächster Zeit zu ändern – wozu denn?

Simone trennte sich drei Monate nach Klaras Tod von ihm. Simon und Simone, das Traumpaar, Schnee von gestern.

Wohlgefühlt hatte er sich seit dem Unfall keinen einzigen beschissenen Tag mehr. Entzugserscheinungen, wollten sie ihm einreden. Aber er weiß besser, woher sein innerer Schüttelfrost, das Zähneklappern, die durchwachten Nächte und die elenden Kopfschmerzen kommen.

»Schlechte Werte« ist eine Devise, »Schuld« die andere.

Der Lärm des Verkehrs auf der Straße unter ihnen dringt durch die geschlossene Fensterscheibe. Der Holzboden vibriert.

Als Rosner wieder hochsieht, steht Olivotto dicht vor ihm. Bevor Rosner es verhindern kann, legt er ihm die Hand auf die Schulter und sagt: »Verdammt, Chefinspektor, es war nicht so gemeint. Tut mir leid.«

Mit einem verlegenen Grinsen hält er ihm eine Visitenkarte unter die Nase. »Hotel Ariston« steht da in goldenen Buchstaben auf weißem Untergrund.

»Das habe ich bei Ginas Sachen gefunden. Sie sollten sich die Hütte vielleicht mal genauer ansehen. Da stimmt etwas nicht.«

Rosner nickt ergeben und hält Olivotto die Tür auf. Noch während sich die Gestalt des jungen Polizisten im dunklen Flur auflöst, denkt Rosner, was für ein Narr sein Kollege doch ist.

Die verschwundene Ehefrau, das Alibi ihrer Freundin, und jetzt die Visitenkarte des Hotels.

Man muss kein Bulle sein, um eins und eins zusammenzuzählen.

***

Flora sieht wie ein Krake aus. Schläuche und Drähte hängen an ihr wie überdimensionale Fangarme.

Doch anders als Kraken, die lautlos ihren Geschäften nachschwimmen, gibt meine Großmutter Geräusche von sich. Der Raum ist erfüllt von einem Zischen, Knacken, Surren und Pfeifen.

Wie sie so daliegt, mit wächsern blasser Haut und violett gefärbten Lippen, wirkt sie schmal und in sich geknickt. Sie hat ihre Vorherrschaft im Reich der Pflanzen verloren und ordnet sich nun übergangslos in die Tierwelt ein. Sogar ihre Finger, die auf dem Betttuch liegen, muten wie erschlaffte Tentakel an.

Der Arzt im grünen Kittel hat mich wohlwollend angesehen. In der Art, wie einen die Leute anschauen, die mehr wissen als man selbst. Wenn das, was sie wissen, nichts Gutes verheißt.

»Wie lange?«, fragte ich ihn und war verwundert über den festen Klang meiner Stimme.

»Das kann man nie sagen«, erwiderte er, um dann eine lange, mit medizinischem Fachwissen gespickte Erklärung über die verheerende Blutung im Kopf meiner Großmutter abzugeben.

Obwohl ich mich bemüht habe, es nicht zu tun, konnte ich das ganze elende Rot in ihre Gehirnwindungen sickern sehen. Es durchdrang das Grau und färbte die elfenbeinfarbenen Knochen.

Später, als ich auf dem Besucherschemel neben ihrem Bett saß, die leere Einkaufstasche neben mir, brach eine Flut an Bildern über mich herein. Weder gelang es mir, die imaginäre Kommode zu öffnen und das Material dort zu verstauen, noch war ich in der Lage, mich durch Mantras in einen anderen Bewusstseinszustand zu versetzen.

»Flashbacks, Frau Dr. Roth«, murmelte ich in die besorgniserregenden Geräusche des Zimmers hinein.

Irgendwann brachte eine Schwester mir eine Tasse mit salziger Suppe, die ich so schnell trank, dass ich mir den Gaumen verbrannte.

Als es dämmerte, begannen die Augenlider meiner Großmutter zu flattern. Ich wollte davonlaufen, klammerte mich stattdessen fest an den Bettrahmen, um dem Fluchtimpuls nicht nachzugeben.

Die Ärztin, die daraufhin Floras Vitalfunktionen überprüfte, meinte, es sei ein belangloses Zucken, das nichts zu bedeuten habe. Floras Zustand habe sich nicht verändert. Ich kann nicht sagen, was ich mir in dem Moment wünschte, es fiel mir sogar schwer, ihre kühle Hand in meine zu nehmen.

Die Ärztin hat das Zimmer verlassen, und erneut ändert sich Großmutters Zustand. Das Flattern ihrer Augenlider wird stärker. Ihre Finger fangen an zu zucken. Jetzt beginnt sie zu röcheln. Erschrocken springe ich vom Schemel und beuge mich über sie.

Für den Bruchteil einer Sekunde öffnet Flora ihre Augen.

Feine rote Äderchen durchziehen das Weiß. Ihre Iris schimmert vergissmeinnichtblau. Dann klappen ihre Augenlider langsam herunter wie Rollläden, die sich Lamelle für Lamelle schließen. Aus ihrem Mund dringt ein Zischlaut. Dann noch einer. Es hört sich an, als wolle sie mir etwas sagen. Bestürzt halte ich mein Ohr ganz nahe an ihren Mund. Insgeheim erhoffe ich das Geständnis ihrer Schuld, mich nicht beschützt zu haben. Aber da ist nichts. Kein einziges Wort. Erst als ich mich gerade zurück auf meinen Schemel setze, kommt es leise, aber doch sehr deutlich: »Ich verzeihe dir, mein Kind.«

Ich meine, mich verhört zu haben, und springe hoch, beuge mich über sie. Großmutter liegt ganz still da, die Augen und Lippen geschlossen. Den Satz eben muss ich mir eingebildet haben. In ihrer Verfassung kann sie keinen klaren Gedanken fassen, geschweige denn sprechen. So hat es mir jedenfalls der Arzt erklärt. Und doch liegt jetzt ein entspannter Ausdruck auf ihrem Gesicht. Als hätte sie eine wichtige Aufgabe erledigt.

Vielleicht zwei Minuten später gibt Großmutter ein tiefes Stöhnen von sich. Und dann stirbt sie. Einfach so. Ohne noch ein Wort zu sagen, als wäre es das Normalste der Welt.

Eines der Geräte gibt einen schrillen Ton von sich, der nicht aufhören will.

Ich weiß, dass ich nur noch einige wenige Momente allein mit ihr habe, bevor die Meute in ihren grünen Kitteln in das Zimmer stürmt. Ich umschließe Floras geäderte Hand mit meiner und drücke sie an mein pochendes Herz.

Ich wünsche mir so sehr, sie fragen zu hören: »Alice, meine Kleine, vergibst du mir? Es ist mein letzter Wunsch.«

Doch sie liegt stumm und bewegungslos da, wie eine kleine Figur aus Porzellan.

Ich presse ihre Hand gegen meine Lippen, hauche wie in Trance einen letzten Kuss auf ihre kühle Haut. Und anders als im Altersheim zu ihrem Geburtstag flüstere ich: »Ja, Großmutter, ich verzeihe dir.«

Als ich viel später durch den Gang zurück zum Ausgang laufe, fühle ich mich immer noch wie in einem Traum gefangen.

In einer der Vasen auf den Glastischen welkt ein Strauß Frühlingsblumen vor sich hin. Er erinnert mich an den verwaisten Handschuh auf der Straße. Und an das einzelne Haar, das sich am Geburtstag meiner Großmutter in ihrem Saphirring verfing.

Tief Luft holend, trete ich hinaus in die Dämmerung des frühen Abends.

***

*Im Garten vor dem Haus fand sie eine geköpfte Taube. Der Kopf lag neben dem Körper. Kein Zeichen von Kampf. Weder herumliegende Federn noch andere äußere Verletzungen. An der Vertiefung des Kopfansatzes klebten Schmeißfliegen und Wespen in emsiger Tätigkeit zwischen Luftröhre, Speiseröhre, Blutgefäßen, Nerven und Muskeln. Das Opfer war von kleinen grauen Federn umrahmt.*

*Der Tag, eben noch in ein erwartungsvolles Blau getaucht, verfinsterte sich jäh.*

*So eine Tat traute sie lediglich Krähen zu. Es gab auch eine, die im höchsten Baum des Gartens saß und immerfort laut und aggressiv schrie. Sie war unsichtbar. Machte sich nur durch ihr Gekreische bemerkbar.*

*Erschrocken rief sie Ännchen an. Kurz darauf warf die Freundin ihr Rad gegen die Wand, wo es achtlos zu Boden schlitterte. Nachdenklich betrachtete sie den Schauplatz. Nach einer Weile sagte sie ernst: »Es gibt da noch ein Wesen, dem ein ähnlich arglistiges Töten zuzutrauen wäre.«*

*»Ja? Welchem?«, fragte sie atemlos.*

*»Der Möwe. Es ist ein Märchen, dass sie friedfertig ist. Aber gehört die denn dann überhaupt zum Dezernat der Vögel? Oder ist sie ein vorsintflutliches Ungeheuer? Ein Raubtier der besonderen Art?«*

*Ännchen kannte das Meer und die darüber schwebenden Möwen. Es gab unzählige Urlaubsfotos, die das bewiesen. Daher war an ihrer Einschätzung nicht zu zweifeln.*

*»Dein Großvater ist kein Rabe. Er ist keine harmlose, depressive Gestalt, die sich selbst verletzt. Dieser Mann fügt anderen Schmerzen zu. Dir, Alice. Und auch deiner Großmutter. Sie hat nicht die Kraft, sich gegen ihn zu wehren. Er ist ein Raubtier, eine Möwe. Seine Boshaftigkeit, Scheinheiligkeit, Brutalität und seine Missetaten haben etwas durch und durch Grausames«, schlussfolgerte Ännchen überlegen.*

*»Psst!«, zischte sie erschrocken, »er könnte dich hören.«*

*Man wusste nie, wann er aus der Gartenlaube trat oder die Treppe hinabschlich. Er war immer da und immer in ihrer Nähe.*

*Seine Schritte waren lautlos.*

*Seit diesem Tag hasste sie Möwen.*

# 16

Über mir läuten Kirchenglocken. Der Himmel ist dunkel.

Ich werde Flora beerdigen müssen. Ihr Wunsch war es, neben Großvater zu liegen. Sie wusste, dass ich das berücksichtigen werde. Die Alten aus dem Heim werden allerdings die Einzigen sein, die sich auf dem Friedhof von ihr verabschieden. Mich sieht dort niemand.

Auf dem Weg nach Hause wurde ich vom Krankenhaus angerufen und musste umkehren. Die diensthabende Schwester hatte vergessen, mir einige Formulare zur Unterschrift vorzulegen. Ich saß dort in einem kleinen weißen Zimmer und wunderte mich, wie schnell es ging, ein Leben ad acta zu legen. Drei, vier Unterschriften, das war's.

Zweimal wollte ich das Essen bei Paul Slamanig absagen, hatte die Hand bereits am Handy, ließ es dann aber bleiben.

Der Weg nach Waidmannsdorf zu seiner Wohnung tut mir gut. Ich genieße die Bewegung in der frischen Abendluft. Über die Innenstadt gehe ich die Villacher Straße entlang. Unter mir schwappt das aufgewühlte Wasser an das steinerne Ufer des Kanals. Es riecht durchdringend nach Katzenpisse. Beim Rokkohof biege ich in Richtung Wulfenia-Kino ab.

Es ist dunkel, und ich kann den Himmel nicht von den Wolken unterscheiden. Der Mond ist nicht zu sehen. Der Wind ist noch eine Spur schärfer geworden und jagt mir Blätter um die Füße.

Erinnerungen drängen sich wie Alptraumfetzen zwischen meine Mantras. Geben mir kurz das trügerische Gefühl, alles bloß geträumt zu haben: meine Kindheit und Ännchens Tod. Nur Floras letzter Atemzug hat etwas Reales, ruft einen Moment lang Schmerz in mir hervor. Andere Gefühle, die hochzüngeln, will ich gar nicht spüren.

Wenig später kontrolliere ich im orangen Licht einer Laterne die Adresse auf Slamanigs Visitenkarte. Unerwartet stehe ich vor einer alten Villa.

Das schräg einfallende Licht der Straßenlaterne gibt dem Gebäude etwas Gespenstisches. Hohe schwarze Fenster starren mich an. Ich stehe Aug in Aug mit einem Ungeheuer. Von innen dringt kein Licht heraus. Das Haus wirkt verlassen, starr und düster. Als hätte ein Riese es aus einem einzigen Stein gehauen und hier achtlos abgelegt.

Zögernd streiche ich mit meinem Zeigefinger über den kalten Klingelknopf. Bevor ich draufdrücken kann, schwingt die Eingangstür auf, und Paul Slamanig steht, von Licht umflutet, vor mir. Wieder trägt er verwaschene Jeans und Sneakers. Über seinem gestreiften Hemd hängt eine schwarze Schürze mit einem lachenden Gesicht unter einer Kochhaube.

»Hallo, Alice. Herein mit dir.«

»Paul«, sage ich, weil mir sonst nichts einfällt.

Er nimmt meine Hand und zieht mich ins warme Haus. Im Inneren ist alles Gespenstische verflogen. Die Wände sind in einem hellen Terrakotta gestrichen. Eine Lichtleiste ist in den Plafond eingelassen und strahlt Landschaften in goldenen Rahmen an.

»Willst du nicht ablegen?« Er will mir die Lederjacke von den Schultern nehmen.

»Nein«, entfährt es mir.

Ich mache eine ruckartige Bewegung von ihm weg, dabei flattert der weiße Rosenkopf zu Boden.

»Für mich?« Er lächelt und sieht mir direkt in die Augen. »Wie aufmerksam.«

Mit spitzen Fingern hebt er die Blüte hoch und legt sie auf eine Kommode. Ihre müden Blätter rieseln herab. Ich ärgere mich, weil ich ihm nichts mitgebracht und die in meinem Knopfloch dahinwelkende Rose vergessen habe. Sie war schon an meiner Jacke, als Flora noch lebte. Und als sie starb, immer noch.

»Du siehst abgekämpft aus, Alice.«

»Meine Großmutter ist heute gestorben. Ich war gerade bei ihr«, platzt es aus mir heraus.

Er sieht mich ernst an. »Dann sehe ich deinen heutigen Besuch als besondere Ehre.«

Für mich liegt ein bitterer Beigeschmack in seinen Worten. So als wollte er mich rügen. Ich sollte in seinen Augen wohl zu Hause sein und weinen.

»Ich will mich von meinem Kummer ablenken«, sage ich schroff und ärgere mich unmittelbar über meinen Rechtfertigungsdrang. Ist mir doch egal, was Slamanig von mir denkt!

Im Wohnzimmer hat Paul den Tisch gedeckt. Es muss altes Silberbesteck sein, was da im Kerzenschein funkelt, und teures Porzellan. Die Tischdecke hängt schwer bis zum Boden. In geschwungenen Gläsern prickelt rosa Sekt.

Die Vorhänge sind zugezogen, dicke Kordeln und Quasten baumeln an den Seitenrändern. Das hier sieht so gar nicht nach der Wohnung aus, die ich mir zu Paul Slamanig vorgestellt habe. Ich hätte ihn in einer schlichten Junggesellenbude erwartet, mit geraden Linien und klaren Formen.

Paul bemerkt meine Verwunderung. »Ich habe die Villa von meiner Tante geerbt. Seitdem ist nichts verändert worden. Aber irgendwann werde ich damit beginnen.« Er drückt mir ein Glas in die Hand. »Das wird dir guttun.«

Und wirklich, während er in der Küche hantiert und ich mir selbst ein zweites Glas nachschenke, spüre ich, wie eine warme Welle durch meinen Körper rollt. Sie rauscht durch meine Adern und tröstet mich von innen. Die Konturen des Raumes verwischen und ziehen sich wie helle Fäden gesponnenen Zuckers zu den Holztüren hin.

»Leider«, reißt Pauls Stimme mich aus meinem verträumten Zustand, »kann ich dir heute Abend kein Haubenmenü anbieten. Ich bin durch widrige Umstände daran gehindert worden. Die Stadtwerke haben den Strom in einigen Teilen von Klagenfurt ohne Ankündigung abgedreht.«

Erst jetzt bemerke ich, dass es nach frischen Tannennadeln statt nach Braten riecht. Eine Silberplatte fängt das Licht der Kerze ein und wirft es mir gebündelt ins linke Auge. Blinzelnd greife ich nach einem Happen.

»Lachspastetchen. Vom Feinkosthändler. Es gibt auch welche mit Fleisch und Gemüse.«

Er gießt nach. Die Bläschen im Sekt zischen nach oben. Eine seltsame Stimmung breitet sich zwischen uns aus.

»Fingerfood«, erklärt Paul.

Stück um Stück nehme ich vom Teller. Ich muss mich anstrengen, dass mir kein Bissen aus dem Mund fällt.

Während des Essens reden wir nicht.

»Schokolade?«, fragt er später und reicht mir ein samtiges Teilchen auf Silberpapier.

»Mir ist nicht nach Süßem.«

Meine Worte tauchen in die Schokolade, und ich fühle mich meilenweit entfernt von meinem Körper. Immer wieder wische ich mit der Serviette über meine Lippen.

Der Abend könnte behaglich sein, wäre da nicht meine zunehmende Benommenheit. Paul hat schon längst die kindische Schürze abgelegt und den obersten Knopf seines Streifenhemdes geöffnet.

Irgendwann bemerke ich die altertümliche Musik, die durch den Raum flutet. Paul steht auf und bleibt am Tischtuch hängen. Das Besteck klappert, und die Gläser klirren.

»Sorry«, meint er, »anscheinend war der Rosésekt doch recht stark.«

Dem kann ich nur zustimmen. Die Benommenheit lässt mich nur langsam denken. Wie in Zeitlupe öffnet er die schweren Vorhänge und bindet sie mit den Kordeln an den Rändern fest. Ich erwarte Dunkelheit. Doch der Wind hat alle Wolken weggeblasen. Mondlicht fällt ins Zimmer.

»Alice«, sagt er mit weicher Stimme, »diese Sterne solltest du nicht verpassen.«

Ich folge seiner Aufforderung und gehe zum Fenster.

»Der Himmel ist viel zu weit weg, und jeder Stern hat einen Zwilling«, murmle ich betrunken. Ich sehe doppelt, und auch wenn ich meine Augen fokussiert auf ein Objekt richte, flimmern Schatten an dessen Rändern.

Paul widerspricht: »Nur Castor hat seinen Pollux. Die anderen sind allein.«

Etwas Undefinierbares klingt in mir nach.

»Einer von denen heißt Alice«, sage ich leise. Flora ist kurz in meinem Kopf, dann schwebt sie davon.

Jetzt, in diesem Moment, bleibt die Zeit stehen. Ich sitze auf der Mondsichel und lasse meine Beine in den Sternenhimmel baumeln. Alles ist möglich. Ein heiteres Gefühl dehnt sich in mir aus. Glück könnte sich so anfühlen.

»Alice ist jetzt nicht mehr allein am Sternenhimmel.«

Pauls Stimme knistert in meinem Ohr.

»Danke«, flüstere ich und drehe mich zu ihm um.

Er lehnt an der Wand. Sein Gesicht wird in zwei Teile geschnitten. Auf der hellen Hälfte liegt das Mondlicht, die dunkle spiegelt den Schatten des Vorhangs.

Ohne zu wissen, was ich tue, stelle ich mich auf die Zehenspitzen und drücke einen Kuss auf seine penibel rasierte Wange. Erst jetzt bemerke ich, dass ihm sein Dreitagebart abhandengekommen ist. Ich muss lachen.

»Alice.«

So, wie Paul meinen Namen sagt, funkelt er auf einmal. Es ist kein einziger Blutstropfen übrig geblieben.

Sein großer Körper schmiegt sich von hinten an mich, seine Arme schlingen sich wie eine Masche um meinen Leib. Als wäre ich ein kostbares Geburtstagsgeschenk, in Krepppapier gehüllt, mit einer riesigen Schleife drum herum.

Alle Sorgen, alle Ängste lösen sich auf und segeln dem Mond entgegen. Tief in meinem Bauch entpuppen sich Hunderte Larven und schwingen ihre Schmetterlingsflügel gegen meine Därme. Irgendetwas steigt meine Kehle hoch und reizt mich zum Husten. Mein Körper baumelt vor und zurück. Unsere Körper ergänzen einander, fügen sich wie Puzzlesteine ineinander.

Längst ist da nichts Neckisches mehr. Paul presst mich hart an sich, dann stößt er mich grob weg.

»Ist es das, was du willst?«

Erschrocken fliege ich auf die Mauer zu. Ich kann frische Wandfarbe riechen. Paul greift meinen Arm und zieht mich zurück.

»Alice. Es tut mir leid.« Seine Augen sind jetzt ganz dunkel, nur in der Mitte ist die Mondsichel zu sehen.

Seltsam berührt von der Magie des Augenblicks, streife ich die langen Ärmel meines T-Shirts hoch. Nackt und bleich hängen meine Arme nun zu beiden Seiten meines Körpers herab.

»Ich will, dass du meine Narben berührst.«

Zart hebt er zuerst den einen, dann den anderen Arm hoch und streicht langsam, fast andächtig, über die Erhebungen.

Unvermittelt drückt er seine Lippen auf meine Haut. Aus seiner Kehle steigt ein eigenartiger Laut.

Etwas in mir bricht auf.
Panik überrollt mich, und ich stoße ihn zurück.

***

*So viele Kerzen auf einer so winzigen Torte. Sie wusste nicht, warum, aber mit jedem Jahr wurden die Torten ihrer Großmutter kleiner.*

*Das Zimmer roch nach verschmortem Wachs. Und nach Früchten in Schokoladenglasur.*

*»In diesem Moment endet deine Kindheit, Alice. Jetzt bist du ein Backfisch und auf dem Weg, eine junge Dame zu werden.«*

*Flora strich ihr so lange über das feine blonde Haar, bis es zu knistern aufhörte.*

*So gern sie es auch getan hätte, es gab keine Möglichkeit, unter den geäderten Händen wegzutauchen. Vor ihr war der gedeckte Tisch, neben ihr stand ihre Großmutter. Auf der anderen Seite versperrte die Wand mit dem hellblauen Blumenmuster den Fluchtweg.*

*Großvater sah sie vom anderen Ende der Küche über das Kerzengeflimmer hinweg forschend an. Sie versenkte ihren Blick im rosa Zuckerguss der Torte, konnte den seinen jedoch immer noch überall auf sich spüren.*

*Sie hörte seine atemlose Stimme sagen: »Blas jetzt die Kerzen aus. Aber wünsch dir etwas dabei. Nicht zu groß, nicht zu klein. Es soll für ein Leben halten, nie zerbrechen.«*

*Sie beugte sich über den dreizehnfachen Lichtschein und schloss die Augen.*

*»Oje!«, schrie ihre Großmutter auf. »Halt! Warte, mein Kind. Ich habe das Lebenslicht vergessen. Wenn das nur kein Unglück bringt.«*

*Nachdem auch die vierzehnte Kerze entzündet war, holte sie tief Luft und blies mit dick aufgeblähten Wangen in die Flammen.*

*Stumm sprach sie ihren einzigen Wunsch. Und wiederholte ihn unzählige Male.*

*Lass meine Kindheit heute wirklich enden.*

# 17

Ännchen.

Da steht sie, mit dem Rücken zu mir, und dirigiert. Die Enden ihres schwarzen Pinguin-Blazers schwingen bei jeder Bewegung fröhlich mit.

Ännchen lebt!

Sie ist weder ermordet worden noch sonst irgendwie tot.

Überwältigt von dieser jähen Erkenntnis, poche ich wild an das Fenster des Proberaums im Tiefparterre. Dabei muss ich mich so weit über die Strauchbegrenzung vor dem Theater beugen, dass ich fast kopfüber durch die Scheibe fliege. Im letzten Moment gelingt es mir, mich mit den Beinen in den Büschen zu verankern, doch dabei knallt mein Kopf laut gegen das Glas. Alle im Raum drehen sich ruckartig um und starren mich an. Auch Ännchen.

Erschüttert erkenne ich, dass ich einem Trugbild meiner Phantasie aufgesessen bin.

Denn das hier ist nicht Ännchen.

Fritz Liensche im dunklen Frack starrt mich unter seinen wilden Augenbrauen vorwurfsvoll an. Er ist der Chef des Orchesters.

Ich drücke mich vom Fenster ab und lasse mich auf den Boden vor dem Strauch fallen. Verdeckt vom dichten Grün, bin ich geschützt vor den neugierigen Blicken der Orchestermitglieder. Es riecht unerträglich nach frisch gemähtem Gras.

Was will ich hier überhaupt?

Eine Woche nach dem Begräbnis meiner Großmutter, das ich wie geplant verschlafen habe, stehe ich hier auf dem Kiesweg vor dem Theater. Trotz der hellen Farbe und den vielen Schnörkeln wirkt das Gebäude auf mich abweisend. Im von steinernen Engeln gesäumten Teich baden Enten. Die Blätter der Bäume rascheln im Wind und Vogelstimmen zwitschern in den Kronen.

Dass ich schon tagelang hierherspazierte, lag nicht nur am strahlenden Wetter. Ich wollte meiner Freundin nahe sein. So nahe, dass ich mich bei meinen Besuchen leise an das Fenster schlich und Ännchens Kollegen bei den Proben beobachtete. Bis ich sie eben gerade selbst dirigieren sah.

Oder ihr Phantom.

»Was fällt Ihnen denn ein?«, unterbricht jemand meine Gedanken.

Unsanft werde ich an meinen Armen aus dem Gras hochgezogen. Erst als ich die Sonne wegblinzle, erkenne ich Fritz Liensche. Er ist das, was man gemeinhin einen schönen Mann nennt. Angefangen mit seinem Namen, über die Schuhspitzen bis hin zu den strahlenden Augen stimmt alles an ihm. Sogar das kecke Seidentuch um seinen Hals. Mir fällt ein, dass Ännchen eine Zeit lang heftig für ihn geschwärmt hat. Sogar die Erinnerung daran tut weh. Ich beiße mir auf die Unterlippe und mache mich von ihm los.

»Sorry.« Mehr kriege ich nicht heraus.

»Also, was war das gerade? Sind Sie von der Zeitung? Oder bespitzeln Sie jemanden von uns?« Er macht einen Schritt zurück auf den Kiesweg und sieht mich prüfend an.

»Ich bin Ännchens Freundin Alice.«

»Ach«, sagt er und verzieht schmerzvoll sein schönes Gesicht. »Eine Freundin unseres Ännchens. Dann sei Ihnen der Spionageakt verziehen.« Er lächelt, wird aber sofort wieder ernst. »Ein unersetzbarer Verlust. Zuerst der schlimme Unfall. Und dann das.«

Etwas klingt in mir nach. Der Autounfall hatte mit dem, was danach passierte, doch nichts zu tun. Will Liensche das etwa andeuten?

Inzwischen sind andere Orchestermitglieder gekommen und stehen in einiger Entfernung von uns am Weg. Ich erkenne Moni, die Cellistin, die mir zaghaft zulächelt.

»Weiß man schon, wann Ännchen begraben wird?« Liensche betrachtet mich aufmerksam. »Wir alle, das gesamte Orchester, würden gern Ännchen zu Ehren eines unserer Stücke bei der Beerdigung zum Besten geben.«

Wie er das sagt, klingt es eher wie der Wunsch, bei einer Gartenparty aufspielen zu dürfen und nicht bei einem letzten Geleit.

»Ännchen konnte bisher nicht beerdigt werden, da das Gericht ihren Leichnam noch nicht freigegeben hat.«

Ich sage das betont sachlich. Ob es wirklich so ist, weiß ich nicht. Zumindest entnahm ich das den verschlüsselten Worten von Rosners Kollegin am Telefon.

Liensche gibt mir seine Visitenkarte.

»Sie rufen mich doch an, wenn Sie den Termin erfahren? Das wäre sehr freundlich von Ihnen.«

Aus irgendeinem Grund fällt mir Paul Slamanig ein und dass ich mich noch nicht für den Abend bei ihm bedankt habe. Ich habe seither nichts getan, außer mich in meiner Wohnung zu verkriechen und aus dem Fenster zu starren.

»Hmm«, mache ich unschlüssig und nicke ihm zu.

Als ich schon zwei Häuserblocks vom Theater entfernt bin, packt mich jemand an der Schulter und ruft: »So warte doch, Alice!«

Moni, denke ich erstaunt. Was will sie von mir?

»Gehen wir auf einen Kaffee? Bitte.« Ihre Hand liegt noch immer auf meiner Schulter.

»Ja. Ich habe aber nur kurz Zeit«, stimme ich gegen meinen eigentlichen Impuls, Nein zu sagen, zu.

»Danke.«

Sie nimmt ihre Hand von meiner Schulter und hakt sich stattdessen bei mir unter. Ich kann ein Schmunzeln nicht unterdrücken. Moni ist wahrhaft eine Frau der Körperkontakte.

Als wir uns im überfüllten Theatercafé gegenübersitzen, ist auch der letzte Hauch meines unangenehmen Gefühls ihr gegenüber verschwunden. Sie wirkt verletzt, scheint schwer getroffen von Ännchens Verlust.

Mit zitternden Fingern streicht sie ihre blonden Haare aus dem Gesicht und sagt traurig: »Ich mochte Ännchen sehr.«

»Ihr standet euch nahe, ich weiß. Ännchen hat oft von dir erzählt.«

»Wir alle liebten sie. Das ganze Orchester ist erschüttert und verzweifelt. Sogar Fritz, der sonst eher distanziert uns gegenüber ist.«

Wir unterhalten uns etwa eine halbe Stunde. Während des Gesprächs fühle ich mich wie losgelöst. Es kommt mir unwirklich vor, hier mit Moni über Ännchen zu reden. Außerdem nagt etwas in mir.

Als wir uns vor dem Theatercafé verabschieden, erinnere ich mich. »Warte mal, Moni. Vielleicht interessiert es dich ja: Ännchen hat mir von deinem Luxus-Darkroom erzählt.«

»Was? Wie bitte?« Moni sieht mich entsetzt an. Dann zieht sie mich zu einem Hauseingang und flüstert: »Nicht so laut. Überall sind Menschen.«

Ich wundere mich über ihre prüde Art, das passt so gar nicht zu ihr. Sie öffnet die Tür und zieht mich in den Hausflur. An der Wand lehnen Räder, und in einem der oberen Stockwerke höre ich ein Baby schreien. Es riecht durchdringend nach Karfiol.

»Es war Ännchens Darkroom. Nicht meiner.«

Jetzt bin ich es, die nicht versteht.

»*Du* hast Ännchen aber doch davon erzählt.«

Das Flurlicht verlischt, und Moni drückt hastig auf den Knopf. Als es hell wird, leuchtet ihr Mund in ihrem bleichen Gesicht rot auf.

»Ich?« Ihre Stimme klingt schrill.

»Ja, wer denn sonst? Ännchen sagte zu mir: ›Willst du was über Strapse, Dildos oder strenge Kammern wissen, frag Moni – sie erklärt dir alles.‹«

»Alice.« Monis Stimme klingt jetzt streng. Sie schaut mich ernst an. »Von diesem Darkroom hat Ännchen *mir* erzählt. Du verwechselst da was. Es war *ihre* Erfahrung, nicht meine. Klar, wir haben oft über Sex geredet. Wie das unter Freundinnen eben so ist.«

Ich ziehe scharf die Luft ein.

»Dazu kann ich nichts sagen, wie das so unter Freundinnen ist«, bringe ich heiser hervor. »Ich weiß nur, wie es mit Ännchen war. Und sie hat mich nie angelogen.«

Die Wendung, die das Gespräch genommen hat, verursacht mir ein Stechen im Bauch.

Wieder flammt nach einer kurzen Episode der Dunkelheit das Licht auf. Monis Gesicht scheint jetzt noch eine Spur blasser zu sein.

»Vielleicht war es ihr einfach nur peinlich?«

»Vielleicht? Vielleicht lügst ja du!«, schreie ich sie an und reiße die Haustür auf.

Auf der Straße ist die Luft deutlich kühler als zuvor. Wieder hat der Frühling sich ein Stück zurückgezogen.

Falls stimmt, was Moni behauptet, war Ännchen ebenfalls im »Ariston«.

Möglicherweise hat sie dort ihren neuen Freund getroffen.

Oder ihren Mörder. Vielleicht sind Freund und Mörder in Ännchens Fall ja auch ein und dasselbe?

Ich beginne zu laufen und renne, bis ich atemlos werde und mein Grübeln hinter mir gelassen habe.

Meine Gedanken, Vermutungen und Ängste.

Moni.

Und Ännchen.

***

Seit dem Treffen am See herrscht zwischen Rosner und mir Funkstille. Ich war fest entschlossen, mit ihm erst wieder zu reden, nachdem er sich bei mir entschuldigt hatte. Dann fand ich im Briefkasten jedoch die Aufforderung, mich heute im zweiten Stock des Polizeireviers, Zimmer 24, bei Chefinspektor Simon Rosner einzufinden. Um die Genugtuung einer Entschuldigung geprellt, zerriss ich die Einladung und nahm mir vor, ihn zu beschimpfen.

So stehe ich nun vor der Tür seines Dienstzimmers.

Der Holzboden unter meinen Füßen knarrt, als ich einen Schritt vor mache. Zaghaft klopfe ich an.

Ein älterer Polizist geht an mir vorbei.

»Da werden Sie schon ordentlich pochen müssen, damit der Chef Sie hört. Heute …« Er beendet den Satz nicht und hämmert stattdessen gegen die Bürotür. »Falls er überhaupt noch da ist«, murmelt er und überlässt mich Rosners mieser Laune.

»Sie?«

Allein seine Begrüßung verspricht nichts Gutes.

»Was dagegen einzuwenden? Sie waren es schließlich, der mich unbedingt sehen wollte«, fahre ich ihn an und dränge mich an seinem massigen Körper vorbei ins Zimmer.

Der Raum riecht muffig und ungelüftet. Auf dem Schreibtisch türmen sich Papierstapel. Rosner sieht noch zerknitterter aus als sonst. Er erinnert mich an Wäsche, die zu fest geschleudert und zu heiß getrocknet wurde.

Jetzt erst bemerke ich die aufgeschichteten halb vollen Kartons auf dem Boden.

»Ziehen Sie um?«

»So könnte man es auch formulieren.«

Er klingt wehleidig. Umständlich zieht er ein Taschentuch aus seiner Jeans und schnäuzt sich geräuschvoll.

Sie haben ihn gefeuert, denke ich. Hoffentlich beginnt er jetzt nicht zu heulen! Unangenehm berührt starre ich an ihm vorbei aus dem Fenster.

Der Himmel ist von einem bestechenden Blau. An den Rändern schweben niedrige Wolken und verschwinden langsam aus meinem Sichtfeld.

Zwischen uns entsteht ein Summen.

Rosner dreht irritiert seinen Kopf zur Seite und folgt dann einem Punkt, der sich im Raum bewegt. Das Summen hört auf.

Als ich ihn fragen will, was bei Ännchens Obduktion herausgekommen ist, macht er eine abwehrende Bewegung. Er wirkt höchst konzentriert. Fast geräuschlos hebt er eine Zeitung vom Boden auf und rollt sie mit ruhigen Fingern zusammen. Vorsichtig dreht er sich um und schleicht zum Fenster. Ich beobachte ihn gespannt. Ruhig steht er da, die Zähne in seine Oberlippe gekrallt, die Zeitung in der erhobenen Hand. Ein Ausdruck höchster Vertiefung liegt auf seinem Gesicht. Es hat etwas Andächtiges.

Mit einem gezielten Schlag drischt er auf die Fensterscheibe. Das Klatschen hallt in meinen Ohren nach. Als er die Zeitung wegnimmt, sehe ich eine zerquetschte fette Stubenfliege auf der Scheibe kleben.

»So«, grunzt er zufrieden. »Zumindest dieses Problem hat sich erledigt.«

Obwohl ich beeindruckt bin von seinem Jagdinstinkt, läuft mir ein spinnenartiger Schauer über die Oberarme. Ich muss an Ännchen denken, die einmal tagelang eine Fliege in einem selbst gebauten Terrarium beobachtet hatte.

»Muss man Fliegen denn nicht von vorne erschlagen, weil sie mit ihren Facettenaugen auch nach hinten sehen können?«, frage ich.

»Nicht immer ist es günstig, sich auf sein Gegenüber einzustellen. Manchmal hilft die einfache Überrumpelungstaktik.«

Ich will ihm für den großzügigen Einblick in seine Kampftechnik danken, lasse es aber, da ich nicht weiß, ob er zur Ironie momentan fähig ist.

»Sie müssen Ihr Büro räumen? Ist es wegen dem Alkohol?«, frage ich und beiße mir sofort auf die Zunge.

Dümmer hätte ich es nicht anstellen können.

»Nicht nur. Um genauere Informationen bitten Sie am besten Lautner. Mit dem scheinen Sie sich ja bestens zu vertragen. Unser Psychologe versteht eben die Abgründe der verletzten Seele«, nuschelt er missmutig.

Ich kann seinen scharfen Atem riechen. Kaum, dass er angefangen hat, mir leidzutun, ärgere ich mich über ihn. Der Mann ist schon wieder betrunken.

»Wie sind die Ergebnisse der Obduktion, wann wird Ännchen zur Beerdigung freigegeben?«, frage ich kalt.

»Tod durch Ertrinken. Unsere Vermutungen haben sich bestätigt. Die Leiche wird in den nächsten Tagen freigegeben. Das ist der Grund, warum ich Sie herbestellt habe. Ich wollte es Ihnen persönlich sagen.«

»Na dann«, sage ich leichthin und vermeide es, die Kartons anzusehen.

»Sagt Ihnen das Hotel ›Ariston‹ etwas?«

Ertappt zucke ich zusammen. Es geht Rosner also nicht nur um Ännchens Begräbnis.

Als ich uneindeutig den Kopf bewege, schaut er mich verächtlich an und sagt: »Wusste ich's doch.«

Ich kämpfe mit mir. Das Gespräch mit Moni geht mir nicht mehr aus dem Sinn.

»Was fällt Ihnen ein, mich zu verdächtigen?«, schreie ich ihn an.

»Verdächtigen? Sie? Wie kommen Sie darauf?« Rosner beugt sich vor. Sein Gesichtsausdruck ist für einen Moment von nahezu durchscheinender Offenheit. Beinahe kann ich ihn über seine Thesen zu Ännchens Tod und ihren Mörder reden hören. Doch als er dann den Mund aufmacht, bin ich enttäuscht. »Ich mag ja mitunter ein wenig planlos sein. Doch mein Handwerk verstehe ich noch immer.«

Er vermeidet, mir in die Augen zu schauen, und ich beschließe spontan, ihm vorerst nicht zu erzählen, was mich bedrückt.

# 18

Am nächsten Morgen sitze ich einem älteren Herrn in einer antiquierten Kanzlei gegenüber. Eine kleine Brille klemmt auf seiner Nase, und über seiner Oberlippe wackelt ein weißer Schnurrbart. Der Raum ist in Grüntönen gehalten, und der Boden verströmt den Geruch frisch mit Honig eingelassener Holzdielen.

»Ich bin betrübt über den Tod Ihrer lieben Großmutter. Sie war eine langjährige gute Bekannte von mir.«

Das war mir entgangen. Aber wen meine Großmutter kannte, hat mich nie gekümmert.

»Sie bat mich, Ihnen im Falle ihres Todes dies hier zu übergeben.« Der Notar nimmt einen versiegelten Umschlag und einen Karton vom Bücherregal und überreicht mir beides. »Lassen Sie sich ruhig Zeit. Es ist keine Eile geboten. Ich hole uns in der Zwischenzeit Tee.«

Ich warte, bis er die Tür hinter sich geschlossen hat, dann öffne ich vorsichtig den Deckel des Kartons. Ein Schwall Parfüm weht mir entgegen. Unverkennbar Großmutters Duft. Auf ihrem Zobelpelz liegt ein Foto von mir im Ballettkleid, das mir den Atem nimmt. Ich schiebe Pelz und Foto beiseite und nehme eine Lederkassette heraus.

Das mit blauem Samt ausgelegte Kästchen ist voll mit funkelndem Schmuck und erinnert mich an geraubte Schatztruhen auf Piratenschiffen. Großmutter besaß kostbare Stücke, die sie mich als Kind oft betrachten ließ. Das Funkeln der Steine und Glänzen des Goldes faszinierten mich, und ich legte gern ihre Ketten um meinen Hals und die Armbänder um meine dünnen Handgelenke. Nur ihre Ringe ließ sie mich nie probieren.

»Das bringt Unglück«, meinte sie.

Als sie mir zur bestandenen Matura einen ihrer Brillantringe schenken wollte, lehnte ich ihn brüsk ab.

»Unglück gibt es in meinem Leben genug. Behalte deinen Klunker.«

Etwas blitzt zwischen dem Gold blau auf. Wehmut schnürt meinen Hals fest zusammen, als ich den Ring erkenne, den

Großmutter an ihrem letzten Geburtstag getragen hat. Vorsichtig nehme ich ihn aus der Schatulle und halte ihn vor meine Augen. Der Saphir funkelt im Sonnenlicht. Einen Moment lang glaube ich, in Großmutters Augen zu sehen. Dann ist dieser Augenblick vorüber, und auch das einzelne weiße Haar, nach dem ich die Fassung des Steins absuche, ist nicht mehr da. Traurigkeit überschwemmt mich.

Dann ist da noch ein gefaltetes Stück Papier. Ich glätte den weißen Bogen und erkenne, dass er mehrfach zerrissen und wieder zusammengeklebt wurde. Als ich den Sinn hinter den goldenen Buchstaben erfasse, halte ich die Luft an. Das ist mein Stern.

Alices Stern.

Eine Erinnerung stürzt sich auf mich, und ich ducke mich erfolglos unter ihr weg. Etwas aus meiner inneren Kommode bahnt sich den Weg heraus. Mein siebter Geburtstag nimmt vor meinen Augen Gestalt an und endet damit, dass mein tyrannischer Großvater die Sternenurkunde zerreißt.

Dann steht der Notar mit dem Tee da. Meine Hand zittert, als ich die Tasse zum Mund führe. Die heiße, süße Flüssigkeit brennt meine Speiseröhre hinunter. Der Schmerz hat etwas Beruhigendes, lenkt mich von meinem Kummer ab.

»Und hier«, sagt der Notar und macht eine nachdrückliche Pause, »hier ist Ihr eigentliches Erbe. Wenn Sie alles genau gesichtet haben, werden Sie unschwer erkennen, dass auch nach Abzug der Erbschaftssteuern ein beträchtliches Vermögen auf Sie wartet. Ihre Großmutter war eine vorausschauende Frau. Sie hat alles gut angelegt und für Sie verwahrt. Ob es nun das kleine Erbe Ihrer Eltern oder der Verkauf des Hauses war. Sie sind jetzt eine wohlhabende junge Frau.«

Der Notar erwartet wohl ein ergriffenes: »Oh«, das ich ihm aber vorenthalte.

Ich verschränke meine Finger ineinander und drehe sie nach außen. Dann biege ich sie so weit nach hinten, dass sie knacken. Der Notar zuckt zusammen. Er sieht mich über seine komische kleine Brille hinweg fragend an.

Während sich das Sonnenlicht im Fensterglas spiegelt und Kringel auf den Holzboden malt, überlege ich, wie ich mit der Situation umgehen soll.

»Kann ich das Erbe ablehnen?«

Meine Stimme klingt holprig.

Der Notar hüstelt leicht. »Lesen Sie erst in Ruhe den Brief Ihrer Großmama, und schlafen Sie eine Nacht darüber. Übereilen Sie nichts.«

Auch wenn ich es nicht hören will, ist da etwas Nachsichtiges in seinen Worten.

»Kannten Sie meinen Großvater?«, frage ich bitter.

Er zögert, dann sagt er mit einem warmen Klang in seiner Stimme: »Nein, nicht persönlich. Ihre Großmutter hat mir von ihm erzählt. Doch ich darf Ihnen versichern …«

»Sie hören von mir«, unterbreche ich ihn scharf und springe auf.

Ich weiß nicht, was er weiß.

Aber alles, was ich weiß, ist, dass er weiß.

Die Tür knallt hinter mir ins Schloss, und ich laufe die Treppe hinab, in den gleißenden Sonnenschein des Vormittags hinein.

Großmutters Brief in der Innenseite meiner Lederjacke wiegt locker zehn Kilo.

Einem inneren Ruf folgend, führt mich mein Unterbewusstes durch das belebte Zentrum von Klagenfurt zur Rückseite des Stadttheaters.

Die Vormittagssonne bricht sich im brackigen Wasser des Teiches im Goethe-Park. Unzählige Seerosen auf überlappenden grünen Blättern verhindern die Sicht auf den Grund. Ich kauere neben einem der grauen Steinengel und starre in den Wasserstrahl, der aus seinem geöffneten Mund schießt. Als Kind war ich oft hier. Jeder der vier Steinfiguren gab ich einen Namen: Jasmin, Iris, Liliane und Viola. Ich sah die Engel als Blumen über den Sommerhimmel schweben. Flora gefiel das. Kein Wunder, war sie doch die Königin der Blüten.

Meine Finger tasten über den spröden Stein, und schon spüre ich die L-förmige Kerbe. Neben mir wacht Liliane.

Nachdenklich streife ich meine Stiefel von den Füßen. Meine Zehen knacken, als ich sie in der Luft dehne und strecke. Die Jeans rolle ich bis zu den Knien hoch und steige, mich am Arm des Engels festklammernd, ins zähflüssige Wasser. Die Kälte sticht viele spitze Nadeln in meine Unterschenkel. Anstatt mir Erfrischung zu verschaffen, beschert es mir Ekel, als meine Zehen über den schleimigen Boden des Teiches tasten.

Lustlos stemme ich mich zurück auf den gewölbten Rand des Beckens. Dort hocke ich mit angezogenen Knien. Dichte Sträucher versperren mir die Sicht auf den belebten St. Veiter Ring.

Der Wasserstrahl verlässt den geöffneten Engelsmund und fällt in unverändert gleichmäßigem Bogen auf die grünen Blätter der Seerosen. Wenn ich meinen Kopf schräg halte, kann ich einen Regenbogen flimmern sehen. Verzaubert treibe ich in die Welt der Farben hinein. Immer tiefer wirble ich darin herum.

***

*Sanft zog Flora die Tür hinter sich ins Schloss. Sie und Großvater verreisten über das Wochenende.*

*Mit einem Mal wurde die Wohnung heller – größer und luftiger. Aus dem Garten wehte der Sommer herein. Oben in den Bäumen zwitscherten Vögel.*

*Einen Moment lang genoss sie es, allein zu sein. Alles war auf einmal möglich. Niemand konnte sie daran hindern, den Nachmittag Schokolade essend auf der Schaukel zu verbringen oder Pizza zu bestellen.*

*Erschrocken zwängte sich ihr Atem durch die Nase und blieb im Hals stecken. Eine Welle der Übelkeit überrollte sie. Kam von innen und schüttelte sie, bis die Säfte in ihrem Magen wieder ruhig wurden. Erschöpft lehnte sie an der Badewanne und wischte den Speichel von ihrem Mund.*

*Niemand war da.*

*Obwohl das so nicht stimmte.*

*Aber das wusste keiner.*

*Nur sie. Doch sie war ein Niemand.*

*Ihr Angesicht ertrug sie schon lange nicht mehr. Und ihren Körper noch nie.*

*Kam sie an einem Spiegel vorbei, verdeckte sie ihre Augen mit der Hand. Sie musste den bösen Blick abwehren. Denn der hatte sie getroffen. Vor langer Zeit schon. Mit voller Wucht.*

*Als sie sich auf ihr Bett legte, gab die Matratze unter ihr ächzend nach.*

*Verlangen und unbezähmbare Gier hafteten diesen Federn an, für immer. Jungfräuliche weiße Laken, für die Ewigkeit entehrt.*

*Ein Ring aus Stahl legte sich um ihren Bauch und presste ihre Eingeweide zusammen. Drückte ihr die Luft ab.*

*Das durchdringende Läuten an der Haustür riss sie aus ihrer Erstarrung. Jemand klopfte so laut, dass sie öffnete und sich Ännchen gegenübersah.*

*»Alice. Bist du krank? Warum gehst du nicht ans Telefon? Was ist los mit dir? Ein Nachtgespenst könnte nicht bleicher sein.«*

*»Schscht! Die Leute …«, wisperte sie und zog die Freundin ins Haus.*

*»Die Leute sind unser geringstes Problem. Was ist los? Was hat dieser Teufel dir jetzt wieder angetan? Wo sind deine Großeltern?«*

*Geduckt lief sie unter dem Hagel der Fragen in den Garten. Ännchen hastete ihr nach.*

*Die Wiese war längere Zeit nicht gemäht worden. Das Gras stand hoch zwischen den bunten Blumen, und auf manchen Spitzen saßen kleine Blüten wie Bläschen.*

*»Zur Gartenarbeit ist er zu schwach, aber immer noch gesund genug, dich zu quälen!« Ännchen riss ein Bläschen nach dem anderen von den Gräsern und zerdrückte es zwischen ihren Fingern. Das schmatzende Geräusch schien sie zufriedenzustellen, denn sie klatschte munter in ihre Hände: »So. Und jetzt erzähl.«*

*Irgendetwas in ihrem Kopf machte ein hohes, klingendes Geräusch. Es erinnerte sie an das Pfeifen des Teekessels. Ohne dass sie sich dagegen wehren konnte, verließen die Worte ihren Mund. Zuerst kamen sie ungeordnet, rollten übereinander. Doch nach einer Weile positionierten sie sich in Reih und Glied. Als sie dann hübsch in einer Linie standen, glänzten sie in der Sommersonne und nahmen die Farben der Blumen an.*

*»Schwanger? Du bist schwanger?«, schrie Ännchen erschrocken auf und schlug die Hand über ihren Mund.*

*Als sie zur Bestätigung unmerklich den Kopf bewegte, zog Ännchen sie in die Höhe und nahm sie fest in den Arm.*

*»Jetzt wird alles gut. Du musst nur tun, was ich dir sage.«*

*»Wasser ist dicker als Blut«, murmelte sie erstickt.*

*Von dem, was in den nächsten Stunden und Tagen geschah, bekam sie kaum etwas mit.*

*Nur schemenhaft nahm sie die Polizeistation wahr. Da war eine Polizistin, die sich um sie kümmerte. Ännchen wich ihr nicht von der Seite. Die Untersuchungen ließ sie emotionslos über sich ergehen, wandte dabei die Technik an, die sie in den Nächten, in denen Großvater zu ihr ins Bett kam, erlernt hatte. Einige Zentimeter über ihrem Körper gab es eine Luftglocke, in der sie schwerelos war. Dorthin flüchtete sie sich immer häufiger. Stimmen drangen nur gedämpft zu ihr durch.*

*Die Zeit im Krankenhaus flog an ihr vorbei. Eines Nachmittags im Spätsommer wachte sie auf und fühlte sich seltsam leer. Wie ein ausgehöhlter Kürbis zu Halloween. Ihre Finger tasteten über ihren Bauch. Die Haut war glatt und spannte sich straff über ihre Hüftknochen. Obwohl sie wusste, dass es richtig so war, vermisste sie die kleine Wölbung schmerzhaft.*

*Am nächsten Tag spürte sie die Leere noch deutlicher. Sie hatte jetzt auch ihren Kopf erfasst. Eine Psychologin sprach mit ihr, Polizistinnen, Sozialarbeiterinnen und Ärztinnen saßen verständnisvoll lächelnd an ihrem Bett. Ännchen kam mit ihren Eltern, und alle sahen sie freundlich an. Auf ihrem Nachttisch türmten sich Obst und Schokolade.*

*Die Ärzte, das Jugendamt und das Gericht, sie alle hatten beschlossen, dass sie vorerst bei Ännchens Familie leben sollte.*

*Alles besser, als zurückzugehen. Doch das Mitleid schmerzte. Immer tiefer verkroch sie sich in ihr Kissen.*

*Zum Abendessen wünschte sie sich ein saftiges Steak.*

*Sie war jetzt allein, und die Leere drang bis in die letzte Ritze ihres Körpers. Die Vorhänge versperrten die Sicht nach draußen, und vom Flur drang das Geräusch klappernder Absätze ins Zimmer. Dann hörte sie schwere Schritte. Sie wurde von Panik überwältigt. Großvater, er war vor ihrem Zimmer!*

*Sie flog vom Bett ins Bad und verriegelte die Tür. Lange Zeit stand sie bibbernd vor Angst an die Wand gelehnt.*

*Als sie sich endlich traute, die Tür zu öffnen, war niemand außer ihr im Zimmer. Immer noch in höchster Alarmbereitschaft, setzte sie sich aufs Bett.*

*Der Teller mit dem Steak war auf den Boden gefallen. Die Klinge des Messers blinkte im Licht der Nachttischlampe.*

*Kurz entschlossen stieß sie die Spitze des Messers in ihren Unterarm und schnitt die zum Reißen angespannte Haut entzwei. Die Spannung wich, und dankbar sah sie die beiden Blutstropfen langsam ihren weißen Arm hinabfließen.*

***

»Alice? Wissen Sie, wann das Begräbnis stattfindet?«

Die Hand auf meiner Schulter ist fest und hindert mich daran, vor Schreck in den Teich zu fallen. Einen bangen Moment lang sehe ich Großvater über mir im Sonnenlicht stehen. Noch benommen von der verstörenden Erinnerung, brauche ich einige Sekunden, um Fritz Liensche zu erkennen.

»Ännchen wird noch untersucht«, bringe ich hervor.

Wie ich das so sage, fällt mir auf, dass ich über meine Freundin nicht als Tote sprechen kann.

»Hätten Sie Lust, eine Kleinigkeit mit mir zu essen?«

Als er mein abwehrendes Gesicht sieht, fügt er sofort hinzu: »Ein Getränk tut es auch, nicht?«, und lächelt mir zu.

Ich verzichte auf eine Antwort und trabe wortlos neben ihm her zum Theatercafé.

»Eine Cola für mich, und was trinken Sie?«

»Apfelsaft, bitte nur ein Glas.« Ich will unser Treffen nicht unnötig verlängern.

Als die Bedienung die Getränke bringt, fällt mir unser gestriges Gespräch vor dem Probenraum wieder ein.

»Warum haben Sie gemeint, Ännchens Unfall könnte etwas mit ihrem Tod zu tun haben?«

»So?«, kommt es gedehnt, »meinte ich das?«

Ich nehme einen großen Schluck, um meine Verlegenheit zu überspielen.

»Nun, Sie haben den Unfall erwähnt, als stünde er in einem direkten Zusammenhang mit dem Mord.«

»Interpretieren Sie da nicht zu viel hinein? Ich habe nur beides in eine Ereigniskette gestellt. Jeder Vorfall steht für sich allein.«

Darüber muss ich nachdenken.

»Trotzdem«, wende ich halsstarrig ein, »glauben Sie, dass der Autounfall in Wirklichkeit ein Mordversuch war?«

Er setzt das Glas an seine Lippen und leert es in einem Zug.

»Sie haben aber eine rege Phantasie. Die Polizei wird schon dahinterkommen, was passiert ist. Machen Sie sich nicht zu viele Gedanken, davon wird die Situation auch nicht besser.«

Als er »Zahlen!« ruft, habe ich ein schlechtes Gewissen.

»Ich wollte nicht ...«, beginne ich zögernd, doch er unterbricht mich freundlich.

»Ich kann Sie gut verstehen. Wenn ich Ihnen nur helfen könnte.«

Ich ringe mir ein höfliches Lächeln ab.

Gemeinsam verlassen wir das Café.

Als ich durch die Fußgängerzone zu meiner Wohnung gehe, wird mir klar: Ich hätte Rosner von meiner Begegnung mit Moni erzählen müssen.

Ein kalter Schauer jagt über meinen Rücken.

Plötzlich habe ich das untrügliche Gefühl, in Gefahr zu sein.

Da ist jemand hinter mir.

Deutlich spüre ich Blicke in meinem Rücken. Von einem Moment zum anderen hat sich die Atmosphäre in der Fußgängerzone verändert. Was den Ausschlag gab, weiß ich nicht.

Vielleicht das Geräusch sich nähernder Schritte?

Zuerst verändere ich mein Tempo kaum, ich will dem Verfolger nicht zeigen, dass ich ihn bemerkt habe. Dann bleibe ich ruckartig vor einem Schaufenster stehen.

Auch die Schritte hinter mir verklingen.

Angespannt starre ich auf die aufgereihten Stiefel und Schuhe auf grünem Untergrund. Die gegenüberliegende Häuserfront spiegelt sich in der Scheibe. Ich selbst bin nur ein Schatten. Doch sonst ist da nichts. Niemand steht hinter mir. Ich kann mich also entspannen. Meine Phantasie hat mir einen Streich gespielt.

Der Wirbelwind vorbeieilender Menschen zieht mich weiter, bis ich an einer Kreuzung halten muss. Das seltsame Gefühl sich nähernder Gefahr ist immer noch da. Ich versuche, es zu vertreiben, indem ich mir sage, dass ich überreizt bin und Gespenster sehe.

Die Ampel steht auf Rot. Dann geht alles so schnell, dass ich nicht zum Denken komme. Es kommt Bewegung in die Gruppe der mit mir wartenden Fußgänger, ich werde nach vorne gedrängt, hin zur dicht befahrenen Straße. Ich stemme mich instinktiv gegen den Strom. Und dann ist da diese Hand auf meinem Rücken, die mich nach vorne drückt. Ich sehe die Autos immer näher an mir vorbeibrausen. Hilflos versuche ich, mich unter der Hand wegzuwinden, doch der Druck verstärkt sich. Als ich mich schon, von Autos überrollt, auf der Straße liegen sehe, werde ich beiseitegerissen und krache hart zu Boden.

Unter mir ist immer noch der Gehsteig, ich bin nicht auf dem Asphalt der Straße gelandet. Mit rasendem Herzen klammere ich mich an ein fremdes Hosenbein. Jemand packt mich grob unter den Schultern und zieht mich in die Höhe. Ich brauche einen Moment, bis ich wieder zu Atem komme.

»Passen Sie doch besser auf! Um ein Haar wären Sie unters Auto gekommen, ich konnte Sie gerade noch zurückhalten.«

Ein Hüne von einem Mann sieht vorwurfsvoll auf mich herunter. Neben ihm fühle ich mich klein wie eine Puppe. Die Menschen rücken von uns ab, als wollten sie nichts mit dieser Situation zu tun haben.

»Aber ich wurde gestoßen«, beginne ich mit zitternder Stimme und bin diesem Mann unendlich dankbar, dass er mich gerettet hat.

Doch er schüttelt bloß den Kopf und tippt sich gegen die Stirn.

Dann schaltet die Ampel auf Grün.

Die Menschen eilen über die Straße und verschwinden aus meinem Blickfeld. Und mit ihnen mein Retter.

»Danke!«, rufe ich ihm nach, doch er dreht sich nicht um.

So schnell ich kann, laufe ich mit zitternden Knien nach Hause. An jeder Straße, die ich überquere, steigere ich das Tempo, bis ich atemlos die Wohnungstür aufschließe.

Nachdem ich zwei Gläser Wasser hinuntergestürzt und den eiskalten Strahl einige Zeit über meine Hände habe laufen lassen, stelle ich mich ans Fenster und versuche, auf der Straße unter mir etwas auszumachen. Etwas, das nicht hierhergehört. Aber da ist nichts außer der allgegenwärtigen Betriebsamkeit eines späten Maivormittags mitten unter der Woche – und der mächtigen alten Kastanie.

Langsam beruhigt sich mein Atem. Doch das Durcheinander im Kopf hält an. Immer wieder fahre ich mit den nassen Händen über meine Wangen, meine Stirn. Als wolle ich mich davon überzeugen, dass ich noch hier bin.

Ziellos tigere ich durch die Küche. Irgendwann hole ich ein Glas aus dem Regal und gieße einen ordentlichen Schluck Chardonnay aus der offenen Flasche im Kühlschrank ein. Der Weißwein schmeckt sauer, zuerst nach Zitrone, dann nach Essig. Angeekelt schütte ich den Rest der Flasche ins Abwaschbecken. Ännchen hat sich oft einen Spaß daraus gemacht, besserwisserische Weinkenner zu imitieren. Statt meiner Verzweiflung wäre da jetzt unser Gelächter.

Verdrossen stelle ich mich zurück ans Fenster.

Ich war immer gern allein. Hat mich doch das Alleinsein vor zu viel Nähe geschützt, vor dem Eindringen anderer in meine Privatsphäre.

Jetzt fühle ich mich einsam. Das war nicht so nach dem Tod meiner Eltern, auch nicht nach dem Umzug zu Ännchens Familie, nicht einmal nach dem Verlust des Embryos im Krankenhaus. Und schon gar nicht nach Großvaters Tod.

Erst jetzt, da Großmutter und Ännchen mich für immer verlassen haben, wird mir bewusst, dass ich unwiderruflich allein bin.

Und dass ich dafür keinen Plan habe.

Erschrocken ziehe ich die Luft ein. Da unten geht Arnold. Ich habe ihn sofort an seinem wiegenden Gang erkannt. Schnell verberge ich mich hinter dem Mauervorsprung des Fensters, doch er blickt ohnehin nicht zu mir herauf. Wahrscheinlich weiß er gar nicht, dass ich hier wohne. Sara fällt mir ein und meine verunglückte Geburtstagsreise. Dann denke ich an den Rat des Notars, eine Nacht über die Sache zu schlafen, bevor ich eine Entscheidung treffe.

Vielleicht sollte ich den Brief meiner Großmutter auch erst morgen lesen?

Kaum habe ich den Gedanken zu Ende gedacht, reiße ich auch schon das Kuvert aus der Innentasche meiner Lederjacke. Mit zitternden Fingern zerfetze ich den Umschlag und sehe ein loses Blatt heraus und zu Boden flattern.

Mit einem bangen Gefühl im Magen hebe ich es auf.

*Mein liebes Enkelkind Alice,*
*dafür, dass ich mich vor dem verschloss, was vor meinen Augen passierte, jahrelang geschah, gibt es keine Erklärung und vor allem keine Entschuldigung.*
*Ich habe dich schon an meinem Geburtstag darum gebeten, mir zu verzeihen.*
*Du bist meinem Wunsch nicht nachgekommen.*
*So möchte ich dir auf diesem Weg versichern, dass ich dich liebe und dich verstehe.*
*Nimm dein Erbe an, es steht dir zu. Wenn ich dir schon kein sorgenloses Leben ermöglichen konnte, so doch wenigstens ein finanziell abgesichertes.*
*Ich habe Schuld auf mich geladen.*
*Ein letztes Wort: Auch wenn ich es nicht richtig finde, was du getan hast, kann ich es verstehen und vergebe dir.*
*Du, mein Schatz, bist unschuldig.*
*Ich habe dich immer geliebt und für deinen Mut bewundert.*
*Deine Großmutter Flora*

Was es letztendlich war, das mein Herz nach außen gestülpt hat, kann ich nicht sagen. Denn seit ich den Brief gelesen habe, sitze ich am Küchentisch und weine.

***

Luigi Olivotto donnert seine Faust in das Gesicht des Nachtportiers.

»Schluss mit lustig.«

Der Mann kracht in die laminierte Wandverkleidung und rutscht langsam zu Boden. Überwältigt von seiner Unbeherrschtheit, springt Luigi vom Rezeptionstresen zurück. Fassungslos betrachtet er seine Fingerknöchel, die spitz und weiß aus seiner Faust ragen. Alles Blut ist aus ihnen gewichen.

Sein Temperament ist mit ihm durchgegangen. Wie oft hat er sich schon darüber geärgert, dem ersten wilden Impuls nachgegeben zu haben. Geschehen ist geschehen, besänftigt er sich und geht vorsichtig um das Pult herum. Zerknirscht schaut er auf die Gestalt auf dem Boden. Wie ein achtlos abgestellter Bilderrahmen lehnt der Mann an der Wand. Er wirft Luigi einen kläglichen Blick zu und reibt dabei sein Kinn. Aus seinem rechten Mundwinkel tropft Blut.

»So, und jetzt red.« Luigi fummelt in der Innentasche seines Blousons nach der Dienstmarke. Er hält dem Portier den Ausweis unter die Nase, als dieser bereits zu reden beginnt. »Polizei.«

»Ich habe nichts gesehen und gehört. Das steht so in unserem Vertrag.« Ungeschickt stemmt der Mann sich hoch und versucht aufzustehen. Er rutscht aus, taumelt und lässt sich ächzend gegen die Holzwand fallen.

Luigi ignoriert den trotzigen Blick seines Gegenübers. »Ihr Scheißvertrag interessiert mich nicht.«

Seine Hände fassen grob unter die Achseln des Nachtportiers und ziehen ihn unsanft nach oben. Er kann sehen, wie die Knie des Mannes schlottern.

Unvermittelt lässt er ihn los, nimmt Ginas Foto von der Rezeption und sagt mit bösem Unterton: »Ein letztes Mal noch. Kennen Sie diese Frau? Wie oft war sie hier? Überlegen Sie sich Ihre Antwort gut.«

»Es könnte durchaus sein, dass ich diese Dame schon mal gesehen habe. Aber es sind so viele, die hier ein und aus gehen, dass ich es beim besten Willen nicht beschwören kann.«

Der Portier spuckt die Worte aus, ohne einen Moment zu zögern, und sinkt in sich zusammen, kaum dass sie aus seinem Mund sind. Seine Finger betasten vorsichtig Nase und Kinn. Mit einem Aufseufzen fährt er über seinen Mundwinkel und betrachtet dann aufmerksam das Blut auf seiner Fingerkuppe. Einen Moment lang glaubt Luigi, ein leises Kichern zu hören.

»Dir wird das Lachen schon noch vergehen.«

»Nein … ja.« Der Mann duckt sich unter den giftig hervorgebrachten Worten.

»Also was jetzt? Nein oder ja?«

»Ich bin mir ziemlich sicher. Zwei, drei der besonders Hübschen sind mir aufgefallen.«

Der Portier zupft nervös an seinem Hemdkragen und fügt schnell hinzu: »Obwohl ich nicht wirklich hingesehen habe.«

»Schon gut«, sagt Luigi ungeduldig. »Hat diese Frau mit jemandem gemeinsam das Hotel verlassen?«

»Das tun sie nie.«

Wieder glaubt Luigi, ein unterdrücktes Kichern zu hören. Er springt auf den Portier zu und brüllt: »Freundchen! Dir steht eine Anzeige ins Haus!«

»Warten Sie doch.«

Der anklagend trotzige Blick des Mannes hat jetzt einem kläglich bittenden Platz gemacht. Luigi ekelt sich vor ihm, wie er so dasteht in seinen abgetragenen braunen Cordhosen und dem gestreiften Hemd, unter dessen Armbeugen sich große Schweißflecken gebildet haben. Bleich hebt sich sein Gesicht vom dunklen Hintergrund der Rezeption ab.

»Ja?« Luigi gibt seiner Stimme einen drohenden Unterton.

»Es sind viel mehr Frauen als Männer, die das Zimmer buchen. Daher kann ich mich erinnern, dass einer von denen wahrscheinlich mit dieser Frau hier ein Date hatte.«

»Und? Aussehen, Alter? Los, los!«

Luigi spürt die Unruhe seine Wirbelsäule hinaufsteigen. Wenn er ganz nahe an etwas dran ist, hat er immer dieses prickelnde Gefühl.

»Er ist groß und gut gebaut, aber nicht mehr der Jüngste. Er hat einen Bart und trägt lederne Handschuhe. Genauer kann ich ihn nicht beschreiben, weil er den Hut immer tief ins Gesicht zieht.«

»Wie zahlt er?«

»Der Betrag geht anonym bei unserer Hausbank ein. Aber damit habe ich nichts zu tun. Das wickelt unser Geschäftsführer ab.«

»Woher wissen die Leute von Ihrem Hotel?«

»Mundpropaganda. Jemand bucht das Zimmer und trifft seine Verabredung. Wie, weiß ich nicht. Unsere Aufgabe ist es, das Zimmer zu einer bestimmten Stunde abzudunkeln und begehbar zu machen. Wenn das Pärchen dann zur vereinbarten Zeit getrennt voneinander kommt und später wieder geht, müssen wir diskret wegsehen oder ins Hinterzimmer verschwinden. So läuft das.«

»Wann endet Ihr verdammter Dienst?«

»Morgen in der Früh um acht Uhr.«

»Sie melden sich danach unverzüglich bei Chefinspektor Rosner und erzählen ihm, was Sie wissen. Haben Sie verstanden?«

Kleinlaut nimmt der Nachtportier die Visitenkarte entgegen.

»Und wagen Sie nicht, sich aus dem Staub zu machen. Wir finden Sie überall.«

Luigi drischt die Tür des Hotels hinter sich zu.

»Dieser beschissene, versoffene Bulle von einem Chefinspektor!«, schimpft er laut. »Seine Arbeit muss ich erledigen. Verdammte Primadonna!«

Wütend marschiert er zu seinem Dienstwagen.

Zur Bekräftigung tritt Luigi Olivotto mit dem Fuß heftig gegen den Randstein. Bis jetzt hat er den Hauptteil der Ermittlungsarbeit selbst geleistet.

Den feigen Nachtportier des »Ariston« kleinzukriegen ist ein Kinderspiel für ihn gewesen. Was er erfahren hat, gefällt ihm nicht. Frauen und Männer in Nöten oder auf der Suche nach Abenteuern benützen das dunkle Zimmer, um ihre Neigungen und Sehnsüchte zu befriedigen.

Seine Gina war Opfer ihrer Langeweile geworden. Opfer ihres behüteten Lebens. Hätten sie ein Kind gehabt, wäre ihre Aufmerksamkeit auf Wesentlicheres gelenkt worden.

Jetzt wird er Rosner mit den Ergebnissen seiner Recherchen konfrontieren und ihm zum Dank für nichts eine verpassen, direkt in sein überhebliches Gesicht.

# 19

Erschrocken kämpfe ich mich durch das Salz meiner Tränen nach oben.

»Tief einatmen«, höre ich Dr. Roths vertraute Stimme in meinem Kopf sagen. »Dann die Luft aus Ihren Lungen herausströmen lassen.«

Nichts anderes mache ich, doch der Krampf in meinem Inneren löst sich nur langsam.

Der Blick hinauf in die belaubten Zweige des Baumes vor meinem Fenster lässt mich in einen Taumel geraten. Das Blau des Himmels verschwimmt mit dem Grün der Äste und dem Grau der Straße zu einem grell schreienden Türkis.

Alles dreht sich in meinem Kopf. Da sind die Schmucksteine meiner Großmutter, das dunkle Zimmer des Hotels. Ännchen mit einem Seidenschal um ihren Hals, versunken im Wasserblau. Der Rabe und eine allzu gierige Möwe. Und da sind die ungeweinten Tränen um ein Kind, das mir gegen meinen Willen gegeben und ohne meine Einwilligung genommen wurde. Messerscharfe Rasierklingen, die meine Haut blutig ritzen. Verzicht, Entwertung und Schuld. Aber da sind auch Liebe und Gehaltenwerden, Beständigkeit und Verzeihen. Und viel zu viel Trauer, Kummer und Sehnsucht. Der Hai, der keine Himbeeren mag, der bin ich.

Zärtlich streiche ich über die silbernen Narben auf meinen Unterarmen und denke wieder, wie recht Ännchen doch hatte mit dem, was sie mir über sie gesagt hat. Jede hat ihre Geschichte. Jede ist ein Teil des Bandes, das mich zusammenhält.

Entschlossen wische ich den Schleim unter meiner Nase weg.

Neben all dem anderen ist auch Angst da. Heiße Panik. Die Erinnerung an Plastikhandschuhe auf meinem Körper. An Schritte, die verstummen, kaum, dass ich anhalte. Ein Grauen, das mich umfängt und mir den Atem nimmt.

Jetzt, da ich alles verloren habe, was mir lieb war, muss ich allein stehen, laufen, tanzen und gegen den Morast schwimmen lernen. Keiner ist mehr da, der sanft »Verzeih mir, Kind« murmelt.

Oder mich scharf anfährt: »Genug Theater, das reicht jetzt, Alice. Aber wirklich.«

Ich werde ohne sie auskommen müssen, ohne meine Großmutter und Ännchen. Auch zu Dr. Roth werde ich nicht mehr gehen, sie auch nicht anrufen. Alles, was sie mir gegeben hat, ist in meinem Kopf, in meinen Adern.

»Sogar das Atmen habe ich erlernt, Frau Dr. Roth, dank Ihrer Hilfe.«

Ich weiß nicht, ob ich diese Worte laut ausspreche oder nur denke. Es ist da so ein Lärm in meinem Kopf. Vieles verstehe ich nicht, das meiste bleibt unklar.

Das Blut pulsiert träge durch meine Adern. Egal wohin mein Weg mich führen wird, eines ist gewiss: Das dunkle Zimmer bleibt nun für mich verschlossen.

Ich fühle mich wie in Treibsand. Immer enger zieht sich die dunkle Schlacke um mich, zerrt mich nach unten.

Doch egal wie laut ich schreie, da ist niemand mehr, der mir die rettende Holzplanke reicht. Ich muss mich allein aus dem Sumpf befreien, mich nach oben kämpfen. Gleichgültig, wie viel Moor ich dabei schlucke.

Etwas zerrt an mir.

Wie ich es gelernt habe, beschwichtige ich mein aufgewühltes Selbst: »Nicht. Lass es für heute gut sein.«

Nicht alle Nebel müssen sich lichten. Die Spiegel dürfen verhangen bleiben. Dafür gibt es einen Grund. Wenn ich versuche, ihn direkt zu fokussieren, zerfranst er an den Rändern. Löst sich auf. Noch habe ich nicht die Kraft, mich dieser Wahrheit zu stellen: meiner Schuld.

Ich werde das Erbe meiner Großmutter antreten. Es steht mir zu.

***

Nun gilt es zu erfüllen, was er schon viel zu lange aufschiebt. Seit dem Stromausfall hat er sich davor gescheut, in den Keller hinunterzusteigen und nachzusehen.

Er schließt die Augen und klappt mit einem Ruck den Deckel der Tiefkühltruhe hoch. Anders als befürchtet, schlägt ihm kein höllischer Gestank entgegen. Zum Glück scheint nichts aufgetaut zu sein. Nun erst wagt er hinzuschauen.

Es dauert einen Moment, bis er sich an das matte Licht gewöhnt hat, das sich wie ein Schleier an die Plastiksäcke schmiegt. Langsam nehmen die Konturen darunter Form an. Gesichtszüge, im Eis erstarrt, bleiche Knochen, bläulich verfärbte Nägel, Schneekristalle auf langem Haar.

Dieses Wintermärchen bereitet ihm keine Angst.

*»Tante, liebe Tante, lies mir bitte die Geschichte von der Eisprinzessin vor.«*

*»Dummer Bub, das Märchen handelt von einer Schneekönigin. Wie oft soll ich dir das noch sagen? Eisprinzessinnen? Eine wie die andere. Unvorsichtige Geschöpfe. Sternschnuppen, die verglühen, sobald sie aufleuchten. Sie erinnern mich an dich.«*

Nun versteht er. Seine Tante war eine Schneekönigin.

Seine Mädchen aber hatten es nur zur Eisprinzessin geschafft.

Bis auf die eine, nach der er sich immer heftiger sehnt. Sie wird diejenige sein.

Noch hat er sie nicht in seiner Gewalt. Doch schon bald wird das geschehen. Da ist er sich sicher.

Wissen ist Macht, und darüber verfügt er. In seinem Beruf ist das ein Kinderspiel.

Nun kann so leicht nichts mehr schiefgehen.

Seit jener Nacht, in der er seine Schneekönigin zum ersten Mal traf, ist er ihr auf den Fersen. So kalt und herzlos, wie sie ist, einzig auf sich selbst bezogen, hat sie bisher keine Ahnung von seinem Begehren. Bis auf ein leichtes Zusammenzucken, ein paar flüchtige Blicke ist ihr Argwohn nicht geweckt. Panik empfand sie nur im dunklen Zimmer. Ihr Treffen verstand sie als Zufall. Kein einziger Funke Argwohn regte sich in ihr. Die weiße Rose hat sie hingenommen und in ihrer unglaublichen Selbstverliebtheit wohl als Liebespfand eines ihrer Verehrer gewertet. Dabei wollte er nur ein wenig mit dem Zaunpfahl winken, mit dem dornigen Stiel.

Diese Gefühlskälte wird er ihr austreiben. Mit solcherlei Unaufmerksamkeit ist sie bei ihm an der falsche Adresse.

Auch wenn ihr Körper ihn zum Beben brachte und ihr Gesicht des Tages die Schönheit ihres nächtlichen Anblicks bei Weitem übertrifft, regt sie ihn mit ihrer Unnahbarkeit maßlos auf. Und erregt ihn gleichzeitig. Ihr abweisendes Verhalten im »Ariston« hat seinen Zorn, aber auch seine Leidenschaft entfacht. Ihn zuerst mit Blicken, Gesten, Worten zu ermuntern und dann nichts folgen zu lassen!

Aber nicht mit ihm.

Nicht sie, er ist hier der Boss, und das wird sie bald zu spüren bekommen. Ihr Leid wird ein grausames werden, und erst zum Schluss wird er Klarheit schaffen. Ihr die Erkenntnis gewähren, dass es ihr Makel und ihre Kälte waren, die ihn betörten, jedoch ihr Hochmut, der sie zu Fall brachte. Er wird sich beherrschen müssen, damit sein Temperament nicht mit ihm durchgeht. So wie es gerade erst geschehen ist.

Nachdem er einen letzten Blick auf seine Eisprinzessinnen geworfen hat, klappt er den Deckel zu. In Erwartung kommender Freuden steigt er beschwingt die Treppe hinauf in den Tag.

Vielleicht würden sie sich heute »zufällig« treffen – oder lieber morgen?

Dann wird er ihr ein Angebot machen, das sie nicht ablehnen kann. Diese Einladung wird ein großes Fest werden.

Alices letztes Abendmahl.

# 20

Ungebremst rennt eine Gestalt in mich hinein.

»Autsch!«

Ein hoch aufgeschossener Mann in Uniform wirft mir einen grimmigen Blick zu.

»So passen Sie doch auf!«, herrscht er mich an.

So kann man es auch sehen, denke ich verstimmt und knalle die Eingangstür zur Polizeistation knapp vor ihm ins Schloss. Dieser kleine Ausbruch verschafft mir genau die Befriedigung, die ich jetzt brauche.

Als ich den Flur entlang zu Rosners Büro haste, ist vom unverschämten Rambo-Cop nichts mehr zu sehen.

Diesmal ist keiner da, der mit mir an die Tür pocht. Allein auf dem staubigen Gang, klopfe ich mir die Fingerknöchel wund. Bis es mir zu blöd wird und ich die Tür aufstoße. Ich erwarte, in Rosners aufgebrachtes Gesicht zu sehen, doch da ist niemand. Der Raum ist leer und riecht muffig, so wie ein Zimmer, das schon lange keiner mehr betreten hat.

Kurz erwäge ich, in Rosners Unterlagen zu schnüffeln. Einzig die Angst, entdeckt zu werden, hält mich davon ab. Stattdessen ziehe ich hastig die Tür hinter mir ins Schloss. Unschlüssig und verstimmt gehe ich den Gang entlang zur Stiege. Ich hatte fest damit gerechnet, Rosner hier anzutreffen. Das Neonlicht spiegelt sich im Messing der Türklinken.

Ein Schild erregt meine Aufmerksamkeit.

*Dr. Thomas Lautner, Polizeipsychologe.*

Meine Finger klopfen an die Tür, kaum dass ich den Entschluss gefasst habe.

»Herein.«

Seine Stimme ist vertraut, als würde ich sie schon lange kennen.

»Alice? Alice Winter!« Erfreut springt er auf, und das helle Licht, das durch das Fenster fällt, rahmt ihn ein.

Der Anblick erinnert mich an eines dieser Bilder aus dem Mittelalter, auf denen Engel von Flammen umschlossen sind.

»So setzen Sie sich doch.«

Eifrig rückt er einen Stuhl zurecht.

Zufrieden lasse ich mich darauf fallen. Sein lächelndes Gesicht strahlt Wärme aus und noch ein bisschen mehr. In meinem Bauch beginnt es zu kribbeln.

»Fast hätte ich Sie angerufen und hierherbestellt.«

Als er mein erstauntes Gesicht sieht, fügt er schelmisch grinsend hinzu: »Ihre Telefonnummer befindet sich in den Unterlagen. Für mich ist es also ein Leichtes, an Ihre Daten zu kommen.«

Meine Verwunderung scheint sich immer noch auf meinem Gesicht abzuzeichnen, denn er streckt beide Arme über den Tisch und nimmt meine Hand.

»Ich wollte Sie wiedersehen, Alice. Ist das ein Verbrechen? Der Abend mit Rosner und Ihnen ist mir lebhaft im Gedächtnis geblieben.«

Der Druck seiner Hände ist fest und angenehm. Auch wenn ich die Situation genieße, entziehe ich mich ihr. Ich mache mich los und verstecke meine Hände unter meinen Oberschenkeln. Zu viel Nähe schnürt meinen Hals zu.

»Wo ist Rosner?«

Konversation war noch nie meine Stärke.

Unbeirrt lächelt Dr. Lautner mich an.

»Chefinspektor Rosner?«, fragt er gedehnt und sieht mir mitten ins Gesicht. Wenn fremde Blicke meinen treffen, schrecke ich zurück. Doch diesem halte ich stand.

»Ja. Genau der«, setze ich ein wenig verärgert nach.

»Wir mussten den Kollegen suspendieren. Das heißt, er befindet sich krankheitsbedingt zu Hause. Wenn er klug ist, geht er so schnell wie möglich in eine Klinik. Sie verstehen mich doch richtig? Rosners Problem wurde untragbar. Es blieb uns nichts anderes übrig.«

Ich kann nicht verhindern, dass mir kochende Röte ins Gesicht schießt. Verlegenheit, Ärger oder Wut? Ich kann es nicht bestimmen. Unterschiedliches jagt durch meinen Kopf, wirbelt alles durcheinander. Zurück bleibt das undeutliche Gefühl, etwas Wichtiges verloren zu haben.

»Ja, aber wer …«, versuche ich meine widerstrebenden Gefühle auf den Punkt zu bringen, »… wer, verdammt, ermittelt jetzt weiter? Ännchen ist doch Rosners Fall? Er hat alle Informationen!«

Ich muss mich bemühen, nicht loszuheulen.

»Immer mit der Ruhe. Wir haben hier außer ihm auch noch andere sehr fähige Beamte. Gruppeninspektor Brunner hat den Fall übernommen, und Rosners Assistentin ist ihm zugeteilt. Rosner ist nicht der Einzige. Okay? Auch wenn er sich gern den Anschein der Einmaligkeit gibt. Sein massives Alkoholproblem hat ihm nicht zum ersten Mal einen Strich durch die Rechnung gemacht.«

»Scheiße«, platze ich heraus und meine es auch so. »Können Sie mir seine Adresse geben? Ich würde gern mit ihm reden.«

»Das geht natürlich nicht.«

Obwohl ich diese Antwort erwartet habe, bin ich vor den Kopf gestoßen.

Lautner schaut mich von der Seite her liebenswürdig an. »Wollen wir nicht von etwas Erfreulicherem sprechen?« Er lächelt mir aufmunternd zu. »Wenn ich Ihnen verspreche, sofort anzurufen, sobald ich etwas Neues erfahre, darf ich dann hoffen, Sie auf ein Getränk einzuladen? Vielleicht in der kleinen Bar von neulich Abend?« Jetzt sieht er mich so treuherzig an, dass ich lachen muss.

»Warum nicht?«, höre ich mich sagen. Zum zweiten Mal innerhalb von Minuten wundere ich mich über mich. »Vielleicht ist das doch keine so gute Idee«, setze ich schnell nach.

»Und warum?«

»Bin ich nicht Zeugin in einem Mordfall? Ich dachte, Polizisten sollten sich nicht privat mit …« Weiter komme ich nicht, da Lautner mich laut lachend unterbricht.

»Erstens bin ich der Psychologe hier und kein Bulle, und zweitens: Wer sagt, dass unser Treffen privat ist? Es sind noch einige Fragen offen.«

Touché. Jetzt hat er es mir aber gegeben! Körperlich spürbare Abneigung lässt mich abrupt aufstehen.

Unbeeindruckt von meiner Reaktion erhebt Lautner sich ebenfalls und schiebt seinen Stuhl zurück. Er wirft einen Blick auf seine alte Uhr und entgegnet freundlich: »Wir unterhalten uns ein anderes Mal weiter. Ja, Alice?«

Unten auf der Straße rauscht der Verkehr und übertönt das

anschwellende Sausen in meinen Ohren. Dann erkenne ich Geigenklänge und sehe Dr. Lautner am Schalter eines alten Radios drehen.

»Mögen Sie Vivaldi?«

»Nein. Ich hasse Klassik«, schleudere ich ihm entgegen und stürme hinaus.

Ich höre ihn mir lachend nachrufen: »Barock, meine Liebe, Barock!«

Draußen auf dem Flur bin ich dankbar, dass die Geräusche in meinen Ohren von keiner Tinnitusattacke stammen, sondern vom nervtötenden Gequietsche der Vivaldi-Geiger.

Geblendet von der hellen Mittagssonne, lehne ich mich an die Mauer des Polizeigebäudes. Ich habe keine Ahnung, was ich als Nächstes tun soll. Alles scheint so aussichtslos.

Unschlüssig ziehe ich mein Handy aus der Lederjacke. Keine SMS, kein Anruf in Abwesenheit. Ich scrolle mein Adressbuch durch, und schlagartig wird mir bewusst, was ich ohnehin schon längere Zeit vermute: Es gibt niemanden mehr, den ich einfach so anrufen könnte.

So traurig es klingen mag, Ännchen und Großmutter, vielleicht auch noch Sara, sind über lange Zeit meine einzigen Bezugspersonen gewesen. Und Dr. Roth.

Gut, auch Ännchens Eltern hatten in meinem Leben eine Bedeutung. Sie waren großzügig zu mir und fürsorglich. Auch wenn ich immer wusste, dass sie mich nur Ännchen zuliebe bei sich aufgenommen hatten. Nach dem, was mit Ännchen passiert ist, wage ich nicht, mir über ihre wahren Gefühle Gedanken zu machen. Trotzdem wähle ich jetzt ihre Nummer.

»Mutti?«

»Alice, Kind! Wie geht es dir? Wir haben schon versucht, dich zu erreichen.«

Ich höre ein trockenes Schluchzen.

»Hm. Ja«, schniefe ich in mein Telefon. »Ich weiß, ich hätte zurückrufen sollen, aber ich konnte nicht.«

»Gibt es etwas Neues? Weiß man schon, wann …?«

»Nein. Ihr werdet als ihre Eltern auch sicher als Erstes verständigt. Ich wollte nur eure Stimme hören.«

Als ich die Worte ausspreche, weiß ich, dass es die Wahrheit ist. Ännchens Eltern sind meine letzte Verbindung zur Vergangenheit. Und zu einem Leben, das gut hätte werden können.

»Du weißt, du kannst jederzeit zu uns kommen. Wir holen dich auch ab.«

Früher hätte ich ihnen eine schamlose Lüge unterstellt. Jetzt bin ich mir da nicht mehr so sicher.

»Danke.« Meine Stimme klingt belegt. »Ich muss hier noch etwas erledigen. Darf ich euch wieder anrufen?«

»Jederzeit, Kind.«

Sie weint jetzt laut in mein Ohr. Im Hintergrund ruft Ännchens Vater: »Vergiss nicht, Alice von mir zu grüßen.«

Schnell unterbreche ich die Verbindung und schalte mein Handy ab. Die beiden sollen mich nicht zurückrufen. Mehr Emotionen ertrage ich im Moment nicht. Ich putze meine Nase im Ärmel meiner Lederjacke und will gerade weitergehen, irgendwohin, als ich Fetzen eines Gesprächs auffange.

Vor mir steht der Rambo-Cop, in eine heftige Diskussion mit einem anderen Uniformierten vertieft. Ich habe ihre Anwesenheit bisher nicht bemerkt, ich war zu sehr mit meinem eigenen Kummer beschäftigt.

»Scheiß-Rosner. Einfach so das Handtuch zu werfen!«

Da spricht mir jemand direkt aus der Seele. Sofort finde ich Rambo-Cop nett. Wie wenig es doch bedarf, meine Sympathie zu entfachen.

»Der überlässt die Drecksarbeit den anderen und kassiert dann dafür die Lorbeeren.«

»Meine Gina hätte schon längst gefunden werden können! Am liebsten würde ich mir das Bürschchen persönlich vornehmen. Und dem Superbullen so richtig eines auf die Schnauze geben.«

Ich auch, denke ich. Da sind wir schon zwei. Ich spitze meine Ohren.

»Olivotto, jetzt schalte mal einen Gang zurück. Rosner ist am Verschwinden deiner Frau schließlich nicht schuld. Er ist ein Soziopath, ja. Das sagt zumindest unser Psychologe. Und der Unfall hat ihn nicht gerade zum besseren Menschen gemacht. Eines kann man Rosner aber nicht nachsagen: dass er nicht ordentlich ermittelt.«

»Hör auf, ihn zu verteidigen. Ich weiß selbst, wie ich ihn

einzuschätzen habe. Und klar, der Tod seiner einzigen Tochter ist eine Katastrophe. Dass seine Frau ihn dann auch noch verlassen hat, ist schrecklich. All das ist aber noch lange keine Erklärung für Rosners unverantwortliches Verhalten. Was können wir anderen dafür? Und jetzt reicht es mir! Den knöpfe ich mir vor.«

Irgendetwas zieht sich schmerzhaft in mir zusammen.

»Das ist eine schlechte Idee. Aber hitzig, wie dein Temperament nun mal ist, wirst du ohnehin tun, was du nicht lassen kannst.«

Olivottos Antwort kann ich nicht mehr verstehen, denn er springt auf ein rotes Motorrad und braust davon. Sein Kennzeichen kann ich mir gerade noch einprägen, dann beginne ich auch schon zu laufen. Nach wenigen Metern wird mir die Hoffnungslosigkeit des Unternehmens bewusst.

Gegenüber der Polizeiwache befindet sich ein Fahrradverleih. Schnell greife ich mir eins der Räder und drücke dem verdutzten Mann an der Kassa einen Schein in die Hand. Wenn ich Glück habe, gibt er mir später das Wechselgeld heraus.

Wie lange ich auf dem Rad in der Stadt herumflitze, kann ich nicht sagen. Immer wieder bleibe ich stehen, weil ich ein Motorrad vor einem Hauseingang stehen sehe. Nie ist es das richtige. Ich glaube jedenfalls irgendwann, durch alle Straßen der Innenstadt gefahren zu sein, zum Teil mehrfach. Irgendwann bleibt mir die Luft weg, und ich halte erschöpft an.

Der späte Nachmittag gibt sich trüb, der Himmel ist bewölkt. Staub und Abgase haben sich wie eine Dunstglocke um die Stadt gestülpt. Die Sonne hat sich in den hintersten Winkel verzogen.

Enttäuschung macht sich in mir breit. Ich bin mir so sicher gewesen, Olivottos Fährte aufnehmen und ihm bis zu Rosners Haus folgen zu können. Nichts dergleichen.

Gerade noch rechtzeitig vor Ladenschluss gelingt es mir, mich durch die Tür des Radgeschäfts zu schlängeln. Hinter mir sperrt der Verkäufer ab. Einen Moment lang schnürt Klaustrophobie meine Kehle zu.

Ich will hier raus.

Der ältere Mann mit beginnender Glatze wischt seine Hände mit einem Papiertuch sauber und seufzt laut. »Die Schmiere frisst sich in alle Poren. Ist kaum wegzukriegen«, erklärt er.

Merkwürdigerweise lösen seine Worte das Angstgefühl, und ich lächle ihm zu.

»Ja, ja. Ich weiß«, versteht er mich falsch, denn er sagt müde: »Sie bekommen noch Ihr Restgeld.«

In diesem Moment möchte ich ihn umarmen.

»Behalten Sie die fünf Euro für ein großes Bier.«

Jetzt ist er es, der lächelt.

Als ich wieder vor der Tür stehe, hat die Luft noch ein paar Nuancen mehr Schmutz in sich aufgenommen. Es kratzt in meinem Hals, und auf einmal ziehen die Bilder meiner Wienreise an mir vorbei.

Ich niese kräftig und überquere die Straße.

Jetzt, im Dämmerlicht, wirkt das Gebäude der Polizeistation noch abweisender als sonst. Schatten huschen über die Wand.

Dann schält sich ein dunkler Umriss heraus. Wie ein Scherenschnitt bewegt er sich zum Eingang. Dort wird er von innen her angeleuchtet, und ich erkenne Rosner.

Aufgeregt mit den Armen rudernd, laufe ich los und rufe nach ihm: »Rosner! So warten Sie doch!«

Er wendet sich mir zu, und Erkennen zeichnet sich auf seinem Gesicht ab. Im selben Moment schießt ein rotes Motorrad an den Randstein, und ein Mann mit Helm springt auf uns zu.

»Jetzt habe ich Sie«, schreit er und reißt das Visier hoch. Mit beiden Händen umfasst er Rosners Schultern und rüttelt ihn grob.

»Lassen Sie mich los, Olivotto! Sind Sie verrückt geworden?« Rosners Stimme ist klar und deutlich.

»Den ganzen Tag über habe ich versucht, Sie zu finden. Wo waren Sie, um Himmels willen? Es gibt Wichtigeres zu tun, als sich zu verstecken!«

Olivotto gibt Rosner einen Stoß, zieht den Helm vom Kopf und schlingt den Riemen um sein Handgelenk.

»Sind Sie denn noch bei Verstand?« Rosner macht kopfschüttelnd einen Schritt zum Eingang.

Da stürzt Olivotto sich auf ihn. Der Helm fliegt durch die Luft und kracht gegen Rosners Stirn. Ich begreife nicht sofort, was passiert. Rosner stößt einen Schrei aus und taumelt. Ich hechte zu ihm und halte ihn fest. Blut tropft aus einem Schnitt über seinem Auge.

»Hilfe!«, schreie ich in die leere Straße.

»Sie schon wieder? Mischen Sie sich nicht ein!«, brüllt Olivotto mich an. »Wer sind Sie überhaupt?«

Ohne meine Antwort abzuwarten, geht er erneut auf Rosner los, packt ihn und zieht ihn zur Hausmauer.

»Ich habe es satt, Ihre Arbeit zu erledigen. Wo ist Gina? Was haben Sie getan, um meine Frau zu finden? Ich habe Ihnen die Visitenkarte des ›Ariston‹ gegeben, aber Sie haben mich nicht ernst genommen. Also bin ich selbst hin und habe den Portier in die Mangel genommen. Er hat meine Gina wiedererkannt. Sie war dort. Wahrscheinlich wurde sie von dort aus entführt! Verstehen Sie, was das heißt?«

»Alles Schnee von gestern«, sagt Rosner ruhig und presst den Zeigefinger auf die blutende Wunde. »Das weiß ich längst und noch einiges mehr.«

»Dann war der Portier tatsächlich bei Ihnen? Ich habe ihn hergeschickt. Was sagte er?«

»Olivotto, glauben Sie denn wirklich, ich bin auf die Hilfe eines kleinen Streifenpolizisten angewiesen?«

Rosner wirft mir einen unergründlichen Blick zu.

Wie durch einen Nebelschleier nehme ich das Weitere wahr. Während die beiden Polizisten sich lautstark streiten, beschäftigt mich die Frage, was Rosner im »Ariston« herausgefunden hat.

War er wegen Ännchen dort oder wegen Olivottos Gina? Weiß er, dass *ich* dort war?

Olivottos verschwundene Frau hat also den Darkroom im »Ariston« besucht. So wie Ännchen und ich.

Was heißt das?

Eine von uns dreien ist tot.

Die andere verschollen.

Und ich?

Mir ist, als wäre ich beim Eislaufen eingebrochen. Gerade noch gelingt es mir, das rettende Loch zu finden und aus dem eisig kalten Wasser aufzutauchen. Prustend und nach Luft schnappend hieve ich mich auf die spiegelglatte Fläche. Ich bin klatschnass, aber ich lebe. Plötzlich nehme ich alles selten deutlich wahr.

»Ihre Überheblichkeit wird Ihnen schon noch vergehen. Und zwar früher, als Sie glauben.«

Olivotto steht immer noch direkt vor uns und rammt seine Stiefelspitze wütend in den Boden. Ich kann seinen Pfefferminzatem auf meinem Gesicht spüren.

»Passen Sie auf, dass ich Ihnen keine Anzeige wegen Körperverletzung verpasse.«

Rosner wirkt überlegen, fast ein wenig gelangweilt. Er lehnt an der Mauer und hält die Arme vor seiner Brust verschränkt. Zwischen seinen Augenbrauen sickert Blut aus der Wunde.

»Das könnte Ihnen so passen! An Ihrer Stelle würde ich mich zurückhalten. Denn was zum Teufel treiben Sie eigentlich hier um diese Zeit? Ich dachte, Sie sind beurlaubt! Wohl die Dienstmarke vergessen? Oder Ihre Waffe?«

Olivottos Worte klingen wie hingespuckt. Ohne Rosners Antwort abzuwarten, schwingt er sich auf sein Motorrad und braust in den beginnenden Abend.

»Wie ein Ritter auf seinem Ross«, entfährt es mir.

Rosner lacht belustigt auf und presst die Handfläche auf seine Wunde. »Dieser Vergleich würde dem cholerischen Kollegen sicher gut gefallen.«

Ich sehe das Blut zwischen seinen Fingern die Nase hinablaufen und auf die Wange tropfen. Sogar im Dämmerlicht kann ich erkennen, dass Rosner blass geworden ist.

»Soll ich Sie vielleicht ins Unfallkrankenhaus bringen?«

»Wir machen es umgekehrt. Ich fahre Sie jetzt nach Hause, und dann lasse ich mich zusammenflicken.« Schmunzelnd macht er einen Schritt zur Straße hin. »Womit hätten Sie mich eigentlich ins Krankenhaus fahren wollen?«

Ich denke an meine nachmittägliche Radtour und grinse ebenfalls. Es fällt mir nichts ein, um seinen Vorschlag abzulehnen.

Das Polizeiauto ist so verschmutzt wie beim letzten Mal. Naserümpfend schiebe ich den Müll beiseite und setze mich vorsichtig.

»Achtung, Glasscherben«, ruft Rosner.

Ich zucke zusammen und spüre in Gedanken schon die spitzen Zacken in meinem Hinterteil.

Rosner lacht. »Sie lassen sich aber leicht beeindrucken, Frau Winter. Das passt so gar nicht zu Ihrer barschen Art.«

»Hätte ja sein können. In diesem Sauhaufen hier ist alles möglich«, kontere ich und schiebe mit den Füßen ein paar Dosen zur Seite. Dann werfe ich ihm einen sorgenvollen Seitenblick zu. Auf dem Rücksitz liegt eine Küchenrolle. Ich reiche ihm einige Blätter, und er presst sie dankbar auf die Wunde.

»Wissen Sie was? Sie kommen kurz mit rauf in meine Wohnung, und ich verbinde Ihre Stirn. Zu trinken kriegen Sie danach.«

»Danke, das nehme ich gern an. Ich hoffe, Sie haben etwas Starkes in Ihrer Bar«, murmelt er.

»Gin, im Kühlschrank. Aber ich hab eher an einen Kaffee gedacht.« Verlegen blase ich meine Kleopatrasträhnen zurück.

Als wir vor meiner Wohnung parken, hat sich das Papier auf Rosners Stirn rot gefärbt, doch es kommt inzwischen weniger Blut nach. Im Stiegenhaus sehe ich, wie er taumelt. Krampfhaft umklammert er das Geländer. Oben angekommen, halte ich erschrocken die Luft an.

Vor mir auf dem Boden liegt erneut eine einzelne weiße Rose.

Rosner bemerkt meine Betroffenheit und kombiniert sofort.

»Ein unwillkommener Verehrer?«

Ich bleibe ihm die Antwort schuldig, schüttle nur den Kopf. Verunsichert schließe ich die Tür auf. Die Blume lasse ich liegen. Rosner hebt sie vom Fußabstreifer auf und folgt mir in die Wohnung.

»Hübsch haben Sie es hier«, sagt er, wohl um der Situation die Spannung zu nehmen.

Die Rose legt er auf den Küchentisch. Er wirft das blutdurchtränkte Küchenpapier achtlos in den Papierkorb neben der Tür.

»Sie können sich Ihre freundlichen Lügen sparen. Mir ist nicht nach Small Talk.«

Ich hole Pflaster und Desinfektionsmittel aus dem Badezimmer und dann die Getränke aus dem Kühlschrank. Nachdem ich ihn verarztet habe, gieße ich uns zwei große Gin Tonic ein und reiche ihm wortlos das Getränk.

»Prost«, sagt er und stößt sein Glas heftig an meines.

Die Flüssigkeit fließt kalt und belebend durch meinen Hals hinunter in den Magen. Die Sache mit der weißen Rose hat mich aus der Bahn geworfen. Ich versuche meine zitternden Finger unter Kontrolle zu bringen.

»Es ist uns untersagt, mit Verdächtigen in einem Fall private Kontakte zu pflegen.« Er lächelt mich unverschämt an und lässt sich ungebeten auf das Sofa fallen. Doch ich habe meine Lektion von Dr. Lautner gelernt.

»Ist das hier denn privat?« Ich ziehe meine Augenbrauen hoch. »Wie ich außerdem weiß, hat man Sie suspendiert. Dass ich allerdings eine Verdächtige bin, ist mir neu.«

Er trinkt sein Glas mit zwei großen Schlucken leer und knallt es auf den Tisch. An seiner Reaktion erkenne ich befriedigt, dass meine Worte nicht ohne Wirkung sind.

»Sollten Sie jetzt nicht besser ins Krankenhaus fahren?«

Ich habe noch immer Oberwasser.

»Alice«, sagt er sanft und sieht mich an. Der Blick aus seinen grauen Augen ist so intensiv, dass ich mich ihm nicht entziehen kann. »Jetzt erzählen Sie mir endlich, was mit Ihnen los ist.«

»Was soll mit mir los sein?«

Ich bin noch immer nicht bereit, mich ihm anzuvertrauen.

»Wir wissen beide, dass es da einiges gibt, was Sie mir vorenthalten. Und ich meine damit nicht nur die weiße Rose vor Ihrer Wohnungstür.«

»Stimmt nicht«, lüge ich ungeschickt und werde augenblicklich rot.

Er räuspert sich und wirft mir einen merkwürdigen Blick zu. »So kommen wir nicht weiter.«

Um der Situation zu entfliehen, hole ich die Flasche Gin und das Tonic und stelle beides auf den Tisch. Die Eiswürfel klappern in den Gläsern und unterstreichen die Stille zwischen uns.

Irgendwann gehen die Straßenlaternen an und werfen so unangenehm grelle Lichtstrahlen durchs Fenster, dass ich aufspringe und den Vorhang zuziehe. Unruhig tigere ich durchs Zimmer. Erst als Rosner sich räuspert, bleibe ich stehen. Hunderterlei geht mir durch den Kopf. Ich zerre die Ärmel meines Pullis bis zu den Fingerspitzen hinab und überlege krampfhaft, womit ich beginnen soll.

»Wir machen es andersherum, wenn es Ihnen so schwerfällt zu erzählen«, liest Rosner meine Gedanken.

Hier in meiner Wohnung fühle ich mich ihm seltsam vertraut. Meine Wut ist verraucht.

»Frau Winter, wollen Sie wissen, was ich in Erfahrung bringen konnte?«

Ich nicke stumm und setze mich ihm gegenüber. Als er zu reden anfängt, breitet sich eisige Kälte in mir aus. Ich angle eine Decke von der Couch und hülle mich darin ein, in der vergeblichen Hoffnung, dass sie mir Wärme spenden wird.

»Alice, ich weiß, dass Sie und Ihre Freundin Frau Ogris wie Gina Olivotto im ›Ariston‹ waren.«

Ertappt ziehe ich die Luft ein und verkrieche mich tiefer unter meine kratzige Decke. Ich fühle mich matt, wie kurz vor dem Ausbruch einer Grippe.

»Die Videoaufnahmen aus der Überwachungskamera sind hier in meiner Tasche.«

Rosner verwandelt sich vor meinen Augen in ein hungriges Schulkind, das – in Erwartung der Jause – erfreut am Karabiner seines Rucksacks zieht. Unwillkürlich muss ich lächeln. Dann wird mir bewusst, was sich statt des Schinkenbrots in der Schultasche befindet, und das Lächeln vergeht so schnell, wie es gekommen ist.

»Wegen meiner Dienstfreistellung habe ich neuerdings viel Zeit. Was mir auffiel, ist ein Mann, der an jeweils einem der Tage, an denen Sie, Frau Ogris und Gina Olivetto das ›Ariston‹ besuchten, ebenfalls dort war.«

Er zieht eine dunkle Kassette aus der vorderen Tasche und legt sie genau zwischen uns auf den Tisch. Da wartet sie nun drohend in der Mitte eines Planquadrats. Die Gedanken jagen an mir vorbei wie Welpen, die hintereinander über eine Wiese tollen.

»Frau Winter.«

Ich zucke zusammen. Rosner starrt mich unverwandt an. Mein Magen verkrampft sich schmerzhaft. Erschrocken beiße ich in die Innenseite meiner Wange.

»Sieht denn dieser Mann immer gleich aus?«, bringe ich keuchend hervor.

»Wenn das so einfach zu beantworten wäre.« Rosner nimmt einen großen Schluck und lehnt sich vor. »Es ist jedes Mal ein anderer, und doch bin ich mir sicher, dass es sich immer um denselben Mann handelt. Ein Großer, der versucht, kleiner zu wirken. Einer, der sich verkleidet und verstellt.«

»Könnte der Mann Ännchens Mörder sein?«, frage ich unter dem Schutz meiner Decke.

Rosner antwortet kurz angebunden: »Ja.«

»Aber das würde doch bedeuten, dass ich vielleicht Ännchens Mörder getroffen habe. Und Gina, die Frau des zornigen Polizisten, was ist mit ihr?«

»Sie ist verschwunden, wie wir wissen. Ich glaube nicht, dass sie noch lebt. Alice, wer ist der Mann? Sagen Sie es mir.«

Die Anspannung der letzten Tage und Wochen verschafft sich ihren Tribut, und ich beginne zu erzählen. Erst als er mir wortlos eine Serviette reicht, spüre ich die Tränen über mein Gesicht laufen. Alles, was sich aufgestaut hat, bricht ungeordnet aus mir heraus.

Rosner ruft schroff: »Stopp!«, und ich unterbreche meinen Redefluss.

Nervös nage ich an der Innenseite meiner Wange.

»Ich fasse zusammen, was Sie mir bis jetzt berichtet haben.« Rosner hält sich an seinem Ginglas fest, während er spricht. »Sie wurden als Kind jahrelang von Ihrem Großvater missbraucht.«

Vor Verlegenheit atme ich scharf ein, doch er macht unbeeindruckt weiter.

»Warum das so ist, verstehe ich nicht genau, aber auf jeden Fall können Sie Sex seither nur im Dunkeln und mit einer Maske über den Augen haben.«

Seine Stimme klingt kühl und unberührt.

»Ihre Freundin Ännchen, die Sie sehr gut kannte, erzählte Ihnen vom Darkroom im Hotel ›Ariston‹. Sie behauptete, diese Information von einer Orchesterkollegin, Moni, erhalten zu haben, was diese jedoch abstreitet. Stattdessen will sie selbst erst von Frau Ogris davon erfahren haben.«

Ich werfe Rosner einen Blick zu, aber als er ihn erwidert, schaue ich weg.

»Sie, Alice, waren einige Male in diesem Darkroom. Am Abend Ihres bisher letzten Besuches dort sprach Ihre Freundin davon, eine neue Liebe gefunden zu haben. Danach hörten Sie nichts mehr von ihr.«

»Wir telefonierten aneinander vorbei, es gab nur die Ansage auf meiner Mobilbox und die SMS«, werfe ich ein.

Er nimmt einen weiteren Schluck, nickt gedankenverloren

und spricht weiter. »Im Hotelzimmer hatten Sie ein unheimliches Erlebnis. Ein Mann mit Plastikhandschuhen versuchte, Sie zu würgen. Sie liefen davon und hatten in einer Bar eine kleine körperliche Auseinandersetzung mit einem zudringlich gewordenen Mann. Ein Retter in der Not, Ihr Bekannter Paul Slamanig, tauchte auf. Auch vor ihm flüchteten Sie, da sich in seiner Tasche Latexhandschuhe befanden. Danach fühlten Sie sich noch längere Zeit verfolgt. Um sich abzulenken, fuhren Sie nach Wien. Auch dort wurden Sie das Gefühl nicht los, beschattet zu werden. Einmal meinten Sie, in einem Kaufhaus einen Ihrer Kunden aus dem Fitness-Studio zu erkennen, den Sie auch schon hier in Klagenfurt an Ihrer Wohnung vorbeilaufen sehen haben. Was sich aber vermutlich als falscher Alarm entpuppte, denn als Krönung der Misere fanden Sie am Abend Ihre Chefin nackt im Bett Ihres Hotelzimmers vor. Zumindest sie hat zugegeben, Ihnen gefolgt zu sein.«

»Jetzt verstehen Sie, warum ich dort nicht länger arbeiten konnte«, murmele ich und entziehe mich den aufflammenden Bildern.

»Bei Ihrer Rückkehr aus Wien erfuhren Sie vom Tod Ihrer Freundin.«

Obwohl ich die Decke bis zu meinen Ohren hochgezogen habe, verstehe ich jedes Wort überdeutlich.

»Alice, stimmt das so?«

»Ja«, sage ich leise und vermeide Blickkontakt.

Durch Rosners Zusammenfassen der Ereignisse wird mir ihre Bedeutung schmerzhaft bewusst.

»Frau Ogris wurde mit einem Seidentuch gewürgt und fiel dann in den See«, fährt er mit unpersönlich klingender Stimme fort. »Von ihrem Mörder fehlt bisher jede Spur. Sie, Alice, liefen eines Abends zum See und begegneten einem Unbekannten, der Sie mit einer Skimütze zu Tode erschreckte. An der Stelle, wo wir Ihre Freundin fanden, legten Sie eine weiße Rose für sie nieder. Genau so eine wie die vor Ihrer Tür.«

Er hält kurz inne und wirft mir einen prüfenden Blick zu.

»Aber der Maskenmann war nicht der Einzige, dem Sie an jenem Abend begegneten. Es gab da noch mich und wie anscheinend recht oft in letzter Zeit auch Paul Slamanig.«

Rosner nickt zufrieden. Er scheint beeindruckt von seinen eigenen Schlussfolgerungen zu sein. Ohne mich zu fragen, mixt er sich den nächsten Gin Tonic. Ärgerlich registriere ich, dass er die Hälfte des Glases mit einem Zug leert.

»So, wie Sie mir meine Geschichte erzählen, gehören demnach auch Sie zu den Verdächtigen«, sage ich eisig. »Sie, der verkühlte Skimützenträger und Paul.«

Als er mich fragend ansieht, erzähle ich ihm vom Abendessen bei Paul Slamanig. Ich lasse nichts aus.

Rosner wirft mir einen rätselhaften Blick zu, atmet tief durch und leert sein Glas.

»Was wir uns bei Ihrer Geschichte fragen müssen, ist: An welchem Punkt treffen sich die Linien? Und wissen Sie was, Alice? Es gibt ein ganzes Labyrinth an Verästelungen. Sie, Frau Ogris und Ihre Chefin Sara trainierten im selben Studio, in dem Sie auch Paul Slamanig begegneten. Ein Mitglied des Studios taucht zuerst in Wien auf, wo Sie auch Sara und Paul Slamanig wiedertrafen, und spaziert dann hier bei Ihnen zu Hause unter Ihrem Fenster vorbei, vielleicht zufällig. Jemand legt Rosen vor Ihre Tür, solche wie die, die Sie Ihrer ermordeten Freundin gewidmet haben. Und ein geheimnisvoller Mann war an denselben Tagen im ›Ariston‹ wie Sie selbst, Ihre ermordete Freundin und die verschwundene Frau Olivotto.«

»Außerdem versuchte jemand, mich vor ein Auto zu stoßen«, unterbreche ich ihn hastig, »jedenfalls fühlte es sich so an. Auch wenn die Passanten nichts gesehen haben wollten.«

Rosner zupft an der Wolle seines grauen Pullovers und fängt mit einem losen Faden zu spielen an. Lange sagt er nichts. Gerade als ich meinen Mund aufmache, um das Schweigen zu überbrücken, beginnt er zu reden.

»Frau Winter, unter diesen Umständen kann ich Sie nicht allein lassen. Sie scheinen sich in Gefahr zu befinden. Normalerweise müsste ich Sie jetzt unter Polizeischutz stellen. Doch da ich beurlaubt bin, geht das nicht so einfach. Es bleibt Ihnen also nichts anderes übrig, als sich meinem persönlichen Schutz anzuvertrauen.«

Seine Sprache ist schwerfällig und verlangsamt. Aber sein Blick ist klar. Das Grau seiner Augen hat etwas Durchscheinendes.

Bevor ich antworten kann, klingelt es auffordernd an meiner Tür. Erschrocken springe ich hoch und öffne, ohne zu fragen, wer draußen steht.

»Hey, Alice.«

Paul Slamanig macht einen Schritt auf mich zu und klemmt seinen Fuß in den Türspalt.

»Nachdem du dich nicht mehr bei mir gemeldet hast, wollte ich nachsehen, wie es dir geht.«

»Wie bist du ins Haus gekommen?«, frage ich scharf und bemerke, wie undeutlich auch meine Stimme klingt.

»Die Tür unten war offen.«

Er schiebt mich sanft beiseite und steht gleich darauf in meiner Küche. Da die Wohnung kein Vorzimmer hat, sieht er von hier aus direkt ins Wohnzimmer.

»Du hast Besuch? Ich wollte dich nicht stören.«

Er klingt beleidigt.

Ich lache ärgerlich auf.

»Simon«, sage ich leichthin, »Sie erinnern sich an meinen Bekannten, Paul Slamanig vom See? Meinen zukünftigen Arbeitgeber?«

»Sieh an, der Chefinspektor persönlich.« Pauls Stimme hat einen geringschätzigen Unterton. »Simon? Verhört die Polizei ihre Zeugen neuerdings zu Hause?«

Rosner steht ungelenk auf, und die beiden schütteln sich mit sichtlichem Unwillen die Hand.

»So kann man es auch sehen«, nuschelt er, und ich wundere mich, wie betrunken er auf einmal wirkt.

Vielleicht will er Paul einfach nur loswerden.

»Ihr Gruß ist angekommen«, sagt Rosner, und jetzt ist seine Stimme wieder fest. Er zeigt auf die Rose auf dem Küchentisch.

»Von mir ist die nicht.« Paul schüttelt unwillig den Kopf und versucht, die Situation ins Lächerliche zu ziehen. »Alice, du bist mir ja eine. Wie viele Verehrer hast du eigentlich?«

»Du gehst jetzt wohl besser«, bringe ich mühsam hervor.

Rosner macht erneut einen wankenden Schritt auf Paul zu. Sein Gesicht hat einen drohenden Ausdruck angenommen.

Gleich knurrt er, denke ich. Instinktiv nehme ich Paul am Arm und schiebe ihn zur Tür.

»Die Decke steht dir übrigens gut«, sagt Paul leise.

Da erst bemerke ich, dass ich sie die ganze Zeit über krampfhaft festgehalten habe.

Ohne dass ich es verhindern kann, streicht er mit der Handfläche über meinen Rücken. Unter seiner Berührung knistert die Wolle.

»Ich melde mich«, sage ich kühl und öffne die Tür.

»Nein, nicht notwendig. Ich habe eine bessere Idee. Morgen Abend um acht bei mir. Da kannst du deinen Vertrag unterschreiben. Ist alles vorbereitet.«

Ohne meine Antwort abzuwarten, geht er hinaus und schlägt die Tür zu.

# 21

Seit Stunden sitzt Luigi Olivotto im Kaffeehaus gegenüber von Rosners Wohnung, es ist bereits nach zweiundzwanzig Uhr. Alle Illustrierten hat er schon unzählige Male durchgeblättert. Er weiß jetzt, wer mit wem in Österreich zugange ist, auch wenn ihn das nicht im Geringsten interessiert. Unwillig stößt er sein lauwarmes Frankfurter Würstel in den Senf und beißt ab. Die Haut ist zäh. Genauso zäh wie seine Suche nach Gina. Seine Plakataktion hat nichts gebracht. Nur zwei haben ihn angerufen: ein kicherndes Kind, das ihm offensichtlich einen Streich spielen wollte, und eine Alte, die Ginas Bild als störend vor ihrem Hauseingang empfand. Der Senf schmeckt alt und der Obi sauer. Immer wieder blickt er von seinen Zeitungen hoch. Er möchte Rosner nicht übersehen. Doch nur sein eigenes müdes Gesicht spiegelt sich in der Fensterscheibe.

Als er gerade gehen will, biegt ein Auto in die Straße ein, in dem er unverkennbar Rosners alten Peugeot erkennt. Das lange Warten hat sich ausgezahlt. Luigi streicht sein fettiges Haar zurück und öffnet die Kaffeehaustür einen Spalt.

Ungeschickt fährt Rosner seinen Wagen an den Randstein. Kaum hält das Auto, schwingt die Fahrertür auf. Der Chefinspektor hat schwere Schlagseite.

Hundertmal hat Luigi sich diese Szene ausgemalt: wie er ihn zum Reden zwingt. *Alles* wird Rosner ihm erzählen. Was bei der Suche nach Gina getan und was unterlassen wurde. Danach wird er ihn persönlich auf die Polizeiwache schleppen und zwingen, den Kollegen Dampf zu machen. Schon will er auf ihn zugehen, aber im letzten Moment hält er sich zurück.

Rosner ist nicht allein.

Wankend öffnet er die Beifahrertür, und Luigi sieht zuerst nur lange Beine in engen Jeans. Dann steigt die magere Frau von heute Nachmittag aus und beginnt, heftig mit Rosner zu streiten. Beide gestikulieren wild, doch Luigi kann kein Wort verstehen. Er macht einen Schritt zurück ins Kaffeehaus. Gerade noch im rechten Moment, denn bei dieser hässlichen Person mit dem blauen Haar untergehakt torkelt Rosner an der Fensterscheibe des Kaffeehauses vorbei auf die Eingangstür seines Wohnhauses zu.

Nachdenklich kratzt Luigi sich sein unrasiertes Kinn.

***

Der Gestank, der mir entgegenschlägt, ist unerträglich. Angewidert presse ich meine Handfläche auf den Mund und umschließe die Nasenlöcher.

»Rosner«, würge ich hervor. »Haben Sie hier eine Leiche versteckt?«

Er sieht mich schuldbewusst an und reißt die Flügel seines Wohnzimmerfensters weit auf.

»Es wird gleich besser«, nuschelt er und torkelt über den Abfall auf dem Boden.

Ich gehe ans Fenster und atme tief die Nachtluft ein. Wieder meine ich, Jasmin zu riechen, und Wien drängt sich in meinen Kopf. Unterdessen packt Rosner geräuschvoll Pizzakartons, alte Zeitungen, kaputte Socken und einiges, von dem ich nicht genauer wissen will, was es ist, in einen schwarzen Müllsack, schultert ihn und wankt damit ins Stiegenhaus.

Unten hievt er den Sack zusammen mit einer Kiste leerer Flaschen in die Container. Dann bleibt er stehen und wischt über seine Stirn. Als er zu mir hochschaut, mache ich einen Schritt vom Fenster weg.

So, wie die Lage sich entwickelt hat, habe ich keine andere Wahl, als vorerst hierzubleiben. Morgen, wenn mein Kopf wieder klarer ist, werde ich mir ein Hotelzimmer suchen. Rosner kann mich ja hinbegleiten, wenn ihn das beruhigt.

Angeekelt hieve ich schmutziges Geschirr auf ein Tablett und trage es in die Küche. Dort haben sich Fliegen über dem dreckigen Spülbecken versammelt. Ich wische die fauligen Essensreste mit einer alten Zeitung von den Tellern in den Schmutzkübel und lasse das Wasser so heiß ins Becken laufen, dass meine Hände es gerade noch aushalten können. Der Schaum des Reinigungsmittels wirft Blasen, die mir in die Nase steigen. Mit hochgekrempelten Ärmeln wasche ich Geschirr und Gläser und spüle dann alles gründlich unter dem laufenden Wasserstrahl ab.

Zum Glück bin ich immer noch so betrunken, dass ich meine Umgebung weniger als Realität denn als Film, der an mir vorbeizieht, wahrnehme.

»Da.«

Ich schrecke zusammen, als Rosner mir ein sauberes Geschirrtuch hinhält. Ordentlich staple ich die abgewaschenen Gläser, Teller, Töpfe und Pfannen. Das Besteck lege ich auf ein Stück Küchenpapier.

»So, das hätten wir.«

Meine Stimme soll streng und anklagend klingen, hat aber selbst in meinen Ohren einen zufriedenen Ton.

»Da haben Sie ein richtiges Wunder vollbracht.«

Bevor ich etwas einwenden kann, hat er eine Flasche Weißwein entkorkt und hält mir ein Glas hin.

»So viel Tatendrang muss belohnt werden.«

Da ist wieder dieses verschmitzte Funkeln in seinen grauen Augen.

Diesem überheblichen Kerl werde ich es zeigen!

Lässig nehme ich das beschlagene Glas und leere es in einem Zug. Ohne Alkohol überstehe ich diese Nacht in seiner Wohnung ohnehin nicht.

»Ein kleiner Happen als Unterlage wäre nicht schlecht. Haben Sie Nudeln hier?« Ich strecke mich und vermeide den Blick auf die staubigen Küchenregale.

Er schüttelt belustig den Kopf.

»Pizza oder chinesisch?« Ohne meine Antwort abzuwarten, kramt er unter den Magneten an seinem Kühlschrank Visitenkarten hervor. Zettel flattern auf den Boden, wo er sie achtlos liegen lässt.

»Pizza.« Ich stelle mir vor, wie das Fett den Alkohol aufsaugt.

Als der Pizzabote eine halbe Stunde später klingelt, schrecke ich aus meinem Halbschlaf am Küchentisch hoch. Der Geruch der dampfenden Salamipizza mit Pfefferoni und blubberndem Mozzarella steigt mir in die Nase, und ich schwanke zwischen Abscheu und Gier. Dann siegt der Hunger.

Rosner hat eine Flasche Rotwein dazu bestellt. Geschickt öffnet er den Merlot und stellt ihn zwischen uns.

Längst ist der Weiße ausgetrunken, vom Roten bleibt weniger als die Hälfte in der Flasche, und die Pizza wird bis auf den letzten Teigrand aufgegessen.

Diesmal lässt er den Karton nicht auf dem Tisch stehen, sondern faltet ihn säuberlich und legt ihn unter das Abwaschbecken. Als wäre er der ordentlichste Mensch.

»Spätestens morgen müssen wir reden. Sie sollten mir alles über Ihre Besuche im ›Ariston‹ erzählen – auch das noch so kleinste Detail. Sie haben sicher Dinge wahrgenommen, die Ihnen unbedeutend vorkommen. Aber wenn es Ihnen auch noch so banal erscheint, es könnte wichtig sein.«

Rosner verhaspelt sich während seiner Rede einige Male und vermeidet es, mich anzuschauen. Genau wie er redet meine Therapeutin. Ich verkneife mir ein Grinsen und brumme etwas Unverständliches vor mich hin.

Auf einmal steht eine Riesenportion Tiramisu vor mir, und Rosner hält mir einen Löffel unter die Nase.

»Süßes beruhigt die Nerven.«

Ich kann seinen Blick spüren, schaue aber nicht hoch.

»Haie mögen keine Himbeeren.«

Meine Worte klingen undeutlich. Aber er scheint sie dennoch verstanden zu haben, denn er greift über den Tisch und nimmt meine Hand.

»Keine Bange, kleiner Hai, da ist bloß Schokolade und Amaretto drin. Von Himbeeren keine Spur.«

Ich ziehe meine Hand rasch weg, stoße ein Glas Wasser um und springe auf. Irgendetwas passiert mit mir.

Um mich zu beruhigen, gieße ich Wein nach. Sanft nimmt er mir das Glas aus der Hand, und ich sehe Grau.

Alles an ihm ist grau: seine Augen, die Haare, der Bartansatz auf den Wangen, sein Poloshirt, die Jeans, sogar seine Haut. Nur die Fassung seiner Brille ist braun.

Auf einmal ist da etwas zwischen uns, das vorher nicht da war.

Aber das will ich nicht.

Mir wird schwindlig. Als er den Kopf bewegt, sehe ich zwei Rosners, einen links, den anderen rechts, die sich in der Mitte treffen.

»Schlafen«, bringe ich hervor und will mich im Wohnzimmer auf die mit Gerümpel überbordende Couch legen.

Aber er hält mich fest am Arm und führt mich ins Schlafzimmer. Einen Moment lang spüre ich so etwas wie abgrundtiefe Abneigung.

»Meine Gäste dürfen hier schlafen.«

Überrascht, wenn auch benommen, nehme ich wahr, dass dieser Raum sich vom Rest der Wohnung unterscheidet. Er hat etwas von einem sterilen Hotelzimmer. Weiße Wände, helle Vorhänge. An der Wand eine Landschaft, die im Regen grau zerfließt. Ein hohes weißes Regal, zwei aufgeschlagene Bücher auf dem anthrazitfarbenen Teppichboden. Sonst nichts. Weder Speisereste noch verstreute Kleider.

Er deutet auf das große Bett und sagt undeutlich: »Frisch bezogen.« Dann wendet er sich zur Tür und dämmt das Licht.

»Gute Nacht und danke«, bringe ich mit zittriger Stimme hervor.

Er dreht sich zu mir um, und wir sehen uns zornig an. Unsere Blicke verwandeln sich in Florette. Obwohl ich betrunken bin, weiß ich, dass wir uns gegenseitig unsympathisch sind. Wir können uns absolut nicht leiden. Gleich beginnen wir zu streiten. Die Wut in mir brodelt heiß und wartet nur darauf, sich zu entladen.

Dann macht Rosner eine Bewegung, die zu schnell ist, und ich wanke. Alles ist verwackelt. Die Wände, der Boden, alles schaukelt – sogar das Bett.

Rosner und ich drehen uns. Zuerst im Kreis, dann mit rasender Geschwindigkeit aufeinander zu. Irgendwie geraten wir aneinander, dann übereinander. Wir küssen uns, und ich schmecke Pizza und Rotwein. Durch den dünnen Stoff seines Poloshirts spüre ich seine Körperwärme. Dann höre ich zu denken auf, nehme nur noch seine Hände wahr und seine Haut, die sanft ist und rau zugleich.

Seidenweich schmiegt er sich an mich. Wir werden von einem unkontrollierbaren Rausch erfasst, fallen und stoßen uns gegenseitig aufs Bett mit seinem feinen silbergrauen Laken.

Einmal hält er inne und sieht mir direkt in die Augen.

Und ich? Ich kann seinem Blick standhalten. Etwas in mir bricht auf und verschafft sich Platz. Jetzt bin ich es, die die Führung übernimmt, ihn fest an mich presst. Ich lasse nicht zu, dass unsere Blicke sich voneinander lösen. Dann sind wir beide nackt, und unsere Körper kleben aneinander. Grün versenkt sich in Grau.

Automatisch taste ich nach meiner mit Pailletten verzierten Augenmaske. Erfolglos, denn meine Tasche ist in der Küche geblieben. Einen kurzen Moment erschrecke ich, doch da sind immer noch seine Augen, die mich festhalten. So fest, dass ich alles andere vergesse. Auch mich selbst.

Seine Hände durchwühlen mein Haar, und er flüstert mir etwas ins Ohr, das ich nicht verstehe. Dann ist sein Mund auf meinem und bleibt dort. Bleibt auch noch, als seine Hände in der Lade seines Nachttisches nach einem Kondom tasten. Raschelnd reißt er die Hülle herunter. Einen kurzen Moment lang bäume ich mich unter ihm auf. Es ist der Geruch des Latex, der unwillkommene Bilder wachruft. Dann erlahmt mein Widerstand, und ich umschlinge ihn.

Und während allem sind unsere Augen weit geöffnet und unsere Blicke tief ineinander vergraben.

Nach zehn Stunden Schlaf schrecke ich hoch und sehe direkt in Rosners Augen. Sie sind immer noch da, so als hätten sie die ganze Zeit über meinen Schlaf gewacht.

»Mädchen mit dem blauen Haar«, murmelt er zärtlich und versenkt sein Gesicht darin.

Ich wage es nicht, ein Geräusch von mir zu geben. Erst als viele kleine Küsse meinen Nacken kitzeln, löse ich mich aus meiner Erstarrung. Wieder schlingen wir uns umeinander und atmen uns gegenseitig ein. Und wie zuvor schließe ich auch jetzt nicht meine Lider. Ich muss meinen Blick nicht vor ihm verbergen.

Nicht nur Lust übersät meinen Körper mit Gänsehaut. Es ist vor allem die Erleichterung, einen Bann gebrochen zu haben, die mich erschauern lässt. Zum ersten Mal fühle ich mich angekommen, geborgen und gehalten. Von einem Mann, den ich verabscheue, nicht einmal schön oder interessant finde.

Rosner nimmt mein Gesicht in seine Hände und drückt seinen warmen Körper fest auf mich. Das Grau seiner Augen glänzt silbern und nimmt mir den Atem.

Viel später erregt etwas auf dem Boden meine Aufmerksamkeit. Es ist ein Bilderrahmen, mit der Rückseite nach oben. Ich greife danach.

»Lass das«, sagt er rau und nimmt ihn mir aus der Hand. Behutsam legt er ihn zurück auf den Boden.

Wann wir zum Du übergegangen sind, kann ich nicht sagen.

»Würdest du gern nach Italien fahren, ans Meer, für ein, zwei Tage?«

Etwas in mir krampft sich zusammen. Eine Erinnerung weht vorbei.

»Du guckst, als hättest du in eine Zitrone gebissen.« Er schmunzelt und zieht mich an sich. »Aber im Ernst ...«, fährt er fort, doch ich unterbreche ihn schnell.

»Lieber in den Norden.«

Ich spüre, dass etwas zwischen uns Gestalt annimmt, zu dem ich nicht bereit bin.

»Aber im Moment interessiert mich das nicht«, setze ich schroff nach. Ich will niemanden näher kennenlernen, der mir zuwider ist.

Rosner schiebt mich ein Stück von sich weg und legt die Handflächen auf meine heißen Wangen. Einen Moment lang fühle ich mich geschützt, möchte die Zeit anhalten.

Es liegt ein zärtlicher und zugleich trauriger Ausdruck in seinen grauen Augen.

»Du meinst nicht das Reisen. Habe ich recht?«

Er wartet meine Antwort nicht ab, sondern lässt mich abrupt los und springt aus dem Bett.

»Zeit für eine erfrischende Dusche«, sagt er betont munter und zieht die Badezimmertür fest hinter sich zu.

Ich sehe mich im Schlafzimmer um, betrachte die Buchrücken in den Regalen. Dass Rosner ein Geschichts-Freak ist, hätte ich nicht erwartet. Ich hätte ihn eher als den klassischen Autozeitschriften- und Comic-Leser eingestuft. Mit ein paar verstreuten Reisemagazinen zwischen einschlägiger Fachliteratur über nie aufgeklärte Verbrechen in den Regalen.

Was um alles in der Welt mache ich hier eigentlich?, frage ich mich und versuche, meinen hartnäckigen Kater zu vertreiben. Ausgedörrt und gierig trinke ich die letzten Schlucke Mineralwasser aus der Plastikflasche neben dem Bett. Ich muss hier weg.

Alarmiert verschließe ich meine Nase vor unserem Geruch, der aus den Laken hochsteigt.

Lautlos schleiche ich in die Küche und wasche mich notdürftig über der Spüle. Ich kann es mir nicht erlauben zu warten, bis Rosner aus dem Bad kommt.

Als ich bereits bei der Wohnungstür bin, höre ich ihn leise »Mädchen mit dem blauen Haar« sagen.

Ich drehe mich zu ihm um. Er steht direkt hinter mir, so nahe, dass ich seinen Zahnpasta-Atem riechen kann. Frische Minze und ein Rest Wein vom Vortag.

Wie in Zeitlupe steckt Rosner Zeigefinger und Daumen aus und hebt mein Kinn an. Seine Berührung geht wie ein elektrischer Schlag durch meinen Körper. Ungestüm zieht er mich an sich, schlingt beide Arme um mich. Seine glatt rasierte Wange fühlt sich auf meiner Haut wie Seide an. Ich kann ihn in mein Ohr atmen hören.

»Alice«, sagt er mit dunkler Stimme.

Ich reiße mich los, stürme hinaus und knalle die Wohnungstür hinter mir zu.

Im Stiegenhaus hallt seine Stimme mir nach: »So bleib doch, du bist in Gefahr!«

Doch ich laufe die Treppe hinunter, als sei der Teufel hinter mir her. Nur ein einziger Gedanke ist in meinem Kopf: Ich muss weg von ihm!

Auf der Straße schlägt mir der späte Vormittag mit voller Wucht entgegen. Erst im Flur des Hauses gegenüber fühle ich mich in Sicherheit. Durch das bunte Glasfenster in der Mitte der Tür sehe ich, wie Rosner das Haus verlässt. Suchend blickt er nach links und rechts. Auf seinem Gesicht liegt ein unergründliches Lächeln, das mir einen Stich mitten in den Bauch versetzt.

Mit fließenden Bewegungen spaziert er die Straße hinunter, als hätte er alle Zeit der Welt.

***

Ziellos schlendert er durch die Stadt.

Er nimmt weder die Menschen noch den Verkehrslärm um sich herum wahr.

»Bub«, hört er eine Frau rufen, und plötzlich reißt ihn seine Erinnerung fort.

»Bub. Leg dich hin und falte deine Hände zum Gebet.«

Die schwarzen Haarspitzen seiner Tante kitzelten sein Gesicht. Über ihn gebeugt, betrachtete sie ihn eingehend.

»Wie sehr du doch deiner hässlichen Mutter ähnelst. Gleiche Nase, gleiche Dummheit. Dreh dich zur Wand, damit mir dein jämmerlicher Anblick erspart bleibt.«

»Bitte Tante, lies mir noch einmal das Märchen von der Eisprinzessin vor.«

»Hast du noch immer nicht verstanden, dass es in dieser Geschichte um die Schneekönigin geht?« Ihre Stimme klang, als würden winzige Eiskristalle aneinanderprallen.

Doch anders als erwartet, wurde er weder in die Besenkammer noch in den Keller gebracht. Stattdessen spürte er auf einmal seine Tante hinter sich. Ihr warmer Körper schmiegte sich an ihn. Kein Zentimeter war mehr zwischen ihnen.

»Gib mir deine Hand«, flüsterte sie. Ihre Lippen berührten sein Ohr.

Sie band ihren Schal um sein und ihr Handgelenk, und er spürte, dass sie nun für immer vereint waren. Das Glücksgefühl, das er im Europapark mit Manuela erlebt hatte, wiederholte sich jetzt. Er zerschmolz in den Armen der Schneekönigin, und nichts konnte sie mehr trennen. Schon gar nicht Franzens ungeduldige Rufe.

Sein Herz federt gegen die Rippen. Zurück im Jetzt, fühlt er, dass er noch nicht in die Totenstarre der Mumien verfallen ist. Und doch wünscht er sich, in weiße Baumwollbinden gewickelt zu sein, so eng, dass alles Flüssige aus ihm herausgepresst wird und seine Haut sich mit dem Stoff vereinigt. Wie damals als kleines Kind.

Er war ein Fatschenpopperle, hat seine Tante ihm erzählt. Monatelang straff in Tücher geschnürt, unfähig, sich zu bewegen. Das war nur zu seinem Besten. So konnte er nicht schreien, und die Fatschen gaben ihm Halt und Sicherheit.

Heute wird er sie besitzen. Die Vorfreude macht ihn ruhelos. Seit er das weiß, kann er nichts im Magen behalten. Und auch nicht schlafen.

Das Schicksal trägt seine und ihre Geschichte in sich.

Immer wieder beschattet er seine Augen, um sie vor dem grellen Licht des Nachmittags zu schützen. Seine Brille mit den dunkel getönten Gläsern ist beim Optiker, der Bügel ist gebrochen. Zuerst dachte er, dass es heute regnen würde. Schwer gefüllte Wolken hingen wie nasse Säcke über den Häusern, bereit, sich zu entleeren.

Gegen Mittag jedoch war die fahle Sonne durch die Wolkenbänke gekrochen und hatte sich Stunde um Stunde in ihrer Kraft gesteigert.

Er ist seiner Schneekönigin ganz nah. Ihre Wege werden sich kreuzen. Das hat er geschickt eingefädelt. Der gedeckte Tisch wartet. Genießerisch gleitet seine Zunge über seine Lippen. Er kann die Champagnerkelche schon im Kerzenlicht schimmern sehen.

Als er hochsieht, steht er vor ihrem Haus. Wie im Traum hat er den Weg zu ihrer Wohnung gefunden.

Er verbirgt sich hinter einer großen Kastanie. Tief atmet er den würzigen Duft der gezackten Blätter ein. Seine Hände streichen über die unregelmäßig aufgeworfene Rinde des Stammes. Oben in der Baumkrone jammert ein Vogel vor sich hin.

Das Schicksal wird Alice vor ihre Wohnung führen. Früher oder später wird das geschehen.

Und er hat Zeit.

***

Nach dem Telefonat gestern fiel es mir erstaunlich leicht, Ännchens Eltern zu besuchen.

Mutti, Vati und ich hielten uns die ganze Zeit über an den Händen und ließen unseren Tränen freien Lauf. Wir teilten Erinnerungen aus Ännchens Leben. Das war ich ihnen und mir schuldig. Die Geschehnisse im Hotel »Ariston« und den Mord an Ännchen sparten wir aus.

Kurz bevor ich aufbrach, fragte Mutti mich nach Flora. Ich antwortete einsilbig.

Während ich durchs Fenster an ihr vorbei ins Grün des Vorstadtgartens starrte, fiel mir das Testament ein und dass ich dem Notar Bescheid geben musste.

Ich konnte Mutti nicht davon abhalten, mir einen Stoffsack voll belegter Brote und Kekse über den Arm zu hängen. Nach halbherzig hervorgebrachten Beteuerungen, die beiden bald wieder zu besuchen, schlenderte ich mit der Tasche und einem unguten Gefühl im Bauch zum Bus und fuhr von Wölfnitz zurück in die Innenstadt.

Beim zehnten Männchen, das ich auf die schmutzige Scheibe malte, hielt ich inne und wurde augenblicklich überschwemmt von einem gewaltigen Kummer. Reuig den Tränenkloß hinunterschluckend, nahm ich mir fest vor, mein Versprechen einzuhalten und wirklich regelmäßig in Wölfnitz vorbeizuschauen.

Jetzt stehe ich auf dem Heiligengeistplatz und blinzle gegen die Sonne. Die Abgase der Busse und Autos nehmen mir den Atem. Es ist zu heiß für diese Jahreszeit, und das T-Shirt klebt an mir.

Die Lachfältchen um Rosners Augen fallen mir ein. Die Erinnerung an sein alles beherrschendes Grau versetzt mir einen feinen Stich.

Dennoch werde ich nicht zu ihm zurückgehen. Wegen seiner Augen nicht und wegen der unsympathischen Art schon gar nicht. Obwohl ich mich bei ihm verdammt sicher fühle.

Ich beschließe, eine Reisetasche mit dem Notwendigsten zu packen und mir eine günstige Pension etwas außerhalb der Stadt zu suchen. Gestern war ich zu betrunken, um daran zu denken.

Schon vor meinem Besuch bei Ännchens Eltern habe ich mich gewundert, dass Rosner nicht anruft. Kein Wunder, denn nun stelle ich fest, dass ich auch mein Handy nicht dabeihabe.

Auf dem Weg zu meiner Wohnung lasse ich mich im nachmittäglichen Strom vorwärtstreiben. Menschen plaudern, Autos quietschen, Amseln singen, Spatzen zwitschern fröhlich. Nur die Tauben fliegen empört auf, als ich ihren Kreis durchquere. Zwischendurch halte ich inne und verschlinge im Stehen ein Extrawurst-Brot mit Gurken. Die Erinnerung an die Jahre bei Ännchens Eltern fühlt sich an wie ein wärmender Winterpulli. Mit einer ärgerlichen Handbewegung schiebe ich alle Sentimentalitäten beiseite und werfe Kekskrümel unter einen der Bäume. Irgendwann werden die Vögel sie sich holen.

Beim Öffnen der Haustür überkommt mich das Gefühl, beobachtet zu werden. Rasch drehe ich mich zur Straße, in der Überzeugung, Rosner zu sehen.

Aber da ist niemand. Nur die Sonnenstrahlen, die schräg durch die Blätter der alten Kastanie fallen.

Auch im Stiegenhaus werde ich das Gefühl nicht los, dass etwas anders ist als sonst. Eine für mich unfassbare Nuance bereitet mir Unbehagen.

Wien drängt sich in meine Gedanken. Arnold, den ich im Steffl-Kaufhaus zu sehen glaubte, und Sara, die in meinem Hotelbett auf mich wartete.

Dann sind sie alle wieder da: die kleine Japanerin auf dem Platz vor der Votiv-Kirche, der Skandinavier in der Bar und die vertraute Stimme in der Boutique. Schemenhafte Gestalten verbergen sich hinter Marmorsäulen, eilen Ausgängen zu und machen die Wartehalle des Bahnhofs unsicher.

Plötzlich weiß ich, was nicht stimmt.

Instinktiv erfasse ich, dass da jemand hinter mir ist.

Rosner.

Nur er kann es sein. Warum versteht dieser Mann nicht, dass mir diese Nähe unwillkommen ist?

Ich nehme die letzten Stufen wie im Flug, stoße den Schlüssel ins Schloss und rüttle ungeduldig an der Türschnalle. Im selben Augenblick, als ich in meine Wohnung stürze, höre ich unten die Haustür krachen.

Ich hatte recht, jemand verfolgt mich!

In Panik schleudere ich die Tür zu, werfe mich gegen das Holz und drehe den Schlüssel zweimal um.

Dann springe ich erschrocken zurück.

Was, wenn das gar nicht Rosner ist?

In diesem Augenblick beginnt es gegen die Tür zu hämmern.

Ich bin vor Angst wie erstarrt.

Welche Nummer hat der Polizeinotruf?

Shit, wo ist mein verdammtes Handy?

Da ist das schwarze Aufladekabel, erleichtert sehe ich mein Telefon daran hängen. Ich ziehe es zu mir und löse die Tastensperre. Das Poltern gegen die Tür hört auf. Meine Finger zittern inzwischen so unkontrolliert, dass ich die Notrufnummer nicht eintippen kann. Einen Aufschrei unterdrückend, presse ich die Hand auf meinen Mund.

Und da höre ich sie.

Eine Stimme, die mir vertraut ist.

Rosners.

Glücklich, dass mir kein Mörder auflauert, vergesse ich alle Zweifel und schließe ihm auf.

***

»Verdammt«, flucht er leise.

Fast hätte er sie gehabt.

So nahe war sie daran, ihm die Tür zu öffnen!

Dass dieser Narr von Rosner aber auch im falschen Moment auftauchen musste! Dem wird er es noch zeigen.

Im Moment sieht Alice den Herrn Chefinspektor als ihren persönlichen Helden. Diese erbärmlich gescheiterte Existenz. Diesen ausweglos dem Alkohol Verfallenen. Von dem alle Welt weiß, und das nicht nur aus den Tageszeitungen, was er verbrochen hat.

Wütend streicht er eine widerspenstige Haarsträhne zurück. Sein Gesicht ist verzerrt. Wie ein Film legt sich Feuchtigkeit über seinen Körper und strömt einen ekelerregenden Geruch aus.

»Tante«, fleht er ins leere Stiegenhaus, »bestrafe mich bitte nicht dafür.«

Erschrocken sieht er, wie seine Worte von den schmutzigen Wänden abprallen und zu ihm zurückfliegen. Wie dunkle Raubvögel ziehen sie ihre Bahn, umkreisen ihn, um dann mit ihren spitzen Schnäbeln erbarmungslos auf ihn einzuhacken. Aufs Höchste alarmiert, gesteht er sich ein, die Situation nicht mehr unter Kontrolle zu haben.

Dafür wird sie büßen.

Aus dem Inneren ihrer Wohnung dringen jetzt laute Worte.

Dann Schreie.

Ist das Glück des Augenblicks doch auf seiner Seite?

Kann nun er sie als Retter vor dem Retter retten?

Wird sie erlöst und freudig in seine Arme sinken?

Schon nähert sich sein Zeigefinger dem Klingelknopf, doch

dann hält er erschrocken inne. Das Knirschen des Schlüssels im Schloss ihrer Wohnungstür kratzt in seinen Ohren.

Genau wie vorhin, als Rosner das Haus betrat, hastet er die Stufen hinauf ins nächste Stockwerk.

Zu seinem sicheren Ort.

Dort, verborgen hinter einem Wandschrank, hört er seine Schneekönigin und Rosner laut streitend die Treppe hinabpoltern. Ihre dröhnenden Schritte übertönen seinen rasenden Puls.

»Alice«, murmelt er, »du bedeutest mir viel.«

Auch wenn sie ihn mit ihrer Widerborstigkeit zornig macht, weiß er eines ganz genau: Sie ist nicht wie die anderen.

Ihre Kaltschnäuzigkeit und ihren Mut bewundert er.

Nur sie kann seiner Tante das Wasser reichen.

## 22

Es stinkt nach Staub und Abgasen.

Der Ärger auf Rosner überwiegt meine Erleichterung, bei ihm zu sein. Kurz nach seinem Auftauchen hatte ich mich märchenhaft beschützt gefühlt, einer wahrhaft drohenden Gefahr entrissen.

Jetzt kauere ich in seinem dreckigen Auto, auf dem Rücksitz die schnell gepackte Reisetasche, und krieche mit ihm durch die verstopften Straßen der Stadt. Immer wieder müssen wir anhalten, was ihn zu derben Flüchen und langwierigen Beschimpfungen ermutigt.

Er ist ein ungehobelter Kerl, der Verkehrsregeln als Herausforderung, sie zu übertreten, betrachtet. Es fehlt bloß, dass er sein Polizeiblaulicht vom Rücksitz fischt und es auf das Dach des Wagens klemmt. Ich kann das dazugehörige Martinshorn schon trompeten hören.

Verzweifelt öffne ich das Fenster einen Spalt und lasse die Abgase ins Autoinnere.

»Pfui«, schimpft Rosner und betätigt aggressiv den Fensteröffner von der Fahrerseite aus. »Willst du uns umbringen?«

Die Antwort bleibe ich ihm schuldig und starre wütend vor mich hin.

»Du«, beginnt er und tippt mit den Fingern seiner rechten Hand einen misstönenden Rhythmus aufs Lenkrad.

Wir stecken in der St. Veiter Straße fest.

»Was?«

Er dreht sich langsam zu mir.

Über dem Kragen seines verwaschenen Poloshirts ist sein Hals in feine Falten gelegt. Ich vermeide es, ihn direkt anzusehen.

»Was letzte Nacht geschehen ist …«

»Stopp!«, herrsche ich ihn an. »Was letzte Nacht geschehen ist, war ein großer Fehler«, vervollständige ich den Satz, den er begonnen hat. Zur Bekräftigung ramme ich meine Stiefelspitzen gegen ein paar leere Bierdosen auf dem Boden, die klackernd zur Seite fliegen.

»Nun«, meint er ruhig, »das wollte ich eigentlich nicht sagen. Vielmehr …«

»Dein Vielmehr interessiert mich nicht. Nicht im Geringsten. Schluss. Aus. Vorbei. Und zwar sofort«, stoße ich zornig hervor.

»Alice.«

Als ich ihn meinen Namen derart sanft aussprechen höre, wird mein Hals eng. Gleich ersticke ich. Meine Wirbelsäule fühlt sich an wie ein Stromleiter, durch den die elektrischen Stöße nur so hindurchjagen.

»Rosner, erspar mir das Gesülze.«

Wie auf ein geheimes Kommando hin löst sich der Stau vor uns auf, und wir fahren weiter. So als wäre nichts geschehen.

Bis zur Polizeistation sagt keiner ein Wort.

»Ich bringe dich jetzt zu einer meiner Kolleginnen, und der erzählst du alles. Du lässt nichts aus. Nicht das kleinste Detail. Verstanden?«

Der Ton seiner Stimme ist schneidend.

So mag ich ihn schon lieber. Diese Sprache verstehe ich. Liebeskranke Kater sind mir zuwider.

»Einverstanden.«

Das Gebäude empfängt uns mit muffig abgestandener Luft. Durch das Gangfenster sehe ich glitzernde Staubflocken im einfallenden Sonnenlicht durcheinanderwirbeln. Es sieht aus, als explodierten winzig kleine Bomben.

Rosner lässt mich zu meinem Ärger auf einer schäbigen Holzbank im Gang warten. Jetzt ist er wieder ganz in seinem Element. Unverkennbar der coole Bulle.

Und ich? Ich vermeide es, an Ännchen zu denken, vermeide es, überhaupt zu denken.

Unablässig klingen Melodien in meinem Kopf: alte Kinderlieder und Dauerbrenner der Popmusik. Trällern unbeirrt vor sich hin. Wie eine dicke Watteschicht schiebt das Gedudel sich vor meine Gedanken.

Als Rosner endlich mit einer Polizistin zurückkommt, bin ich verstimmt, verstört und verärgert. Es ist die blondierte Tussi mit dem Heilsarmeegetue, der ein Fingernagel fehlt.

Sie begrüßt mich wie eine alte Bekannte.

»Frau Winter, wir beide ziehen uns jetzt in mein Büro zurück, während mein Kollege hier«, sie deutet unnötigerweise auf Rosner, »es sich bei einer Tasse Kaffee gemütlich macht.«

Ich spüre seinen Blick, vermeide es aber, ihn anzusehen. Ohne zu zögern, folge ich der Beamtin.

Als ich eine gute Stunde später das Büro verlasse, laufe ich geradewegs in Thomas Lautner hinein. Ein Schwall holziges Aftershave umgibt ihn.

»Haben Sie an der Tür gelauscht?«, knurre ich ihn an.

»Da ist aber jemand eitel.« Er verzieht sein Gesicht zu einem lausbubenhaften Grinsen. »Sie glauben wohl, die ganze Welt dreht sich nur um Sie, und ich hätte nichts Besseres zu tun, als hinter Ihnen her zu sein?«

In meinem Kopf klingen noch die vielen Fragen der freundlich insistierenden Polizistin nach.

»Ich bin sehr durstig«, höre ich mich zu meiner Überraschung antworten.

»Ich bin erfreut, das zu hören, mir geht's nicht anders.«

Was meint Lautner damit? Verbirgt sich denn neuerdings in jedem Satz eine Botschaft? Jedenfalls macht die Bemerkung mich neugierig. Lautner scheint als Psychologe berufsmäßig geschult im Spiel mit Worten zu sein. So etwas reizt mich, da ich dies nicht kann.

»Ich wollte eben in die Kantine«, unterbricht er meine Gedanken, »und nehme Sie jetzt einfach mit. Keine Widerrede.«

Er legt seine Hand fast gewichtlos auf meinen Arm, und wie auf ein geheimes Kommando hin blicke ich mich suchend nach Rosner um. Aber es ist niemand auf dem Gang außer dem Psychologen und mir. Durch verschlossene Türen höre ich undeutliches Gemurmel.

Lautner spürt anscheinend meine Unruhe, denn er nimmt augenblicklich seine Hand von meinem Arm und sieht mir forschend in die Augen. »Ich wollte Ihnen nicht zu nahe treten.«

»Nein, das ist es nicht«, erwidere ich, ohne nachzudenken.

Er reagiert, indem er beschützend den Arm um meine Schultern legt. »Hier bei mir kann Ihnen nichts passieren.«

Nun ist er mir noch ein Stück näher, aber es stört mich nicht.

Doch da sind graue Augen, die mich vorwurfsvoll anstarren. Insgeheim hatte ich gehofft, Rosner vor dem Verhörzimmer sitzen zu sehen.

Die Kantine befindet sich im Erdgeschoss. Dr. Lautner steuert zielstrebig einen kleinen Tisch am Fenster an.

»Ist das Ihr Platz? Essen Sie immer hier?«

Es riecht nach Speck und Kohl. Irgendetwas kitzelt in meiner Kehle.

Lautner lächelt mich an und zieht dabei seine Brauen ungleichmäßig in die Höhe. Es verleiht seinem Gesicht etwas lächerlich Diabolisches. »So habe ich das noch nie betrachtet.«

Sofort komme ich mir blöd vor.

Das Kratzen wird unerträglich, und ich beginne zu husten, bis mir Tränen in die Augen schießen.

»Leiden Sie an Asthma, Alice?« Jetzt klingt er mitfühlend und nicht die Spur überheblich. In seinen Augen liegt ein warmer Glanz.

»Nicht dass ich das wüsste. Ich habe wohl ein Staubkorn in die falsche Kehle bekommen«, bringe ich keuchend hervor.

»Dann sorgen wir jetzt dafür, den Rest in die richtige zu befördern, und lassen es krachen.«

Eine Flasche Champagner baumelt vor meinem inneren Auge, und ich unterdrücke ein Kichern. Unauffällig wische ich eine Träne und die Feuchtigkeit unter meiner Nase weg. Kurz darauf stehen zwei Tassen Kaffee vor uns und eine Flasche stilles Wasser.

So viel zum Krachen. Lautner ist ein komischer Kauz.

Während unserer Unterhaltung geht mir Rosner nicht aus dem Kopf.

Sein alles umfassendes Grau.

Seine Stimme, sein Geruch.

Und seine Mimik und Gestik.

»Alice, Sie sind ja so in Gedanken?«

»Nein«, wehre ich ab und verschlucke mich am Mineralwasser.

»Ich habe mir sagen lassen, dass mein unglücklicher Kollege, Simon Rosner, eine nicht unbeträchtliche Rolle in Ihrem Leben spielt. Eine Art rettender Ritter. Oder, wenn man so will, ein ritternder Retter.«

Seine nachdrücklichen Fragen und Wortspiele beginnen mich zu nerven. »Das ist mir neu. Was meinen Sie damit?«

»Das wissen Sie besser als ich.«

Unmittelbar steigen Bilder in mir hoch, die ich am liebsten

verbannen würde: Rosner und ich am Strand einer Insel, weit weg von der Zivilisation.

Im Eismeer. Auf einer Scholle treibend. Mit vor Kälte erstarrten Fingern.

So ist es schon besser.

»Alice?«

Mir fällt auf, dass Lautner ein buntes Tuch um den Hals trägt, das aus dem Ausschnitt seines Hemdes herausblitzt. Das passt zu ihm. Es steht ihm sogar, besser jedenfalls als Ännchens Orchesterchef, den das Tuch zum eitlen Gockel macht.

»Auch wenn Sie das Brot in Hunderte kleine Teile zerlegen, schulden Sie mir eine Erklärung.«

»Ich schulde Ihnen gar nichts«, schnappe ich, »aber wenn Sie es unbedingt wissen wollen, zwischen mir und Rosner läuft nichts.«

»Sie meinen, er ist gar nicht Ihr Beschützer?«

Erschrocken und ertappt höre ich augenblicklich auf, das verdammte Brot zu zerstückeln.

»So ist das nicht. Ganz und gar nicht. Da haben Sie etwas völlig falsch verstanden.«

Gedankenverloren stecke ich mir ein Stück Weißbrot in den Mund und beginne zu kauen. Es schmeckt langweilig und ungesalzen.

Thomas Lautners Gestalt zeichnet sich dunkel vor dem Fenster ab. Ich kann seine Gesichtszüge nur schwer erkennen.

»Wie erklärt es sich dann, dass der Chefinspektor trotz Suspendierung an dem Fall weiterarbeitet und den Kontakt zu Ihnen aufrechthält? Nicht *ich* irre. Sie sind das Opfer einer Täuschung. Wissen Sie denn nicht, teure Alice, dass Ihr strahlender Held selbst ein Täter ist?«

Am nächsten Brösel verschlucke ich mich und beginne wieder zu husten. Anscheinend löst Lautner bei mir Atemnot aus.

»Rosner soll ein Killer sein? Ich dachte, er wäre ein harmloser Polizist«, versuche ich, seine Worte ins Lächerliche zu ziehen.

»Rosners Exfrau hat ihn angezeigt.« Lautner macht eine künstliche Pause. »Nicht etwa wegen Ladendiebstahls oder Alkoholmissbrauchs. Nicht die Spur. Um körperliche Gewalt und Freiheitsberaubung ging es.«

Ich kann mir einen gewalttätigen Rosner lebhaft vorstellen. Seine Auseinandersetzung mit dem wütenden Polizisten, diesem Italiener, ist mir noch deutlich in Erinnerung. Trotzdem verteidige ich ihn: »Na, da wird sie wohl etwas übertrieben haben.«

»Nun, ich bin niemand, der körperliche Auseinandersetzungen auf die leichte Schulter nimmt. Gleichgültig ob in den eigenen vier Wänden oder außer Haus.« Jetzt hat Lautner seine Zurückhaltung verloren. »Es ist auch keine Entschuldigung, dass Chefinspektor Simon Rosner zuvor einen Nervenzusammenbruch erlitt, weil er seine kleine Tochter in den Tod gefahren hat. Meiner Meinung nach hätte er sich um seine Frau bemühen sollen, statt sein Selbstmitleid im Alkohol zu ertränken.«

Aufgebracht rückt Lautner mit seinem Stuhl zur Seite, sodass die Sonne ihm ins Gesicht fällt. Auf seiner hellen Haut bilden sich kleine rote Punkte, mitten auf den Wangen. Sie stehen in einem merkwürdigen Kontrast zu den dunkel nachwachsenden Barthaaren in der unteren Gesichtshälfte.

Als ich etwas sagen will, winkt er schroff ab und fährt ärgerlich fort: »Simone kam damals mit einem blauen Auge aufs Revier und behauptete, Rosner hätte sie verprügelt und sie zwei Tage lang in der Wohnung eingesperrt. Ich habe ein ausführliches Gespräch mit ihr geführt. Rosner hing mit einer Affenliebe an seiner Frau und verkraftete es nicht, dass sie die Scheidung eingereicht hatte. Sie konnte ihm den Autounfall nicht verzeihen. Wenn Sie mich fragen, liebte Rosner Simone sogar mehr als sein eigenes Kind. Auch jetzt noch würde er sie mit Freuden zurücknehmen.«

Mir läuft es kalt den Rücken hinunter.

Rosner, ein liebeskranker Kater? Ein Schläger und Kidnapper? Einer, der sein Kind nicht genug liebte. Es in den Tod fuhr. Lautners Erzählung macht mir Angst. Und das nicht nur wegen des tragischen Inhalts. Es ist auch die Art und Weise, wie er darüber spricht und dabei sein Gesicht verzieht.

»Hi, Tomi. Da sind Sie ja, Frau Winter.« Die Stimme von Revierinspektor Spahic zerschneidet meine widersprüchlichen Gedanken.

»Admira.« Lautner springt vom Sitz. »Wie hast du uns gefunden?«

»Frau Ebner, die Schreibkraft des Chefs gab mir den Tipp mit der Kantine. Sie hat euch weggehen sehen.«

Die Polizistin zieht einen Block aus ihrer Jackentasche und bittet einen Kollegen eine Spur zu freundlich um einen Kugelschreiber. Lautner steht immer noch unschlüssig da. Als er meinen Blick bemerkt, kräuseln sich seine Lippen, und er setzt sich wieder.

»Frau Winter, ich wollte wissen, wo ich Sie in nächster Zeit erreichen kann, falls ich noch Fragen habe? Kollege Rosner meinte ...«

»Nein«, unterbreche ich sie rasch, »ich suche mir eine Pension und rufe Sie dann an.«

Das scheint sie zufriedenzustellen, denn der Block verschwindet augenblicklich in ihrer Tasche. Ebenso der Kugelschreiber.

Sie wendet sich zum Gehen, dreht sich aber noch einmal um. »Es ist Ihnen doch klar, dass Sie sich in Gefahr befinden? Der Mörder hat keine Ahnung, wie viel beziehungsweise ob Sie etwas bemerkt haben. Sie wissen es ja selbst nicht. Also passen Sie bitte auf sich auf. Und zwar wirklich.«

»Genau darüber haben wir eben gesprochen«, wirft Dr. Lautner ein. »Alice, nehmen Sie sich vor Männern mit langen Bärten in Acht«, gibt er den Clown.

»Ach?« Die Polizistin sieht verwundert von ihm zu mir, schüttelt dann missbilligend die blondierten Strähnen. »Tomi«, sagt sie mit katzenweicher Stimme, »solltest du nicht eigentlich auf Urlaub sein? Du wolltest doch zur Uhrenmesse nach Wien?«

Lautner antwortet, ohne eine Sekunde zu zögern: »Ja, das stimmt. Doch Brunner hat mich um Hilfe gebeten. Ich soll ihm beim psychologischen Profil des Täters behilflich sein.«

Nachdem die Polizistin die Kantine verlassen hat, steht er ebenfalls auf, und wir gehen hinaus. An der Tür sagt er so leise, dass ich es kaum verstehen kann: »Ich hasse es, wenn sie mich Tomi nennen.«

Vor dem Polizeirevier lauert Rosner.

Kaum trete ich aus dem Gebäude, steuert er auf mich zu. Sein Gesichtsausdruck ist finster, und er starrt mich grimmig an.

»Alice! Wo treibst du dich herum? Ich habe mir Sorgen um dich gemacht. Steig jetzt ins Auto.«

Zum zweiten Mal an diesem Tag bedeutet mir jemand, dass jeder Einwand zwecklos ist.

Wieder sitze ich neben Rosner und fahre durch die staubige Stadt. Ich bin wütend und beunruhigt. Kleine Raubtiere mit spitzen Zähnen klettern meine Venen hoch zum Herzen. Es schmerzt, kitzelt und beißt.

Gerade als ich Rosner anbrüllen will, sofort anzuhalten, bleibt er ruckartig stehen und ich schnelle vor.

»Verdammt!«

Was erlaubt dieser Wahnsinnige sich eigentlich?

Schon ist er aus dem Auto gesprungen und reißt meine Tür auf.

»Hier«, er deutet auf eine Häuserfront, »da vorne ist ein guter Inder. Wir bestellen uns jetzt eine Reisplatte und nehmen sie mit zu mir.«

Allein die Aussicht auf ein köstliches scharfes Essen lässt meinen Magen augenblicklich knurren. Dennoch schüttle ich abwehrend den Kopf und presse die Lippen zusammen.

Was glaubt der denn?

»Mir ist nicht nach einem kuscheligen Heimabend. Ich suche mir jetzt ein kleines Hotel außerhalb der Stadt und igle mich dort ein. Während ihr hoffentlich eure Arbeit tut.« Meine Stimme klingt beleidigt.

Rosner wirft mir einen undefinierbaren Blick zu. Verärgert glaube ich, Belustigung darin zu erkennen.

»Ich sage es ja nicht gern, aber wir haben vorher noch etwas Wichtiges zu erledigen. Die Videos aus der Überwachungskamera warten darauf, dass du sie dir ansiehst. Meine Kollegin hat gemeint, etwas passt nicht ins Bild. Sie weiß nur nicht, was. Wenn das erledigt ist, kannst du dir für die nächsten Tage eine Bleibe suchen. Ich bring dich auch gern hin.«

»Das will ich nicht.« Niemand soll wissen, wo ich wohne.

Die weißen Hortensien in den beiden Tontöpfen vor dem Eingang zum Restaurant strecken mir ihre dicken Blütenköpfe entgegen.

»Wieso sollst du sie mir zeigen? Hast du die Filme etwa aus der Asservatenkammer geklaut?«, frage ich betont schnippisch.

Er mustert mich streng und schiebt mich wortlos ins Lokal. Ich schlüpfe unter seinem Arm durch und fühle mich seltsam getröstet durch seinen Geruch. Er erinnert mich an Suppengewürz und zerstoßene Geranienblätter.

Während wir aufs Essen warten und Rosner vier große Flaschen indisches Bier in seinem schäbigen Rucksack verstaut, versenke ich mich in das Bild an der Wand, um nicht mit ihm reden zu müssen. Eine bunte Göttin mit Schlangenarmen tanzt vor einem tiefblauen Ozean. Über ihrer Nasenwurzel prangt ein dicker goldener Klecks.

Als wir schließlich vor dem Fernsehapparat auf dem Boden seiner Wohnung lungern, die Hüllen der Videos und die Pappbecher mit dem indischen Essen um uns verteilt, muss ich mich heftig gegen das Gefühl, endlich angekommen zu sein, wehren. Nichts als trügerischer Schein! Das hier ist kein harmloser Heimkinoabend mit Freunden.

Die Szenen auf dem Bildschirm brennen in meinen Augen. Es ist demütigend, so unerlaubt gefilmt zu werden. Immer wieder muss ich mich zwingen, den Vorgängen Aufmerksamkeit zu schenken. Wie albern ich doch aussehe, herausgeputzt wie für einen Faschingsball. Ich schäme mich.

Rosner scheint meine Verlegenheit zu bemerken. »Keine Angst. Außer uns beiden und meiner Kollegin hat keiner die Videos gesehen.« Er lehnt sich zurück und sieht mich eindringlich an. »Revierinspektor Spahic war verunsichert. Irgendetwas erregte ihre Aufmerksamkeit. Mehrmals meinte sie, an jemanden oder etwas erinnert zu werden. Schau also genau hin.«

»Ich weiß, das hast du vorhin schon erwähnt«, bestätige ich.

Die Kamera zeigt die Rezeption mit einem Teil des Foyers und den unteren Teil der Treppe. Als Ännchen ins Bild kommt, halte ich die Luft an. Ein Schmerz ringelt sich eng um meine Atemwege. Mein Zeigefinger sucht eine raue Stelle auf dem Boden und schabt unaufhörlich drüber.

Alarmiert springe ich nach dem zweiten Video hoch. Das Bier hat mich schwindlig gemacht und lässt mich taumeln.

»Wie spät ist es?«

»Immer mit der Ruhe, wir haben alle Zeit, die wir brauchen«, versucht Rosner, mich zu besänftigen. »Lass uns noch einmal von vorne beginnen. Und diesmal wirst du die Männer genau unter die Lupe nehmen …«

»Nein«, unterbreche ich ihn erbost, »du verstehst nicht. Ich muss um acht Uhr bei Paul sein. Slamanig wird mein neuer Chef. Es geht um meinen Vertrag. Von irgendetwas muss ich schließlich leben.«

»Du gehst nirgendwohin.«

Zuerst glaube ich, mich verhört zu haben. Aber Rosners Gesichtsausdruck unterstreicht seine Worte. Sein Mund hat sich zu einer gestrichelten Linie verkrampft, das Grau seiner Augen hat sich verdunkelt.

In jäher Panik springe ich hoch und rase zur Tür. Rosner lacht hinter mir her.

»Ja, Alice, hast du denn wirklich gedacht, ich würde dich einfach so laufen lassen?«

Meine Hand drückt die Klinke auf und nieder, als würde sich die versperrte Tür dadurch öffnen lassen.

»Was soll das?«, frage ich eisig.

Es ist Wut und nicht Angst, die mich fest umfangen hält. Sie drückt meinen Bauch in Richtung Herz.

»Ja glaubst du denn, ich sehe zu, wie du in dein Unglück rennst? Wie naiv bist du eigentlich? Da draußen wartet ein Killer darauf, dich in seine Hände zu kriegen. Du bist eine Zeugin, auch wenn du das nicht hören willst. Du warst in diesem verfluchten Hotel.«

Zur Bekräftigung seiner Worte knallt er mit der Faust auf die Pappschachtel, dass der Reis und die Reste vom Raita nur so hochfliegen.

»Unverschämt finde ich das«, bringe ich hervor.

»Das mag schon sein, doch hier bist du in Sicherheit. Deswegen bleibst du bei mir und besuchst Paul Slamanig *nicht*. Der Mann ist suspekt. Er ist viel zu perfekt, um echt zu sein.«

Auch wenn ich es vor ihm nicht zugebe, dieser Gedanke ist mir auch schon gekommen.

Besänftigt, weil er es mir so richtig gegeben hat, hievt Rosner sich mit knackenden Gliedern vom Boden hoch und holt die vor Kälte beschlagenen Bierdosen, Whiskey und zwei Gläser mit Eiswürfeln aus der Küche.

Nach den ersten Schlucken Bier entspannen sich seine Gesichtszüge. Die vielen Fältchen machen Rosner noch grauer.

Dann sehe ich das ungenierte Funkeln in seinen Augen hinter den Brillengläsern, und anders als sonst löst es keinen Tsunami meiner Magensäfte in mir aus. Am liebsten würde ich ihn mitten in sein selbstgefälliges Grinsen hinein ohrfeigen. Ihm die Zufriedenheit aus dem Gesicht prügeln. Doch ich tue nichts dergleichen. Stattdessen nehme ich einen Schluck Whiskey. Ich muss Zeit gewinnen. Denn eingesperrt zu sein treibt mich früher oder später in einen klaustrophobischen Ausnahmezustand.

Also muss ich hier raus. Nur wie?

Rosner zieht den Verschluss von einer weiteren Bierdose und wartet ungeduldig, bis der sprühende Schaum ins Loch zurückschwappt. Dann setzt er seine Lippen an die Öffnung und leert den Inhalt, ohne abzusetzen.

»So«, brummt er zufrieden, und vor meinen Augen verwandelt sich der arglistige Entführer in einen gutmütigen Braunbären.

Doch ich lasse mich von der Wärme in seinen Augen nicht täuschen. Auch wenn mich ein unabwendbarer Moment der Zuneigung körperlich zu ihm hinzieht.

»Macht es dich an, mich zu erniedrigen, indem du mich einsperrst?«, frage ich stattdessen.

»Darum geht es nicht. Ich will dich nur in Sicherheit wissen.«

Rosner steht auf und geht zum Fenster. Er öffnet beide Flügel weit und lässt den späten Nachmittag ins Zimmer. Einige Zeit starrt er wortlos auf den Himmel.

Als er wieder zu reden beginnt, klingt seine Stimme wie durch die Pfeffermühle geschrotet.

»Alice, komm her, ich möchte dir etwas zeigen.«

Widerwillig stapfe ich zu ihm.

Er deutet ins Blau. »Und über uns im schönen Sommerhimmel war eine Wolke, die ich lange sah, sie war sehr weiß und ungeheuer oben. Und als ich aufsah, war sie nimmer da.«

»Bist jetzt wohl unter die Dichter gegangen«, stelle ich betont abfällig fest und bemühe mich, schnippisch dreinzuschauen.

Doch er lächelt nur unergründlich und sagt leichthin: »Wie kann ich besser ausdrücken als mit diesem Gedicht, wovor ich mich fürchte?«

»Was meinst du damit?« Mein Mund ist plötzlich so trocken, dass ich die Frage kaum hervorbringe.

»Du weißt schon.«

Wir starren einander an wie zwei Boxer im Ring, unfähig, den Blick voneinander zu lösen. Grau und Grün versinken ineinander. Die Spannung zwischen uns macht sich körperlich bemerkbar.

»Scheiß-Rosner! Ja glaubst du denn, ich laufe dir nicht davon, nur weil du mich einsperrst?«, murmle ich und liege auch schon an seiner Brust.

Unter seinem weichen Poloshirt kann ich sein Herz trommeln hören. Ein paar spitze Haare bahnen sich den Weg durch den Stoff und kitzeln meine Wangen. Bevor ich es verhindern kann, zieht er mein Gesicht zu sich herauf und küsst mich. Zuerst ist sein Kuss sanft und forschend, dann wird er stürmisch. Ich erwidere ihn. Zähne schlagen klirrend an Zähne. Auf einmal fühle ich mich verloren, mitgerissen von einer Lawine, die mich unter sich begräbt. Das Gefühl kommt so plötzlich, dass ich keine Chance habe, mich zu wehren. Es wäre ein Leichtes, zu behaupten, Rosner hätte mich überrumpelt. Doch in Wahrheit bin es genauso ich, die sich danach sehnt, in ihm zu versinken. Eins zu werden mit seinem Grau.

Er umarmt mich so fest, dass mir die Luft wegbleibt.

»Nein«, bricht es aus mir heraus.

Er hält mich ein Stück von sich, während alles in mir danach ruft, zurück an sein pochendes Herz zu kommen.

»Nein?« Seine Stimme klingt jetzt samtig dunkel.

Ich ziehe ihn an mich. Zerwühle sein Haar, halte mich an seinen grauen Strähnen fest und will ihn nicht mehr loslassen. Sein Geruch umhüllt mich, und ich werde feucht. Vergessen sind Wut und Zorn. Er ist jetzt über mir, und wir schaffen es nicht mehr zum Bett. Ineinander verschlungen fallen wir auf den Boden. Langsam zieht er mir die Jeans von den Beinen und schiebt meinen Slip beiseite. Vorsichtig lässt er seine Finger in mich gleiten. Zentimeter um Zentimeter erforschen seine Lippen meinen Körper. Seine Zunge schiebt sich in meinen Nabel. Gleitet tiefer. Meine Brustwarzen ziehen sich zu spitzen Knospen zusammen.

»Was um Himmels willen machen wir hier?«

Obwohl es mehr ein Keuchen als einzelne Wörter sind, antwortet er mir unmittelbar. »Liebe.«

Es durchzuckt mich heiß, und ich fürchte mich davor, in seinem Feuer zu verbrennen. Unsere Körper kleben aneinander und pulsieren in ihrem eigenen Rhythmus. Dann ist er in mir und bewegt sich stürmisch. Ich komme kurz und heftig.

Viel später stehe ich mit schmerzenden Gliedern vom Boden auf. Die Feuchtigkeit läuft warm die Innenseite meiner Beine entlang. Rosner stützt sich mit dem Ellbogen am Bett auf und sieht mich von unten her nachdenklich an.

»Lässt du mich jetzt raus?«, frage ich, auch wenn ich weiß, dass dies der wohl unpassendste Moment dafür ist.

»Ich dachte, wir hätten das geklärt. Wir sehen uns jetzt noch mal in aller Ruhe die Videos an.«

Mit einem Mal ist alle Leidenschaft aus seinem Gesicht verschwunden. Er klingt kühl und unnahbar. So als hätte ich die vergangene Szene nur geträumt.

Ich raffe wütend meine Jeans an mich und gehe ins Bad. Unter der Dusche hecke ich einen Plan aus. Es sind zwei Dinge, die mich beschäftigen. Zum einen: Ich kann hier nicht eingesperrt bleiben, ohne durchzudrehen. Und: Paul Slamanig wartet auf mich.

Kurz entschlossen durchsuche ich Rosners Medikamentenschrank.

Beschämt finde ich, wonach ich gesucht habe. Da sind einige Fläschchen mit Schlaf- und Beruhigungsmitteln, wohl noch aus der Zeit, als seine Tochter verunglückte. Hastig stopfe ich die Pillen in die Taschen meiner Jeans.

Mit nacktem Oberkörper beuge ich mich scheinbar versöhnt über ihn. Meine blauen Strähnen kitzeln sein Gesicht. Er kneift mir spielerisch in die Brustwarze.

»Rosner«, hauche ich verführerisch, »wie wär's mit einem Whiskey danach?«

Was er kann, kann ich schon lange.

»So ist's mir schon lieber.«

Sein Lächeln versetzt mir einen feinen Stich irgendwo tief drinnen.

Ich richte mich auf. »Schieb du schon mal die Videos in den Apparat, ich richte uns inzwischen die Getränke. Lass dich überraschen.«

In der Küche schütte ich etwas braunen Zucker auf die Arbeitsfläche und tauche die befeuchteten Glasränder hinein. Dann zerstoße ich hastig ein paar der Tabletten aus dem Badezimmerschrank, verrühre sie mit dem Whiskey und gieße eine Karaffe mit ausgepresster Zitrone und Eiswürfeln auf. Im Gewürzregal finde ich getrocknete Minze. Wie zur Dekoration streue ich einige Blätter drüber.

»Whiskey sour?« Ich lächle ihn harmlos an.

Während das Video zurückspult, greift er erfreut nach dem Glas. »Du bist eine kleine Hexe.«

Diesmal sticht es in der Herzgegend.

Erst nach der zweiten Ladung wird Rosner langsam schläfrig.

»Schau, Alice«, lallt er, »kommt dir der da nicht auch bekannt vor?«

Er zeigt auf einen Mann mit Schnauzbart und Hut, der die Hoteltreppe im »Ariston« hinuntersteigt und unauffällig nach rechts und links schaut. Der Typ ist verkleidet, das sieht man auf den ersten Blick.

Mitten in der Bewegung fällt Rosners Hand hinunter.

»Admira Spahic hat sich diese Szene immer und immer wieder angesehen. Sie ist der Grund für ihre Verunsicherung.«

Einen kurzen Moment lang bin ich wie gebannt. Ich glaube, ebenfalls etwas Vertrautes in der Gestik des Mannes wiederzuerkennen. Oder an der Art, wie er sich bewegt. Dann ist dieser Augenblick vorüber, und ich konzentriere mich wieder auf Rosner. Hoffentlich schadet ihm mein Benzo-Cocktail nicht.

Thomas Lautner mit seinem kecken Seidentuch fällt mir ein und mit ihm Simone Rosners Geschichte. Vielleicht hat der moralisierende Polizeipsychologe ja recht, und der Mann, der neben mir immer undeutlicher wird, ist gefährlich. Immerhin hat er angeblich seine Frau eingesperrt und sogar misshandelt.

Inzwischen ist Rosners Kopf zur Seite gesunken, aus seinem Mundwinkel hängt ein feiner Speichelfaden. Aus irgendeinem Grund ekle ich mich nicht vor diesem merkwürdigen Mann, dieser verkrachten Existenz. Ich schiebe ein Kissen unter seinen Kopf, streiche ihm die grauen Strähnen aus der Stirn und werfe eine Decke über seinen halb nackten Körper. Die auf die Nasenspitze gerutschte Brille nehme ich ihm ab und lege sie neben ihn.

Tief drinnen in mir zieht sich etwas schmerzhaft zusammen, und ich drücke viele hastige Küsse auf das schlafende Gesicht dieses Mannes, der Frauen schlägt, sie ihrer Freiheit beraubt und säuft wie ein Loch. Der vom Polizeidienst suspendiert wird und trotz permanent hoher Mengen Alkohol weiterermittelt, als wäre nichts geschehen. Erst als er gurgelnd zu schnarchen beginnt, lasse ich von ihm ab.

Neben dem Bett liegen seine Jeans. Wie nicht anders zu erwarten, finde ich den Wohnungsschlüssel darin. Und auch sein Handy. Vorsorglich schalte ich es aus, schleiche ins Badezimmer und vergrabe das Telefon tief unten in seinem Schmutzwäschekorb.

Mit bebenden Fingern sperre ich auf. Als ich mich durch den Türspalt zwängen will, nehme ich hinter mir eine Bewegung wahr.

»Alice!«, kommt es drohend.

Ich zucke vor seiner geballten Aggression zurück, und ohne innezuhalten, knalle ich die Tür hinter mir ins Schloss. Nichts wie weg, denke ich und sperre geistesgegenwärtig die Tür von außen zu. Zur Sicherheit lasse ich den Schlüssel stecken und renne die Stiege hinunter.

***

Wenn sie nicht von selbst zu ihm kommt, wird er sie holen. Die Wut auf sie schwillt in ihm an wie ein Heißluftballon.

Seine leichtsinnige Trägheit von vorhin ist einem genauen Plan gewichen.

Tief atmet er den übel riechenden Jasmin ein, dessen Sträucher das Haus umschließen. Auch das verdankt er seiner Tante. Würgend und mit tränenden Augen hält er die aufsteigende Magensäure zurück.

Wie sehr er diese weißen Todesblüten hasst, die mit ihrem Frühlingshauch alles verpesten. Mit Flieder, diesem leichenlila Kraut, geht es ihm ebenso. Viel mehr noch als Astern oder Zypressen sollten sie die Friedhöfe schmücken, einzig an diesen Orten ewiger Ruhe wachsen. Ihrem Duft haftet bereits der modrige letzte Atemzug an. Dennoch muss er, wie von einem inneren Zwang getrieben, in den Windzug hineinschnüffeln.

Jasmin und Flieder hatten damals den Sarg seiner Tante geschmückt, neben all den Gestecken mit Rosen und Gerbera. Dafür hatte er persönlich gesorgt. Der prächtigste Kranz war dennoch der von Franz. Auf der Schleife unter einer Unzahl weißer Rosen schimmerten seine letzten Worte: *Für immer verloren*.

Er hatte sich an seinen Tränen verschluckt und die Hand hilfesuchend nach Franz ausgestreckt. Der Kummer um seine Tante drückte ihm den Hals zu. Doch Franz war vor ihm zurückgewichen und hatte nur stumm den Kopf geschüttelt.

Halb betäubt vom Duft des Flieders und des Jasmins, ließ er mit der kleinen Friedhofsschaufel Erde auf den Sarg seiner Tante rieseln. Da spürte er plötzlich Franz' Atem in seinem Nacken. Seine Worte waren nicht mehr als hingehaucht, für niemanden außer ihm hörbar: »Das wirst du mir eines Tages büßen.«

Mit einem Ruck stößt er die Fensterflügel zu, als könnte er mit dem Flieder und Jasmingeruch auch die Erinnerungen aussperren.

Der Tag, an dem seine Tante starb, hatte so schön begonnen. Es war zwei Tage nach seiner Matura gewesen. Er war gerade neunzehn Jahre alt geworden. Seine Tante klopfte ihm auf den Rücken und sagte: »Bub, das hätte niemand von dir gedacht. Du hast es geschafft. Ab jetzt kannst du deinen Weg allein gehen. Gesund bist du, hast deinen Schulabschluss und den Führerschein in der Tasche. Was willst du mehr? Ich habe dir alles gegeben, was ich konnte. Mehr ist nicht drin.«

Während er nach Luft rang, sprach sie unbeirrt weiter. »Heute ist dein letzter Tag bei Franz und mir. Morgen musst du dir ein Zimmer und eine Arbeit suchen.«

Dieser Rauswurf traf ihn nicht unerwartet. Längst schon hatte er sich damit abgefunden, ihrer Zweisamkeit im Weg zu stehen.

»Danke, Tante, du hast alles für mich getan. Lass mich dich heute zum Dank auf einen Ausflug einladen. Dich und Franz.«

An ihrer unverdeckten Gesichtshälfte hatte er ihre Erleichterung ablesen können.

Die Fahrt ging ins Bodental zur Märchenwiese, wo die Narzissen schon verblüht waren.

»Dafür haben wir jetzt Flieder und Jasmin«, sagte seine Tante lächelnd. Sie war so gut gelaunt an diesem Tag.

Auf der Rückfahrt passierte es. Für die steile Loibl-Bundesstraße hatte er zu wenig Fahrpraxis. In einer der engen Kurven brach das Auto aus wie ein wildes Tier aus dem Zoo. Seine Tante war sofort tot, Franz schwer verletzt. Er selbst hatte nicht den kleinsten Kratzer abbekommen.

Tagelang hatte er geweint und um sie getrauert. Zu Franz sagte er noch im Krankenhaus: »Ich habe deinen Koffer gepackt. Du musst dir ein neues Zuhause suchen. Bei mir ist kein Platz mehr für dich.« Erst bei der Beerdigung traf er Franz wieder und hat ihn danach kein einziges Mal mehr gesehen. Aus den Augen, aus dem Sinn. Genau wie seine unnütze Mutter. Nicht einmal zum Begräbnis ihrer Schwester war sie erschienen. Er hatte nichts anderes erwartet. Dennoch hatte es ihm wehgetan.

Seine Tante hatte ihm, sogar noch im Tod, Trost gespendet: Ihrem geliebten Neffen hatte sie ihren Besitz hinterlassen. Endlich konnte er beginnen, sein Leben so zu führen, wie er es immer schon wollte. Keiner hinderte ihn mehr daran. Doch ohne zu verstehen, warum, litt er nun mehr als früher. Die regelmäßigen Demütigungen fehlten ihm. Am heftigsten von allem aber vermisste er seine Tante. Seine geliebte Schneekönigin.

Er lässt die Erinnerung hinter sich und knöpft nach einem hastigen Blick auf die Uhr mit einer ihm unbekannten Fahrigkeit sein Hemd zu.

Längst schon hätte er sich auf den Weg machen sollen, um Alice zu verfolgen. Jeden ihrer Schritte.

Ein weiteres Mal wird sie ihm nicht entwischen.

***

In winzigen Wellen schwappt das Wasser gegen das Kanalufer. So als hätte jemand einen Stein ins dunkle Blau geworfen. Mitten in Alices kleines Gesicht, das daraufhin zerfließt und zum Teichboden hinabsinkt. Die Schublade meiner inneren Kommode öffnet sich wie durch Zauberhand, und die unliebsame Erinnerung verschwindet darin.

Das Gras unter den Bäumen riecht heute anders. Frühsommerfeucht mit einem Hauch von frischem Knoblauch. Nicht wie an jenem Abend, an dem ein Unbekannter hinter mir her war.

Die Erinnerung treibt heftige Schauer über meinen Rücken. An jenem Abend im Mai roch es nach Herbst.

Ich bin meinem Gefängnis entkommen. Rosners wütender Aufschrei war wohl nur das letzte Aufbäumen vor einem langen Schlaf. Wenn ich Glück habe, dämmert er vor sich hin, bis Alkohol und Benzos sein Blut verlassen haben und ein mächtiger Kater sich auf seine Brust setzt. Das wird nicht vor morgen sein. Auf die pelzigen Haustiere ist Verlass.

Der Gedanke trägt mich den Weg entlang. In der Dämmerung wirkt das Kanalufer verblichen, der Kies matt. Mein erwartetes Hochgefühl bleibt aus.

Die Blätter der Bäume sehen wie gepudert aus. Die vorbeifahrenden Autos haben den Tag über Staub aufgewirbelt. Jetzt ist kein Wagen zu sehen.

Ein leichter Wind ist aufgekommen, er trägt Jasmin zu mir herüber. Mich fröstelt, und eine Erinnerung kämpft sich nach oben. Irgendwo in der Ferne höre ich Donnergrollen. Weit hinten durchzucken Blitze den Abendhimmel, glimmen wie Sternschnuppen über den Karawanken.

Ein Raunen. Erschrocken blicke ich zu den Sträuchern, die sich leicht bewegen. Die Blätter rascheln sanft. Ich beschleunige mein Tempo.

Dann ist da eine Stimme, die ich sofort erkenne.

»Alice?«

Erstaunt drehe ich mich um. Einen kurzen Augenblick lang will ich davonlaufen. Dann muss ich über mich lachen und bleibe stehen. Wieder bringt ein Windstoß mir den Duft von Jasmin. Die Situation erscheint mir unwirklich.

»Was ist denn so lustig? Habe ich mein Hemd etwa verkehrt herum an?«, fragt er und blinzelt mir verschwörerisch zu.

»Nein, nur falsch geknöpft.«

Als er seinen Fehler bemerkt und nervös an der Knopfleiste zu zupfen beginnt, ist es um meine Beherrschung geschehen. Ich lasse mich auf den schmalen Grasstreifen neben dem Kiesweg sinken und lache.

»Na! Wer wird denn gleich die Fassung verlieren?«

Seine Stimme klingt, als würde ein Streichholz über die raue Reibefläche einer Streichholzschachtel gezogen. Ich kann den Schwefel regelrecht riechen und die Funken sprühen sehen. Wie hypnotisiert lasse ich meine Vorsicht über Bord gehen und im schlammigen Wasser des Kanals versinken. So wie vorhin mein Kindergesicht. Sein Blick ist weit entfernt von dem sonst so prüfenden Ausdruck.

Das Donnergrollen rollt näher, und eine erwartungsvolle Spannung erfasst mich. Er berührt leicht meinen Arm.

»Beeilen wir uns, es wird gleich zu regnen beginnen. Es ist nicht weit bis zu mir nach Hause.«

Weder entziehe ich mich seiner Berührung, noch habe ich etwas gegen seinen Vorschlag einzuwenden. Ich schaue ihn bloß an und lächle. Er nimmt mit spitzen Fingern mein Kinn und drückt einen trockenen Kuss auf meine Stirn. Auch das lasse ich geschehen. Er riecht nach frisch gemähter Wiese, und die zarte Berührung seiner Lippen hat etwas Tröstliches.

Ach, Rosner, denke ich ansatzlos. Auf einmal fühle ich mich wie durch ein seidenes Band mit diesem Mann verbunden.

Abrupt mache ich einen Schritt von ihm weg. Er sieht mich mit gerunzelter Stirn fragend an. Das Flackern der Blitze über den Bergen wird stärker.

Das Krachen eines Donners erschreckt mich.

Irgendetwas ist zwischen uns getreten. Seine Augen sind jetzt schwarz wie dunkles Glas.

## 23

Luigi Olivottos Herz macht einen Satz. Er schreckt hoch. Direkt vor ihm verlässt die dünne Frau Rosners Haus und biegt eilig ums nächste Eck.

Rosner lässt aber auch nichts aus! Nervenzusammenbrüche, Schlägereien, Freiheitsberaubung, Alkohol, Trägheit und jetzt auch noch ein Gspusi mit einer Zeugin.

Kurz entschlossen verlässt Luigi seinen Beobachtungsposten. Gestern wäre er fast auf seinem Motorrad eingeschlafen. Kein Wunder bei der wenigen Ruhe, die er sich in den letzten Tagen gegönnt hat. Es ist anstrengend, den Chefinspektor zu observieren, aber für ihn die einzige Möglichkeit herauszufinden, was sich im Hotel »Ariston« wirklich abgespielt hat, und wohin seine Gina verschleppt wurde. Rosner verschweigt etwas.

Da er sich zwischendurch kurz aufs Ohr gelegt hat, weiß er nicht, ob die beiden wohl die ganze Zeit über in der Wohnung gewesen sind. Zuzutrauen wäre es ihnen.

Luigi verfolgt die Kleine mit einigem Sicherheitsabstand.

Die hat aber ein Tempo drauf, denkt er verärgert und söhnt sich damit direkt wieder aus: Vielleicht ist sie ja vor dem zudringlichen Rosner geflohen, so schnell, wie sie das Weite sucht.

Nur selten begegnet ihm ein Auto, deswegen muss er aufpassen, nicht zu nahe an die hektisch ausschreitende Person heranzukommen. Er bleibt immer wieder stehen und drosselt den Motor. Die Straße führt hinter dem Villacher Ring in einer Kurve zum Lendkanal, und prompt schlägt sie diesen Weg ein. Da muss er noch vorsichtiger sein und gebührend Abstand halten. Also bleibt er stehen. Der Kanal vor ihm zieht sich wie ein smaragdgrünes Band zum See. Durch das Visier seines Helmes betrachtet er das heftige Wetterleuchten zu seiner linken Seite. Es färbt den Abend rot und gelb. Die Häuser versperren ihm die Sicht auf die Berge, aber er nimmt an, dass vom Süden her ein Gewitter aufzieht.

Plötzlich stockt Luigi, denn er sieht eine schemenhafte Gestalt parallel zu Rosners Freundin durch die Dämmerung laufen. Während die Kleine direkt vor ihm am Kanalufer entlangrennt, läuft der Schattenmann hinter den Sträuchern und Bäumen auf dem Gehweg neben der Fahrbahn. Was Luigi stutzen lässt, ist nicht der Umstand, einem Jogger zu begegnen, sondern die Aufmachung, in der dieser Typ unterwegs ist: im Anzug, wie ein Geschäftsmann. Außerdem duckt er sich immer wieder und späht über die Büsche. So, als wollte er die Frau überraschen. Leider ist Luigi zu weit weg, um Genaueres erkennen zu können. Undeutlich sieht er, wie sich die lange Gestalt der Frau in den Weg stellt und sie am Arm fasst. Die beiden scheinen sich zu kennen. Irgendetwas an dem Typen kommt ihm selbst auch bekannt vor. Na ja, es ist nicht seine Angelegenheit. Da kümmert er sich besser wieder um Rosner. Das macht mehr Sinn.

Luigi startet sein Motorrad und braust über den belebten Villacher Ring zurück in die Fischlsiedlung.

***

Admira steht vor dem Badezimmerspiegel und kaut geistesabwesend an der Nagelhaut ihres Zeigefingers. Ihr gefällt nicht, was sie sieht. Der neue Selbstbräuner ist eindeutig zu dunkel. Wie ein Gespenst auf Sommerferien sieht sie jetzt aus.

Irgendetwas nagt an ihren Gedanken. Ein Wort, das jemand gesagt hat, oder vielleicht eine Geste, ein Blick? Es will ihr nicht einfallen. Es ist wie ein blinder Fleck in ihrer Erinnerung.

Wieder vertieft sie sich in ihr Spiegelbild. Ihre großen braunen Rehaugen gehen unter in dieser Urlaubsillusion.

Ihr Gesicht wirkt ausgezehrt, sie müsste an Gewicht zulegen. Aber vermutlich würden einige Kilo mehr auf den Rippen zwar ihre grausam tiefen Falten weicher machen, sie jedoch augenblicklich von einem Zentner in eine Tonne verwandeln. Missmutig kneift sie durch den steifen Stoff ihrer Anzugshose in die Dellen ihrer Oberschenkel und drückt so lange, bis es wehtut. Wenn man das ganze Fett und die verfluchte Cellulitis doch nur wegzwicken könnte!

Mit ihren ein Meter sechzig hat sie es gerade so zum Polizeidienst geschafft. Energielos streift sie die Uniform von ihrem Körper und lässt sie auf dem Boden liegen. Im grellen Licht der Badezimmerlampe sehen ihre Arme und Beine behaart aus.

Das Fett verteilt sich nur um den Bauch und die Oberschenkel. Ihre Unterschenkel und Arme sind dünn wie Mikadostäbchen. Sie wird ihren unloyalen Körper unter der Dusche einer Rasur unterziehen müssen.

Während Admira sich einseift, rasiert und mit einer drahtigen Bürste so lange schrubbt, bis ihre Haut hellrot ist, versucht sie, sich zu konzentrieren. Da war etwas im Gespräch mit Frau Winter, über das sie nachdenken muss. Oder hat es etwas mit dem Kantinentreffen zu tun? Wenn es ihr doch nur wieder einfiele!

Sie wischt einen Kreis in den beschlagenen Badezimmerspiegel und starrt durch das rückwärtige Fenster hinaus auf den Wald hinter ihrem Wohnblock. Im leichten Wind sieht er aus wie ein flatterndes grasgrünes Band. Trotz des beginnenden Abends ist der Himmel über den Bäumen von einer bestechenden Klarheit.

Wieder drängt sich dieses unbestimmte Gefühl in ihre Gedanken. Es reißt Schicht für Schicht des Tages ab.

Nachdem sie zwei ihrer Nägel bis zur Fingerkuppe abgekaut hat, zieht sie einen rosa BH, ein rosa Höschen und ihr Sommerkleid mit den bunten Blumen an. Gedankenverloren schlüpft sie in ihre rosa Ballerinas und schminkt sich dann sorgfältig vor dem Badezimmerspiegel. Dennoch unzufrieden mit dem Resultat, nimmt sie das schön verpackte Geschenk für ihren Cousin vom Küchentisch, schlingt den beigefarbenen Paschmina mit den glänzenden Pailletten um ihren Hals und verlässt seufzend die Wohnung.

Draußen wechselt die Farbe des Himmels allmählich von einem klaren Blau in ein verwaschenes Lila. Vom Lendkanal her riecht es nach brackigem Wasser und nach Hefe.

Admira bereitet sich innerlich auf einen langen Abend bei ihrer Tante vor.

Ein böiger Wind kommt auf und lässt weiße Blüten von den Sträuchern an den Zäunen rieseln. Es duftet auf einmal unerträglich nach Jasmin. Admira rümpft ihre Adlernase. Sie verabscheut diesen alles durchdringenden ölig-süßen Geruch.

Als sie von ihren Familienmitgliedern lautstark begrüßt wird, denkt sie nicht mehr an das, was den ganzen Tag in ihrem Kopf herumgespukt hat.

Mersads Augen glänzen. »Was ist denn los mit dir? Bist du

traurig? Doch nicht schon wieder wegen dieses lackierten Kollegen? Wie hieß er doch gleich?« Seine Stimme senkt sich, und er schaut seine Cousine prüfend an.

Admira schnappt hörbar nach Luft. Bevor ihr darauf eine schlagfertige Antwort einfällt, tritt ihre Mutter auf die überdachte Terrasse hinaus. Ihr anklagender Blick lässt keine Frage offen. Irgendetwas hat Admira wieder falsch gemacht.

Ein schneidender Wind lässt die Fahnen am Spielplatz gegenüber knattern.

»Bin ich jetzt auch noch schuld am Sauwetter?«, fragt Admira ungehalten.

Das Wetter hat von einem Moment zum anderen umgeschlagen, es gießt jetzt in Strömen. In der Ferne rollt der Donner Eichenfässer über einen holprigen Boden.

»Dummerchen«, bagatellisiert ihre Mutter prompt den unausgesprochenen Vorwurf. Sie wirft einen herausfordernden Blick auf Admiras abgekaute Nägel. Die versteckt ihre Hände sofort hinter dem Rücken. »Immer noch Kummer wegen … Wie war sein Name? Michael?«

Admira schaut betreten zu Boden.

Mersad knufft sie unsanft in die Seite und flüstert für alle hörbar: »Wusst ich's doch.«

Admira nimmt sich ein Glas Erdbeerbowle vom Tablett und gesellt sich zu ihrem Vater und zwei von ihren Schwestern. Als sie hört, was ihr Vater fragt, lässt sie das Glas beinahe fallen.

»Oder hast du dich so schick gemacht, um ihn nachher zu treffen? Im Übrigen, ich weiß, wie er heißt. Thomas. Und er ist kein Polizist, sondern Psychiater.«

»Psychologe«, korrigiert Admira ihn automatisch.

»Genau, jetzt fällt's mir wieder ein. Tomi, so heißt dieser eingebildete Uhrensammler«, mischt Mersad sich wieder ein.

»Lass es gut sein. Du kannst ihn nur deshalb nicht leiden, weil er die gleiche altmodische Uhr trägt wie du. Und«, jetzt lacht sie ihm frech ins Gesicht, »weil er dir im Dorotheum unlängst ein besonders begehrtes Stück vor der Nase weggeschnappt hat. So übel ist Tomi nämlich gar nicht.«

Das unangenehme Gefühl, das sie seit einiger Zeit verfolgt, ist wieder da. Allerdings liegt das nicht unbedingt an der kurzen

Romanze mit Lautner. Im Gegensatz zu dem, was ihre Familie glaubt, leidet sie nicht unter der Trennung. Sie war es selbst, die diese Geschichte damals beendete. Alles hat er bestimmen wollen, ihr kaum Luft zum Atmen gelassen. So etwas kann sie nicht brauchen. Und über ein paar flüchtige Küsse waren sie ohnehin nicht hinausgekommen.

»Habt ihr nicht mal was anderes, worüber ihr euch die Mäuler zerreißen könnt?« Sie wundert sich, wie selbstbewusst ihre Stimme auf einmal klingt. Getragen von diesem Hochgefühl, leert sie ihr Glas mit einem Zug. »Im Unterschied zu dir, Mersad, denke ich mitunter auch mal länger als eine Sekunde über etwas nach, was nichts mit Liebe oder Sex zu tun hat.«

Während sie spricht, flattert mit einem Mal an ihr vorbei, woran sie sich die ganze Zeit über zu erinnern versucht. Doch als sie danach greifen will, treibt der Wind es weiter. Sosehr sie sich auch anstrengt, sie erreicht nicht den kleinsten Zipfel.

Schlecht gelaunt starrt sie in den Regen, der wie ein silberner Vorhang zu Boden fällt und den Garten von der Terrasse trennt.

***

Das Haus empfängt uns, als hätte es nur auf meinen Besuch gewartet. Alles hier glänzt vor Sauberkeit. Ganz der perfekte Gastgeber, drückt er mir ein Glas mit Campari Soda in die Hand.

Verlegen, da ich mit der Situation nichts anfangen kann, bedanke ich mich stumm. Die richtigen Worte lassen sich nicht finden. Hektisch nesteln meine Finger nach den restlichen Tabletten in der Tasche meiner Jeans und zerkrümeln sie zu kleinen Bröseln. Aber das macht mich nicht ruhiger.

Draußen grollt der Donner.

Irgendetwas stimmt hier nicht. Vielleicht liegt es an seinem Übereifer?

Jedenfalls bereue ich, auf seine Einladung eingegangen zu sein. Daher zögere ich auch, sein Wohnzimmer zu betreten. In der Nähe der Haustür fühle ich mich sicherer. Auch er bleibt im Flur stehen und sieht mich bedeutungsvoll an.

»Prost, liebe Alice. Dieses Treffen ist mir eine besondere Freude.«

Ich mache einen Schritt weg von ihm und trinke das Glas viel zu hastig leer.

Die Bläschen kitzeln meinen Gaumen, und wieder muss ich an Rosner denken. Hätte ich bloß auf ihn gehört. Was er wohl gerade macht? Ob er sich schon aus der Wohnung befreien konnte oder noch schläft? Wieder sorge ich mich um ihn. Ich sollte nach ihm sehen, statt mich von diesem Charmeur einsäuseln zu lassen. Was zum Teufel hat mich dazu getrieben, mit ihm hierherzukommen?

»Es klingt, als würde das Gewitter schwächer«, wage ich mich vor.

Er richtet seinen Blick an mir vorbei ins Leere. »Das wird sich zeigen.«

»Ich bin spät dran. Rosner wartet schon auf mich. Wir haben noch etwas zu erledigen. Wenn ich nicht bald auftauche, kommt er mir sicher nach«, improvisiere ich.

Als würde ich wirklich glauben, was ich sage.

»Und der Herr Chefinspektor weiß, was seine geliebte Alice gerade treibt?«

»Er weiß, wo ich hinwollte«, antworte ich so knapp wie möglich.

»Ach, wirklich? Alle Achtung. Der Mann ist wohl ein Gedankenleser«, kommt es verächtlich.

In den geschwungenen Kerzenleuchtern auf der Kommode stecken Energiesparlampen. In einer halb geöffneten Lade sehe ich fein säuberlich zusammengelegte Latex-Handschuhe. In meinem Kopf summt ein Bienenschwarm.

Ein anderer Abend taucht in meinen Gedanken auf. Ich, die ich direkt in den Himmel hinein auf meinen Stern kletterte. Alices Stern. Der Schatten, der Pauls Gesicht in zwei Hälften zerschnitt. Damals hatte die Atmosphäre auch etwas Gefährliches. Aber anders als heute Abend.

Ohne zu fragen, schenkt er mir nach. Langsam drehe ich mich zu ihm hin. Die rote Flüssigkeit schwappt im Glas, leckt an den Rändern hoch.

»So mag ich meine Prinzessinnen. Und meine Schneekönigin ganz besonders.« Seine Gesichtszüge verziehen sich und lassen seine Augen hervortreten. Die Haut um den Mund spannt sich und verzieht seine Lippen zu einem erstarrten Lächeln.

Mir ist nicht mehr nach Lachen zumute. Verlegenheit und Verunsicherung weichen. Angst schießt durch meine Adern. Etwas arbeitet in mir. Schnell, immer schneller kämpft es sich den Weg aus meinem Unterbewusstsein hoch.

Was? Was, verdammt, ist los? Was passiert da?

Dann zieht sich der Dunst zurück, und mir wird klar, was die ganze Zeit über in mir verborgen war.

*Prinzessin.*

Ich weiß jetzt, wer der Mann im Hotel war.

Er steht vor mir und lächelt mich unschuldig an. Spielerisch gleiten seine schönen langen Finger über das Tuch, das heute nicht aus seinem Hemdkragen, sondern aus der Tasche seines Sakkos blitzt. Mit einem eleganten Schwung zieht er es heraus und lässt die Seide langsam über seine Handfläche gleiten.

Seide. Das verdammte Tuch ist aus Seide.

Er hat Ännchen auf dem Gewissen.

Vor mir steht ein Mörder.

Alles in mir ist auf höchste Alarmstufe geschaltet. Mein Mund ist trocken. Der letzte Tropfen Speichel ist im Rachen versickert. Mein Herz flattert wie ein gefangener Vogel gegen die Gitterstäbe des Käfigs.

Ich muss hier raus!

Rosner, schreit es in mir, und ich verfluche mich, ihn eingesperrt zu haben.

Um den Mund von Ännchens Mörder zeichnet sich ein genießerischer Zug ab.

Mein Blick fixiert einen dunklen halbmondförmigen Fleck an der makellos gestrichenen Wand. Eine Zehntelsekunde lang gaukle ich mir vor, dass alles in bester Ordnung sein muss, wenn mir eine solche Nebensächlichkeit auffällt. Dann durchfährt es mich wie ein Stromschlag: Nichts, gar nichts ist in Ordnung! Ich befinde mich in höchster Gefahr.

Das Adrenalin peitscht durch meine Blutgefäße und macht mich hellwach. Ich muss sofort handeln, um nicht durchzudrehen. Doch Verstand und Panik kämpfen gegeneinander. Herinnen tickt eine Uhr auffordernd laut. Draußen grollt unvermindert der Donner.

Die Unvernunft gewinnt Oberhand. »Was soll das Ganze? Ich muss jetzt sofort gehen«, ächze ich.

Jetzt weiß er, dass ich weiß.

»Ich habe mich schon gefragt, wann du verstehst.«

»Gar nichts verstehe ich«, kommt es krächzend aus meinem ausgedörrten Mund.

Der Vorteil der Wahrheit ist, dass sie wahr klingt.

»Dann wird es für meine Schneekönigin Zeit, alles zu erfahren. Nimm noch einen Schluck vom Campari. Das wird dir guttun.«

Er presst das nachgefüllte Glas an meine Unterlippe und zwängt Zeigefinger und Daumen zwischen meine Zähne, als ich mich weigere zu trinken.

»Was ich dir anbiete, hast du anzunehmen.«

Der Campari Soda schmeckt noch bitterer als vorhin. Er fließt so schnell durch meine Kehle, dass ich mich verschlucke.

Aber er lässt nicht ab von mir, schüttet weiter Alkohol in mich hinein, und ich versuche verzweifelt, mit dem Schlucken nachzukommen.

In meinem Kopf wallt Nebel auf und legt sich über mein Hirn. Es ist ruhig dort. Ganz still. Langsam weicht die Anspannung, und ich lasse los. Taumle gegen die Vorzimmerkommode. Fange mich im letzten Moment an der offenen Lade ab und umklammere das Holz, um kurz auszuruhen. Der Geruch von Latex erreicht meine Nase, Galle meine Kehle. Erschrocken schreie ich auf.

Ich habe keine Zeit mehr, mich umzudrehen. Ein Schlag, der mir den Atem nimmt, kracht zwischen meine Schulterblätter. Ich taumele, versuche vergeblich, mich an der Lade festzuklammern, und schlage mit der Schläfe gegen eine Kante. Dann sind seine Hände in meinen Haaren und reißen mich vom Boden hoch. Ohne dass ich es verhindern kann, ergießt sich ätzende Magensäure vermischt mit Alkohol auf meine Kleidung. Er steht immer noch hinter mir und stößt einen derben Fluch aus.

Dann schlägt er auf mich ein. Wieder und wieder, bis ich vor Schmerzen kaum noch etwas spüre. Inzwischen liege ich zusammengekrümmt auf dem Fußboden im Vorzimmer und versuche, die Schläge mit den Händen abzuwehren. Doch das macht ihn noch wütender.

Nach einer gefühlt endlos langen Zeit zerrt er meine Arme hinter mich und bindet die Handgelenke fest mit seinem Seidentuch zusammen. So, mit den verschnürten Armen am Rücken, liege ich als schutzloses Paket vor ihm auf dem Bauch.

Seine Blicke brennen auf meinem Körper. Ohne Vorwarnung reißt er mir Jeans und Slip herunter, und ich spüre, wie er mit einem schweren Ledergürtel auf meine Oberschenkel und den Po eindrischt.

Ein Zischen entfährt mir.

Dann wird der Schmerz ganz laut und grell.

Und ich versinke im Licht.

# 24

Simon Rosners Welt steht still. Dann setzt sich alles gleichzeitig in Bewegung. Sein Hirn wabbelt wie Pudding gegen seine Stirnhöhle. Übel ist ihm außerdem. Und verdammt schwindlig.

Er kann sich undeutlich an einen chaotischen Traum erinnern. Alice kam darin vor. Sie waren auf Mördersuche, hatten sich die Hotelvideos hundertmal angesehen, sie analysiert, miteinander gegessen, gelacht und sich dann geliebt. Die wirren Traumbilder folgen keiner Chronologie. Sie wälzen sich übereinander, verdrängen sich gegenseitig. Ungefähr im gleichen Tempo wie seine Magensäfte jetzt die Speiseröhre hinaufwirbeln.

Gerade noch rechtzeitig schafft er es ins Badezimmer, wo er sich über die Klomuschel beugt und sich übergibt, bis nur noch bittere Galle nachkommt. Schwer atmend und klitschnass klammert er sich an den Waschbeckenrand, richtet sich auf und starrt in das Gesicht eines Toten. Käsig weiß sieht er aus, mit tiefen Schatten unter den trüben Augen. Die Falten sind wie Runen in seine Haut geritzt.

Alice.

Da fällt es ihm ein. Es war kein Traum, aus dem er erwacht ist. Es war die Wirklichkeit, an die er sich erinnert. Sie war hier. Doch nicht freiwillig, denn er hatte sie eingesperrt.

So schnell, dass das Badezimmer wild um ihn zu kreisen beginnt, dreht er sich um.

Er hält sich am Türrahmen fest und brüllt: »Alice!«

Immer wieder ihren Name rufend, torkelt er durch die Wohnung. Sie ist nirgends zu finden. Weg ist sie. Einfach abgehauen.

Sosehr er sich auch anstrengt, ihm fehlt die Erinnerung an das, was geschehen ist. So wie er sich fühlt, hat sie ihm irgendwelche Tropfen in seinen Drink gemischt und ihn damit betäubt. Er weiß, wie Alkohol wirkt. Das allein kann es nicht gewesen sein. Die Beruhigungs- und Schlafmittel, die Simone nach Klaras Tod bekam, fallen ihm ein. Und seine Antidepressiva.

Wieder zurück im Bad, häuft er eiskaltes Wasser in die gewölbten Handflächen und klatscht es sich ins Gesicht. Es ekelt ihn an, als er sich den Finger in den Hals steckt, aber es ist die einzige Möglichkeit, das Zeug komplett loszuwerden. Der Rest, der noch nicht ins Blut gelangt ist, muss aus seinem Körper raus. Er bricht in kalten Schweiß aus.

Der eisige Wasserstrahl aus der Dusche bewirkt Wunder. Rosner sieht an sich herab, folgt dem Lauf der Tropfen und denkt an Alice, die er immer noch an sich spüren kann. Nicht erst heute fragt er sich, worauf er sich da bloß eingelassen hat.

»Verdammt«, entfährt es ihm, und er hämmert wütend seine Fäuste gegen die Wand der Duschkabine.

Danach passiert etwas mit ihm. Zuerst stockt ihm der Atem, dann sind seine Gedanken klar wie lange nicht mehr. Zitternd sinkt er auf den grau-weiß gefliesten Boden seiner Dusche. Er will nicht glauben, was gerade geschieht. Alles in ihm sträubt sich dagegen.

Er weiß, wer die Frauen auf dem Gewissen hat.

Und Alice, dieses dumme Ding, ist auf dem Weg zu ihm.

***

Der fremde Geruch weckt mich. Und die Schmerzen. Feucht und modrig steigt es mir in die Nase, als wäre ich tief unten in einem Brunnenschacht.

Zuerst kann ich mich an nichts erinnern. Dann flammt das grelle Licht auf, in dem ich versunken bin. Aber es ist nur ein Trugbild meiner Phantasie. Um mich ist es dunkel – kohlschwarz. Ich liege auf einem kalten Boden, auf der Seite, mit angewinkelten Beinen und zusammengebundenen Händen. Mein Unterkörper ist nackt, und mich friert. Scharf schießt der Schmerz durch mich hindurch, und mit ihm kommen die Bilder. Undeutliche Schwarz-Weiß-Aufnahmen von mir neben ihm und vom tiefgrünen Lendkanal. Den staubigen Camparigeschmack habe ich noch im Mund. Dann ist da ein sepiafarbenes Foto von seinem Flur und der Eingangstür, die ich nicht mehr erreichen konnte. Das Leder des Gürtels spüre ich überall auf meinem Körper.

Unmöglich zu sagen, wie lange das alles her ist.

Der Mörder. Er muss hier irgendwo sein.

Panik überrollt mich.

Ich lausche in die Dunkelheit hinein, doch außer meinem keuchenden Atem und einem hohen unerklärlichen Summen ist nichts zu hören. Meine Zehen sind wie festgefroren, lassen sich nicht bewegen. Mein ganzes Gewicht lastet auf den spitzen Knochen meiner linken Schulter.

Mein Mund ist ausgedörrt, die Zunge klebt am Gaumen. Ich spüre etwas Pelziges in meinem Mund, das mich daran hindert, Speichel zu sammeln. Der Hals brennt vom trockenen Schlucken. Mein Mund ist sperrangelweit offen, doch ich bekomme keine Luft. Die Kiefergelenke schmerzen. Je heftiger ich versuche einzuatmen, desto tiefer rutscht das pelzige Etwas in meine Kehle. Plötzlich verstehe ich, was er mir angetan hat. Er hat mich geknebelt. Panik ergreift mich. Magensäure schwappt hoch. Ich schlucke schwer, ich darf nicht erbrechen, sonst ersticke ich. Der Stoff in meinem Mund ist die Grenze zwischen Leben und Tod.

Ich muss ohnmächtig geworden sein.

Wo bin ich? In einem Alptraum? Alles ist schwarz.

Hilfe!, schreit es lautlos in mir.

Ich will nicht sterben.

***

*Da war er.*

*Großvater. Stand ans Fenster gelehnt. Dunkel hob sich seine Gestalt vom lichtdurchfluteten Wohnzimmer ab.*

*Wie gebannt verharrte sie.*

*Warum hatte sie auch unbedingt diesen Weg einschlagen müssen? Hundertmal war es ihr gelungen, einen Bogen um das Haus zu machen. Heute hatte es sie magnetisch hierhergezogen. Nach Hause. Heim.*

*Wie sehr sie diese Wörter hasste!*

*Es war sieben Uhr am Abend, und das Kopfsteinpflaster unter ihr war noch warm. Eine Hitzewelle nahm der Stadt seit Tagen den Atem. Zu allem Überfluss hatte es in der Nacht geregnet, und nun war die Luft so feucht, dass sie sich wie Nylon über ihren Körper legte. Unwillkürlich rollte sie die Gummisohle ihrer Flip-Flops unter den Füßen zurück und bohrte ihre großen Zehen in die Ritzen zwischen den Steinen.*

*Die Zeit stand still.*

*Das Brummen einer Hummel, die vom Jasmin hochflog, brachte sie zurück in die Gegenwart.*

*Sie war hier.*

*Und Großvater gab ihr unmissverständliche Zeichen, näher zu kommen. Auffordernd winkte seine Hand in ihre Richtung. Erschrocken machte sie einen Schritt auf die Straße.*

*Flora. Wo war sie?*

*Heute war Dienstag. Da traf Großmutter sich zum Bridge mit ihren Freundinnen. Einen kurzen Augenblick lang schnürte etwas ihren Hals zu. Ihr Herz machte einen Doppelsprung und dann noch einen.*

*Sie sollte schleunigst von hier verschwinden. Wenn Ännchen wüsste, wo sie gerade war! Hier, an diesem Ort, hatte sie nichts verloren. Wie blöde diese Redewendungen doch sind, dachte sie. Alles, wirklich alles, hatte sie hier verloren: ihre Unschuld, ihr Vertrauen, ihre Kindheit.*

*Was will der Alte noch von mir?*

*Meine Seele?*

*Mit einer Wut, die sie vorher noch nie gespürt hatte, bohrte sie ihre Daumen in die Ohren und wackelte mit den restlichen Fingern auf und ab. Dazu streckte sie die Zunge raus und riss die Augen weit auf.*

*Mit Vergnügen nahm sie Großvaters Reaktion wahr. Seine Züge versteinerten, sein verhasstes Gesicht wurde fahl. Wie sie diesen lauernden Blick aus seinen gelblichen Augen verabscheute.*

*Getragen von ihren Gefühlen, machte sie einen weiteren Schritt auf das Haus zu. Nun stand sie nur noch zwei Meter entfernt von ihm.*

*»Alice, Kind«, gurgelten seine bläulichen Lippen.*

*Was erlaubte der Alte sich? Sie so zu nennen?*

*Kind.*

*Sie war nie sein Kind gewesen. Sein Kind hatte sie abtreiben müssen.*

*Glasklar und beinhart schrieben sich die Sätze in ihr Hirn. Das war richtig so, denn sonst würden der Kummer und die Sehnsucht nach ihrem toten Baby sie überschwemmen.*

*»Schwein«, brach es aus ihr hervor.*

*Sie wusste, dass sie sich sofort umdrehen und davonlaufen sollte. Doch das Etwas, das sie heute magnetisch hierhergezogen hatte, zwang sie jetzt, wie angewurzelt stehen zu bleiben.*

*»Alice«, drang es röchelnd aus seinem Mund, der nun wie eine schwarze dünne Linie aussah.*

*Er kippte ihr entgegen, krampfte seine Finger in den Vorhang und fiel dann wie in Zeitlupe, eine Hand am Stoff, um.*

*Mit diesem Sturz hatte Großvater sich ihren Blicken entzogen.*

*So schnell sie konnte, sprang sie die Stufen hinauf zur Tür und riss an der Schnalle. Es war nicht abgesperrt. Sie stürmte ins Wohnzimmer, wo sie ihn zusammengekrümmt auf dem Boden liegen sah.*

*Erschüttert blieb sie vor ihm stehen. In Blasen blubberte Speichel aus seinem Mund, und seine Finger zitterten in ihre Richtung. Langsam hob er den Kopf und starrte verzweifelt auf etwas hinter ihr. Sie drehte sich um und wusste, was er von ihr wollte.*

*Da, auf dem Tisch, lagen seine Medikamente, sorgsam von Flora in die unterschiedlichen Abteilungen des Behälters eingeordnet. Blaue, weiße und gelbe Pillen.*

*»Herz, die blauen«, würgte er hervor, und sie stürzte zum Tisch.*

*Dann geschah etwas mit ihr, das sie nicht verstand: Sie sah sich von oben, war losgelöst von ihrem Körper. Weit entfernt, außerhalb ihrer Reichweite, baumelte ihr eingefrorenes Herz an der Kordel des Vorhangs. Es roch durchdringend nach modrig feuchter Erde, Thymian und verbranntem Herbstlaub.*

*Eine fremde Stimme gab Befehle, in einem schneidenden Kasernenhofton.*

*Und sie tat, was von ihr gefordert wurde: Sie wandte sich ab, warf Großvater einen letzten bedauernden Blick zu und verließ das Haus. Die Tür zog sie sanft hinter sich ins Schloss.*

*Die Nacht hatte sich über die Stadt gesenkt, aber der Boden war noch immer warm.*

*Am Ende der Straße angelangt, vernahm sie eine Stimme. Ihr war, als würde jemand ihren Namen rufen.*

*»Alice, Alice!«*

*Doch sie ging unbeirrt weiter.*

*Erst viel später, als sie Ännchen bei einer Tasse heißer Schokolade erzählte, was geschehen war, konnte sie wieder Platz in ihrem Körper finden.*

# 25

Zuerst zornig, dann zunehmend bestürzt, rüttelt Simon Rosner an der Türschnalle seiner Wohnung. Sie hat ihn eingesperrt, so wie er es vorhin mit ihr gemacht hatte.

Immer noch benommen von den Medikamenten, versucht er, Ordnung in seine Gedanken zu bekommen. Alles der Reihe nach und immer mit der Ruhe. Als Erstes hebt er seine Brille auf, dann knipst er das Deckenlicht an. Sofort wird seine Welt klarer.

Warum er erst unter der Dusche kapiert hat, dass Paul Slamanig der Mörder ist, kann er nicht genau sagen. Ganz sicher war der streberhafte Schuldirektor einfach zu oft am falschen Ort. Den Ausschlag aber gab eine zaudernde Bewegung des Mannes, der auf dem Überwachungsvideo verkleidet die Treppe des Hotels hinunterschlurfte. Rosner hofft, dass auch Alice es überrissen hat. Immerhin ist sie bei einer der Bilderfolgen zusammengezuckt und hat die Sequenz mehrfach im Slow-Motion-Modus vorwärts und rückwärts laufen lassen. Geäußert hatte sie sich dazu nicht.

Er muss hier raus. Schleunigst, bevor er den Verstand verliert. Hektisch sucht er nach seinem Handy. Kriecht auf dem Boden herum, durchwühlt seine Hosentaschen. Erfolglos. Da er es nicht finden kann, wird Alice es wohl mitgenommen haben.

Natürlich hat er den Festnetzanschluss des Telefons schon vor Jahren abgemeldet. Und weil er so ein verdammtes Fossil ist, besitzt er nicht mal einen eigenen Computer.

Rosner hält inne, holt sich ein Glas Wasser und zwei Tabletten gegen den bohrenden Schmerz in seinen Schläfen und überlegt. Nachdenklich kratzt er über seine Kopfhaut, bis Schuppen an seinen Brillengläsern vorbeiflattern.

Panik hilft jetzt nicht.

Dann weiß er, was zu tun ist. Er springt hoch, winzige schwarze Punkte kreisen bedrohlich vor seinen Augen. Tief durchatmend hält er sich am Fernsehapparat fest.

Dort vorne, in einer der Schreibtischschubladen, befindet sich seine Rettung.

Fieberhaft schiebt er die Papierstöße beiseite, durchkramt sein Gerümpel und findet endlich, wonach er sucht: seinen Zweitschlüssel. Den, den er Simone am Tag ihrer Scheidung abgenommen hat. Kalt und glatt liegt er in seiner Hand.

»Ha!«, entfährt es ihm.

Regen klatscht gegen die Fensterscheibe. Erst jetzt bemerkt er Blitze, die in immer kürzeren Intervallen das Zimmer erhellen.

Triumphierend stößt er den Schlüssel ins Schloss. Er lässt sich nicht bewegen. Rosner erkennt zum zweiten Mal innerhalb kurzer Zeit, wie gründlich Alice gearbeitet hat.

Aber es bringt ihn nicht zum Schmunzeln, sondern macht ihn ärgerlich.

***

Zuerst ist es still. Eine ganze lange Weile. So still, dass ich es einen kurzen Moment lang als angenehm empfinde und mich von der Stille beruhigen und über meine ausweglose Lage hinwegtäuschen lasse. Sogar das nervtötende Summen ist verstummt. Dann konzentriere ich mich, und allmählich nehme ich leise, weit entfernte Geräusche wahr. Aufgeregt hebe ich den Kopf, um dann enttäuscht zurückzusinken. Was sich den Weg zu meinen Ohren gebahnt hat, sind bloß die alltäglichen Laute, deren Fehlen eine Stille erst ausmachen: das fast unhörbare Knirschen von Holzdielen, das leichte Rascheln des Windes im geblähten Vorhang, das hohe Surren des Kühlschranks, eine tickende Uhr, verborgen irgendwo im Haus, und das jammernde Miauen einer streunenden Katze in der Nacht. Und tief hallendes Donnern.

Ich wage kaum, durch die Nase zu atmen. Der Knebel in meinem Mund nimmt mir die Luft.

Die Tür zu meinem Verlies muss geöffnet worden sein. Denn vorhin war da nur das hohe Summen, und jetzt vernehme ich eine Vielzahl an Geräuschen. Eine Veränderung hat stattgefunden. Lauert das Scheusal hier im Dunkeln?

Die Panik stürzt sich auf mich wie ein Raubvogel. Sein spitzer Schnabel pickt in meine Adern.

Gefangen in dieser Benommenheit, beginne ich, die pochenden Schläge meines Herzens zu zählen. Rhythmisch, doch viel zu schnell rast das Blut durch meine Adern.

Immer wieder denke ich darüber nach, was mich dazu bewogen hat, mit ihm zu gehen. War es die Erleichterung, aus Rosners Wohnung entkommen zu sein? Eine flüchtige Verwirrtheit? Oder einfach nur Bequemlichkeit? Wäre ich vor ihm geflohen, hätte er mich eingeholt? Oder hätte mein Schicksal dann einen anderen Verlauf genommen?

Schon als ich dem Mörder zum ersten Mal begegnete, glaubte ich, ihn zu kennen. Jetzt weiß ich auch, warum. Seinen Geruch hatte ich bereits einmal eingeatmet – damals im Darkroom.

Vieles wird mir jetzt klar.

Seit ich mich erinnern kann, versuche ich, rätselhafte Vorgänge oder unbekannte Zustände logisch zu erklären. Alles muss ich verstehen, weil es mir sonst durch seine vage Undurchschaubarkeit Angst macht.

Der Abgrund zwischen den Traumwelten ist tief.

Werde ich hier liegen, bis ich vor Durst vertrockne? Bis meine Glieder langsam starr werden und mein Fleisch verfault? Bis meine Knochen so staubtrocken sind, dass sie zerbröseln? Hat die Bestie das für mich vorgesehen? Oder warten lebendigere Qualen? Stürzt er sich gleich auf mich?

Vor Angst bebend wälze ich mich auf den Rücken. Nun ist die Schulter entlastet, und der harte Boden drückt gegen meine Arme. Was vorerst eine Erleichterung darstellt, wird sicherlich bald zur Folter. Auf dem Rücken liegend ist es zudem fast unmöglich, die hochschwappende Galle zu kontrollieren. Meine Speiseröhre und Kehle fühlen sich verätzt an. Was, wenn ich die Flüssigkeit irgendwann nicht mehr runterschlucken kann?

Über meinen Augen beginnen sich regenbogenfarbene Spiralen zu drehen.

Gleichmäßig atmen.

Vielleicht sollte ich meine Seele dem Teufel verschreiben, um heil hier herauszukommen. Aber habe ich das nicht schon längst getan? Und geholfen hat es nicht, zumindest hat es nicht verhindert, dass ich in diese ausweglose Situation gelange. Ausweglos. Das ist das Stichwort.

Meine Füße sind aneinandergebunden. Die Knöchel reiben sich am rauen Boden. Warum bemerke ich das erst jetzt?

Etwas streicht über die Innenseite meiner Schenkel. Verweilt dort, wo die Haut am zartesten ist, direkt unter meinen Schamlippen. Der Geruch von Latex dringt durch meine Nasenlöcher direkt in mein Hirn. Dorthin, wo die Angst wohnt. Die Luft bleibt mir weg. Hitze strömt durch meinen Körper. Gleichzeitig erfasst mich Schüttelfrost.

Sein Gesicht flammt auf. Ohne Vorwarnung, einfach so. Erhellt von einem Feuerzeug. Ich habe ihn nicht kommen hören. Seine Züge sind verzerrt, sie drängen an den Rändern nach außen.

Ein rasender Schrei durchdringt meinen Traumzustand.

***

Luigi Olivotto spuckt einen Kaugummi in weitem Bogen vor sich auf die Straße. Die Erinnerung an Gina rumort unaufhörlich in seinem Kopf.

Ein heftiger Donnerschlag lässt ihn zusammenzucken. Ein greller Blitz flammt auf. Genervt schiebt Luigi die Klappe seines Helms nach unten. Scheiß-Gewitter. Regen hagelt auf ihn ein. So wie es aussieht, wird er auf seiner Ducati heimwärts brausen müssen. Doch wo ist sein Zuhause ohne Gina?

Mit Todesverachtung dreht er am Gashebel und lässt den Motor seiner Maschine gegen den Donner anheulen.

Einen letzten Blick noch wirft er hinauf zu Rosners Wohnung. Was er da sieht, hat er allerdings nicht erwartet. Der Chefinspektor steht, wild gestikulierend, am offenen Fenster. Dabei beugt er sich so weit vor, dass Luigi es mit der Angst zu tun bekommt. Schnell macht er abwiegelnde Gesten, die Rosner bedeuten sollen, sich in die Sicherheit der Wohnung zurückzuziehen. Doch anscheinend bewirken seine Bemühungen das glatte Gegenteil: Rosner hängt jetzt weit draußen über der Fensterbrüstung, mitten im Unwetter.

Luigi bleibt nichts anderes übrig, als seinen Helm vom Kopf zu ziehen und den Regen auf sich herniederprasseln zu lassen. Mit einem Fluch drosselt er den Motor, hebt sein Gesicht in den

Regen und schließt gleich darauf, geblendet vom nächsten Blitz, die Augen.

»Rosner!«, ruft er gegen die Gewalt des Gewitters an und spürt im nächsten Moment etwas an seinen Kopf knallen.

Mit großer Verwunderung betrachtet Luigi das dicke blau geblümte Kissen neben sich auf dem Gehsteig. Unaufhörlich prasselt der Regen vom Himmel.

Spinnt der Alte jetzt komplett?

Ihm bleibt keine Zeit, ein endgültiges Urteil zu fällen, denn schon segelt ein Stück Pappe auf ihn zu. Flattert im Wind nach links und nach rechts, während der Regen und die Schwerkraft es zu Boden drücken. Es gelingt ihm mit einiger Anstrengung, es zu fangen. Dazu muss er von seinem Motorrad springen. Etwas schwer zu Entzifferndes steht in verwaschenen Buchstaben auf dem durchnässten Papier. Der Wind zerrt an seiner Lederjacke. Luigi sieht nach oben. Rosner winkt ihn mit beiden Armen zu sich. Mit großen Schritten überquert Luigi die Straße.

»Was?«, brüllt er ihm zu und dreht beide Handflächen nach außen.

Statt einer Antwort verschwindet Rosner, um kurz darauf mit einem wilden Ausdruck im Gesicht wieder am Fenster zu erscheinen. Er hält etwas in der ausgestreckten Hand und lässt es unter Rufen und Kopfwackeln vor Luigis Füße fallen.

Luigi hebt das silberne Ding auf und starrt einen Moment lang verständnislos auf den Schlüssel. Dann dämmert ihm, was er zu tun hat. Verstehend nickt er zu Rosner hinauf, der daraufhin vom Fenster verschwindet.

Die Haustür lässt sich leicht aufsperren, und das Stiegenhaus ist übersichtlich. Es verlangt keinen besonderen Spürsinn, Rosners Wohnung zu finden. Zu Luigis Erstaunen steckt ein weiterer Schlüssel außen im Schloss. Doch bevor er überlegen kann, was das bedeutet, hört er von der anderen Seite der Tür Rosners aufgebrachte Stimme.

»Sperr auf, du Narr! Wie lang dauert das denn noch?«

Kurz darauf steht ein vor Aufregung bebender Rosner in Jeans, Anglermütze, Gummistiefeln und Regenjacke vor ihm. Trotz der angespannten Situation kann Luigi sich ein Grinsen kaum verkneifen. Doch weiter kommt er nicht.

Rosner packt ihn grob am Arm. »Was stehen Sie da noch rum? Ich weiß jetzt, wer am Verschwinden Ihrer Frau schuld ist. Und Alice Winter ist in seiner Gewalt.«

Luigi wird von einer irrwitzigen Hoffnung überwältigt. Wie im Rausch wiederholt er tonlos immer wieder: »Gina lebt.«

***

Seine Stimme klingt sanft. Nicht wie die einer Bestie.

Hab ich mir den Schrei nur eingebildet?

»Alice, schön, dich wach zu sehen. Die Wirkung des Beruhigungsmittels scheint nachgelassen zu haben. Aber wer wird sich denn vor mir im Keller verstecken?« Er hält inne und beleuchtet wieder mit dem Feuerzeug sein Gesicht.

Sein Mund kräuselt sich zu einem Grinsen. »Wir beide lassen es uns jetzt gut gehen. Der Tisch ist gedeckt und alles andere vorbereitet.«

Seit sein Gesicht im grellen Schein aufgetaucht ist, muss ich den Atem angehalten haben, denn ich drohe zu ersticken. Vorsichtig hole ich durch die Nase Luft. Die Panik und der harte Kellerboden haben meinen Körper steif gemacht. Ich kann mich kaum bewegen. Meine Augen füllen sich mit Tränen. Ich bemühe mich, ruhig und gleichmäßig zu atmen. Als wenn das jetzt noch helfen könnte!

Fragen drängen sich zwischen die Angst und mich.

Was ist vorbereitet und wofür? Die verabreichten Beruhigungsmittel lösen ein Echo in meinem Kopf aus. An was soll ich mich erinnern? Da ist etwas. Ich weiß es. Doch ich bin zu benommen, um Antworten zu finden. Meine Blase krampft sich schmerzhaft zusammen, und der Drang zu pinkeln wird übermächtig.

Daher lasse ich mich willenlos von ihm hochziehen. Während er die Fesseln von meinen Händen und Füßen löst, atme ich einen scharfen Geruch ein, der die Note seines Aftershaves gänzlich verdrängt. Ich bin zu schwach, um mich zu wehren.

»Du machst dich jetzt frisch. Schau nur, wie verschmiert dein Gesicht ist. Und wo ist deine Hose? Alice, du unfolgsames Mädchen. Wie habe ich mich auf unseren Abend gefreut. Du wirst mir das nicht verderben.«

Beim letzten Satz ist seine Stimme schneidend geworden.

Hoffnung keimt in mir auf. Vielleicht gibt es eine Möglichkeit, aus dem Bad zu fliehen oder eine Schere mitgehen zu lassen.

»Die Tür bleibt offen, während du dich für mich schön machst«, fährt er fort, als könne er meine Gedanken lesen. Im nächsten Moment sind seine Hände unter meinen Achseln, ziehen mich erbarmungslos hoch und schleifen mich die Kellerstiege hinauf ins gleißende Licht. Ein brennender Schmerz hinter den Schläfen lässt mich die Luft anhalten. Dann ist seine Hand in meinem Mund und reißt das Tuch brutal heraus.

Ich schreie los, so laut ich kann. Wieder und immer wieder.

Er lässt mich so abrupt los, dass ich hinfalle.

»Das wirst du mir büßen«, zischt er hasserfüllt. »Ab mit dir ins Bad.«

Wütend reißt er mir T-Shirt und BH vom Leib und stößt mich nackt vor sich her durchs Wohnzimmer.

***

Was jetzt kommt, ist Freude pur. Mehr noch als die Schläge mit dem Gürtel erregt ihn das Wissen, dass sie seiner Lust schutzlos ausgeliefert ist. Er hat genügend Zeit, den Vorgeschmack auf die Ewigkeit auszukosten. Als er sich vorstellt, was ihn in Kürze erwartet, kann er sich kaum noch beherrschen.

Angestrengt bewahrt er Fassung, während er Alice zusieht, die ihr Geschlecht schamhaft mit einer Hand bedeckt und mit der anderen ihre Haut einseift. Er hat den Brausekopf so eingestellt, dass das Wasser direkt auf ihr Haar sprüht und in kleinen Rinnsalen ihren Körper entlangfließt.

Er hätte nicht so fest zuschlagen dürfen. Sie ist so mager, dass sich jeder Hieb sofort auf ihrer Haut abzeichnet, und wären da nicht zarte rosa Brustknospen über den leichten Erhebungen an ihrem Brustkorb, könnte man sie glatt für einen Knaben halten. Das stellt einen besonderen Reiz für ihn dar, der nur durch die silbernen Narben an ihren Armen und Beinen übertroffen wird.

Sie taumelt, und schon ist er bei ihr und stützt sie. Hilfsbereit war er immer schon. Mit festem Griff dreht er den Duschhahn zu und zieht Alice aus der Kabine. Es kostet ihn große Überwindung, nicht sofort zwischen ihre Schenkel zu greifen und mit den behandschuhten Fingern in sie einzudringen. Doch er begnügt sich vorerst damit, leicht über die Narben an ihren Armen zu streichen. Als sie unter seiner Berührung zusammenzuckt, löst ein archaischer Zorn die erotisch aufgeladene Anspannung in ihm ab. Er stößt sie von sich und sieht zufrieden, wie sie in einer Ecke des Badezimmers zu Boden geht.

»Du hast es nicht anders verdient.«

Alice gibt keinen Ton von sich, schaut ihn nur aus ihren grünen Augen erschrocken an.

Er wirft ihr die Jeans und eines seiner weißen Unterhemden hin.

»Zieh dich an, das Essen wartet.«

Sie im Blick behaltend, geht er rückwärts aus dem Bad und nimmt eine Duftkerze von der Anrichte. Alice ist dabei, in ihre Jeans zu schlüpfen. Schnell bückt er sich nach dem Feuerzeug, und als er wieder aufsieht, steckt sie in ihrer Hose und hat sein Rippleibchen an. Es steht ihr hervorragend. An der Hand führt er sie zum sorgsam gedeckten Tisch. Er reicht ihr die Perücke und beobachtet zufrieden, wie sie das schwarze Kunsthaar folgsam über ihre hässlichen blauen Strähnen stülpt.

»Schon viel besser so.«

Er wird still und sagt eine Weile nichts mehr. In sich gekehrt, sieht er die Gesichter und Körper von Marijana, Gina und Ännchen an sich vorbeiziehen. Seine Prinzessinnen.

Die höchste Form der Ekstase ist der Tod. Diese drei haben sie durch ihn erleben dürfen. Und dorthin wird er auch Alice führen, wird ihr dieses eine, besondere Geschenk machen. Seiner Schneekönigin.

# 26

Der Kerzenschein verfängt sich im Kristall. Mein Blick saugt sich an den sprühend bunten Funken fest.

Ich fühle mich wie im Traum. Ich bin mit Ännchen bei einem Galaempfang. Das tobende Gewitter untermalt den Redefluss unseres Gastgebers. Zwischen den einzelnen Donnerschlägen scheint es keine Pausen zu geben.

»Wie gut, jetzt nicht draußen zu sein«, stammle ich.

Meine Worte bringen mich zurück in die Gegenwart.

Erfreut unterbricht er seinen Monolog. »Es scheint dir besser zu gehen.«

Nein, tut es nicht. Alles dreht sich und kreist um mich. Als Fünfjährige war ich mit Ännchen und ihren Eltern im Vergnügungspark. Wir bekamen so viel Zuckerwatte, wie wir wollten, und fuhren mit jedem Ringelspiel. Danach musste ich mich stundenlang übergeben. Ännchen nicht. Sie war immer die Stärkere. Das hier hätte sie spielend in den Griff bekommen. Wogegen ich immer wieder in dunkle Welten abdrifte, mich im Glanz der Silbergabeln versenke.

Halt. Auf diesem Tisch fehlen Messer.

Wütend sollte ich sein, vor Zorn bebend, alle meine Reserven mobilisieren. Bereit zum Kampf, zur Gegenwehr.

Doch da ist eine große Gleichgültigkeit, die mich erfasst hat. Und die Schmetterlinge in meinem Bauch flattern ständig hoch, versuchen ins Freie zu kommen, tanzen wild und ungestüm, bis mir die Luft wegbleibt. Tränen laufen durch meinen Rachen, unsichtbar für ihn, meine Kehle hinunter und setzen die unruhigen Falter unter Wasser. Bereiten ihrem wilden Tanz ein Ende. Ich suhle mich in einem Tränenpfuhl. Bin jetzt Alice im Wunderland, gestrandet in einem Meer aus Tränen.

Wahrscheinlich hat er mir wieder Beruhigungspillen eingeflößt. Und Schmerzmittel, denn nichts tut mehr weh. Alles ist so weit weg.

Seine Stimme klingt merkwürdig, und ich verstehe kaum, was er sagt.

»Pingpong, war das nicht immer unser Lieblingsspiel?«

»Nicht dass ich wüsste.«

Erschreckend klar kommen die Worte aus meinem Mund. Ich kann mich nicht daran erinnern, je mit ihm Tischtennis gespielt zu haben. Haben wir uns denn auf Ännchens Kinderpartys getroffen?

Auf einmal hat er alles Gespenstische verloren. Er schrumpft auf die Größe eines Zwerges, und ich sehe ihn Zitronenlimo durch einen gestreiften Strohhalm schlürfen und salziges Popcorn mampfen. Lächerlich.

Ich nehme einen großen, vertrauensvollen Bissen vom Fleisch, da ich darin keine Drogen vermute. Wichtig ist jetzt, Kraft zu sammeln. Wer weiß, wann ich das nächste Mal etwas zu essen bekomme. Gierig schütte ich Wasser und Wein in mich hinein.

Wie viel Zeit ist vergangen, seit ich hier bin? Das Gewitter wütet mit gleichbleibender Kraft.

Irgendwie muss ich das Scheusal unter Kontrolle bringen. Doch wieder verschwimmen die Gedanken vor meinen Augen. Diesmal tauche ich tief hinab auf den schlammig braunen Grund des Wörthersees. Stimmt die Sage, dass hier eine ganze Stadt untergegangen ist? In der Nähe von Maria Wörth, dort, wo der See am tiefsten ist, kann man in lauen Sommernächten merkwürdige Musik hören. Was haben Ännchen und ich heimlich über Muttis Erzählungen gelacht! Und jetzt lebt Ännchen da unten in dieser versunkenen Stadt. Ich kann sie mir gut vorstellen, wie sie ihr Fischorchester dirigiert mit dem heil gewordenen kaputten Arm. Ach Ännchen, stöhne ich lautlos, hilf mir. Allein schaffe ich das hier nicht. Und meine Freundin lächelt mir durch das Schilf verschmitzt zu und gibt mir die richtigen Worte ein.

»Warst du schon immer so?« Meine Stimme klingt genau so, wie ich es will. Neckisch.

»Immer ist eine halbe Ewigkeit.«

Ich verstehe seine Antwort nicht. Langsam steht er auf und schwebt auf mich zu, in der Hand eine Erdbeere. Mir läuft das Wasser im Mund zusammen. In diesem Moment fällt mir ein, woran ich mich im Badezimmer erinnert habe. In dem kurzen Augenblick, als er abgelenkt war, ertasteten meine Finger die Brösel der beiden verbliebenen Beruhigungstabletten. So viel

Zeit, so viele Kontinente liegen dazwischen. Ich werde sie der Bestie ins Getränk mischen. Sie sind meine einzige Waffe.

Die Erdbeere schaukelt auf meinen Mund zu. Ich presse krampfhaft die Lippen zusammen.

Dann ist da seine Stimme, die durch alle Fasern meines Körpers geht: »Alice, was hast du da in den Taschen deiner vergammelten Hose?«

In diesem Moment erkenne ich, dass mein Leben nicht mehr an einem silbernen Faden hängt, sondern soeben davon abgeschnitten wurde.

***

Rosner tritt in eine Welt aus Blitz und Donner.

Wasser aus der abgebrochenen Regenrinne neben seiner Haustür schwappt über seinen Anglerhut und ergießt sich auf die Plastikjacke. Er beutelt sich wie ein nasser Hund.

Durch den grauen Dunst der Feuchtigkeit vor dem fahlen Licht der Straßenlaternen sieht er Olivotto auf dem bereits gestarteten Motorrad sitzen. Einladend hält er ihm den Zweithelm hin.

»Ab aufs Polizeirevier.«

Schon während seiner Zeit als Verkehrspolizist waren Rosner die Motorradausfahrten ein Gräuel. Doch der Anlass lässt ihn alle Vorbehalte vergessen.

Er schwingt sich auf den Rücksitz der Ducati und klammert sich an Olivotto fest.

Mit dem nächsten Blitz fällt ihm ein, dass es wegen seiner Scheißsuspendierung schwierig werden könnte, die Kollegen um Hilfe zu bitten. Er versucht, sich gegen den Wind bei Olivotto bemerkbar zu machen. Alles Drücken und Zwicken hilft nicht.

Erst als vor ihnen eine Ampel auf Rot schaltet, dreht Olivotto sich entnervt um.

»Was gibt's?«

Ohne eine Antwort abzuwarten, biegt Olivotto scharf links ab. Eine Wasserfontäne trifft Rosners Seite. Sie fahren so schnell durch den Regen, dass er den Donner nicht mehr hören kann.

Vor dem Polizeigebäude bremst Olivotto scharf. Rosner steigt mit weichen Knien vom Rücksitz und torkelt hinter seinem jungen Kollegen her. Kurz fällt ihm die unerfreuliche Begegnung vor ein paar Tagen ein. Es kommt ihm vor, als lägen Wochen dazwischen.

Die beiden hasten durch den trockenen Gang hinauf in den ersten Stock.

»Olivotto«, ordnet Rosner an, »Sie organisieren von den Kollegen Slamanigs Adresse, während ich Brunner um Geleit bitte. Und beeilen Sie sich. In fünf Minuten treffen wir uns unten bei Ihrem Motorrad«, setzt er ungeduldig nach.

Er weiß, dass die Zeit drängt. In seinen Gummistiefeln schlittert er über den rutschigen Boden zu Brunners Büro. Ohne anzuklopfen, stürmt er ins Zimmer und sieht den schwergewichtigen Gruppeninspektor Karl Brunner am Schreibtisch sitzen und gemütlich ein Stück Salamipizza essen.

»Karl, ich brauche deine Unterstützung. Es geht um Leben und Tod. Ich bin dem Mörder von Ännchen Ogris auf der Spur, derselbe Mann ist auch für das Verschwinden von Gina Olivotto verantwortlich«, presst Rosner atemlos heraus.

Brunner sieht ungerührt von seiner Pizza auf und wischt mit dem Handrücken über seine fettigen Lippen.

»Rosner, du bist freigestellt. Willst du das etwa nicht bemerkt haben? Mir scheint, du ermittelst fleißig auf eigene Kappe weiter. Und wenn ich mir eine Bemerkung erlauben darf: Du siehst zum Kotzen aus.«

Die Worte erreichen Rosners Ohren nicht. Ungeduldig nimmt er Brunner den Pizzakarton aus der Hand und baut sich vor ihm auf. »Du bist mir noch einen Gefallen schuldig. Ich erinnere dich nur ungern daran, aber die Fingerabdrücke des Verdächtigen im …« Weiter kommt er nicht.

Brunner entwindet ihm wortlos den Karton, klappt ihn griesgrämig zu und zieht seine schwarze Lederjacke über. Dann wählt er bedächtig eine Nummer und sagt in den Hörer: »In zwei Minuten stehen drei Einsatzautos mit je drei Beamten vor der Tür. Und verständigen Sie die Spurensicherung.«

Erleichtert grinst Rosner seinem Kollegen zu. Brunner erwidert den Blick nicht, sondern stapft an ihm vorbei zur Tür. Aus dem Büro verfolgen sie das anhaltende Klingeln des Telefons.

»Na, wen haben wir denn da?«, fragt Brunner kurz darauf mit zynischem Unterton, als er Olivotto sieht, der Rosners Aufforderung, zum Motorrad zu gehen, nicht nachgekommen ist. »Unseren heißblütigen Freund.«

Er schiebt Luigi ungehalten beiseite, gibt den gerade vorfahrenden Kollegen Anweisungen und wendet sich dann an Rosner.

»Simon, du fährst im ersten, Olivotto im dritten und ich im zweiten Wagen mit. Und Simon, glaub mir, wenn sich dein Verdacht als unbegründet erweist …«

Er führt nicht aus, was dann passiert, und Rosner will es auch gar nicht wissen.

Der Regen trommelt ungemindert auf die Autodächer, und die Nässe lässt den Asphalt silbern schimmern.

Hoffentlich kommen wir nicht zu spät, betet Rosner lautlos und drückt seine Dienstwaffe durch die Regenjacke an sein Herz.

***

Admira lehnt mit einem vollen Glas Rotwein im Türrahmen. Unter ihr krabbeln ihre Nichten und Neffen zwischen den Füßen der Gäste herum, keines der Kinder ist älter als sieben. Es ist unerträglich laut, und der Lärm nistet sich hartnäckig in ihren Kopfschmerz ein. Es riecht penetrant nach verbrannter Milch, und in der Küche hört sie ihre Tante lautstark fluchen.

Mersads Frau Zala schlängelt sich, zwei Teller in den Händen balancierend, an den Kindern vorbei. Immer wieder wird sie von verschmierten Fingern, die ihre Beine umklammern, am Weitergehen gehindert. Unter dichten Locken wirft sie Admira einen hilfesuchenden Blick zu.

Du wolltest es ja nicht anders, flüstert eine schadenfrohe Stimme in Admiras Kopf. Sie nippt an ihrem Wein und denkt nicht im Traum daran, Zala zur Hand zu gehen. Wenn sie die lärmenden Kleinen so betrachtet, verflüchtigt sich ihr Kinderwunsch zusehends.

Wie auf ein geheimes Kommando hin verstummen plötzlich alle Geräusche.

»Alle Kinder auf ihre Plätze, die Erwachsenen ebenso. Der ehrwürdige Zauberer Tonio Vesarri erscheint in wenigen Sekunden«, ruft Admiras ältester Cousin. Er spielt den Zeremonienmeister an diesem Nachmittag.

Augenblicklich weicht die Stille durcheinanderquietschenden Stimmen, Sesselrücken und aufgeregten Rufen. Dann geht das Licht aus, und Admira wird von der Tür weg unsanft ins Innere des Wohnzimmers geschoben. Ergeben lässt sie sich auf einen Hocker sinken. Der Boden unter ihren Füßen ist mit einer klebrigen Schicht überzogen, und die Sohlen ihrer Ballerinas geben quakende Geräusche von sich. Auch das noch, ärgert sie sich und zieht angewidert den Saum ihres rosa Kleides hoch. Die Aufregung der Kinder überträgt sich auf sie.

Nach einer kurzen Wartepause und begrüßt von heftigem Klatschen, steht nicht Österreichs berühmtester Magier vor ihnen, sondern Cousin Mersad, mit Spitzbart und Zylinder als »ehrwürdiger Zauberer Tonio Vesarri« verkleidet.

So eine Enttäuschung. Admira lächelt in sich hinein und wundert sich, wie leicht Kinder doch hinters Licht zu führen sind.

Nach dem zweiten Zaubertrick, noch bevor Mersad das angekündigte Kaninchen aus dem Zylinder zieht, schleicht sich Admira mit plötzlichem Herzklopfen aus dem Zimmer und verschwindet auf die Terrasse. Dort ist sie allein. Die Luft ist würzig und riecht nach Regen. Sie schwingt sich auf die Brüstung und lässt die Beine in den Garten baumeln. Fröstelnd schlingt sie ihre dünne Jacke um ihre Schultern. Dabei stößt sie das Weinglas neben sich um. Das Rot ergießt sich über den Rock ihres Kleides und verursacht einen hässlichen Fleck.

»Shit!«, entfährt es ihr.

Jetzt kann sie nicht einmal das rettende Salz aus der Küche holen, denn dazu müsste sie durchs Wohnzimmer. An Mersad und den Kindern vorbei. Angewidert betrachtet sie den Fleck. Er hat die Form einer Wassermelone.

Ohne Vorankündigung fällt ihr ein, woran sie sich seit Stunden so krampfhaft zu erinnern versucht.

Rosner! Sie muss ihn sofort erreichen.

Sie springt von der Holzbrüstung und tippt hektisch seine Nummer in ihr Handy. Als sich nach dem zehnten Läuten noch immer niemand meldet, hängt sie erbost auf, wirft ihre Stirn in Falten und denkt nach. Sie greift abermals nach ihrem Telefon und ruft nach kurzem Zögern bei ihrem neuen Vorgesetzten Karl Brunner an. Admira mag den dicken Alten nicht besonders, aber das spielt jetzt keine Rolle. Denn der Zauberer hat Admira verraten, wer der Mörder ist. Als Mersad seine Arme schwungvoll in die Höhe warf, hatte ein Ende gefunden, was beim Ansehen der Videos begann und am heutigen Tag um eine Ahnung ergänzt wurde, ohne dass sie es verstand.

»Bockmist, wenn's darauf ankommt, ist niemand zu erreichen«, zischt sie und brüllt nach ihrem Bruder Bakir.

***

Er stürzt sich auf mich und zerrt an meiner Jeans.

Jetzt ist alles aus. Ein Sandsturm hat mein Hirn bis auf diesen einen Gedanken leer gefegt.

Seine Finger zwängen sich in die Taschen, tasten und werden fündig. Triumphierend zieht er die Krümel der Beruhigungstabletten heraus.

»Schlampe!« Er spuckt mir ins Gesicht. »Du wolltest mich hinters Licht führen.«

Ich ducke mich unter seiner Wut weg, was ihn noch mehr gegen mich aufbringt. Jeden Moment rechne ich damit, die Tabletten schlucken zu müssen. Doch nichts dergleichen passiert. Er packt mich grob am Nacken und stößt mich vor sich her zur Toilette.

»Wirf sie hinein und ja keine Tricks!«, schreit er und drückt mir die Pillen in die Hand.

Meine Finger zittern und sind so nass, dass ich die Tabletten kaum halten kann.

»Los!«

Verzweifelt sehe ich meine Rettung im gurgelnden Wasser versinken. Jetzt habe ich keinen Funken Hoffnung mehr. Erschöpft sinke ich zu Boden.

»Nichts da.« Er wirft sich auf mich und reißt mich hoch. So schnell, dass ich nicht merke, was geschieht, taucht er meinen Kopf in das Wasser der Klomuschel. Wieder und wieder. Ich bekomme keine Luft, strample mit den Beinen, versuche zu treten, aber sein Griff ist fest. Wasser dringt in meine Nase, meinen Mund, in die Augen. Es gelingt mir nicht, mich davor zu verschließen.

Irgendwann zieht er mich brutal an meinen Haaren hoch und treibt mich vor sich her, zurück ins Wohnzimmer. Ich kann kaum atmen, schnappe immer wieder gierig nach Luft.

»Ich habe mir eine wunderbare Strafe für deinen Ungehorsam ausgedacht«, verkündet er maliziös. »Du wirst überrascht sein. Das verspreche ich dir. So etwas hast du noch nie gesehen.«

Als er fertig gesprochen hat, geschehen zwei Dinge gleichzeitig: Der Raum wird gleißend hell, wie von Hunderten Scheinwerfern beleuchtet, und ein mächtiges Krachen erschüttert den Raum und lässt das Kristall auf dem Tisch klirren.

Er zuckt erschrocken zurück, und ohne dass ich es überdenken oder verhindern kann, schreie ich: »Da, da ist jemand an der Tür!«

Den Überraschungseffekt nützend, schlage ich einen Haken und fliege der Freiheit entgegen.

***

Rosners Regenjacke quietscht, als er dem Polizisten am Steuer ins Lenkrad greift. Scharf verreißt der Kollege nach links.

»Hier lang!«, bellt Rosner. An den Lichtern erkennt er, dass die anderen beiden Autos folgen. Es riecht nach Kanalisation und nassem Gewand.

Er kennt den Namen der Kollegen im Wagen nicht. Aber das ist ihm gleichgültig, ebenso, was sie von ihm denken. Wichtig ist allein, Alice rechtzeitig zu finden.

»Drück aufs Gas. Schneller! Wir schaffen es sonst nicht. Mein Gott, du Vollidiot, brems! Da ist das Haus.«

Kaum hält das Einsatzfahrzeug, steht Rosner auch schon auf dem Gehsteig. Regen fällt in gedrehten Seilen aus den tiefgrauen Wolken, angestrahlt vom dreifach flackernden Blaulicht. Die Scheinwerfer wechseln sich mit den Blitzen bei der Aufgabe ab, die Nacht taghell werden zu lassen. Über ihnen hämmern die Donnerschläge.

»Sauwetter!«, meutert Karl Brunner, während Luigi Olivotto mit ineinander verkrampften Fingern käseweiß an der Hausmauer lehnt. Die Polizisten beziehen mit gezückten Waffen Stellung vor der Villa.

»Du wirst uns doch jetzt nicht schlapp machen, Bürschchen?«, hört Rosner Brunners Bassstimme den jungen Kollegen fragen. Er dreht sich nicht nach ihnen um.

Schon kracht seine Faust gegen die Tür. Immer und immer wieder, bis im Haus Licht angeht. Sekunden später steht er Paul Slamanig gegenüber, dem die Haarzotteln wirr ins Gesicht hängen.

»Slamanig! Sie sind verhaftet«, bellt er ihn an.

Gerade weist er die Kollegen an, sich das Schwein zu schnappen, da spürt er Brunners schwere Hand auf seiner Schulter.

»Immer langsam mit den jungen Pferden, Rosner. Das ist ein Polizeieinsatz und kein persönlicher Rachefeldzug. Verstanden?«

Rosner wird von Brunner beiseitegedrängt, weg von Slamanig. Der stammelt: »Was ist denn los? Was habe ich verbrochen?«

»Aus verlässlicher Quelle sind wir darüber informiert worden, dass Alice Winter bei Ihnen ist. Können Sie uns zu ihr führen?«

»Alice? Sie sollte mich heute besuchen, ist aber nicht gekommen. Ich dachte, sie wäre bei ihrem Lover.« Er deutet mit einer hilflosen Geste auf Rosner.

Der Chefinspektor spürt die Wut in sich hochschäumen. Er kann sich kaum zurückhalten, würde dem Kerl am liebsten ein paar verpassen. Ihn zum Reden zwingen. Foltern, ja, auch das wäre ihm recht. Wäre er bloß allein hergekommen. Nicht einmal auf Olivotto ist Verlass. Wie eine Memme hockt der am Boden des Flurs und röchelt vor sich hin.

Rosner reißt sich von Brunner los, der seine Schulter die ganze Zeit über wie ein Schraubstock fixiert hat, und packt Slamanigs Arm. »Wo ist Alice? Mir machen Sie nichts vor!«

Er reißt ihn mit sich, hin zum gedeckten Tisch, auf dem die Kerzen in den Kandelabern schon fast ganz heruntergebrannt sind. Das Silberbesteck funkelt und glänzt mit dem Kristall um die Wette.

»Tolle Inszenierung. Alle Achtung«, ätzt er zornig.

Wieder greift Brunner ein.

»Rosner«, sagt er nur, die Stimme sanft wie Honig. »Trenkwalder, Sie kümmern sich bitte um den Kollegen. Und Olivotto nehmen Sie ebenfalls mit hinaus.«

Er schiebt Rosner zu einem der Polizisten, der ihn unbeholfen am Arm nimmt und wie einen Schwerkranken behutsam vors Haus führt. Drinnen gibt Brunner energisch Anweisungen.

Rosner und Olivotto sitzen in einem der Dienstfahrzeuge hinter Trenkwalder und warten schweigend. Rosner hat minutenlang getobt und gedroht, doch die Kindersicherung ist aktiviert, sie kommen erst wieder raus, wenn man sie lässt.

Mit einem grimmigen Gesichtsausdruck lässt sich Brunner schließlich auf den Beifahrersitz fallen. »Das Haus ist sauber. Vom Keller bis zum Dachboden. Keine Spur von Alice Winter, auch kein Hinweis auf Gina Olivotto. Wir mussten Slamanig die Handschellen wieder abnehmen. Eine höchst unerfreuliche Situation. In was hast du uns da hineingeritten, Simon? Vor dem Chef wirst du dich allein verantworten müssen. Ich spiel da nicht länger mit.«

Rosner hört eine Weile nichts außer seinem und Olivottos keuchenden Atem.

»Ihr habt das Haus sicher nicht gründlich genug gecheckt.«

»Du nichtsnutziger Querulant und hoffnungsloser Säufer! Du wirst mir nicht sagen, wie ich meine Arbeit mache. Du sicher nicht.« Brunner spuckt während seiner Schimpftirade feine Tröpfchen nach hinten.

Dann setzt das Fahrzeug sich langsam in Bewegung, und sie entfernen sich Meter um Meter von dem Haus, in dem Rosner weiterhin Alice vermutet. Unaufhörlich kramt er in seinen Erinnerungen. Er muss etwas übersehen haben.

»Das ist übrigens der Grund, warum Ärzte ihre Verwandten nicht selbst operieren sollten«, sagt Brunner schneidend.

Rosner ist aufs Höchste angespannt. Nur Fetzen von dem, was Karl Brunner noch vor sich hin murmelt, erreichen seine Ohren. Er hat etwas übersehen, da ist er sich jetzt sicher. Olivottos Geflenne hilft ihm nicht weiter.

Der Regen schießt scharfe Geschosse aufs Autodach.

# 27

Muss ich jetzt büßen? Werde ich Großvaters Tod mit meinem Leben bezahlen? Ist es das, worum es hier geht?

Zur Tür habe ich es nicht geschafft. Wie ein wild gewordener Stier preschte er mir nach und spießte mich auf seine Hörner. Zumindest fühlte es sich so an. Es waren seine langen Finger, die mich erwischten und umklammert hielten. Ich konnte seinen Atem in meinem Nacken spüren.

»Das machst du nicht noch mal. Ich dachte, du hättest deine Lektion gelernt.«

Immer noch steht er hinter mir, eng an mich geschmiegt. Dann ist der Raum von lauter Musik erfüllt. Im ersten Moment weiß ich nicht, ob das Gedröhne von meinem Wimmern oder seinem zornigen Gebrüll stammt. Doch dann scheinen mir die Melodien seltsam vertraut. »Bolero«. Ich hüte mich, den Namen laut auszusprechen. Ich fürchte seine Reaktion, kann sie nicht einschätzen. Die Angst wickelt sich nahtlos um mich.

Er stößt mich vor sich her, die Töne mitpfeifend. Vor einer mächtigen Tür hält er an.

»Stopp, wenn ich es sage!«, braust er auf, weil ich einen weiteren Schritt mache und mich einen Zentimeter von ihm entferne. Wütend zieht er mich zurück.

Der »Bolero« schwillt an.

Gekonnt schlingt er ein Tuch um meinen Hals und verknotet die Enden eng unter meiner Kehle. In Panik werfe ich meinen Kopf von einer Seite zur anderen. Der Druck auf meinen Hals wird dadurch noch stärker. Vor meinen Augen flimmern grelle Punkte.

Wir holpern eine Treppe hinunter, aneinandergeschweißt wie zwei Gummipuppen. Das Tuch ist die Leine, an der er mich führt.

Zuerst kann ich nichts erkennen. Wohltuende Dunkelheit umfängt mich. Der Keller. Ich erkenne ihn am modrigen Geruch. Hier war ich schon.

Ohne Vorwarnung knipst er das Licht an, und ich erfasse, was sich im Dunkel verbirgt. Direkt vor mir thront ein riesiges stählernes Ding in der Mitte des Raumes. Eine überdimensional große Tiefkühltruhe. Jetzt kann ich auch das Summen zuordnen, das mich während meiner Zeit im Keller begleitet hat. Mit einem Aufschrei löst er sich von mir und öffnet unter Ächzen den Deckel.

Erschüttert pralle ich zurück.

Tote Augen unter Plastiksäcken starren mich an. Entsetzt verschließe ich meinen Blick.

Flora nahm mich einmal in den »Bolero« mit, und ich wurde von dieser leidenschaftlichen Musik in ihren Bann gezogen.

Ist das die Strafe für meine Tat, Großmutter? Muss sie so gesühnt werden?

Unterlassene Hilfeleistung nennt man das.

Großmutter, warst du es, die mir nachgerufen hat? Wusstest du die ganze Zeit über, dass ich einfach ging und ihn qualvoll sterben ließ?

Danke, dass du mir vergeben hast.

Mir selbst bleibt das verwehrt. Ich trage die Schuld für immer in mir.

Das Schicksal hat mich eingeholt. Meine Zeit ist gekommen.

Dichter Nebel legt sich barmherzig über meine Schuld. Alle Linien verwischen, verlieren sich im Dunst. Meine Gedanken springen über steinerne Zäune und grasen auf saftigen Wiesen. Seit ich die toten Augen unter dem erstarrten Plastik gesehen habe, befinde ich mich auf der anderen Seite des Flusses.

Ich will nicht sterben.

***

Admiras Bruder Bakir zeigte weder Erstaunen noch Unmut darüber, die Kindergeburtstagsparty so unvermittelt verlassen zu müssen. Zufriedenheit breitete sich auf seinem ernsten Gesicht aus. Aber über ihn will Admira jetzt nicht nachdenken, sie hat Wichtigeres zu tun.

Kurz halten sie vor ihrer Wohnung. Admira läuft hinauf, um ihre Dienstwaffe zu holen und in Windeseile die Ballerinas gegen Laufschuhe einzutauschen. Bakir versucht währenddessen, die beiden zuletzt gewählten Nummern auf ihrem Handy zu erreichen.

Admira reißt die Tür auf und lässt sich auf den Beifahrersitz fallen. »Na?«

»Ohne Resultat. Negativ.«

Trotz des Ernstes der Lage kann sie ein Kichern nicht unterdrücken. »Du musst nicht so geschraubt daherreden, nur weil du mich zu einem Verdächtigen chauffierst. Wir sind hier in keiner amerikanischen Vorabendserie, Bruderherz.«

Als sie sein gekränktes Gesicht sieht, fügt sie rasch hinzu: »Aber danke, du hast mich trotzdem gerettet. Ohne Auto wäre alles viel schwieriger.« Mit einem Ruck löst sie das Telefon vom Aufladekabel und wählt die Nummer der Zentrale.

Bakir murmelt: »Halb so wild. Du hättest auch Mersad fragen können.«

»Der ist mit anderen Dingen beschäftigt«, gibt sie zurück und denkt an den Zylinder.

Wieder läuft es ihr kalt über den Rücken.

»Hallo?«, ruft sie besorgt ins Handy. »Kann mich denn niemand hören? Hier ist Revierinspektor Admira Spahic. Ich muss sofort mit Gruppeninspektor Brunner sprechen.«

Gegen ihre Annahme wird sie gehört und darüber informiert, dass ihr Kollege unterwegs sei.

»Ich brauche alle Einsatzfahrzeuge, die ihr auftreiben könnt. Es geht um den Mörder von Ännchen Ogris. Ich weiß, wer …«

»Immer mit der Ruhe«, wird sie von der männlichen Telefonstimme unterbrochen. »Brunner ist samt Rosner und Olivotto bereits mit drei Autos dorthin unterwegs. Anscheinend ist dem Chefinspektor eine Zeugin abhandengekommen, die er jetzt in der Gewalt des Täters vermutet. Das hat hier einen Aufstand gegeben, wo doch Rosner freigestellt ist. Die Spurensicherung ist auch dort.«

Dann legt er einfach auf, in der Meinung, alles Notwendige weitergegeben zu haben. Dennoch ist Admira beruhigt. Rosner ist auf dem Weg. Ihr Fels in der Brandung. Einer, der zu ihr hielt, als sie Fehler machte, dem sie seither blind vertraut.

»Gib Gas«, fährt sie Bakir an.

Rechts und links spritzen die Wasserfontänen, als er endlich vor der genannten Adresse hält.

Anders als erwartet, ist alles dunkel. Nur die Blitze zucken wie kaputte Neonröhren durch die Nacht. Weder Scheinwerfer noch rollende Blaulichter sind zu sehen, und ein Martinshorn ist auch nicht zu hören.

»Verdammte, verfluchte Scheiße!«, tobt Admira.

Dem nächsten Donner streckt sie drohend die geballte Faust entgegen. Wo sind die Kollegen bloß abgeblieben? Diese Idioten haben sich verfahren, sind zu dumm, die Navigation zu benützen.

Sie muss jetzt allein ins Haus hinein. Da hilft nichts. Vielleicht ist Gina Olivotto noch am Leben und wird von ihm irgendwo im Haus gefangen gehalten. Sie darf keine Zeit verlieren. Besorgt umklammert sie die kleine bestickte Stoffhandtasche, in der die Pistole verborgen ist, und verflucht ihre Kollegen.

»Du kannst da nicht allein …«

Sie lässt Bakir nicht ausreden. »Das wirst du nicht bestimmen. Hier hast du zu tun, was ich sage.«

»Ich bin doch nicht dein Untergebener.«

»Jetzt bist du es eben«, schnauzt sie ihn an. »Keine Widerrede. Es reicht.«

Admira weiß, dass sie den coolen Cop nur vorgibt. In ihrem Inneren ist sie gebeutelt vor Angst. Was, wenn das Fahrzeug eine Panne hatte? Oder sie zu einem anderen Einsatz gerufen wurden? Wenn ein vom Wind geknickter Baumstamm den Kollegen den Weg versperrt und sie einen Umweg fahren müssen?

»Schluss«, bestärkt sie sich selbst mit dem letzten Rest ihres Mutes.

Bakir schüttelt besorgt den Kopf und mustert sie abwägend. »In diesem rosa Fähnchen willst du da rein?«

»Was bleibt mir denn anderes übrig?«, schimpft sie. »Bitte ruf noch mal die letzte Nummer an. Das ist meine Polizeidienststelle. Sag dem Typen, dass ich allein hinein bin, weil Brunner nicht vor Ort war. Er soll das den Kollegen per Funk durchgeben. Wiederhole zur Sicherheit auch die Adresse. Er muss sich alles notieren. Bestehe darauf.« Dann fällt ihr noch etwas ein. »Sie sollen außerdem Simon Rosner persönlich ausrichten, dass ich weiß, wer es war, und dass ich da jetzt reingehe.«

»Wird gemacht, Chefin.« Bakir salutiert und sieht seine Schwester ernst an.

»Wenn alles klappt, lade ich dich und deine Brut zum Essen

in ein hübsches Restaurant am See ein«, schreit sie gegen das Krachen des nächsten Donners an, als sie bereits ausgestiegen ist.

»Und wenn es nicht klappt?«

Aber daran will Admira nicht denken.

Vielleicht ist es besser so, unauffälliger, wenn ich mich allein hineinwage, beruhigt sie ihre flatternden Nerven. Dann klopft sie zuerst zaghaft an die Tür, um gleich darauf in einem Anflug von verzweifeltem Mut fest auf den Klingelknopf zu drücken.

***

»Hallo, Tomi, guten Abend.«

Was will dieser schäbige Zwerg im rosa Fummel von ihm? Und warum nennt sie ihn Tomi? Was bildet die sich bloß ein?

»Ja? Bitte?«, kommt es aus seinem Mund.

»Darf ich?«

Ohne abzuwarten, ob sie darf oder nicht, zwängt sie sich an ihm vorbei ins Haus und zwinkert ihm schelmisch zu.

»Buh, ist das ein Unwetter. Kann ich mir von deinem Telefon ein Taxi rufen? Ich war gerade in der Gegend, bei einer Familienfeier. Habe mein Handy dort vergessen. Und nun bin ich klitschnass.«

Sie beutelt sich, dass die Wassertropfen nur so fliegen. Überrascht schließt er einen Moment die Augen.

Er muss jetzt vorsichtig sein, darf nichts übersehen. Es könnte eine Falle sein. Admira ist zu allem fähig. Das weiß er aus eigener Erfahrung. Allein, wie schamlos sie sich vor einiger Zeit an ihn herangemacht und ihn dann abserviert hatte!

»Natürlich kannst du dir ein Taxi rufen«, sagt er aalglatt, »darf ich dir einen Tee anbieten? Du frierst ja.«

»Nein danke«, wehrt sie ab.

Eilig reicht er ihr sein Telefon. Er muss sie so schnell wie möglich loswerden, auch wenn Alice im Augenblick keine Gefahr darstellt. Bevor er die Stiege zur Tür hinaufgeschossen ist, hat er ihr eines mit seinem Golfschläger übergezogen. Sie ist ohne einen Mucks umgefallen, und es wird wohl einige Zeit dauern, bis sie wieder zu sich kommt.

Während Admira bedächtig wählt, gleitet sein Blick durch den

Flur und bleibt an der halb geöffneten Tür zum Wohnzimmer hängen.

Der gedeckte Tisch! Die zerknüllten Servietten! Das umgestürzte Weinglas! Die zu Boden gefallenen Gabeln und Löffel!

Schnell löst er seine Gedanken wieder von den sichtbaren Folgen des kurzen Handgemenges. Etwas anderes blitzt drohend an den Rändern seines Gesichtsfelds auf: ein einzelner brauner Halbschuh mit kleinem Stöckel. Alices hässlicher Gesundheitstreter! Den muss er übersehen haben. Alarmiert schaut er zu Admira. Sie lauscht der Warteschleife des Taxiunternehmens und gibt keinen Ton von sich, kaut nur nervös an ihren Nägeln.

Sein Herz beginnt einen Trommelwirbel, der ihm Sterne vor die Augen treibt.

Admira spürt seinen Blick und hebt ihren Kopf.

Aus einem inneren Zwang heraus schaut er am Schuh vorbei, als könnte er ihn dadurch unsichtbar machen. Doch Admiras aufmerksame Augen folgen seinem Blick und bleiben geradewegs am Schuh hängen.

Sie lässt das Telefon sinken. Eine blecherne Stimme wiederholt monoton: »Bitte warten.«

»Besuch? Na, dann will ich nicht weiter stören.«

Sie legt das Telefon zurück auf die Ladestation und greift vorsichtig in ihre Handtasche.

Sie weiß etwas. Er kann sie nicht gehen lassen.

Ihre nächsten Worte treffen ihn wie ein elektrischer Schlag.

»Wo ist Gina Olivotto?«

Hoch aufgerichtet steht sie plötzlich mit einer Pistole in der Hand vor ihm. Mit einem brutalen Schlag fegt er ihr das Ding aus der Hand. Der schwarze Revolver segelt über den Boden und schlittert ihm direkt vor die Füße.

Admira steht zwei Sekunden lang wie zur Salzsäule erstarrt zwischen dem Zucken der Blitze vor ihm, dann beginnt sie zu laufen.

Aber er ist schneller. Fängt sie und wirft sich auf sie.

»Rosner!«, schreit Admira, bis ihr die Luft unter seinen kräftigen Händen um ihren Hals wegbleibt.

***

Das Rauschen des Funkgeräts durchdringt Rosners düstere Gedanken.

»Kann das vielleicht mal jemand in der Werkstätte richten lassen?«, schnauzt Karl Brunner den Fahrer an.

»Revierinspektor Admira Spahic befindet sich …«, die Durchsage wird unterbrochen, es knirscht, dann ist die Stimme wieder da. Klar und deutlich hört Rosner eine Adresse, die er bestens kennt. »Revierinspektor Spahic bittet um Ihr Kommen. Sie bat darum, Ihnen mitzuteilen, dass sie schon allein hineingegangen ist.«

»Karl!«, schreit Rosner. »Ich weiß, wer dort wohnt. Lautner, unser Psychologe! Was um alles in der Welt treibt Admira dort?«

Karl Brunner antwortet nicht, sondern weist den Fahrer an, am Randstein zu halten. Zeitraubend langsam verlässt er das Auto, und Rosner beobachtet, wie Brunner – ungeachtet des strömenden Regens – mit grimmiger Miene telefoniert. Dann steigt er wieder in den Wagen und gibt dem Polizisten am Steuer genaue Anweisungen. Mit einer wegwerfenden Handbewegung bringt er Rosner zum Schweigen, als der etwas sagen will.

»Los, gib Gas«, befiehlt Brunner dem Fahrer. Er wirkt jetzt gar nicht mehr ruhig. Dann dreht er sich zu Rosner und Olivotto um und erklärt: »Revierinspektor Spahic befindet sich in Dr. Lautners Haus, weil sie davon ausgeht, dass er Ännchen Ogris' Mörder ist. Vielleicht hast du dich im Täter geirrt, Simon, aber nicht in der Sache. Wenn Admira Spahic richtigliegt, finden wir Alice Winter womöglich dort, und vermutlich hat Lautner dann auch Gina Olivotto auf dem Gewissen.«

Rosner hört ein Stöhnen, dreht sich zur Seite und sieht Olivotto in sich zusammensinken. Er würde den armen Kerl gern trösten und ihm gut zureden, doch ihm fehlen die Worte – und schlimmer noch: die rechte Überzeugung. Olivotto wirft ihm einen kläglichen Blick zu.

Rosner ist selbst verwirrt. Er versteht das Ganze nicht. Alice wollte unbedingt zu Paul Slamanig. Warum ist sie bei Lautner gelandet? Dass der Polizeipsychologe ein Killer sein soll, will ihm nicht in den Kopf. Ja, ein wenig schrullig ist er schon: mit seinen Seidentüchern, dem übertriebenen Ordnungssinn, der herablassenden Art und diesem elitären Uhrenfimmel. Dass sich hinter diesen Marotten ein Psychopath versteckt, scheint ihm allerdings etwas weit hergeholt zu sein. Andererseits weiß er eigentlich recht wenig über Lautner. In letzter Zeit war er durch seinen Kummer um Klara und die schreckliche Sauferei kaum ansprechbar und bekam dadurch fast nichts mit von dem, was um ihn herum passierte.

Admira muss auf den Überwachungsvideos etwas gesehen haben, das er selbst nicht einordnen konnte. Nur sie, er und Alice kannten die Verkleidung des Mörders: Er trug einen Hut, die Krempe tief ins Gesicht gezogen, und einen dichten Bart. Vielleicht hat Lautner Admira gegenüber auch etwas erwähnt, das ihren Verdacht auf ihn lenkte.

»Was hat Admira gesagt?«

Brunner versteht sofort. »Sie geht hinein. Das soll ich dir ausrichten, sagte der diensthabende Kollege am Telefon.«

»Was fällt ihr ein? Allein da reinzugehen, wenn sie so etwas Schreckliches vermutet«, macht Rosner seiner Sorge Luft.

»Mir kommt die Kollegin Spahic recht wehrhaft vor. Trotzdem, Tempo! Jetzt geht's um alles.«

Rosner sieht die drohend aufgetürmten Wolken. In dem Moment packt Olivotto seine Hand.

»Da vorne ist es.«

Rosner hält vor Entsetzen die Luft an. Das Haus ist stockdunkel. Es sieht aus, als hätten seine Bewohner es schon längst verlassen.

***

Plötzlich bin ich da. Woher ich gekommen bin, weiß ich nicht. Es war dunkel dort und kalt. Es ist wie das Erwachen aus einem bösen Traum. Oder das Auftauchen aus eisigem Wasser. Da war etwas und ist noch immer da. Geräusche. Dumpf, erstickt. Von weit her.

Erschrocken setze ich mich auf.

Schmerzen nagen an meinen Schädelknochen. Mein Kopf schwebt wie eine Melone über mir. Jemand hat sie zerquetscht, und jetzt rinnt ihr dicker roter Saft über meinen Nacken. Instinktiv fahre ich über meinen Hals. Er ist nass und schmierig. Haare kleben auf einer dicken Kruste.

»Au!«

Mein Schrei löst sich in der Dunkelheit auf.

Ich höre entfernte Stimmen.

Benommen komme ich hoch. Und falle zurück auf die Knie. Es riecht modrig, wie in einem Keller.

Ich bin im Keller.

Das Entsetzen treibt mich hoch, weg vom Boden. Zuerst schwanke ich von einer Seite zur anderen. Dann beruhigen sich die Wogen. Das Meer wird still. Und ich stehe.

Alles fällt mir wieder ein. Die toten Augen. Die Gefahr.

Ich muss hier raus.

Langsam setze ich einen Fuß vor den anderen. Der Schmerz hat mich fest im Griff. Es ist so dunkel. Und der Schwindel ist so stark, dass ich mich zur Seite drehen muss, um das Gleichgewicht zu halten.

Da sehe ich es.

Einen hellen länglichen Schlitz.

Es muss die Kellertür sein. Viel zu hastig mache ich einen weiteren Schritt und stoße mich an etwas Scharfem.

Die Tiefkühltruhe.

Mein Gesicht ist nass vom Blut, das aus der Wunde am Kopf rinnt.

Ich will nicht sterben.

Die Treppe krieche ich hinauf – dem Licht entgegen. Der Schmerz rollt über meinen Hinterkopf und schießt dann so rasend schnell zurück zur Wunde, dass ich mich schwallartig übergeben muss.

»Weiter!«, treibt Ännchens Stimme mich an.

Flora ruft: »Du hast dich viel zu lange versteckt. Zeig dich!«

Meine Finger erreichen die Tür, tasten die Oberfläche ab, bis sie den Griff finden.

Es ist sicher abgesperrt. Wie dumm ich bin. Sinnlos, es zu versuchen.

Wieder ein Schrei, ein Poltern.

Ohne zu wissen, was ich tue, drücke ich die Klinke hinunter und stemme mich gegen die Tür. Sie schwingt auf und zieht mich mit. In diesem Moment geht das Licht aus. Alles ist dunkel.

Grell zuckt ein Blitz hinter dem Vorhang auf, und im Bruchteil des Moments erkenne ich die beiden Gestalten auf dem Boden. Die Konturen einer Frau und über ihr Thomas Lautner.

Dann ein schriller Schrei: »Rosner!«

Ich komme zur Besinnung, mein Kopf wird klar. Meine Gedanken.

Ich bin Alice.

Und ich muss handeln.

Der nächste Blitz weist mir den Weg zu dem großen Kandelaber mit den Energieglühbirnen. Ich hechte hin, hebe ihn hoch über meinen Kopf und höre ein ersticktes Röcheln auf dem Boden. Als es wieder hell wird, dreht sich Lautner, die Hände um den Hals der Frau, zur Seite und sieht mir direkt in die Augen.

Mit ungeahnter Kraft werfe ich den Kerzenständer auf ihn, höre ein Knacken, und seine Hände lösen sich von der Frau. Mit einem Aufschrei rollt sie unter Lautner weg. Es ist die Polizistin mit den abgekauten Nägeln.

»Vorsicht!«, warnt sie mich, als es wieder dunkel wird, und gleich darauf erhellt ein bläulicher Blitz den Raum. Er schießt auf mich zu.

Ein scharfer Schmerz schneidet in meine Seite, und intuitiv werfe ich mich auf den Boden.

Donner rollt herein, und mit ihm kommt Licht, gleißende blaue, gelbe und rote Strahlen.

»Alice!«, schreit die Polizistin.

Ein vielfaches Echo prallt von den Wänden zu mir zurück.

»Alice, Alice!«

Dann ist Lautner über mir.

Er ist so mächtig, dass er alles Licht verdeckt und jedes Geräusch erstickt.

Ich will nicht sterben.

Meine Beine und meine Arme schwimmen weg von ihm. Nur ein paar Zentimeter. Doch Lautner schleudert seinen Körper auf mich und erwischt meinen Fuß. Schon spüre ich seine Finger um meinen Hals. Röchle. Mir wird schwarz vor Augen.

Dann sind da viele Hände, die nach mir greifen, mich halten und heben.

Vanillefarbene Helligkeit umfängt mich.

Und auf einmal ist da Rosners Gesicht.

»Alice, du bist in Sicherheit.«

»Im Keller … die Tiefkühltruhe«, wispere ich.

Dann brechen alle Dämme, und die Tränen laufen hemmungslos über meine Wangen.

»Der Rettungswagen muss in einer Minute hier sein.«

Rosner und ich sitzen vor dem Haus auf dem nassen Gehsteig. Jemand hat eine Decke über uns gebreitet.

Der dicke Inspektor befragt mich erfolglos. Meine Zunge klebt am Gaumen, obwohl sie mir Wasser mit Zucker eingeflößt haben. Jetzt wendet er sich einem jungen Polizisten zu, der zitternd und heulend auf ein Einsatzfahrzeug eindrischt. Ich erkenne Olivotto.

»Rosner!« Ein Polizist führt meinen Schutzengel, Admira Spahic, zu uns.

»Ich konnte sie nicht zurückhalten«, sagt er entschuldigend.

»Ist schon gut«, erwidert Rosner sanft. »Setzen Sie sich zu uns, Admira.«

»Danke. Rosner, Sie sind gerade noch rechtzeitig aufgetaucht. Ohne Sie …«

Rosner winkt ab. »Wenn Sie schon hier sind, Sie unvernünftiges Weibsstück, verraten Sie mir eins: Woher, zum Teufel, wussten Sie, dass Lautner der Mörder ist?«

»Auf den Videos habe ich es bereits gesehen, aber nicht verstanden. Erst als Mersad, mein Cousin, sich heute bei unserer Familienfeier mit einem falschen Bart und wallendem Gewand als Zauberer verkleidete und seine Ärmel bei einer bestimmten Bewegung die Unterarme freigaben, fiel es mir wenig später wie Schuppen von den Augen. Es war die Fliegeruhr.«

»Ja und?«

»Mersad und Lautner tragen die gleiche Uhr, so ein altes Stück, sie sind beide Sammler. Als ich Mersads Uhr sah, konnte ich endlich zuordnen, was mich beim Anschauen der Überwachungsvideos so verunsichert hat. Eine Zehntelsekunde lang blitzte dort das Chrom dieser unverkennbaren Uhr am Handgelenk des mit Hut und Bart verkleideten Mannes auf.«

»Unverkennbare Uhr? Vielleicht für Sie«, sagt Rosner schmunzelnd, und Admira kontert trocken: »Wer hat nicht schon einmal die falsche Partnerwahl getroffen? Jedenfalls fügte ich danach einiges zusammen.«

»Was genau meinen Sie?«, fragt Rosner dazwischen, doch Admira fährt bereits fort.

»Ich hatte zwar nur kurz was mit Lautner am Laufen, aber ich weiß, wie gut er sich verstellen kann. Sein eigentümliches Verhalten in der Kantine Frau Winter gegenüber hätte mich schon stutzig werden lassen sollen. Und sein Faible für Seidentücher ebenso. Leider habe ich mich zu spät daran erinnert, dass er einmal versucht hat, mich mit einem zu fesseln.« Sie sieht betreten zu Boden, ihr ist diese Situation offensichtlich peinlich.

Ich schaue Rosner fragend an, aber der meint nur: »Später werde ich dir alles erzählen. Jetzt musst du verarztet werden.«

»Diese wunderbare Polizistin hat mich gerettet«, krächze ich, »wenn sie nicht geschrien hätte, wäre ich jetzt tot.«

Erst in diesem Augenblick begreife ich, dass ich überlebt habe. Das Glück ruft einen Rausch in mir hervor, der jeden Schmerz verdrängt. Und alle Angst.

Ich schmiege mich an Rosner und atme sein Grau ein.

Dampf steigt vom Boden auf. Es hat aufgehört zu regnen. Das Gewitter ist nun nur noch aus weiter Ferne zu vernehmen. Zaghaft schiebt sich ein schüchterner Mond über uns durch die Wolkenbänke.

# Epilog

Langsam schlendere ich an den hell erleuchteten Schaufenstern der Einkaufspassage vorbei. Den Trolley mit meinem Handgepäck ziehe ich hinter mir her. Die beiden großen Koffer habe ich bereits gestern Abend zum Flughafen gebracht. Immer wieder bleibe ich stehen und sehe mir ein Kleid oder eine Hose genauer an. Ich werde mir eine neue Garderobe zulegen. Irgendwann heute Nacht habe ich das beschlossen. An meinen alten Klamotten hängen zu viele Erinnerungen. Ganze Bilderfolgen schleifen sie an ihren Ärmeln und Hosenbeinen hinter sich her. Meinem Stil bleibe ich treu. Nur werde ich hin und wieder ein wenig Farbe ins Grau setzen.

Lächelnd betrachte ich ein wollig weiches Gebilde mit einem flauschigen Pelzkragen. Die neuen Kollektionen sind den Jahreszeiten eine gehörige Spur voraus. Ich bin so vertieft in das Winterkleid, dass ich die Frau zuerst nicht bemerke. Als ich einen Schritt zur Seite mache, bewegt sie sich ebenfalls und steht nun direkt vor mir und starrt mich kriegerisch an.

Ich senke automatisch den Blick. »Sorry«, entfährt es mir, und ich mache einen Schritt weg von ihr.

Doch als ich hochsehe, steht sie noch immer da und glotzt mir unverwandt mitten ins Gesicht.

Irgendetwas an ihr kommt mir bekannt vor. Sie ist mittelgroß und sehr schlank. Ihr helles Haar ist zu einem kurzen Zopf zusammengebunden, der an den Enden blau schimmert.

Jetzt ist der streitsüchtige Ausdruck aus ihrem Gesicht verschwunden, sie sieht mich aus großen smaragdgrünen Augen erstaunt an. Ihr hübsch geschwungener Mund ist halb geöffnet, als würde sie etwas sagen wollen.

»Na?«, setze ich forsch an und sehe, dass auch ihre Lippen ein »Na?« formen.

Mir wird bewusst, dass ich diese Frau kenne. Schon ein Leben lang. Dass ich sie nur jahrelang nicht mehr angesehen habe.

Das da bin ich.

Alice im Spiegel.

Das Gesicht, in das Großvater den Stein geworfen hat, das Spiegelbild, das im dunklen Türkis zerfloss und mit dem Teich verschmolz, schimmert nun im lichten Grün des Wassers. Die Oberfläche ist wieder glatt geworden und zeigt mein Lächeln.

Der Geruch frisch gemähter Wiesen verdrängt die modrige, feuchte Erde, den Thymian und das verbrannte Herbstlaub.

Lange schaue ich mich an, zuerst ungläubig, dann glücklich. Ich habe einen Teil von mir wiedergefunden. Den Glauben an mich selbst, den ich für immer verloren glaubte. Und den Mut, mir wieder in die Augen zu schauen – ohne Hass auf das, was ich getan habe, und ohne Kummer über das, was mir angetan wurde.

Ich löse den Haargummi und verteile die feinen blonden Strähnen um mein Gesicht. Ja. So mag ich mich. Ich werde das Blau ganz aus meinem Haar wachsen lassen.

Die wiederkehrenden Kopfschmerzen, die ich wegen der Gehirnerschütterung habe, sind erträglicher geworden, und die Wunde vom Streifschuss ist bereits vernarbt. Während der letzten Monate ging ich zweimal wöchentlich zu Dr. Roth. Sie ist stolz auf mich.

Wir haben eine weitere Kopfkommode für meine bösen Träume und all die verstörenden Bilder angeschafft. Eine Erinnerung nach der anderen habe ich in ihren Laden abgelegt. Vor ein paar Tagen schließlich habe ich Kleinholz aus dem guten Stück gemacht, und weil ich jetzt so viel Kraft und Energie habe, gleich auch die erste Kommode niedergebrannt. Die Asche habe ich in den Teich meiner Kindheit gestreut. Dort schwebte sie langsam zum Grund.

Danach konnte ich das erste Mal befreit ausatmen.

Meine Fingerkuppen gleiten über meine Lippen, und plötzlich weiß ich, dass ich noch etwas zu tun habe, bevor mein Flugzeug startet.

Etwas Dringendes, Unaufschiebbares.

Noch nie war ich mir einer Sache so sicher.

Als das Taxi wenig später vor dem Haus stehen bleibt, bitte ich den Fahrer zu warten. Ich war seit Wochen nicht hier.

Atemlos haste ich die Stufen hinauf, presse meinen Finger auf die Klingel und nehme ihn nicht wieder herunter. Unaufhörlich und schrill läutet es in der Wohnung. Zuerst tut sich nichts. Dann, nach einer endlosen Weile, wird die Tür so unvermittelt aufgerissen, dass ich taumle.

Stumm steht er vor mir, mit blutunterlaufenen Augen, ohne seine Hornbrille, seit Tagen nicht mehr rasiert, bleich und aufgedunsen. Er starrt mich ungläubig an, und ein scharfer Geruch breitet sich im Stiegenhaus aus.

»Rosner«, belle ich ihn an. »Damit ist jetzt Schluss. Ein für alle Mal!«

Ich packe ihn an seinem nackten Arm, der aus dem T-Shirt heraushängt, und dränge ihn zurück in die Wohnung. Der Geruch nach Wein, Bier, Speiseresten und schmutziger Wäsche wird unerträglich. Rosner torkelt zum Sofa und angelt so ungeschickt nach der Weinflasche auf dem Couchtisch, dass sich ein Teil der purpurroten Flüssigkeit über die Zeitungen ergießt. Gierig hebt er die Flasche an seine Lippen und schüttet den Alkohol in sich hinein.

»Mach nur. Das ist jetzt alles nicht mehr wichtig«, sage ich und angle nach seinen Jeans, die vor Dreck starren.

»Du bist doch noch gekommen. Ich habe jeden Tag gewartet, bis ich fast nicht mehr daran geglaubt habe«, lallt er.

Ich wollte neu beginnen – ohne ihn. Aber das ist jetzt nebensächlich, denke ich und werfe ihm saubere Jeans und ein frisches Oberteil hin.

»Anziehen. Zuerst die Hose, dann den Pulli und zum Schluss die Schuhe.«

Ohne ein weiteres Wort kleidet er sich an, den Blick an mir vorbei in die Ferne gerichtet. Zwischendurch nimmt er einen Schluck vom Wein. Währenddessen hole ich seine Zahnbürste und das Rasierzeug aus dem Bad und werfe beides in ein fleckiges Ding. Ich suche nach seiner Brille, kann sie aber nirgends finden. Er wird eben einige Zeit ohne sie auskommen müssen.

Ich gehe nochmals ins Badezimmer und lasse eiskaltes Wasser über meine Handgelenke laufen, benetze mein Gesicht damit. Die erfrischende Kühle tut mir gut. Auch diesmal kann ich mich im Spiegel ansehen. Meine Wangen sind von einem hellen Rot überzogen, und meine Augen leuchten.

Da steht sein Aftershave. Verstohlen schraube ich den Verschluss vom Fläschchen und atme Rosner ein. Sofort erscheinen die Bilder einer gestohlenen Nacht und eines verrückten Nachmittags vor meinem inneren Auge, und ich spüre seine stachelige Wange überall auf meinem Gesicht. Wie eine Welle breitet sich Wärme in meinem Körper aus.

Dann stehe ich wieder vor ihm, vertreibe die Erinnerung und nehme seinen Arm.

»Warte.« Seine Stimme klingt heiser, als hätte er tagelang nicht gesprochen. Er fasst unter einen Papierstapel und zieht ein gerahmtes Foto hervor. »Das ist sie. Das ist meine Klara«, sagt er leise und hält mir das Bild hin.

Instinktiv weiß ich, dass es sich um das Foto handelt, das ich in jener Nacht nicht ansehen durfte. Das Glas ist zerbrochen und liegt wie ein Netz aus Spinnweben über dem Gesicht.

»Sie war sehr schön«, rate ich, weil ich nichts von ihr erkennen kann.

»Ja, das war sie.« Sanft nimmt er mir das Foto aus der Hand und steckt es in seinen zerdrückten braunen Rucksack.

Ich betrachte sein hageres Gesicht, sein zerzaustes Haar, und heiße Zuneigung zieht mich zu ihm hin. Doch es ist ein so verzweifeltes Gefühl, dass ich innehalte.

»Komm, Rosner. Es wird Zeit.«

Ohne sich umzudrehen, geht er mit mir durch die Tür und die Treppe hinunter zum wartenden Taxi. Er scheint nicht im Geringsten überrascht zu sein. Es ist fast so, als hätte er mich erwartet.

Dieser Eindruck verstärkt sich noch, als er mit brüchiger Stimme zum Fahrer sagt: »Zuerst ins Klinikum, Abteilung für Alkoholkranke, und dann bringen Sie diese junge Dame hier zum Flughafen.«

Das warme Gefühl in meinem Körper sprudelt jetzt wie eine heiße Quelle. Dankbar verberge ich mein Gesicht in Rosners kratzigem Pullover und atme seinen Geruch tief ein.

»Wenn ich zurückkomme …«, beginne ich rau, doch er unterbricht mich und legt mir den Finger auf die Lippen.

»Wir werden sehen«, flüstert er und drückt einen Kuss auf meine Stirn.